Hans Irler

Treppe in die andere Zeit

Roman

Zum Autor

Hans Irler, 1969 in Regensburg geboren, ist Lehrer für Deutsch und
Geschichte an einem bayerischen
Gymnasium. Er leitet dort nicht nur
die Theatergruppe, für die er einige
Jugendtheaterstücke geschrieben
hat, sondern auch eine aus der Zeit
gefallene, alte Schulbibliothek.
„Treppe in die andere Zeit" ist sein
erster Roman.

Hans Irler

TREPPE
in die
andere ZEIT

Roman

SüdOst Verlag

Bibliografische Information der Deutschen Nationalbibliothek

Die Deutsche Nationalbibliothek verzeichnet diese Publikation in
der Deutschen Nationalbibliografie; detaillierte bibliografische
Daten sind im Internet über http://dnb.dnb.de abrufbar.
ISBN 978-3-95587-722-4

Für Jakob,
Valentin und Lucie

Titel: Statue in Bibliothek: Rita Gilch
Innenteil: Autorenfoto: Rita Gilch

1. Auflage 2018
ISBN 978-3-95587-722-4
Alle Rechte vorbehalten!
© 2018 SüdOst Verlag in der
Battenberg Gietl Verlag GmbH, Regenstauf
www.battenberg-gietl.de

Inhalt

Große Krieger

Der Spitzbart des Direktors zitterte. Die Schallwellen seiner mit bebender Stimme vorgetragenen Rede schienen die Turnringe, die von der Hallendecke herabhingen, in Schwingungen zu versetzen. Mit seinen weit ausholenden Gesten und den sich im Redeschwall rhythmisch aufblähenden Backen erinnerte er an einen Schwimmer, der kraulend das Wasser durchpflügt. Direktor Kleebeck stand an einem erhöhten Rednerpult und blickte auf die über 300 Schüler, die sich an diesem 16. September im Turnsaal des Königlich-Humanistischen Gymnasiums drängten, um seiner Eröffnungsansprache zu lauschen. Unter den Schülern herrschte respektvolle Ruhe und niemand wagte es, sich auch nur flüsternd mit seinem Nebenmann zu unterhalten. Dennoch war die Erregung körperlich spürbar, als stünde die staubige Turnsaalluft unter Strom. Es war klar: Das Schuljahr 1914/15 würde kein gewöhnliches werden.

Große Ereignisse erfordern eine große Rede, dachte sich Kleebeck, und so spannte er einen kühnen Bogen von der Volkwerdung der Germanen im Teutoburger Wald über das deutsche Kaisertum im Mittelalter bis hin zum Krieg der Väter 1870/71, der den Deutschen die lange verwehrte Einheit beschert habe, und zitierte endlich den jüngsten Ausspruch Kaiser Wilhelms II., es gebe keine Parteien mehr, es gebe nur noch Deutsche. Man erlebe derzeit ein Stück Weltgeschichte. Umringt von Feinden befinde sich das deutsche Volk in einem legitimen Abwehrkampf, doch mit deutscher Mannhaftigkeit und deutscher Treue werde man die Angreifer zurückschlagen und sie endgültig in ihre Grenzen weisen. Im reinigenden Stahlgewitter werde man das kleinliche Parteiengezänk abschütteln und es werde sich Deutschlands wahre Kraft und Größe in der Welt offenbaren. Schon jetzt stehe das deutsche Heer kurz vor Paris und es sei nur noch eine Frage von Tagen, bis man die Reichskriegsflagge auf dem Eiffelturm hissen könne. Die deutsche Kultur, deutsche Art und deutsche Sitte seien führend in der Welt und darum werde sich Deutschland in diesem Völkerringen fraglos durchsetzen. Gott wolle es so. Dabei bebten des Direktors Nasenflügel in heiligem Zorn.

Zum Abschluss intonierte der Schulchor unter der Leitung von Studienprofessor Meinrath „Heil dir im Siegeskranze" und „Die Wacht am Rhein".

So diszipliniert die Eröffnungsfeier im Turnsaal abgelaufen war, so aufgeregt war die Stimmung auf dem Schulhof, bevor der reguläre Unterricht begann. Wie ein aufgescheuchter Vogelschwarm, der sich auf einer Telefonleitung immer wieder neu formiert, liefen die Schüler durcheinander, bildeten Grüppchen, die sich bald wieder auflösten, um sogleich wieder um einen anderen Wortführer herum neu zu entstehen. Die aufgestaute Anspannung entlud sich bei den Älteren in mannhaften Zurufen, übertriebenem Händeschütteln und juvenilem Geboxe, bei den Jüngeren in hellem Gekreische, Gekichere und Geschubse.

Ein Element inmitten dieser Szenerie aus Lärm und Bewegung war auch der Schüler Josef Fürst, der gerade überschwänglich seinen Freund Karl begrüßte. Beide waren recht gegensätzliche Erscheinungen: Während Josef ein dunkler Typ war, dessen Vorfahren aus Österreich-Ungarn stammten, von eher kleiner und stämmiger Statur, mit fast schon rabenschwarzen Haaren und mokkabraunen Augen, sah man Karl von Stetten seine aristokratische Herkunft an, die er auch durch seine fast übertrieben elegant wirkende Kleidung betonte. Er hatte einen blassen Teint, wasserblaue Augen, eine Habichtsnase, trug ein säuberlich gestutztes Schnurrbärtchen und war fast einen Kopf größer als Josef. Während Josef in einer gewöhnlichen, nicht mehr ganz neuen und ihm eigentlich zu kleinen Pennälerjacke steckte und auch die Kniebundhose schon etwas abgewetzt wirkte, kleidete sich Karl in einem Anzug aus edlem schottischem Karo. Die Schirmmütze auf seinem blonden, fein säuberlich gescheitelten Haar hatte er um exakt 30 Grad gedreht, sodass sein für die Schule eigentlich zu feines Erscheinungsbild eine Note provokanter Nachlässigkeit erhielt. Zwischen den Fingerspitzen hielt er eine dünne, englische Zigarette, welche seit

Kriegsausbruch nicht mehr im Handel erhältlich war, was ihm einen zusätzlichen Zug ins Dandyhafte verlieh.

„Und, Josef, wann gehen wir?", fragte Karl mit einem leicht spöttischen Lächeln, inhalierte kurz und trat seine nur zur Hälfte abgebrannte Zigarette aus.

„Alles besser als noch ein Jahr Latein beim Krause!", erwiderte Josef, der sich einmal mehr nicht sicher war, wie ernst es seinem Freund war. „Der Kohl Herbert und der Schmid Martin haben sich schon freiwillig gemeldet, in der Parallelklasse sind es der Buhlheller Ernst und der Raithel Johann, in der Oberprima Friedl, Krinner, Schmied und Thurn."

„Ach, der Herbert hat sich freiwillig gemeldet? Na, der wollte wohl dem Regiment seines Alten entkommen. Der war nicht nur innerhalb der Gefängnismauern ein Königlicher Strafanstaltsdirektor, sondern auch daheim! Aber warum ist der Schmid Martin gegangen? Der ist doch grade mal 17!"

„Vaterländische Gesinnung, vermute ich mal! Aber im Ernst, Karl, sollen wir wirklich hinter diesen altehrwürdigen Mauern rumhocken und lateinische Stammformen büffeln, während die andern draußen Weltgeschichte schreiben?"

Karl schaute seinen Freund skeptisch an. „Seit wann bist du denn so an der Weltgeschichte interessiert, Josef?"

„Im Westen ist es bald vorbei!", erwiderte Josef. „Der Franzmann kann vielleicht die Mädchen verführen, aber kämpfen kann er nicht, das hat man ja 70/71 gesehen! Und wenn sich sogar so einer wie der Friedl freiwillig meldet! Der kann ja auf seinem dicken Wanst das Gewehr zum Schießen abstützen!"

Karl konnte sich bei dieser Vorstellung ein Lächeln nicht verkneifen, zog dann aber die Augenbrauen hoch. „Aber du, du bist ein großer Krieger, Josef! Ich glaube, du stellst dir das so vor wie in deinen Indianerromanen von Karl May. Aber damit hat das nichts zu tun. Die würden dir beim Kommiss erst mal den nötigen Drill verpassen, sodass du dich nach den Wutausbrüchen vom alten Kraus zurücksehnst!"

Doch da betätigte der Pedell den Schulgong und die beiden Freunde eilten mit den anderen durch das Schulportal, über dem der Architekt des erst vor zehn Jahren erbauten Schulhauses aus unerfindlichen Gründen das Haupt der Medusa mit geöffnetem Rachen, spitzen Eckzähnen und Schlangenhaaren hatte anbringen lassen.

In der Pause eilte Josef die steilen Treppen zur Schulbibliothek hinauf, die das gesamte oberste Stockwerk des Schulgebäudes einnahm. Als er die schwere Eichenholztür hinter sich schloss, hatte er heute mehr denn je das Gefühl, die Schwelle zu einer anderen Welt zu überschreiten. Vor der Tür summte das Schulhaus wie ein aufgeschreckter Bienenstock, dahinter hörte man nur noch das Schwingen des Pendels einer großen Uhr, die irgendwo hinter dem Labyrinth der weiß gekalkten Regale hängen musste. Der schwere Geruch alter Bücher umfing Josef, das Aroma vergangener Jahrhunderte. Durch die schmalen Fenster drang das schräge Licht der Spätsommersonne und brachte die goldenen Lettern auf den Buchrücken der alten Folianten zum Leuchten. Während draußen gerade heftig am Rad der Geschichte gedreht wurde, schien hier die Zeit still zu stehen.

„Josef, was führt dich an einem Tag wie diesem in diesen Tempel der Kontemplation? Ist das Hurra-Geschrei schon vorbei?"

Hinter einem schweren Eichenholzschreibtisch saß wie immer der alte Studienprofessor Werner, Bibliotheksleiter oder „erster Diener der hier versammelten Bücher", wie er sich selbst gerne zu bezeichnen pflegte. Die Schüler nannten ihn hingegen Professor Wirri, was teils seinem ungebändigten, schlohweißen Haar geschuldet war, teils auf seinen Unterrichtsstil anspielte. Heute eine Spur ironischer als sonst, blickte Wirri Josef durch die dicken Gläser seiner etwas überdimensionierten Bügelbrille an, die seine Augäpfel auf kuriose Art vergrößerte.

Josef berichtete, noch ganz außer Atem: „Die Feierstunde ist vorbei. Direktor Kleebeck sagt, Paris stehe kurz vor dem Fall. Einige von uns wollen sich freiwillig melden, weil sie dabei sein wollen, wenn wir siegen."

„Na, wenn er sich da bloß nicht täuscht, der Direktor Kleebeck. Die Zeitungen melden heute schon einen taktischen Rückzug. Offenbar haben die Franzosen die Marne halten können. Und du, willst du auch den Heldentod auf dem Felde der Ehre sterben?"

„Sterben möchte ich natürlich nicht, aber dabei sein möchte ich schon!", erwiderte Josef leicht verunsichert.

Ein schwer zu deutendes Lächeln umspielte Professor Werners Lippen und mit leichtem Pathos in der Stimme rief er aus: „Wer wäre da nicht gern dabei, wenn das siegreiche deutsche Heer mit klingendem Spiel unter dem Eiffelturm durchmarschiert! Bedauerlich, dass du erst in die Unterprima gehst, Josef, 17-jährige nehmen sie noch nicht!"

Josef fand das in der Tat bedauerlich, war sich aber nicht sicher, ob das der alte Professor genauso sah. Er erwiderte: „Aber der Kohl Herbert und der Schmid Martin haben sich auch freiwillig gemeldet! Und die sind auch erst 17!"

Professor Werners Miene verfinsterte sich und sein Tonfall war jetzt gar nicht mehr ironisch: „Arme Kinder, war mein Französischunterricht so schlimm?"

„Aber Herr Professor Werner, die gehen doch aus vaterländischer Begeisterung!", wandte Josef ein.

„Vaterländische Begeisterung! Na dann bin ich ja mal beruhigt!"

Es entstand eine Pause, in der Professor Werner ausgiebig mit einem Hemdzipfel seine Brille putzte und mit halbblinden Augen ins Nichts starrte. Dabei schien er Josef einfach vergessen zu haben, bis dieser sich räusperte und in die Stille hinein sagte: „Ich wollte Ihnen eigentlich den Jules Verne zurückbringen!"

Professor Werner setzte seine Brille wieder auf und nahm das Buch in die Hand: „Ah, ‚In 80 Tagen um die Welt'. Hat es dir gefallen?"

„Ja, sehr!", erwiderte Josef wahrheitsgemäß.

„Ich mag diesen Roman auch sehr gern. Die Geschichte eines englischen Gentleman, der mit seinem heldenhaften französischen Diener um die Welt reist, ein Abenteuer nach dem anderen besteht und dabei in Indien die Liebe seines Lebens findet. Aber darf man das heutzutage überhaupt noch lesen?"

Josef war sich nicht sicher, ob das jetzt eine der berüchtigten rhetorischen Fragen Professor Werners war. Aber offenbar wartete dieser tatsächlich auf eine Antwort. „Sie meinen, weil die Helden allesamt unsere Feinde sind? Ich weiß nicht."

„Noch dazu ist es geschrieben von einem Franzosen!", bemerkte Professor Werner.

„Aber Jules Verne ist doch schon längst tot!", wandte Josef ein.

„Stimmt, er ist vor neun Jahren in Amiens gestorben", bestätigte Professor Werner und ergänzte leiser, mehr zu sich selbst: „Dort hausen heute die deutschen Truppen. Vielleicht ist es ja ganz gut, dass er das nicht mehr erleben musste." Er schaute Josef mit einem schwer zu deutenden Lächeln an: „Dann einigen wir uns also darauf, dass man tote Franzosen lesen darf, einverstanden?"

„Einverstanden", antwortete Josef leicht verwirrt.

„Wie wär's dann mit der ‚Reise zum Mittelpunkt der Erde?'", schlug Professor Werner vor. „Hier ist die Hauptperson ein Deutscher, der Hamburger Professor Otto Lidenbrock. Falls dich ein deutscher Patriot zur Rede stellt, weil du das Buch eines französischen Autors liest, dann kannst du dich darauf hinausreden."

„Jules Verne hat einen Deutschen zu seinem Romanhelden gemacht? Aber wir sind doch Erbfeinde!", rief Josef verwundert aus.

„Jules Verne hat Engländer, Deutsche, Franzosen und Amerikaner zu seinen Helden gemacht. Erbfeindschaft gibt es nur in der Politik, mein Junge, nicht in der Literatur, jedenfalls nicht in der wahren! Wenn du mir hier bitte den Erhalt des Buches abzeichnen würdest. Die Leihfrist endet am 12. Oktober 1914."

Josef unterschrieb und ließ das Buch in seinen Schulranzen gleiten. Als er die Bibliothek verließ, war er sich nicht sicher, ob er es nicht doch besser heimlich lesen sollte.

Die Bibliothek

Das Gutenberg-Gymnasium war eine moderne Schule in einem alt-ehrwürdigen Bau. Man betrat das Gebäude über eine große Frei-treppe durch ein Portal aus schweren Holztüren, über dem mit geöffne-tem Rachen das Schlangenhaupt einer denkmalgeschützten Medusa prangte. Im Inneren war man jedoch sehr bemüht, diesen ungünstigen Ersteindruck wettzumachen, indem die Wände der Eingangshalle mit großen bunten Begrüßungsformeln bemalt waren, die den Besucher in allen an diesem Gymnasium unterrichteten Sprachen willkommen hie-ßen. Die Klassenzimmer waren multimedial eingerichtet, die Lehrer-schaft bevorzugte fortschrittliche Unterrichtsmethoden und die Home-page der Schule war immer auf dem neuesten Stand. Gleichzeitig legte man in der Schulleitung Wert auf die lange Tradition der Schule, die vor fast 400 Jahren gegründet worden war, denn dies allein unterschied sie von den anderen Gymnasien der Stadt, die gleichfalls mit Beamer-Laptop-Einheiten ausgestattet waren, wo man ähnlich kompetenzori-entiert unterrichtete und wo die Schulhomepage ebenso akribisch ge-pflegt wurde. Dieses Abgrenzungsbedürfnis mag auch der Grund dafür gewesen sein, dass man sich den Luxus einer historischen Bibliothek leistete, die in den Dachgeschossräumen des Gymnasiums unterge-bracht war, während sich die normale Schülerbibliothek in einem funk-tional eingerichteten Raum im ersten Stock befand.

Aufgrund ihres Alters waren die Tausende von Bänden in der Alten Bibliothek äußerst wertvoll. Ein Verkauf, mit dessen Erlös man gut ein paar Dutzend weitere Smartboards anschaffen hätte können, kam aber nicht in Frage, da sich die Bibliothek, rein rechtlich gesehen, nicht im Eigentum der Schule, sondern der Bayerischen Staatsbibliothek befand, wo man deren Existenz aber schlichtweg vergessen hatte. Für die Schule bedeutete dieser Umstand, dass man bis auf Weiteres davon absehen musste, die Bibliothek aufzulösen und das Dachgeschoss zu entkernen, um dort dringend benötigte neue Kursräume für die Oberstufenschüler einzurichten.

Den Weg in diesen Teil der Schule, der über eine schlecht beleuchtete Stiege im Nebentreppenhaus führte, nahmen naturgemäß nur wenige Schüler. Die meisten kannten die Bibliothek zwar vom Tag der Offenen Tür oder von Vertretungsstunden, in denen die Lehrkräfte gerade nichts Besseres vorbereitet hatten – ansonsten war das Interesse für alte Bücher, die man nicht einmal ausleihen durfte, aber eher gering. Zudem wurde die Bibliothek von einem etwas eigenwilligen, längst pensionierten Studiendirektor namens Anton Hierlinger betreut, über den die seltsamsten Gerüchte kursierten. Wahr ist jedenfalls, dass man ihn einmal halbtot aus einem Bücherhaufen herausziehen musste, nachdem ein völlig überladenes Regal über ihm zusammengebrochen war. Zu seinem Glück war die Wucht der Bücherlawine so groß, dass das unter der Bibliothek liegende Klassenzimmer erbebte und der dort unterrichtende Kollege umsichtig genug war, einen Schüler zur Klärung der Sachlage nach oben zu schicken. Sonst hätte man Hierlingers sterbliche Überreste möglicherweise erst Wochen später aufgefunden, denn die Sommerferien standen vor der Tür, und man weiß nicht, wer ihn vermissen hätte sollen. Hierlingers erste Worte, nachdem er im Krankenhaus mit einer Gehirnerschütterung aus seiner Bewusstlosigkeit erwacht war, sollen gewesen sein: „Wie geht es den Büchern?"

Mehr noch als Episoden wie diese trug zur Legendenbildung um Hierlinger bei, dass so gut wie nichts über sein Privatleben bekannt war. Außer auf Bücherflohmärkten, wo er Bücher anhängerweise mit seinem Fahrrad abtransportierte – Auto besaß er keines – wurde er nie in der Öffentlichkeit gesehen. Man munkelte, seine Wohnung sei so mit Büchern vollgestopft, dass sie praktisch unbewohnbar sei. Dies mag der Grund dafür gewesen sein, dass Hierlinger anscheinend Tag und Nacht in der Alten Bibliothek anzutreffen war – angeblich übernachtete er dort sogar. Jedenfalls war er schon lange vor Unterrichtsbeginn hinter seinem Schreibtisch anzutreffen, und in den Fenstern der Bibliothek sah man immer noch Licht, wenn der letzte Kollege am Abend das Haus verließ. Für Lehrer und Schüler gehörte Hierlinger somit zum Inventar des alten Schulhauses, genauso wie das verstaubte Porträt des Bayernkönigs Max I. Joseph, das aus unerfindlichen Gründen immer noch im Gang zum Direktorat hing, oder der Schiller-Gipskopf, der im Kunstsaal herumstand, ohne je abgezeichnet zu werden. Wohlmeinende Zeitgenossen bezeichneten ihn gerne als „Original", weniger wohlwollende als „harmlosen Irren". Tatsächlich neigte er, was bei der Einsamkeit seiner Existenz ja auch kein Wunder war, zu Selbstgesprächen. Nichtsdestotrotz war Anton Hierlinger von freundlichem und zuvorkommendem Wesen und freute sich über jeden Besucher.

Die Stufen zu diesem Original nahm am 12. September 2015, dem ersten Schultag nach den Großen Ferien, die 17-jährige Schülerin Hannah Merz. Im dämmrigen Licht des Treppenhauses klopfte sie zunächst etwas zu zaghaft an der schweren Holztür, versuchte es, als sie auch beim zweiten Mal nichts hörte, lauter und nachdrücklicher, fasste sich schließlich ein Herz und trat ein. Drinnen tanzten die Staubkörner im Licht der schräg stehenden Sonne und es dauerte etwas, bis sich Hannahs Augen an die Helligkeit gewohnt hatten. Erst bei genauerem Hinsehen erkannte sie hinter den gefährlich aufeinandergeschichteten Bücherstapeln die massige Gestalt Hierlingers. Nun erinnerte sie sich daran, dass Hierlinger leicht schwerhörig war, und darum wohl auch ihr Klopfen nicht gehört hatte.

Sie räusperte sich und sagte laut: „Herr Hierlinger, ich wollte Ihnen den Jules Verne zurückbringen!"

Hierlinger schob zwei Büchertürme zur Seite, die dabei gefährlich ins Wanken gerieten. „Ah, wer besucht uns denn da? Das ist ja Hannah, eine unserer treuesten Leserinnen!"

Hannah blickte sich irritiert im Raum um, um festzustellen, ob sich noch jemand hier aufhielt. Dann fiel ihr aber ein, dass Hierlinger gerne die Pluralform benützte, vermutlich, um seine Einsamkeit zu übertünchen.

„Was bringst du uns denn da?", fuhr Hierlinger fort, „Jules Verne, ‚In 80 Tagen um die Welt'. Eine schöne, alte Ausgabe von 1902. Hat dir das Buch gefallen?"

„Ja, war ganz spannend", erwiderte Hannah mit wenig Begeisterung.

„Wenn man sich überlegt, welche Abenteuer die Welt damals noch bereit hielt! Heute braucht man nur ein Flugzeug zu besteigen und in 36 Stunden ist man einmal um den Globus gereist! Am meisten lieben wir die Szene im indischen Dschungel, als Passepartout die schöne Aouda vor dem Feuertod rettet! Oder als Phileas Fogg kurz vor seinem Ziel die Aufbauten des Schiffes verheizen lässt, um doch noch rechtzeitig England zu erreichen! Aber das Ganze ist natürlich auch eine Satire auf die damalige englische Gesellschaft ..." Hierlinger redete sich zunehmend in Fahrt und Hannah bekam schon Angst, Opfer eines längeren Lehrervortrags zu werden. „...wirklich köstlich, wie Jules Verne mit Phileas Fogg den steifen englischen Gentleman karikiert, der immer pünktlich wie ein Uhrwerk ist. Aber der eigentliche Held ist natürlich Passepartout, der französische Diener! Ist ja auch kein Wunder, schließlich war der Autor Franzose."

„Ja, war ein echt gutes Buch", unterbrach Hannah Hierlingers Redefluss. „Aber jetzt muss ich wirklich wieder ..."

„Schön, dass es dir so gut gefallen hat. Aber Jules Verne hat noch mehr brillante Bücher geschrieben. Wie wäre es zum Beispiel mit der ‚Reise zum Mittelpunkt der Erde'? Das wird dir ganz bestimmt gefallen!"

Hannah brachte es nicht übers Herz, den alten Mann zu enttäuschen. Außerdem war das vielleicht die schnellste Methode, hier wieder wegzukommen. Sie musste das Buch ja nicht unbedingt lesen. „Oh ja, das würde ich gerne mitnehmen!", erwiderte sie daher unvorsichtigerweise.

„Wie schön!", rief Hierlinger voller Enthusiasmus. „Es könnte allerdings einen Moment dauern, bis wir es gefunden haben. Ich glaube, es steht ganz hinten in der Bibliothek."

„Dann komme ich vielleicht ein andermal, meine Freundinnen warten nämlich schon auf mich!"

„Wir beeilen uns! Komm doch einfach mit und hilf uns suchen!", beschloss Hierlinger und Hannah blieb nichts anderes übrig, als ihm widerwillig zu folgen. Sie hatte tatsächlich gehofft, draußen noch ihre Freundinnen Anna-Lena und Leonie zu treffen, um mit ihnen die neuen Lehrkräfte durchzudiskutieren, mit denen sie es dieses Schuljahr zu tun haben würden.

Sie durchquerten den großen Saal, den Hannah schon von einer Vertretungsstunde her kannte. Damals hatten ihre Klassenkameraden und sie auf den altertümlichen, mit rotem Leder bezogenen Sesseln Platz genommen, die im Kreis vor den weiß gekalkten, bis zur Decke reichenden Regalen aufgestellt waren, und hatten Hierlingers Vortrag über Johannes Gutenberg und die Erfindung des Buchdrucks über sich ergehen lassen, während Frau Dr. Neudecker aufpasste, dass niemand schwätzte. Eigentlich war es gar nicht einmal so langweilig gewesen und Hierlinger hatte sie sogar mit original Bibliothekshandschuhen in den alten Bibeln blättern lassen. Außerdem gab es wirklich viel zu sehen: An den Wänden hingen die Ölgemälde längst verstorbener Schulleiter und Staatslenker. Auf riesigen Schreibtischen standen mechanische Schreibmaschinen herum, die sogar noch funktionierten. Eine große Wanduhr gab tiefe Schläge von sich, die nichts mit der realen Zeit zu tun hatten. Es gab Schaukästen mit aufgespießten Schmetterlingen, eine Sammlung mit Halbedelsteinen, Schulwandkarten mit längst nicht mehr gültigen Grenzen und ein paar wacklige Glasvitrinen, in denen großformatige Atlanten mit mittelalterlichen Stadtansichten auslagen. Auf einem Regalbord verstaubten Globen, die nicht die Erde, sondern die Sternzeichen zeigten. Daneben stand eine Goethe-Büste, der jemand eine alte Pennälermütze aufgesetzt hatte. Die besondere Beachtung der Schüler genoss aber das kopflose Skelett, das auf einem rollbaren Podest befestigt war und von dem Hierlinger launig behauptete, es seien die sterblichen Überreste eines ehemaligen Schulleiters. An der Stirnseite des Saales befand sich zudem eine frei stehende, wuchtige Schiefertafel aus der Kaiserzeit, bei der man mithilfe eines Rollmechanismus die Tafelseiten wechseln konnte.

Hierlinger steuerte auf diese Tafel zu und verschwand hinter ihr. „Komm nur, Hannah, statten wir den Büchern einen Besuch ab!"

Hannah folgte ihm zögernd und stellte erstaunt fest, dass sich hinter der Tafel eine Türöffnung befand, die den Weg in einen ihr unbekannten Trakt der Bibliothek freigab. Es bot sich ihr ein überraschender Anblick: Während im vorderen Bibliothekssaal relative Ordnung herrschte, erschien dieser hintere Teil mehr als chaotisch. Rechts und links eines immer wieder von überladenen Bücherwägen und vollen Kartons verstellten Mittelgangs erstreckten sich enge Gänge mit windschiefen Regalen, die von Büchern aller Größe überquollen. Sie folgte Hierlinger, der schon weit vorausgeeilt war, in das Halbdunkel. Überraschenderweise machte der Gang mehrere Kurven, sodass der Eingangsbereich bald außer Sichtweite geriet. Das Licht wurde immer schlechter, was offenbar auch daran lag, dass sich die Bücher sogar vor den schmalen Dachgeschossfenstern türmten.

„Du musst wissen, Hannah, dass diese Bibliothek schon vor über 200 Jahren entstanden ist, nämlich zur Säkularisationszeit", dozierte Hierlinger im Gehen. „Zu den anfänglich 12000 Bänden, die man aus den umliegenden Klosterbibliotheken requiriert hatte, kamen im Laufe der Jahre ständig mehr hinzu. Häufig durch Schenkung, in letzter Zeit aber immer mehr durch Rettungsaktionen. Immer öfter werden alte Bücher nämlich einfach auf den Müll geschmissen, und das sogar an dieser Schule! Die Leute meinen, man könnte Bücher durch die sogenannten digitalen Medien ersetzen. Welch ein Irrglaube! Schon sind viele Titel auf Nimmerwiedersehen verschwunden. Die Biologen versuchen, bedrohte Tierarten zu beschützen. Wir beschützen bedrohte Buchtitel. Für viele sind wir das letzte Asyl! Ein Bibliotop sozusagen!"

Hannah stolperte über einen Stapel wissenschaftlicher Zeitschriften und konnte kaum mit Hierlinger Schritt halten, der sich mit schlafwandlerischer Sicherheit durch die Bücherhaufen bewegte und immer schneller zu werden schien. Plötzlich kam er ihr auch gar nicht mehr so alt vor. „Langsam ist das Asyl aber schon ziemlich voll!", rief sie ihm hinterher.

„Auch in der Arche Noah muss es eng gewesen sein", rief Hierlinger euphorisch.

Mitten im Gang stand plötzlich eine zwei Meter hohe griechische Säule mit der Büste eines streng dreinblickenden, lorbeerbekränzten Gipskopfes. Hierlinger schlängelte sich mit erstaunlicher Behändigkeit an der Säule vorbei und bemerkte: „Das ist Vergil, der Wächter, er passt auf, dass hier niemand Unfug anstellen kann", und Hannah fragte sich, ob denn jemals jemand hierher käme, um Unfug anzustellen.

Endlich bog Hierlinger von dem ohnehin schon kaum mehr erkennbaren Hauptweg ab und blieb abrupt vor einem verstaubten Seitenregal stehen.

„So, hier muss es sein! Die Franzosengasse 19", stellte er befriedigt fest und deutete mit einer wedelnden Handbewegung die Regalflucht entlang. Verwundert erkannte Hannah, dass auch diese Seitenarme der Bibliothek viel länger waren, als es die Größe des Schulgebäudes vermuten ließ. Die Bibliothek kam ihr inzwischen vor wie ein Zauberwald, durch den gewundene und halb zugewachsene Wege führten, mit Wurzeln und Baumstümpfen, die im Halbdunkel nach dem verirrten Wanderer griffen.

„Verne, Jules. Das muss ziemlich am Ende der Gasse liegen! Du musst wissen, diese Bibliothek hat eine ungewöhnliche Systematik. Die Bücher werden hier als Lebewesen mit eigenem Wohnrecht angesehen und deshalb hat jedes Buch seine eigene Adresse. Unseres wohnt in der Franzosengasse 19V, weil es sich ja um französische Belletristik des 19. Jahrhunderts handelt, der Buchstabe bezieht sich auf den Nachnamen des Autors. Also los! Schauen wir, ob es gerade da ist!"

Hierlinger ließ seinen Zeigefinger elegant über die Buchrücken gleiten, was ein Geräusch machte, als würde er Spielkarten mischen, und im Nu waren sie fast am Ende des Ganges angelangt. „So, da wären wir: Jules Verne! ‚Reise um den Mond', ‚Fünf Wochen im Ballon', ‚Der Kurier des Zaren'… Schade, scheinbar ist es gerade unterwegs."

„Ausgeliehen?"

„Nein, nein, es stattet gerade einem anderen Buch einen Besuch ab. Lass uns mal überlegen."

War das jetzt wieder einer von Hierlingers schlechten Witzen? Hannah beschloss, trotzdem nachzufragen: „Es stattet einem anderen Buch einen Besuch ab? Was soll denn das heißen?"

„Na ja, wie gesagt, man betrachtet die Bücher hier als Lebewesen. Lebewesen, noch dazu solche, die nur aus Geist bestehen, haben das Bedürfnis nach geistigem Austausch."

Hannah wurde langsam klar, dass Hierlinger noch viel verrückter war, als alle dachten. „Und wen besucht es zur Zeit?", fragte sie vorsichtig.

„Das überlege ich ja gerade. Es muss auf „Atlantis 13" sein. Auf dieser Bücherinsel ist gerade ein Stelldichein von Abenteuerromanen des ausgehenden 19. Jahrhunderts."

„Liegen darum so viele Bücherhaufen überall in der Bibliothek herum?"

„Natürlich! Oder dachtest du etwa, das ist bloße Unordnung? Wenn sich die Bücher ausgetauscht haben, bringe ich sie selbstverständlich wieder zurück an ihren Wohnort – oder zu einem anderen Treffen, das für sie interessant sein könnte."

Hannah war sich sicher, dass sie noch nie etwas so Verrücktes gehört hatte. Andererseits fand sie diese Marotte des Alten aber auch ganz liebenswert. Er hatte niemand anderen, darum machte er eben seine Bücher zu seinen Lebensgefährten, um die er sich mit seiner eigenwilligen Logik aufopferungsvoll kümmerte.

„Aber du siehst ja schon ziemlich erschöpft aus", fuhr Hierlinger fort. „Am besten, ich hol ,Die Reise zum Mittelpunkt der Erde' von Atlantis 13 ab und komme dann wieder hierher zurück."

„Nein, nein, das ist doch nicht nötig, Herr Hierlinger", versuchte Hannah einzuwenden, „wir wollen das Buch doch nicht stören."

„Doch, doch, meine Liebe. Der allererste Lebenszweck eines Buches ist es, gelesen zu werden. Nur das macht es glücklich. Und wir wollen der ,Reise zum Mittelpunkt der Erde' wirklich das Glück gönnen, von dir gelesen zu werden. Es dauert nur einen Augenblick. Vielleicht kannst du dich ja einstweilen noch mit einem anderen Werk von Jules Verne anfreunden." Und schon war Hierlinger im Mittelgang verschwunden.

Kopfschüttelnd inspizierte Hannah die alten Buchrücken, die bunt und ungeordnet nebeneinanderstanden, riesige Folianten neben winzigen Büchlein im Hosentaschenformat, dicke Schmöker neben dünnen Heften, Prachteinbände neben vergilbten Papierumschlägen. Sie schlenderte langsam die Franzosengasse entlang bis zum Ende des Ganges. Dort entdeckte sie einen engen Durchschlupf zur Parallelgasse. Sie zwängte sich hindurch. Hier waren die Bücher viel ordentlicher aufgestellt: alle exakt der Größe nach, als stünden sie in Reih und Glied. Auf dem Regal stand in der alten Frakturschrift, die manche Zeitungen heute noch für ihre Namenszeile benutzen, „Große Kriegergasse 14 – Deutsch". Außerdem gab es hier in der Dachschräge ein fast blindes Fenster, durch das ein wenig Licht hereindrang. Sie stellte sich auf die Zehenspitzen und versuchte hinauszuschauen, konnte aber nicht viel erkennen. Dann bemerkte sie aber, dass sich unterhalb des Fensters eine kleine, fast unsichtbare, nur einen Meter hohe Tapetentür befand, die hinter eine Wand führte, die den toten Winkel der Dachschräge abtrennte. Hannah kannte solche Schlupfspeicher aus dem Haus ihrer Großmutter und wusste, dass sich darin oft längst vergessene Schätze finden ließen. Neugierig geworden öffnete sie die kleine Tür. Vor ihr tat sich ein dunkles Loch auf. Als sie mit ihrem Handy hineinleuchtete, stellte sie fest, dass sich darin eine schmale, eiserne Wendeltreppe befand. Wohin mochte die Treppe führen? In ein Klassenzimmer sicher nicht, das hätten die Schüler längst bemerkt. Also vielleicht ein Geheimgang ins Direktorat oder ins Lehrerzimmer? Oder gab es Räume in dem alten Schulhaus, die ihr völlig unbekannt waren? Jedenfalls war die Treppe schon lange nicht mehr benutzt worden, so verstaubt, wie das Geländer war. Kurz entschlossen zwängte sie sich durch die Tür und machte sich an den Abstieg.

Schon nach zwei Umdrehungen endete die Wendeltreppe und Hannah erkannte im schwachen Schein der Handy-Lampe, dass sie sich vor einer ganz ähnlichen Tür befand wie der, durch die sie gekommen war. Vorsichtig drückte sie diese auf. Die Perspektive, die sich ihr nun bot, war so überraschend, dass ihr erst einmal die Luft wegblieb. Das konnte doch nicht sein! Hannah blickte aus schwindelerregender Höhe in einen weiteren Bibliothekssaal hinab. Die Tür befand sich knapp unterhalb der Decke und führte zum obersten Brett eines massiven, vier Meter hohen Holzregals. Wo im Schulgebäude sollte sich denn ein Raum dieser Größe befinden? Vor allem aber kam ihr dieser Raum seltsam bekannt vor. Unten standen dieselben roten Stühle, dieselben Globen und dieselbe wuchtige Tafel wie im oberen Saal. Auch einige der Ölbilder hingen an der Wand und sogar der Schaukasten mit den Schmetterlingen war da, allerdings an einer anderen Stelle. Es war derselbe Saal wie oben und es war doch nicht derselbe! Wie war das möglich? Sie musste der Sache auf den Grund gehen! Doch wie sollte sie aus vier Metern Höhe nach unten gelangen? Da sah sie am Ende des Regals eine der rollbaren Bibliotheksleitern stehen, die sie schon aus dem oberen Saal kannte, nur war diese offensichtlich viel älter. Wenn sie es bis dorthin schaffte, konnte sie absteigen. Vorsichtig prüfte sie die Stabilität des Regals. Dieses schien ihre 50 Kilo ohne weiteres tragen zu können und so robbte sie mit klopfendem Herzen durch den fingerdicken Staub, der auf dem obersten Regalboden, den man zum Glück von Büchern freigehalten hatte, vor sich hin flockte. Endlich war sie auf der Höhe der Leiter, angelte diese mit ausgestrecktem Arm zu sich heran, rutschte über die Kante des Regals und kletterte hinunter. So leise wie möglich schlich sie durch den Saal, denn irgendwie hatte sie das Gefühl, etwas Verbotenes zu tun.

Am Eingang der Bibliothek stand derselbe Schreibtisch wie der Hierlingers, nur erschien er neuer und war aufgeräumt. Hatte sie auf der dunklen Wendeltreppe die Orientierung verloren und war durch den Geheimgang doch wieder im Bibliothekssaal gelandet? Sie hatte zwar schon öfter rechts und links verwechselt, aber noch nie oben und unten. Das war völlig ausgeschlossen! Und wie wären die Veränderungen zu erklären? Hierlinger hätte in Windeseile Gemälde umhängen, Mobiliar austauschen und seinen Schreibtisch aufräumen müssen. Die Existenz dieses Raumes war einfach absolut unerklärlich!

Hannah schlüpfte durch die große Holztür und befand sich im Zwielicht des ihr wohlbekannten Treppenhauses. Verwirrt stolperte sie die Treppen hinab. Da kam ihr, immer zwei Stufen auf einmal nehmend, ein Junge entgegen, der wie angewurzelt stehen blieb, als er sie erblickte. Offensichtlich ziemlich verdattert starrte er sie an, lachte dann und sagte: „Was machst du denn hier? Ein Mädchen! Du hast ja Hosen an!"

„Vollidiot!", zischte Hannah, rempelte an ihm vorbei und wunderte sich ihrerseits über die seltsame Kleidung des Jungen, der eine Art Anzug mit Knickerbockerhosen trug.

Als sie von der Treppe, die zur Alten Bibliothek hinaufführte, in die Große Aula trat, stockte ihr der Atem. Auch die Schule hatte sich verändert. Das Gebäude war unbestreitbar dasselbe, aber statt der bunten Willkommensgrüße in verschiedenen Sprachen hing eine riesige schwarz-weiß-rote Fahne an der Wand. Darüber stand, von Eichenlaub bekränzt, der Spruch „Heil dir im Siegerkranze, deutsches Vaterland!" Dort, wo sonst der Monitor von der Decke hing, der die Vertretungsstunden anzeigte, stand eine große Rolltafel, die aussah wie die in der Bibliothek. Darauf war etwas in dieser alten deutschen Schrift geschrieben, die Hannah nicht lesen konnte. Außerdem fehlten die bunten Sitzgruppen, der Pausenverkaufsstand, die Litfaßsäule … Es war wie in einem Alptraum! Alles war bekannt, aber zugleich auf absurde Weise verändert. Es ergab keinen Sinn. Und es gelang ihr nicht, aufzuwachen! Sie brauchte Luft, sie musste hinaus! Hannah rannte die große Freitreppe hinunter und stürzte durch das Schulportal mit dem Medusenhaupt.

Doch was sie nun sah, brachte sie vollends aus der Fassung: Statt des Staus, der sonst immer tagsüber auf dem Mittleren Stadtgraben herrschte, rumpelte gemächlich ein Pferdefuhrwerk vorüber. Menschen in sehr altertümlicher Kleidung gingen mitten auf der Straße spazieren, die nicht einmal asphaltiert war. Statt nach Autoabgasen roch es nach Holzfeuer und Dung. War sie durch die Zeit gefallen? Bei dem Gedanken hatte sie das Gefühl, der Boden würde ihr unter den Füßen weggezogen. Mit schreckgeweiteten Augen stand sie im gleißenden Licht der Mittagssonne vor dem Schulhaus, während sich in ihrem Kopf alles drehte. Da wurden die ersten Passanten auf sie aufmerksam. Eine alte, ganz in schwarz gekleidete Frau mit einem riesigen Hut auf dem Kopf starrte sie entgeistert an. Ein junger Bursche mit einer karierten Ballonmütze und einer beigen Kniebundhose stieß seinen Freund an und rief so laut, dass sie es hören musste: „Schau dir mal die da an! Die trägt ja Hosen!"

Das Gelächter der jungen Männer riss Hannah aus ihrer Schockstarre. Plötzlich wusste sie, was sie tun musste, wie sie diesem Alptraum entkommen könnte. Sie musste zurück! Fluchtartig machte sie kehrt und rannte, so schnell sie konnte, die Freitreppe hinauf, bog ab in das Nebentreppenhaus, das zur Alten Bibliothek hinaufführte, stieß auf den Stiegen fast mit dem seltsamen Jungen zusammen, der gerade wieder herunterkam, riss die Tür zur Bibliothek auf, kletterte mit halsbrecherischer Geschwindigkeit über die Leiter auf den obersten Regalboden und verschwand durch die Tapetentür. Auf der schmalen Wendeltreppe schlug sie sich an dem Eisengeländer blaue Flecke, stolperte aus der zweiten Tapetentür, rappelte sich auf und stürzte durch den endlosen, hinteren Teil der Bibliothek, wobei sie etliche von Hierlingers Bücherinseln umriss und die Säule mit der Vergil-Büste gefährlich ins Wanken brachte. Hierlinger war nirgends zu sehen, auch nicht, als sie endlich an der Rückseite der Tafel ankam, durch den vorderen Bibliothekssaal rannte, die Tür aufstieß und die Treppe hinunterlief. Als sie die Aula erreichte, in der nun wieder die freundlich bunten Plakate mit „How are you?", „Bonjour!", „Dobrý dén!", „Buenos dias!" und so weiter hingen, blieb sie stehen und setzte sich, mit stierem Blick und am ganzen Körper zitternd, mitten auf den Boden.

Die von zwei Schülern schnell zu Hilfe geholte Schulsekretärin führte die schluchzende Hannah schließlich ins Krankenzimmer, legte sie auf die Liege, redete beruhigend auf sie ein, machte ihr einen Tee und informierte, als all das nichts half, endlich die Mutter, die Hannah sogleich abholte.

Einer für alle ...

Zum ersten Mal in seiner langen Laufbahn als Gymnasialprofessor fühlte Professor Werner sich hilflos. Er fühlte sich hilflos, als er das Klassenzimmer der Unterprima betrat, und auf der Tafel stand: „Wirri ist ein Franzosenfreund und Vaterlandsverräter". Er fühlte sich hilflos, als er in der Lehrergarderobe in seinem Hut zwei faule Eier vorfand. Er fühlte sich hilflos, als er am Abend an seiner Anzugjacke einen angehefteten Zettel entdeckte, auf dem „Der Gallische Hahn kräht wieder" stand. Und er fühlte sich noch hilfloser, als ihm klar wurde, dass keiner der Kollegen es für nötig befunden hatte, ihn darauf aufmerksam zu machen.

Diesen Anfeindungen vorangegangen war am Tag zuvor eine Französischstunde, in der Professor Werner versucht hatte, trotz der aufgeheizten patriotischen Stimmung ‚Die drei Musketiere' von Alexandre Dumas zu lesen – eine Lektüre, bei der ihm die 17-jährigen Jungen in früheren Jahren immer begeistert gefolgt waren. Aber schon zu Beginn der Stunde war die Stimmung in der Klasse seltsam verhalten. Wenn er eine Frage stellte, meldete sich niemand und die Antworten der von ihm Aufgerufenen waren denkbar knapp. Um die Jungen aus der Reserve zu locken, deklamierte Professor Werner schließlich durchaus mit Pathos das berühmte Motto der Musketiere: „Un pour tous et tous pour un!" – woraufhin sich der Schüler Wilhelm Wangerode unaufgefordert erhob und verkündete, „Einer für alle, alle für einen" sei eine zutiefst deutsche Geisteshaltung und darum könne der Spruch unmöglich von einem französischen Halbneger erfunden worden sein. Als Werner den Schüler daraufhin aufforderte, er möge doch eine deutsche Quelle für den Ausspruch nennen, entgegnete dieser, das sei nicht nötig, der Halbneger habe hier offensichtlich geistiges Eigentum gestohlen, erfunden haben könne er den Spruch aufgrund seiner rassischen Minderwertigkeit jedenfalls nicht. Erzürnt erteilte Professor Werner dem Schüler Wangerode eine scharfe Rüge und ermahnte ihn, er solle aufhören, solchen Unsinn zu verbreiten. Außerdem verbitte er es sich, den großen Romancier Alexandre Dumas als „Halbneger" zu bezeichnen.

Aber Wangerode gab immer noch keine Ruhe: „Sie haben doch selbst gesagt, Dumas Vater sei der illegitime Sohn eines französischen Adeligen und einer haitianischen Negersklavin gewesen!"

Und jetzt meldete sich auch noch der Schüler Gutknecht zu Wort: „Professor Werner hat schon Recht: Dann war Dumas kein Halbneger, sondern bloß ein Viertelneger! Aber ein Franzmann bleibt er trotzdem!", und hatte damit die Lacher auf seiner Seite.

Da packte Professor Werner die blanke Wut und er brüllte: „Sie setzen sich jetzt sofort beide wieder hin! Wangerode und Gutknecht bekommen wegen ihres unbotmäßigen Verhaltens jeder zwei Stunden Karzer!"

Aber statt sich hinzusetzen, rief Gutknecht nun: „Einer für alle, alle für einen!" und ließ seinen Blick in Feldherrenpose durch die Klasse schweifen, woraufhin sich ein Schüler nach dem anderen erhob. Gutknecht plärrte erneut „Einer für alle, alle für einen!" und die ganze Klasse stimmte mit ein. Erbost wie noch nie stürmte Professor Werner aus dem Klassenzimmer, um angesichts dieses kollektiven Aufstands den Direktor zu Hilfe zu holen.

Doch als er diesem von dem Vorfall berichtet hatte, erwiderte Kleebeck in seiner gewohnt jovialen Art: „Jetzt gehen Sie mal schön nach Hause, Herr Werner, und erholen sich von dem Ärger. Die Knaben sind eben gerade ein bisschen aufgewühlt von den großen weltpolitischen Ereignissen. Sehen Sie es positiv: Ihre Schüler zeigen jedenfalls eine gesunde vaterländische Gesinnung. Ich rede mal mit ihnen. Und Ihnen würde ich raten, weniger Literatur zu unterrichten, sondern mehr Lebenspraktisches. So Sätze, die man im Felde auch brauchen kann, wie „Ergeben Sie sich! Lassen Sie die Waffe fallen und heben Sie die Hände!" Er lachte kollernd, schüttelte Professor Werner die Hand und schob ihn zur Tür hinaus.

Am nächsten Tag zog Professor Werner entgegen dem Rat des Direktors und trotz der Tafelschmiererei den Dumas aus der Tasche. Er nahm

26

es in Kauf, dass keiner sich meldete. Er wagte es aber auch nicht, jemandem eine Frage zu stellen. So monologisierte er eine ganze Stunde lang vor sich hin. Zwischenfälle gab es keine mehr. Offenbar hatte der Direktor mit den Schülern gesprochen. Die Eier in seinem Hut bemerkte Professor Werner rechtzeitig.

Am Pausenhof war Wirri, der Franzosenfreund, das Thema des Tages gewesen. Gutknecht und Wangerode galten als die großen Helden, weil sie Professor Werner eine Lektion in „vaterländischer Gesinnung" erteilt hätten. Sie planten schon die nächsten Schritte und scharten dabei immer mehr Getreue um sich. Dabei kam ihnen zugute, dass die Strafpredigt des Direktors, der mit seinem Organ die Wände des Klassenzimmers sonst durchaus zum Vibrieren bringen konnte, so wachsweich ausgefallen war, dass sie eher als Freibrief für weitere „Maßnahmen", wie Gutknecht es nannte, aufzufassen war.

Nur Josef hatte ein schlechtes Gewissen. Als Gutknechts Blick ihn traf, konnte er gar nicht anders, als aufzustehen wie alle anderen auch. Er kam sich vor wie eine Marionette, die an ihrer Schnur nach oben gezogen wird. Sein „Einer für alle, alle für einen" war vielleicht etwas leiser ausgefallen als das der anderen, aber er hatte trotzdem in den Chor mit eingestimmt. Er hatte sich feige verhalten, aber jetzt wollte er wenigstens so mutig sein, sich bei Wirri zu entschuldigen. Er wartete, bis seine Klassenkameraden das Schulhaus verlassen hatten, denn er wollte keinesfalls gesehen werden, wenn er in das Treppenhaus zur Bibliothek abbog.

Als er die ersten beiden Treppenabsätze erklommen hatte, schrak Josef zusammen, denn von oben kam ihm jemand entgegen. Wer würde sich in der derzeitigen Situation noch auf den Weg zu Professor Werner machen? Am Ende waren es die beiden Aufrührer, die weitere Provokationen aussheckten? Aber umkehren konnte er jetzt auch nicht mehr.

Doch statt schneidiger Kameraden in euphorisierter Stimmung kam ihm ein blondes Mädchen entgegen, das die halblangen Haare offen trug und – soweit er es im Halbdunkel des Treppenhauses erkennen konnte – auch sonst recht seltsam aussah. Ihr Oberteil, das man weder als Bluse noch als Hemd bezeichnen konnte, war von einer leuchtend rosaroten

Farbe und hatte eine schwarze Aufschrift, die keinen Sinn für ihn ergab. Außerdem hatte sie sehr eng anliegende, blaue Hosen an. Und das als Mädchen! Sie trug keine Stiefel, sondern orange, halbhohe Schuhe aus einem ihm unbekannten, kautschukartigen Material. Schon ein Junge wäre in diesem Aufzug aufgefallen wie ein bunter Hund. Als er sie ansprach, rempelte sie an ihm vorbei und beleidigte ihn auch noch! Reichlich verwirrt setzte er seinen Weg fort und betrat die Bibliothek. Vielleicht konnte Wirri ihm erzählen, wer da gerade an ihm vorbeigewischt war. Aber der Professor war nicht da. Offenbar war er noch im Goldenen Löwen beim Mittagessen. Josef stand ein bisschen unschlüssig herum, hatte aber dann, zumal ihm der Besuch ohnehin peinlich war, keine Lust mehr länger zu warten und machte sich auf den Rückweg.

Im Treppenhaus stürmte ihm das unbekannte Mädchen, dem nun plötzlich die blanke Panik ins Gesicht geschrieben stand, erneut entgegen und verschwand in der Bibliothek, wobei sie die Tür hinter sich zuwarf. Was wollte sie dort nur? Josef zögerte einen Augenblick, kehrte dann aber um und folgte ihr. Er öffnete die Tür. Das Mädchen war verschwunden, aber er hörte gerade noch, wie ganz oben, über der rechten Regalwand, knapp unterhalb der Decke, etwas zuschlug. Josef kletterte auf die rollbare Leiter, die gerade an der Regalwand stand, und inspizierte die Stelle genauer. Erstaunt stellte er fest, dass sich dort oben eine kaum sichtbare Tapetentür befand.

„Suchst du etwas Bestimmtes?", tönte Professor Werners Stimme von unten. Josef wäre vor Schreck beinahe von der Leiter gefallen. „Nein, da, da war so ein Mädchen, das …", nuschelte Josef und brach mitten im Satz ab. „Ein Märchen suchst du? Grimms Märchen stehen dort drüben. Schön, dass du dich für alte Volksdichtung interessierst, Josef, aber du weißt natürlich, dass man sich hier nicht einfach selbst bedienen kann!"

Feuerrot im Gesicht stieg Josef die Leiter hinab. Er konnte Professor Werner unmöglich von diesem seltsamen Mädchen erzählen, das wahrscheinlich auf den obersten Regalboden geklettert und durch eine

Geheimtür verschwunden war! Er würde ihn doch nur für verrückt halten oder an einen weiteren schlechten Scherz glauben. „Genau, Grimms Märchen! Sie waren gerade nicht da, Herr Professor, und da dachte ich, ich könnte Ihnen vielleicht etwas Arbeit abnehmen, wenn ich schon mal selber schaue", log Josef.

Professor Werner ging nicht weiter darauf ein, sondern durchquerte den Saal und zog die „Kinder- und Hausmärchen" der Gebrüder Grimm aus dem Regal. „Hier, bitte schön. Ich verstehe schon, dass dir der Jules Verne zu brisant geworden ist. Das hier ist dagegen völlig unverfänglich, deutscher geht es gar nicht. Sie werden dich höchstens ausspotten, weil sie es für Kinderkram halten. Aber auch das stimmt nicht. Es steckt sehr viel Weisheit in den alten Märchen."

„Danke, Herr Professor!" Josef blieb unschlüssig stehen.

„Noch was, Josef? Ah, fast hätten wir den Leihschein vergessen. Es muss schließlich alles seine Ordnung haben. Leider leihen sich inzwischen so wenige Leute etwas bei mir aus, dass ich mir die Ausleihen auswendig merken kann. Bücher sind nichts mehr wert in diesen Zeiten. Alles, was zählt, ist die Aktion. Hier, bitte unterschreiben! Und bring mir bei Gelegenheit den Jules Verne zurück."

Josef unterschrieb, nahm das Buch und ging zögerlich zur Tür. Dann nahm er aber doch seinen Mut zusammen, drehte sich um und sagte: „Herr Professor, eigentlich bin ich gar nicht wegen den Märchen hier. Ich wollte Ihnen sagen, dass es mir leid tut."

Erstaunt blickte Professor Werner von seinem Schreibtisch auf und fixierte Josef durch seine Brillengläser. „Was tut dir Leid, Josef?"

„Na die Vorfälle in den letzten beiden Französisch-Stunden. Ich wollte nicht mit den anderen aufstehen und das „Einer für alle, alle für einen" mitschreien."

„Warum hast du es dann gemacht?"

„Weil es alle gemacht haben. Sie wissen ja nicht, was am Schulhof so gesprochen wird, Herr Professor. Gutknecht und Wangerode stellen jeden als Vaterlandsverräter hin, der Partei für Sie ergreift."

Professor Werner putzte schon wieder seine Brille.

„Es ist schön, dass du gekommen bist, Josef. Ich weiß, wie schwer es ist, nicht mit den Wölfen zu heulen. Die wenigsten von uns sind Helden."

„Bitte, Herr Professor, lassen Sie das mit dem Dumas doch bleiben! Die werden sonst keine Ruhe geben. Und der Herr Direktor steht auch nicht wirklich hinter Ihnen."

Professor Werner lächelte. „Ich weiß, Josef, ich weiß. Aber ich habe diesen Beruf nicht ergriffen, um euch den Hass und die Niederträchtigkeit zu lehren. Wir sehen uns morgen in der Französisch-Stunde."

Ein fantasiebegabtes Kind

Frau Merz war besorgt. Es war noch nie vorgekommen, dass die Schule sie in der Kanzlei angerufen hatte, weil sie ihre Tochter abholen sollte. Nun saß Hannah, immer noch zitternd, als habe sie einen Schüttelfrost, neben ihr auf dem Beifahrersitz und redete wirres Zeug. Von einem geheimen Schacht in der Alten Bibliothek mit einer Wendeltreppe in eine andere Zeit, in der noch keine Autos, sondern Pferdefuhrwerke unterwegs gewesen seien. Von altmodisch gekleideten Frauen mit langen Mänteln und großen Hüten. Von jungen Männern in Kniebundhosen, die sie wegen ihres Aussehens verlacht hätten. Nur das Schulhaus habe so ausgesehen wie immer, allerdings viel hässlicher eingerichtet. Frau Merz überlegte, ob sie mit Hannah gleich zum Arzt fahren oder sie doch besser zu Hause ins Bett bringen sollte. Wahrscheinlich hatte sie Fieber und fantasierte vor sich hin.

Zu Hause stellte sie allerdings fest, dass Hannah keine Temperatur hatte. Trotzdem sagte sie alle ihre Termine ab, gab Hannah ein pflanzliches Beruhigungsmittel, steckte sie ins Bett und setzte sich neben sie, bis sie eingeschlafen war. Was nicht lange dauerte, denn offensichtlich war sie vollkommen erschöpft. Frau Merz beschloss, den Zustand ihrer Tochter auf einen pubertätsbedingten Hormonschub zurückzuführen – auch wenn sie mit 17 das Schlimmste eigentlich schon hinter sich haben müsste. Aber Hannah war schon immer ein sehr fantasiebegabtes Kind gewesen und wer weiß, was ihr dieser seltsame Doktor Hierlinger, von dem man ja die absonderlichsten Dinge hörte, für Geschichten erzählt hatte. Wenn Hannah ausgeschlafen hatte, würden diese Bewusstseinsstörungen hoffentlich vorbei sein, sonst würde sie mit ihr sofort zum Arzt gehen.

Hannah schlief drei Stunden lang, dann kam sie in die Küche, wo ihre Mutter gerade für das Abendessen Tomaten und Mozzarella in Scheiben schnitt. „Hallo, mein Liebes, geht es dir wieder besser?", fragte Frau Merz vorsichtig und hoffte inständig, dass ihre Tochter nicht wieder etwas von irgendwelchen Zeitwendeltreppen faseln würde.

„Mama, ich hab ja den ganzen Nachmittag verschlafen!", rief Hannah mit einem erstaunten Blick auf die Uhr. „Ich hab wohl vorhin ziemlich abgefahrene Stories erzählt?" Ihr war inzwischen klar geworden, dass ihr ihre Mutter die Geschichte von der Treppe in die andere Zeit niemals glauben würde.

„Das kann man wohl sagen!", erwiderte Frau Merz. „Was war denn los mit dir?"

Hannah wollte nicht, dass sich ihre Mutter Sorgen machte, und sie kannte sie gut genug, um zu wissen, was sie sagen musste, um sie einigermaßen zu beruhigen. „Ich glaub, ich war einfach total fertig. Du weißt schon, der erste Schultag! Da bin ich immer ziemlich nervös. Die vielen Eindrücke, lauter neue Lehrer und so. Ich hab auch ganz schlecht geschlafen, letzte Nacht. Und da ist es mir einfach zu viel geworden. Ich war dann da oben in dieser geheimnisvollen Alten Bibliothek und da ist irgendwie die Fantasie mit mir durchgegangen."

„Du hast richtiggehend fantasiert, Hannah. Vielleicht hast du dir ja doch einen Virus eingefangen! Hoffentlich kommt das nicht von dem Zeckenbiss, den du dir letzte Woche geholt hast!" Frau Merz legte Hannah prüfend die Hand auf die Stirn und stellte fest: „Aber Fieber hast du keins."

„Nein, nein, Mama, ich bin schon wieder ganz O.K."

„Sollen wir nicht doch Doktor Mogens um Rat fragen?" Doktor Mogens war der Psychologe, den Frau Merz seit der Trennung von ihrem Mann regelmäßig konsultierte. Das wollte Hannah auf gar keinen Fall!

„Nein, Mama, das muss wirklich nicht sein! Es passiert mir auch bestimmt nicht wieder!"

„Aber morgen bleibst du besser mal daheim!", beschloss Frau Merz.

Hannah verbrachte einen gänzlich ereignislosen zweiten Schultag zu Hause, an dem sie sich über WhatsApp von Anna-Lena über die neuesten Skandale und Sensationen auf dem Laufenden halten ließ. Doch die aktuellen Pärchenbildungen, die Macken und Tücken der neuen

Lehrkräfte, die modischen Extravaganzen der Mädchen und die Entwicklungsfortschritte der Jungs interessierten sie heute nicht wirklich. Viel mehr beschäftigte sie die Frage, was sie denn da tags zuvor gesehen hatte, wohin sie da nur geraten war. So etwas wie eine Treppe in eine andere Zeit konnte es doch unmöglich geben! Hatte sie sich das alles dann doch bloß zusammenfantasiert? Ein extrem intensiver Tagtraum? Aber so etwas war ihr doch noch nie passiert! Und die Erinnerung an den gestrigen Tag verblasste auch nicht, wie es sonst immer nach schlechten Träumen geschah. War sie vielleicht doch nicht ganz richtig im Kopf? Oder hatte ihr jemand eine bewusstseinserweiternde Droge in die Teeflasche gekippt? Sie wusste, dass Tim und Jan mit allem möglichem Zeug experimentierten. Aber warum sollten die beiden sie als Versuchskaninchen missbrauchen? Wäre ihnen das zuzutrauen? Sie hatte sich von diesen supercoolen Angebern immer fern gehalten und nie Interesse an ihren illegalen oder halblegalen Kräutermischungen bekundet. Aber immerhin wäre es eine vernünftige Erklärung. Andererseits: Einen Trip stellte sie sich anders vor. Nicht so realistisch, nicht so greifbar! Einfach deutlicher unterscheidbar von der Wirklichkeit!

Es half nichts. Sie musste noch einmal hinauf zum alten Hierlinger. Sie musste die Tapetentür suchen und noch einmal die Wendeltreppe hinabsteigen. Wenn sie dann wieder in der anderen Bibliothek, in der anderen Schule, in der anderen Zeit landen würde, dann wüsste sie, dass sie sich nichts eingebildet hatte. Das wäre dann allerdings wirklich der Hammer!

Deutsche Füsiliere

Haut les mains! Laissez tomber les armes!"
Französische Befehle schallten über den Schulhof. Professor Meinrat war neuerdings ein Freund fortschrittlicher Unterrichtsmethoden. Er hatte seine Unterprima in „deutsche Füsiliere" und „feige Franzmänner" aufgeteilt. Die „deutschen Füsiliere" mussten die „feigen Franzmänner" auf Französisch gefangen nehmen, sie entwaffnen und in einer Kolonne ins Kriegsgefangenenlager, als das der Fahrradschuppen diente, abführen. Dabei ging es recht ruppig zu, denn die „deutschen Füsiliere" hatten sich mit Seitengewehren aus Hartholz bewaffnet und stießen den unterlegenen Feind unbarmherzig vor sich her. Dann wurden die Rollen getauscht, denn natürlich durfte jeder einmal „deutscher Füsilier" sein.

Auch die Parallelklasse von Professor Werner hatte in der letzten Stunde gerade Französischunterricht – theoretisch jedenfalls. Denn während Werner unbeirrt aus Alexandre Dumas „Les trois Musquetaires" vorlas, standen seine Schüler am geöffneten Fenster und feuerten ihre Kameraden lautstark an. Als der Schulgong ertönte, stand Professor Werner wortlos auf und verließ das Klassenzimmer. Im Fahrradschuppen stellte er fest, dass ihm die „deutschen Füsiliere" den Reifen zerstochen hatten. Als er das Rad an einer feixenden Schülergruppe vorbei über den Schulhof schob, hörte er hinter sich ein lautes „Kikeriki!" und ein tiefes „Alexandre!". Er drehte sich nicht um.

Josef nahm Karl am Nachhauseweg beiseite. „Sag mal, findest du es richtig, was sie mit Wirri machen?"

„Wer mit dem Feinde fraternisiert, der hat kein Pardon zu erwarten!", rief Karl mit gespieltem Pathos aus.

„Aber von Fraternisierung kann doch gar keine Rede sein. Wirri möchte doch bloß seinen ganz normalen Unterricht halten. Nicht solchen Blödsinn wie Meinrat! Und dass man im Französischunterricht nur französische Autoren lesen kann, ist doch klar."

„Da magst du schon Recht haben, Josef", gab Karl, nun ernsthaft geworden, zu, „aber wenn du in der derzeitigen Stimmung für ihn Partei ergreifst, dann stehst du sofort als Vaterlandsverräter da. Dann stellen dich Gutknecht und Wangerode an den Pranger. Und das möchtest du doch nicht, oder?"

„Gutknecht und Wangerode boykottieren Wirris Unterricht doch bloß, weil sie selber zu doof sind für Französisch. Wirri hat sie doch letztes Jahr nur gnadenhalber vorrücken lassen."

„Das rächt sich jetzt bitter für ihn. Aber was willst du machen?", entgegnete Karl achselzuckend und wollte vom Kaiser-Wilhelm-Ring abbiegen, denn ihre Wege trennten sich hier. Doch Josef hielt ihn zurück: „Wart mal noch, Karl! Ich muss dir noch von einer eigenartigen Begegnung erzählen, die ich gestern hatte. Nach dem Unterricht war ich noch bei Wirri oben."

„Was wolltest du denn bei ihm?", fragte Karl verwundert.

„Tut nichts zur Sache. Jedenfalls ist mir im Treppenhaus ein Mädchen begegnet. Sie hatte es ziemlich eilig und rempelte mich an, als ich sie ansprach."

„Ein Mädchen? Empfängt Wirri jetzt etwa auch noch Damenbesuch in seinen Heiligen Hallen? Dann ist er doch ein echter Franzmann!", scherzte Karl.

„Blödsinn! Er war gar nicht da, als das Mädchen aus der Bibliothek kam. Aber noch viel seltsamer war, wie das Mädchen ausgesehen hat! Sie trug die Haare offen und hatte Hosen an!"

„Das wird ja immer noch besser! Hosen!", rief Karl eine Spur zu erstaunt. „Vielleicht eine dieser verrückten Radrennfahrerinnen. Was wollte die denn bei Wirri?"

Josef merkte, dass Karl ihn nicht ganz ernst nahm. Trotzdem fuhr er fort zu erzählen: „Nein, das war überhaupt keine Hose, wie sie ein Mädchen je anziehen könnte. Sie war ganz eng anliegend, sodass man genau ihre Beine sehen konnte!"

„War sie wenigstens hübsch?", fragte Karl.

„Soweit ich sehen konnte, ja!"

Karl lachte. „Mein lieber Josef! Das bildest du dir alles bloß ein! Ich stell mir auch manchmal die Beine von schönen Mädchen vor, allerdings nicht, wenn ich gerade durch das Schulhaus latsche. Außerdem ist es im Treppenhaus ziemlich duster, und wenn das Mädchen schnell an dir vorbeigelaufen ist, konntest du doch gar nicht so genau erkennen, was sie anhatte!"

„Aber ich hab sie doch sogar zweimal gesehen!", beharrte Josef. „Auf dem Rückweg kam sie mir im Treppenhaus nochmal entgegen. Dieses Mal aber offenbar total panisch, als wäre sie vor etwas auf der Flucht."

„Wahrscheinlich ist sie nur vor dir und deiner Visage geflohen", versuchte es Karl mit einem neuerlichen Scherz.

„Unsinn! Pass auf, die Sache wird nämlich noch mysteriöser. Ich bin ihr in die Bibliothek gefolgt – und da war sie wie vom Erdboden verschluckt. Ganz oben unter der Decke gibt es aber eine geheimnisvolle Tapetentür, durch die sie wahrscheinlich verschwunden ist. Ich konnte die Sache aber nicht weiter untersuchen, weil Wirri dann zur Tür hereingekommen ist."

Karl schüttelte übertrieben deutlich den Kopf: „Mein lieber Josef, deine Fantasie geht mit dir durch! Mag sein, dass du tatsächlich ein Mädchen gesehen hast. Vielleicht wollte sie Wirri irgendetwas ausrichten oder ein Buch zurückbringen. Dass sie in Panik gerät, wenn sie dir nachmittags im ansonsten leeren Schulhaus begegnet, ist auch kein Wunder, schließlich haben Mädchen, wie du weißt, an unserem Institut keinen Zutritt. Und deine Tapetentür führt wahrscheinlich nur zu irgendeinem Luftschacht für den Kaminkehrer. Oberhalb der Bibliothek kann ja kaum mehr etwas sein, die ist ja schon im Dachgeschoss."

Unzufrieden trennte sich Josef von seinem Freund und ging nach Hause. Dann würde er seine Nachforschungen eben alleine anstellen! Am Zeitungskiosk am Luitpold-Park meldeten die Zeitungen unterdessen „Tausende Französische Gefangene gemacht!", aber auch, deutlich kleiner, „Strategischer Rückzug an den Fluss Aisne".

Ein Ausflug in die Neue Welt

Am nächsten Tag nach dem Unterricht, als ihre Mitschüler alle schon auf dem Heimweg waren, stieg Hannah unschlüssig die Treppe zur Alten Bibliothek hinauf. Sie wollte Hierlinger sagen, dass sie wahrscheinlich am Jules-Verne-Regal ihr Armband verloren habe und dort noch einmal nachsehen wolle. Hoffentlich kam er nicht auf die Idee, sie dorthin zu begleiten!

Doch als sie den letzten Treppenabsatz erreichte, hörte sie Stimmen in der Bibliothek. Das war mehr als ungewöhnlich. Bisher hatte sie Hierlinger immer allein in seinem Reich vorgefunden. Sie öffnete die Tür und erstarrte. Auf Hierlingers Besucherstuhl saß der Junge, dem sie vorgestern im Treppenhaus begegnet war.

„Hannah, wie schön! Darf ich dir Josef vorstellen?", rief Hierlinger erfreut. „Ein Schüler aus der Unterprima!"

„Wo …, wo soll der herkommen?", fragte Hannah, reichlich verdattert.

„Ach so, entschuldige, in früheren Zeiten hatte man für die einzelnen Jahrgangsstufen noch lateinische Bezeichnungen. Unterprima ist die Klasse vor der Abschlussklasse, also die 12., wobei man damals aber noch neun Jahre aufs Gymnasium gehen durfte", erklärte Hierlinger.

„Aha."

Hierlinger stand auf, nahm Hannah ein wenig beiseite und erklärte ihr im Flüsterton: „Josef ist noch ein bisschen verwirrt. So wie er aussieht, ist er gerade einem Roman aus dem ersten Drittel des 20. Jahrhunderts entsprungen. Ich tippe mal auf eine Kreuzung aus Robert Musil, Franz Kafka und Josef Roth."

„Er ist einem Roman entsprungen?", fragte Hannah ungläubig.

„Ja, das kommt bisweilen vor. Wenn sich die Bücher auf den Bücherinseln gegenseitig befruchten, kommt es manchmal zu leibhaftigen Projektionen. Bedauerlicherweise verschwinden sie bald wieder, aber man kann sich eine Zeitlang gut mit ihnen unterhalten. Leider können sie den geschützten Raum der Bibliothek nicht verlassen, sonst lösen sie sich sofort in Luft auf."

Hierlinger war wirklich total durchgeknallt, dachte Hannah. Aber war es nicht mindestens genauso verrückt zu glauben, es gebe eine Treppe in die Vergangenheit?

„Aber das ist doch Unsinn!", meldete sich nun Josef zu Wort. „Ich bin weder eine Romanfigur, noch irgendeine Projektion oder sowas! Aber ich wüsste doch gerne, wo ich hier eigentlich bin!"

„Du bist der Junge, dem ich drüben zweimal begegnet bin, oder? Du bist über die Wendeltreppe hinter der kleinen Tapetentür gekommen, stimmt's?", fragte Hannah.

„Stimmt", bestätigte Josef und betrachtete Hannah genauer: „Du hast ja tatsächlich Hosen an!"

„Was hast du nur immer für ein Problem mit meiner Hose? Das ist eine ganz normale Jeans, H&M, 19,95€. Aber das tut jetzt nichts zur Sache. Willkommen im 21. Jahrhundert!"

„Ihr kennt euch? War er etwa schon da, als du das letzte Mal in der Bibliothek warst? Das wäre ja sensationell! So lange hat eine Projektion noch nie gehalten!", rief Hierlinger voller Begeisterung.

„Wieso im 21. Jahrhundert? Wir leben im 20. Jahrhundert! Heute ist der 14. September 1914!", rief Josef.

„Irrtum! Hier ist heute der 14. September 2015", berichtigte ihn Hannah.

Josef schluckte. „Du meinst, die Treppe führt in die Zukunft?"

„Oder in die Vergangenheit. Kommt auf den Standpunkt an. Die Treppe überbrückt offenbar genau 101 Jahre!", erklärte Hannah.

„Aber hier hat sich überhaupt nichts verändert!", wandte Josef ein.

„Das stimmt. Aber das ist auch der einzige Ort im ganzen Universum, wo sich in hundert Jahren nichts verändert hat. Vielleicht ist darum ausgerechnet hier eine Zeittreppe entstanden."

„Dann spielt deine Geschichte also zu Beginn des Ersten Weltkriegs", mischte sich Hierlinger wieder ein.

„Das ist keine Geschichte! Ich lebe da!", fuhr ihn Josef an. „Wenn, dann seid ihr hier die Geschichte!"

„Faszinierend!", wandte sich Hierlinger nun an Hannah, „so eine lebendige Projektion hatten wir noch nie!"

Hannah ignorierte Hierlinger einfach und sprach weiter mit Josef: „Tut mir Leid, dass ich dich im Treppenhaus so angemotzt habe. Aber für einen Menschen aus dem Jahr 2015 ist deine Bemerkung über Hosen ziemlich strange."

„Strange?"

„Seltsam!"

„Tragen denn alle Mädchen in der Zukunft Hosen?", wunderte sich Josef.

„Die meisten! Oder kurze Röcke. Jedenfalls nicht diese glockenförmigen Kleider, mit denen sie bei euch so rumlaufen!"

„Aber ist das denn nicht ziemlich unschicklich? Ich meine …", Josef begann ein wenig zu stottern und wusste nicht, ob er Hannahs Beine genauer anschauen durfte, „man sieht so viel."

Hannah lachte. „Für hiesige Verhältnisse laufe ich ziemlich züchtig durch die Gegend. Du dagegen schaust tatsächlich aus, als seist du einem alten Stummfilm entstiegen."

„Wieso Stumm-Film? Gibt es denn in der Zukunft Sprech-Filme?"

„Nicht nur das. Ich könnte dich ja mal mit ins 3D-Kino nehmen! Aber vorher müsstest du dir was anderes anziehen."

„Hannah, ich hab dir doch schon gesagt, dass die Projektionen nur in der Bibliothek Bestand haben!", meldete sich Hierlinger zu Wort.

„Ich würde tatsächlich gerne einmal sehen, wie es da draußen aussieht!", rief Josef aufgeregt und sprang auf.

Hannah zögerte. Wenn sie daran dachte, wie sehr sie der kurze Ausflug zurück in die Welt von 1914 aus der Bahn geworfen hatte! Wie viel mehr musste es da einen Menschen aus der Vergangenheit verstören, einfach gut 100 Jahre nach vorne zu springen? Sie war kein Geschichtsfreak, aber so viel wusste sie doch, dass damals die ersten Oldtimer übers Kopfsteinpflaster rumpelten, am Himmel Zeppeline schwebten und die Telefone Wählscheiben oder Kurbeln hatten. Was würde dieser Junge wohl zu den modernen Autos, zu Düsenflugzeugen und Smart-Phones sagen? Sie würde ihn behutsam in die moderne Welt einführen müssen.

„Gut, aber wir werfen wirklich nur einen Blick nach draußen!", beschloss Hannah. „Es hat sich nämlich doch einiges mehr verändert, als dass die Mädchen Hosen tragen!".

„Hannah, ihr dürft diesen geschützten Raum nicht verlassen!" Aus Hierlingers Stimme klang Verzweiflung. Doch Hannah und Josef waren schon zur Tür hinaus.

Hannah hoffte, nach einem Seitenblick auf Josef und dessen mehr als ungewöhnliche Kleidung, dass ihnen niemand begegnen würde. In der ersten Schulwoche war noch kein Nachmittagsunterricht, sodass das Schulhaus ziemlich leer sein müsste. Als sie vom Treppenhaus in die Aula einbogen, merkte sie, wie Josef stockte, als er die pastellfarbenen Sitzgruppen sah. „Schön bunt hier", murmelte er. Vor der Wand mit den internationalen Grußformeln blieb er stehen. „‚Bonjour'? Ihr begrüßt den Erbfeind? Welcome! Und auch noch den perfiden Engländer! Bei uns steht seit gestern ‚Gott strafe England!' an dieser Stelle!"

„Ach ja richtig, 1914 waren das ja unsere Feinde. Inzwischen sind die Franzosen unsere besten Freunde. Im letzten Schuljahr war ich sogar eine Woche auf Schüleraustausch in Grenoble. Und auch mit den Engländern verstehen wir uns ganz gut, auch wenn sie wieder aus der EU rauswollen. London ist die coolste Stadt, die ich kenne!"

„Cool?"

„Oh Mann, das kann man nicht übersetzen. London ist einfach … klasse!"

Josef war jetzt schon mehr als erstaunt: „Wieso warst du denn in London?"

„Kurzurlaub mit meiner Mutter. Wir waren nur drei Tage, aber es war wirklich super."

40

„Drei Tage bloß?", fragte Josef verwundert, „aber so lange braucht man doch schon, um überhaupt dorthin zu kommen."

„Mit dem Flieger dauert das nicht einmal drei Stunden!"

„Ihr habt ein Flugzeug?"

„Nein, natürlich nicht! Im Jahr 2015 ist es normal, dass man in ein großes Flugzeug steigt, wo vielleicht 200 Passagiere reinpassen, und damit in ein anderes Land fliegt!", erklärte Hannah amüsiert.

„Hallo Hannah!", Hannah hatte Frau Hörmann-Freier gar nicht bemerkt. „Wen hast du denn da dabei?". Sie musterte Josef mit einem prüfenden Blick.

„Äh, das ist … Josef. Er ist neu hier und kommt von weit her. Ich zeig ihm ein bisschen die Schule", improvisierte Hannah.

Da hellte sich Frau Hörmann-Freiers Miene auf: „Willkommen in Deutschland, Jusuf!", rief sie eine Spur zu enthusiastisch. „Aus – welchem – Land – kommst – du – denn?", fragte sie überartikuliert.

„Ich heiße Josef", berichtigte sie Josef und ergänzte: „Und ich komme aus dem Deutschen Reich."

Frau Hörmann-Freiers Gesichtsausdruck verfinsterte sich schlagartig. „Ich finde das überhaupt nicht komisch. Nazis werden an dieser Schule nicht geduldet, lass dir das gesagt sein!" Empört verschwand Frau Hörmann-Freier Richtung Lehrerzimmer.

„Was hab ich denn jetzt Falsches gesagt?", fragte Josef, dem die Röte ins Gesicht gestiegen war.

„Na ja, das Deutsche Reich gibt's schon lange nicht mehr. Wir leben jetzt in der Bundesrepublik Deutschland", erklärte Hannah. „Offenbar hat sie dich zuerst für einen Flüchtling gehalten – und dann für einen Nazi oder einen Reichsbürger oder sowas. Nimm es ihr nicht übel, sie ist ganz in Ordnung. Wir müssen dir wirklich andere Klamotten besorgen."

„Flüchtling – Nazi. Ich versteh gar nichts!"

„Das kann man auch nicht so leicht erklären. Am besten, du sagst immer nur das Nötigste! Und jetzt komm raus hier, bevor uns noch jemand begegnet."

Doch dafür war es schon zu spät. Jan war gerade zur Eingangstür hereinspaziert und steuerte federnden Schrittes und mit seinem notorisch coolen Grinsen geradewegs auf sie zu. Der hatte ihr gerade noch gefehlt!

„Hi Hannah! In welchem Second-Hand-Laden hast du den denn aufgegabelt?", fragte Jan spöttisch und deutete auf Josef.

Hannah beschloss, nicht auf diese Frage einzugehen. „Hi Jan! Das ist Josef. Er ist neu hier."

„Das seh ich! Aber warum hat er denn Uropas Klamotten an, wenn er neu ist?", witzelte Jan.

Da kam Hannah die rettende Idee. „Schultheater! Wir haben heute schon die erste Probe."

„Ich wusste ja gar nicht, dass du da dabei bist. Aber heute ist doch noch gar kein Wahlunterricht!", wandte Jan ein.

„Heute ist nur Vorsprechen. Ich schau mir die ganze Sache mal an", log Hannah.

„Redet der auf der Bühne auch so wenig?", fragte Jan mit einem Seitenblick auf Josef.

„Ist noch ein bisschen schüchtern", erwiderte Hannah. „Und was führt dich an diesem unbeschwerten Nachmittag hierher?", versuchte sie das Gespräch in unverfänglichere Bahnen zu lenken.

„Schülerausweis verlängern. Das Sekretariat schließt gleich. Ciao, ciao, schöne Frau!" Hannah verdrehte die Augen und Jan federte davon.

Der Schritt durch das Portal mit dem Medusenhaupt war für Josef ein Schritt in eine andere Welt. Im Sonnenlicht blitzten farbige, chromlackierte Karosserien, die er erst auf den zweiten Blick als Automobile identifizierte. Stoßstange an Stoßstange standen sie auf der Straße und beschleunigten plötzlich und wie auf Kommando zu einer ganz erstaunlichen Geschwindigkeit. Es war offensichtlich lebensgefährlich, die Straße zu überqueren. Hannah führte ihn zu einer schlanken Säule mit wechselnden Lichtern, die sie „Ampel" nannte, und erklärte ihm, dass man erst bei der Farbe Grün die Straße gefahrlos überqueren könne. In der „Fußgängerzone", wo man, wie Hannah behauptete, vor den Autos sicher war, blieb er mit offenem Mund vor den riesigen Schaufenstern der Geschäfte stehen. Manches konnte er einordnen: Es gab immer noch einen Buchladen, Schuhgeschäfte, Bekleidungsgeschäfte – aber alles mit einer unendlich größeren, bunteren, schrilleren, aufregenderen Auswahl! Vor allem die Damenmode, die an lebensechten Schaufensterpuppen ausgestellt wurde, kam ihm reichlich gewagt vor. Allerdings schienen die blauen Hosen ziemlich minderwertig zu sein, denn sie wurden sogar mit Löchern verkauft. Als geradezu unanständig empfand er die lebensgroßen Farbfotografien halbnackter Frauen in eindeutigen Posen, mit denen eine Parfümerie ihre Produkte bewarb. Wenn das Kaplan Rudloff sehen würde, der immer so gegen die Unsittlichkeit und Verderbtheit der „heutigen Jugend" wetterte! Als er Hannah darauf ansprach, lachte sie nur und zuckte mit den Schultern. Anderes war ihm ein völliges Rätsel, etwa ein Laden, wo man „Beauty and Nails" kaufen konnte. Schönheit und Nägel? Was hatten sie nur immer mit ihrem Englisch! Oder ein Schaufenster mit zigarettenschachtelgroßen elektrischen Geräten, mit denen man angeblich „surfen" und noch einiges mehr bewerkstelligen konnte, was er nicht verstand. Am längsten verharrte er aber vor einem Reisebüro, das tatsächlich Flugreisen in die entferntesten Gegenden der Welt anbot. Auf großformatigen Farbfotografien waren hier schier unglaubliche Hotelpaläste mit lauter glücklichen Menschen in knappster Badebekleidung zu sehen.

Was ihn aber noch mehr in Erstaunen versetzte als die Geschäfte waren die Menschen, die die „Fußgängerzone" bevölkerten. Wie unterschiedlich gekleidet sie alle waren! Da, wo er herkam, gab es natürlich auch Unterschiede in der Kleidung, aber die waren vor allem auf das Alter und den Stand zurückzuführen: ein Bürger sah aus wie ein Bürger, ein Arbeiter wie ein Arbeiter, eine Dame wie eine Dame, ein Pennäler wie ein Pennäler. Hier schien sich alles aufgelöst zu haben:

Es gab Frauen jeden Alters mit engen, blauen Hosen wie die Hannahs, er sah aber auch Frauen in weiten, bunten Pluderhosen oder in sehr körperbetonten, kurzen Hosen, die knapp über dem Oberschenkel aufhörten, oder in bunt betupften Kleidern oder in sehr engen und kurzen, farbigen Röcken, die mehr zeigten als verbargen. Auf den Oberteilen, die man nicht auf- und zuknöpfen konnte, sondern wie Unterhemden einfach über den Kopf zog, war alles Mögliche abgebildet: unverständliche Parolen, Muster und Symbole, ja sogar Totenköpfe. Viele Frauen hatten kurz geschnittene Haare wie die Männer und umgekehrt gab es Männer mit langen Haaren, ja sogar mit Dutts. Außerdem schien es kaum mehr alte Frauen zu geben, denn er sah fast keine Frau mit grauen Haaren. Dafür begegneten ihnen ein Mädchen mit blauen Haaren und ein paar sehr bunt gekleidete Jungen mit langen, verfilzten Locken. Um zwei junge Männer mit kahl rasiertem Schädel, die eine Art Kampfuniform und schwere Stiefel trugen, machte Hannah einen Bogen. Hatte man 2015 immer noch so viel Respekt vor dem Militär?

Auch die Männermode hatte sich stark verändert und sich sehr der der Frauen angenähert. Nur Männer mit einem Rock oder einem Kleid sah er nicht. Niemand trug mehr einen Hut, höchstens eine Art Schirmmütze, die man aber verkehrt herum aufsetzte. Viele Leute verbargen ihre Augen hinter großen Brillen mit dunklen Gläsern, die sie sich aber manchmal auch in die Haare steckten. Besonders befremdlich fand Josef, dass manche Leute, die offensichtlich keine Matrosen waren, am ganzen Körper tätowiert waren und sich Ringe und Nadeln in die Nase, die Ohren oder sogar in die Lippen gesteckt hatten.

Nicht minder erstaunlich fand es Josef aber auch, dass es so viele Ausländer auf dem Stadtplatz gab. Mit offenem Mund starrte er zwei Schwarzafrikanern hinterher, die ihre Fahrräder durch die Fußgängerzone schoben. „Ich hab noch nie einen echten Neger gesehen", sagte er entschuldigend zu Hannah, die ihn missbilligend ansah und ihm zu erklären versuchte, dass der Begriff „Neger" im Jahre 2015 zu einem Schimpfwort geworden war. Außerdem erfuhr er von ihr, dass das Osmanische Reich längst nicht mehr existierte, und dass sowohl die Briten als auch die Franzosen und zu allererst die Deutschen ihre Kolonien verloren hätten und die vielen jungen Araber, die sich auf den knallroten städtischen Sitzmöbeln langweilten, vor Bürgerkriegen in Syrien und Afghanistan geflohen seien. Vor einem großen türkischen Gemüseladen kaufte Hannah Schafskäse mit Oliven und als Josef anmerkte, dass dieser Flüchtling schon lange da sein müsse, wenn er sogar schon einen so großen Laden betreibe, lachte sie ihn aus. „Dieser Türke ist schon seit zwei Generationen auf dem Stadtplatz und hat die besten Falafel weit und breit! Und jetzt gehen wir zum Italiener und kaufen uns ein Eis!"

Auf dem Weg zur „Eisdiele" begegnete ihnen noch eine asiatische Reisegruppe, die eifrig den Stadtturm fotografierte. „Sind das auch Flüchtlinge? Gibt es in China wieder einen Boxeraufstand?", wollte Josef wissen.

„Nein, das sind nur japanische Touristen. Die sind wahrscheinlich auf einer Flusskreuzfahrt und machen hier für zwei Stunden Halt."

Doch da hatten sie die italienische Eisdiele auch schon erreicht, wo sich Josef aus einer unendlichen Auswahl eine Sorte aussuchen sollte. Er deutete schließlich auf eine knallhellblaue, die zwar nicht gut, aber unendlich süß schmeckte. Die Währung der Zukunft, mit der Hannah bezahlte, war offenbar nicht mehr die Reichsmark, sondern der „Euro", der angeblich in halb Europa gültig war.

Hannah fand den Spaziergang mit Josef weniger spannend, sondern eher peinlich. Sie musste auf Josef aufpassen wie auf ein kleines Kind. Nicht genug, dass sie ihm sogar die Ampel erklären musste; sie zog ihn auch noch in letzter Sekunde vom Fahrradweg, als ein Radfahrer schimpfend vorbeiklingelt kam, erklärte ihm geduldig alle Fragen, die er vor den Schaufenstern stellte, und drängte ihn zur Eile, als er sich in der Eisdiele nicht entscheiden konnte und der Eisver-

45

käufer immer ungeduldiger wurde. Das wäre ja vielleicht alles ganz lustig gewesen, wenn er nicht gar so auffällig gekleidet gewesen wäre! Aber mit seiner Schiebermütze, seinem großkarierten Jackett, der Kniebundhose, den über die Waden gezogenen Socken und dem altertümlichen Schuhwerk, alles in unterschiedlichen Brauntönen, sah er echt aus wie ein Freak! Besonders peinlich wurde es, als sie eine Kreuzung überquerten und die Ampel umschaltete, als sie noch mitten auf der Straße waren. Josef geriet in Panik, weil er glaubte, dass die Autos sofort losfahren würden, und griff nach ihrer Hand! Händchenhaltend mit diesem Kauz wollte sie auf gar keinen Fall gesehen werden! Außerdem starrte er dem Mädchen mit dem Minirock, das vor ihnen in der Schlange an der Eisdiele anstand, so gebannt auf den Hintern, dass sich diese umdrehte und ihn giftig anschaute. Zum Glück begegneten sie keinem Bekannten.

So war Hannah froh, als sie wieder an der Schule ankamen. Josef hingegen war überwältigt von den Eindrücken, die auf ihn eingestürzt waren. Für ihn war das alles extrem verwirrend und er sprudelte über vor Fragen. Warum zahlte man in Deutschland mit Euros? Hatten alle Menschen ein eigenes Automobil? Reiste man auch in die Kolonien der Engländer und Franzosen? Wer waren die Schlümpfe? Was ist ein Tourist? Warum durfte man die Parfümreklame anstarren, das Mädchen aber nicht? Was taten die Leute auf der Caféterrasse nur mit diesen kleinen elektronischen Schachteln, auf denen sie so konzentriert herumdrückten?

In der Schule waren nur noch die Putzfrauen am Werk und die schauten nicht auf, solange man nicht durch die frisch gewischten Flächen latschte. Wenigstens das hatte sich nicht geändert, dachte Josef, wunderte sich aber, dass die Putzfrauen ausschließlich Fremdarbeiterinnen waren. Im Treppenhaus fragte Josef Hannah schüchtern: „Kann ich wiederkommen? Es gibt noch so viel, was ich wissen möchte."

Hannah zögerte. „Klar. Aber nur unter einer Bedingung: Ich bring dir ein paar Sachen zum Anziehen mit. Muss ja nicht jeder gleich sehen, wo du herkommst!"

Oben in der Bibliothek kam Hierlinger aufgeregt auf sie zu: „Er ist ja immer noch da! Warst du wirklich mit ihm draußen, Hannah? Eine so starke Projektion hatten wir hier noch nie! Ich freue mich so, dass ich endlich mal eine Projektion mit jemandem teilen kann, Hannah! Immer wenn ich anderen Menschen davon erzählt habe, hat mir niemand geglaubt!"

Hannah ging nicht darauf ein, sondern sagte zu Josef: „Übermorgen, wieder um 13:00 Uhr. Ich brauche einen Tag Zeit, um ein paar Sachen für dich aufzutreiben."

„Kuhl!", erwiderte Josef grinsend und Hannah lachte.

„Sag uns doch, welche Bücher deine Eltern sind!", fing Hierlinger wieder an. „Dann können wir dich vielleicht wiederauferstehen lassen!" Aber Josef war schon hinter der Tafel verschwunden.

Der Krieg im Klassenzimmer

Am nächsten Morgen in der Französischstunde geschah etwas Unerhörtes: Josef meldete sich, trotz des kollektiven Boykotts. Wirri las gerade mit so monotoner Stimme dahin, dass man sich an das Beten eines Rosenkranzes erinnert fühlte. Er bemerkte Josef nur deshalb, weil plötzlich das Getuschel, das seine Lesung sonst immer begleitete, verebbte. Als er Josef aufrief, wollte dieser weiterlesen, was ihm der Professor natürlich gestattete. Nach einigen Absätzen unterbrach ihn Wirri und wandte sich an Karl: „Von Stetten, fahren Sie fort, bitte!" Karl spürte die drohenden Blicke Gutknechts auf sich gerichtet, quittierte diese aber mit einem verächtlichen Lächeln und setzte ungerührt die Lektüre fort. Damit war der Bann gebrochen. Auch die folgenden Aufgerufenen lasen und Wirri war klug genug, keinen aus der engeren Entourage Gutknechts dranzunehmen.

Nach der Stunde flüsterte Karl: „Du bist wahnsinnig, Josef. Sie werden uns kreuzigen!"

„Danke, dass du mich nicht im Stich gelassen hast!", erwiderte Josef.

Karl runzelte die Stirn: „Zumindest einweihen hättest du mich können. Dann hätte ich wenigstens die Chance gehabt, dir deinen Heldenmut wieder auszureden."

„Ich hätte es auch alleine mit denen aufgenommen", erwiderte Josef.

Da baute sich die massige Gestalt Gutknechts hinter ihnen auf: „Das wird euch noch leidtun, ihr feigen Verräter!", stieß er hasserfüllt hervor, nahm dabei Josefs Lineal und zerbrach es mit einer theatralischen Geste. Josef erhob sich und fixierte den einen Kopf Größeren. In diesem Augenblick kam Professor Scheubeck herein und dröhnte: „Begeben Sie sich auf Ihre Plätze, meine Herren!" Gutknecht drehte sich im Zeitlupentempo um und schritt zu seiner Bank.

„So ein Affe!", zischte Josef. „Fällt dir eigentlich auf, dass heutzutage die Feiglinge als Helden gelten und die Helden als Feiglinge?"

„Fragt sich bloß, wer hier eher den Heldentod sterben wird", seufzte Karl.

Nach der letzten Stunde begaben sich die beiden Freunde in Wirris Bibliothek. Zum einen war damit zu rechnen, dass ihnen Gutknecht mit seinen Getreuen auf dem Heimweg auflauern würde. Zum anderen hielt es Josef für klug, das weitere Vorgehen mit Wirri abzusprechen.

„Ah, Josef Fürst und Karl von Stetten, die beiden Streikbrecher aus der Unterprima!", begrüßte sie Wirri gut gelaunt. „Meinen Respekt! Ihr habt heute beide großen Mut bewiesen."

„Wir wollen, dass dieses Affentheater endlich wieder aufhört, Herr Professor!", erklärte Josef.

„Da habt ihr heute einen wichtigen Schritt dazu getan. Ich bin mir sicher, dass sich nun alles wieder einrenkt", konstatierte Wirri zuversichtlich.

„Das glaube ich nicht, Herr Professor!", entgegnete Karl. „Gutknecht und sein Anhang haben heute eine Niederlage eingesteckt, aber das wird sie nur noch mehr reizen. Die werden das nicht auf sich sitzen lassen. Schließlich befinden wir uns im Krieg."

Wirri schüttelte den Kopf: „Nein, nein! Die Front verläuft durch Frankreich, nicht durch das Klassenzimmer der Unterprima. Ich prophezeie euch, in den nächsten Stunden wird einer nach dem anderen von diesem lächerlichen Pennäleraufstand abfallen und am Ende stehen Gutknecht und Wangerode alleine da. Und dann werden sie zahm wie die Lämmlein sein."

„Da unterschätzen Sie den Feind aber, Herr Professor!", wandte Josef ein. „Ich würde eher mit erbittertem Widerstand rechnen. Ich wäre mir auch nicht sicher, ob die Gegenseite nicht zu noch unlautereren Mitteln greift wie bisher."

„Jetzt ist's aber genug mit der Kriegsmetaphorik! Warten wir's ab! Ich würde das nicht so schwarzsehen. Letztlich haben wir es nur mit vom Kriegsgeschrei der Erwachsenen irregeleiteten Jugendlichen zu tun", beendete Wirri die Diskussion. Skeptisch verabschiedeten sich Josef und Karl.

Die unlauteren Mittel ließen nicht lange auf sich warten. Als Josef am nächsten Tag nach der Pause ins Klassenzimmer zurückkehrte, fand er seine Schultasche gefüllt mit frischen Pferdeäpfeln. Hinter ihm saß mit breitem Grinsen Gutknecht. Josef zögerte nicht lange, packte die Schultasche und entleerte den Inhalt sorgfältig auf Gutknechts Pult, wobei auch einiges auf Gutknechts Schoß landete. Dieser sprang erbost auf, klaubte einen der Äpfel von seiner Hose und klebte ihn Josef mitten ins Gesicht, sodass dieser nichts mehr sehen konnte. Dann packte er Josef bei den Ohren und versuchte seinen Kopf in den Exkrementehaufen auf dem Pult zu drücken. Doch bevor ihm das gelang, traf ihn ein scharf geworfener Pferdeapfel von der Seite im Gesicht, sodass er vor Schmerz aufheulte und Josef losließ. Karl war seinem Freund zur Seite gesprungen. Gutknecht hielt sich die schmerzende Wange und Josef taumelte mit sirrenden Ohren zurück. Beide begannen, sich den Mist aus dem Gesicht zu wischen.

„Sind Sie des Wahnsinns?" Kleebeck selbst stand in der Tür. Es war nicht schwer, die Urheber dieser Sauerei festzustellen: Fürst und Gutknecht! Hier galt es hart durchzugreifen! „Ich erteile Ihnen beiden einen verschärften Verweis! Morgen möchte ich Ihre Eltern bei mir im Direktorat sehen! Den Nachmittag werden Sie im Karzer verbringen, in Einzelhaft, versteht sich, damit Sie sich nicht wieder an die Gurgel springen. Und jetzt gehen Sie und säubern sich! Raab und Ziegelmeier, Sie entfernen inzwischen diesen Dreckhaufen! Wangerode, öffnen Sie das Fenster!"

So kam es, dass Josef den Nachmittag in einem kahlen Kellerraum des Königlich-Humanistischen Gymnasiums verbrachte statt in der bunten Welt des Jahres 2015.

Hannah tat sich schwer, passende Klamotten für Josef aufzutreiben. Geschwister hatte sie keine und nach der Scheidung hatte ihre

Mutter die Sachen ihres Vaters, die dieser im Haus zurückgelassen hatte, allesamt in große Altkleidersäcke gestopft und weggegeben. Sie hätte natürlich ihre Freundin Anna-Lena fragen können, die einen größeren Bruder hatte, aber dann hätte sie diese entweder einweihen oder irgendeine Geschichte erfinden müssen, und beides wollte sie nicht. Früher oder später würde sie Anna-Lena mit Josef bekannt machen – sonst würde sie ihr die Sache mit der Zeitwendeltreppe sowieso nie glauben. Es blieb ihr also nichts anderes übrig, als das Bekleidungsproblem durch eine größere Ausgabe zu lösen und einkaufen zu gehen. Dies erwies sich als gar nicht so einfach. Was könnte einem Jungen aus dem Jahre 1914 gefallen? Welche Größe hatte er überhaupt? Aber vor allem war es ihr ein bisschen peinlich, in der Jungenabteilung herumzukramen. Prompt kam auch noch eine Verkäuferin auf sie zu und wies sie darauf hin, dass die „Young Girls Fashion" da drüben sei. Als Hannah ihr klar machte, dass sie tatsächlich etwas für einen Jungen suche, zwinkerte ihr die Verkäuferin auch noch verschwörerisch zu: „Ah, du suchst was Modisches für deinen Freund? Ja, ja, die jungen Männer haben oft noch nicht den richtigen Geschmack." Hannah ließ sie der Einfachheit halber in dem Glauben und kaufte schließlich viel zu teure Jeans ohne Löcher und ein möglichst neutrales Sweatshirt.

Der Schultag schleppte sich dahin, als ob nie Große Ferien gewesen wären. Man hatte zwar wie jedes Jahr die Gesichter vorne am Lehrerpult ausgetauscht, aber die Rituale und Methoden, ja sogar die Witze der Lehrer waren doch immer irgendwie dieselben. Wie belanglos erschien ihr das heute alles, angesichts der ungeheuren Entdeckung und der unglaublichen Bekanntschaft, die sie da gemacht hatte!

Endlich war der Unterricht überstanden. Hannah beeilte sich nach Hause zu kommen, aß schnell, was ihr ihre Mutter zum Aufwärmen hingestellt hatte, nahm den Rucksack mit den Kleidungsstücken für Josef und machte sich auf den Weg zurück zur Schule. Jetzt war sie doch ganz schön gespannt! Wenn man so wollte, dann war dies ihr erstes Rendezvous – und das ausgerechnet mit einem Jungen aus dem Jahre 1914. Rendezvous! Wie das klang! Sie dachte selber schon in ganz altertümlichen Vokabeln. Und eigentlich war das nicht mal ein Date, denn Josef war ja nicht an ihr interessiert, sondern an einer Führung durch ihre schöne, neue Welt. Und sie war natürlich auch nicht an Josef als Person interessiert, sondern an dem Besucher aus einer anderen Zeit. Aber trotzdem war ihr dieser Josef nicht unsympathisch. Es war eher seine unmögliche Kleidung, die sie so in Verlegenheit gebracht hatte. Dieses Problem hatte sie ja nun gelöst. Er schaute auch gar nicht so schlecht aus: dunkler Typ, leicht melancholische Augen, sympathisches Lachen, vielleicht sogar humorvoll. Nur der Haarschnitt war alles andere als vorteilhaft.

Als sie die Bibliothek betrat, hatte sie das Gefühl, Hierlinger erwarte sie schon. Jedenfalls reagierte er auf ihr Anklopfen dieses Mal sofort, sprang sogar auf und begrüßte sie überschwänglich: „Wie schön, dass du da bist, Hannah! Hat dir die Projektion von vorgestern auch keine Ruhe gelassen? Gestern Nacht erschien wieder eine, aber die war viel blutleerer, körperloser, einfach unvollständiger – und sie verschwand bei genauerem Hinsehen auch gleich wieder!"

„Eigentlich hatte ich gehofft, dass sie schon da ist, die Projektion." Hannah hatte beschlossen, dass es am einfachsten war, Hierlingers Hirngespinste einfach zu akzeptieren. „Es ist doch schon 2 Uhr vorbei?"

„Projektionen erscheinen nie auf Kommando oder gar nach der Uhrzeit. Es sind ja keine Schlossgespenster!", erwiderte Hierlinger.

Aber wenn jemand zu einem Rendezvous zu spät kommt, dann ist das meistens ein schlechtes Zeichen, dachte Hannah. Was war los? Hatte ihn der Mut verlassen? Oder geisterte er längst da draußen rum und hatte nur keine Lust auf sie?

„Da müssen wir uns eben in Geduld üben. Willst du einstweilen etwas lesen?", fuhr Hierlinger fort.

Nein, in Geduld üben wollte sie sich auf keinen Fall. Und schon gar nicht würde sie hier rumsitzen und darauf warten, dass ihre Verabredung geruhte vielleicht doch noch zu kommen! Letztlich war es ihr doch egal, wo er steckte! Aber wenn sie schon einmal hier war, dann konnte sie das wenigstens für einen kleinen Ausflug nutzen. Schließlich war die Zeitwendeltreppe in beide Richtungen begehbar. Sie würde sich nicht allzu weit in die andere Zeit vorwagen. Dass sie nicht passend gekleidet war, wusste sie ja.

„Eine sehr gute Idee!", nahm Hannah Hierlingers Vorschlag bereitwillig auf. „Darf ich mich vielleicht mal selber im hinteren Teil der Bibliothek nach einer Lektüre umsehen? Ich liebe es, an Bücherregalen entlangzustreifen."

„Nur zu!", erwiderte Hierlinger glücklich, fügte dann aber mit ein wenig Besorgnis in der Stimme hinzu: „Aber pass auf, dass du dich nicht verirrst! Und falls du etwas Ungewöhnliches entdecken solltest, dann schrei nur so laut du kannst. Wir kommen dann sofort!"

„Mach ich!", erwiderte Hannah, legte ihren Rucksack auf dem Besucherstuhl ab und trat durch die Tür hinter der Tafel. War ihr der Weg beim letzten Mal unübersichtlich und beschwerlich vorgekommen, so hatte sie nun das Gefühl, im Nu an der Franzosengasse angekommen zu sein. Diese Bibliothek war eigentlich doch nicht mehr als eine bessere Rumpelkammer, dachte sie und zwängte sich hinter dem letzten Regal in die „Große Kriegergasse". Hierlinger war wirklich ganz schön infantil mit seinen Straßennamen! Da stand sie auch schon vor der in der Wandnische wirklich kaum zu erkennenden Tapetentür. Nun war sie aber doch ein bisschen aufgeregt. Klopfenden Herzens öffnete sie die Tür, tastete nach dem Geländer der Wendeltreppe und stieg hinab.

Unten angelangt öffnete sie die Ausgangstür vorsichtig einen Spalt und spähte hindurch, schreckte aber sofort wieder zurück und schloss sie wieder. Da unten saß jemand! Ihr schlug das Herz bis zum Hals. Zum Glück schien er sie nicht bemerkt zu haben, denn sie hörte nur das leise Rascheln einer Buchseite beim Umblättern. Als sich ihre Herzfrequenz wieder normalisiert hatte, kauerte sie sich vor die Tür und öffnete sie nur so weit, dass sie den Menschen dort unten beobachten konnte. Er saß auf demselben Stuhl, der in der oberen Bibliothek Hierlinger gehörte. Es musste sich also um den damaligen Leiter der Bibliothek handeln. Natürlich trug er einen recht altertümlichen Anzug, der sich aber kaum von dem Hierlingers unterschied. Er war nicht viel jünger als Hierlinger, hatte aber keine Glatze, sondern einen recht wirren, schlohweißen Haarschopf.

Da wurde Hannah plötzlich klar, warum Josef nicht gekommen war. Solange der Bibliothekar dort unten saß, hatte er keine Chance, unbemerkt in den Zeitschacht zu gelangen. Er konnte ja schlecht vor dessen Augen die Leiter hochsteigen, über das oberste Regal robben und dann in einer Geheimtür verschwinden.

Hannah schaute dem alten Herrn eine Zeitlang beim Lesen zu. Als sie gerade überlegte, es dabei zu belassen, sie konnte ja nicht ewig in dieser unbequemen Position hier verharren, klopfte es an die Tür und ein weiterer, sehr gewichtig wirkender Herr mit einem nach oben gezwirbelten Spitzbart betrat den Saal.

Der Bibliothekar stand auf und begrüßte den Besucher mit Handschlag: „Gott zum Gruße, Herr Professor Kleebeck! Was verschafft mir die Ehre Ihres Besuches? Sie wollen doch nicht etwa ein Buch ausleihen?", fragte er mit einem Anflug von Ironie.

„Gott zum Gruß, Herr Kollege!", erwiderte dieser, vom Aufstieg über das Treppenhaus immer noch schnaufend. „Ich möchte gleich medias in res gehen." Kleebeck ließ seinen durchaus voluminösen Körper unaufgefordert in den Besuchersessel plumpsen, räusperte sich und fuhr mit schnarrender Stimme fort. „Wir haben da, wie Sie mir ja selber berichtet haben, ein Problem in der Unterprima. Heute Vormittag musste ich selbst Zeuge werden, wie sich zwei Schüler dieser Klasse, Josef Fürst und Adalbert von Gutknecht, gegenseitig mit Pferdeäpfeln bewarfen. Mit Pferdeäpfeln! Stellen Sie sich das vor!" Kleebeck war immer noch empört.

„Pferdeäpfel? Das ist in der Tat ein starkes Stück!", erwiderte der Bibliothekar pflichtschuldig. „Josef Fürst sagten Sie? Eigentlich ein braver Schüler. Das hätte ich ihm nicht zugetraut!"

Pferdeäpfel? Also der Mist von Pferden? Hatte sie richtig gehört? War da von dem Josef die Rede, den sie kannte? Fast hätte Hannah in ihrem Versteck losgelacht.

„So wie es aussieht, handelt es sich bei ihm sogar um den Hauptschuldigen. Meine intensive Zeugenbefragung hat ergeben, dass viele Klassenkameraden Fürst dabei gesehen haben, wie er seinen mit Pferdedung gefüllten Schulranzen auf Gutknechts Pult entleerte, niemand aber hat bemerkt, dass Gutknecht Fürsts Ranzen damit befüllt hätte, wie Fürst behauptet."

„Aha. Und jetzt haben Sie Fürst seiner gerechten Strafe zugeführt?" Hannah war sich nicht sicher, ob man sich vor 100 Jahren einfach so geschwollen ausdrückte oder ob sich der Bibliothekar erneut eine ironische Färbung gegenüber seinem Vorgesetzten erlaubte. Den Direktor schien es jedenfalls nicht anzufechten. Er fuhr fort:

„Natürlich. Er sitzt bis heute Abend unten im Karzer. Aber das ist nicht der Grund, warum ich Sie hier oben aufsuche, Herr Werner. Nicht lange, nachdem ich Gutknecht aus Mangel an Beweisen entlassen musste, kam sein Vater reichlich aufgebracht in mein Büro. Geheimrat von Gutknecht war aber nicht nur deshalb erzürnt, weil sein Sohn zu Unrecht verdächtigt worden war. Diesbezüglich konnte ich ihn beruhigen, denn er sah ein, dass der Augenschein zunächst gegen seinen Sohn sprach. Was ich aber nicht so leicht ausräumen konnte, waren seine Beschwerden bezüglich Ihres Französischunterrichts. Der Geheimrat sieht darin den Keim der Zwietracht in der Unterprima."

„So? Was gefällt ihm denn nicht an meinem Französischunterricht, den er ja nur aus den Erzählungen seines Sohnes kennt, der – nebenbei bemerkt – beileibe nicht zu meinen besten Schülern zählt?"

„Er hält Sie – wie soll ich sagen – für entschieden zu frankophil. Geheimrat von Gutknecht hat hier übrigens viel drastischere Worte gefunden. Bis zu einem gewissen Grad kann ich das durchaus nachvollziehen. In der gegenwärtigen Situation verbietet es sich von selbst, französische Autoren unkritisch zu lesen."

Wirri runzelte die Stirn. „Muss ich denn bei jeder Heldentat eines französischen Musketiers aus der Zeit Richelieus betonen, dass es sich hier um reine Fiktion handelt und der Franzose an sich feige und verschlagen ist?"

„Es gibt keine französischen Heldentaten, Herr Professor Werner!" Der Direktor redete sich in Rage. „Lassen Sie sich das ein für alle Mal gesagt sein!".

Doch Wirri entgegnete unbeirrt: „Sie wissen so gut wie ich, Herr Kollege, dass das französische Volk durchaus seine Verdienste hat, und zwar nicht nur auf dem Gebiete der Literatur, sondern auch auf dem des Kampfesmutes. Alles andere ist Propaganda."

Kleebeck stieg die Zornesröte ins Gesicht. Er sprang auf. „Während die jungen Kollegen pflichtgetreu zu den Fahnen eilen, - Gruber, Haslinger und Laurenz stehen schon an der Westfront, erst heute erreichte mich ein Brief von ihnen aus dem Felde …" Er hatte in seiner Empörung den Faden verloren und schnappte nach Luft. „Während also Ihre jungen Kollegen pflichtschuldigst dem Vaterland dienen und ihr Leben riskieren, werden Sie hier nicht die Saat des Zweifels in die jungen Gehirne pflanzen, haben Sie mich verstanden? Sonst sehen Sie sich im vorzeitigen Ruhestand wieder!"

Kleebeck machte auf dem Absatz kehrt und verließ türenschlagend die Bibliothek.

Krass! Was war denn das für eine Szene! Wenn sie recht verstanden hatte, dann war Josef also im Keller eingesperrt, was sein Fernbleiben natürlich absolut entschuldigte. Außerdem war der cholerische Direktor offenbar ganz und gar nicht mit dem Französischunterricht des alten Lehrers da unten einverstanden. Sie musste Josef darauf unbedingt das nächste Mal ansprechen!

Mit diesen Gedanken schloss Hannah vorsichtig die Tür und kehrte in die obere Bibliothek zurück. Dort fand sie Hierlinger reichlich niedergeschlagen vor, weil sich die erhoffte Projektion nicht eingestellt hatte. Hannah verabschiedete sich eilig und ging nach Hause.

Der Boxkampf

Anna-Lena hockte auf dem untersten Absatz des Treppenhauses zur Alten Bibliothek. Hier kam fast nie jemand vorbei und sie fühlte sich sicher vor unsympathischen Lehrern und aufdringlichen Schulkameraden. Sie saß in einem großen Lichtfleck, den die Spätsommersonne auf die alten, schon etwas abgetretenen Stufen goss. Mit ihren Fingerspitzen zeichnete sie die Maserung des glattpolierten Holzes nach und genoss die Wärme, die durch die Fensterscheibe in ihren Poncho drang. Hier war es viel besser als bei Hannah und den anderen in der Mensa, wo es heute wieder einmal kein vernünftiges veganes Gericht für sie gab. Es fiel ihr nicht schwer, das Mittagessen einfach ausfallen zu lassen. Hannah ging ihr in letzter Zeit ohnehin ganz schön auf die Nerven mit ihrer Geheimniskrämerei. Ihre Andeutungen über einen ganz besonderen Jungen, den sie ihr aber noch nicht vorstellen könne, waren echt teeniemäßig! Sie waren doch keine 13 mehr! Wenn Hannah sich auch endlich mal verliebt hatte, brauchte sie doch kein solches Brimborium darum zu machen. Sie weihte ihre beste Freundin schließlich auch immer in ihr Gefühlsleben ein.

Abgesehen davon gäbe es mit Hannah zurzeit noch einiges andere zu besprechen. Der Tanzkurs drohte und damit die Frage nach dem adäquaten Partner. Da hatte sie doch heute tatsächlich Kai, dieser Widerling, – Ausgerechnet Kai! Wenn es doch Jan gewesen wäre! – gefragt: „Hey, Puppe …" – Puppe? Eine willenlose Barbie hättest du wohl gerne? – „… wie wär's denn mit uns zwei?" – Als ob er gleich mit ihr ins Bett gehen wollte – „… willst du mit mir das Tanzbein schwingen?" – Tanzbein schwingen! Das sollte wohl witzig sein. Der schreckte wirklich vor keiner Peinlichkeit zurück! Sie war ziemlich überrumpelt gewesen, hatte aber doch versucht, möglichst freundlich zu wirken und irgendwas wie „Nett von dir, aber das kommt mir jetzt ein bisschen zu plötzlich. Ich überleg's mir noch" gestottert.

Aber Kai hatte nicht locker gelassen: „Du hast doch noch keinen anderen, oder? Also sag mir bis morgen Bescheid, hörst du!" Doch die Aussicht, morgen noch einmal derselben Situation ausgesetzt zu sein, hatte sie dann zu dieser ungeschickten Bemerkung veranlasst. „Nein, Kai, wenn ich es mir recht überlege, dann passen wir zwei schon von der Figur her nicht zusammen." Tatsächlich schaute Kai aus wie ein Sumo-Ringer und sie war schlank an der Grenze zur Magersucht. Das war gar nicht gehässig gemeint, aber Kai lief rot an im Gesicht, zischte „Blöde Ziege!" und zog beleidigt ab.

Damit hatte sie jetzt Kai zum Feind und das Problem mit der Partnerfindung war weiterhin ungelöst. Bei aller Emanzipation, sie würde jedenfalls niemanden fragen und sich am Ende einen Korb holen! Andererseits wollte sie auch nicht als Mauerblümchen enden und einen Jungen von der Tanzschule „zugeteilt" bekommen. Was wäre das denn für eine Blamage! Die nächsten Tage waren jedenfalls entscheidend. Julia und Jannik, Daniela und Timur, Regina und Luka waren heute Vormittag schon handelseinig geworden. Das war echt schlimmer als ein orientalischer Heiratsbasar! Vielleicht hatte Mira heute nur deshalb so viel Lidschatten aufgetragen, weil sie ihren Marktwert steigern wollte. Wie peinlich war das denn! Aber es half ja nichts. Sie sollte sich nicht so zurückziehen und lieber auf den Pausenhof gehen, um den Jungs (am besten Jan) eine Chance zu geben, sie zu fragen. Die anderen waren sicher bald mit dem Mittagessen fertig.

Anna-Lena schreckte aus diesen unerquicklichen Gedanken auf, weil jemand die knarzenden Stufen herunterkam. Sie drehte sich um und sah einen unbekannten Jungen in ihrem Alter, der in einem seltsam altertümlichen Anzug steckte, welcher offenbar aus dem Second-Hand-Laden stammte. Er begrüßte sie mit: „Grüß Gott, verehrtes Fräulein. Verzeihen Sie, wenn ich Sie störe, aber ich suche ein Mädchen namens Hannah. Kennen Sie sie?"

Fräulein? Sie? Was war das denn für einer? Wollte der sie etwa verarschen? So einer hatte ihr heute gerade noch gefehlt! Andererseits konnte sie in seinem Gesichtsausdruck keinerlei Spott erkennen. Er meinte es offensichtlich ernst. „Hannah Merz? Ist eine gute Freundin von mir. Ist gerade in der Mensa", antwortete sie knapp.

„Und wie heißen Sie, wenn ich fragen darf?" Der Knabe legte offenbar Wert auf gute Manieren. Anna-Lena nannte ihren Namen.

„Sehr erfreut", erwiderte der Unbekannte mit einer leichten Verbeugung. „Ich bin Josef. Wären Sie vielleicht so freundlich, mir den Weg zur Mensa zu zeigen?"

War das etwa der geheimnisvolle Junge, über den sich Hannah immer in Andeutungen erging? Offensichtlich! Anna-Lena stand auf: „O.K. Ich wollte sowieso gerade dorthin gehen", log sie. Jetzt war sie nämlich doch ein bisschen neugierig geworden und so setzte sie das Gespräch fort: „Du kommst von Hierlinger? Was hast du denn da oben gemacht?"

„Herr Hierlinger ist der Bibliothekar, oder? Er war hoch erfreut, mich zu sehen. Er hält mich für eine Projektion. Er glaubt, ich sei aus einem seiner Bücher entsprungen", erzählte Josef lächelnd, ohne auf Anna-Lenas Frage einzugehen.

„Ja, er ist ganz schön verrückt. Hannah ist hin und wieder oben und leiht sich alte Bücher bei ihm aus, die sie dann meistens nicht liest. Ich glaube, sie tut das nur aus Mitleid. Aber jetzt weiß ich immer noch nicht, was du da oben gemacht hast. Ein Buch hast du ja offenbar nicht ausgeliehen", insistierte Anna-Lena.

„Verzeihen Sie. Oder darf ich Sie duzen?" Anna-Lena nickte gnädig. Josef fuhr fort: „Um ehrlich zu sein, hatte ich gehofft, Hannah dort oben zu treffen. Wir waren letzte Woche in der Bibliothek verabredet, aber ich war verhindert. Ich hoffe, sie ist mir nicht böse deswegen." Zuvorkommend hielt Josef Anna-Lena die Tür zur Aula auf.

Das war also der Junge, von dem Hannah gesprochen hatte! Der war wirklich ganz anders als die pseudocoolen Jungs aus ihrer Klasse! Und er sah auf den zweiten Blick gar nicht so schlecht aus. Kein Wunder, dass Hannah ihn erst einmal geheim halten wollte.

Als sie die Aula durchquerten, kamen ihnen Kai und seine Freunde entgegen. Ausgerechnet Kai! Zu viert bauten sie sich vor ihnen auf und versperrten ihnen den Weg. Kai musterte Josef eingehend und ein höhnisches Grinsen breitete sich auf seinem Gesicht aus: „Fickst du jetzt etwa Flüchtlinge?", wandte er sich an Anna-Lena und seine drei Begleiter prusteten wie auf Kommando los.

„Du fieser, gemeiner ..." Anna-Lena fehlten die Worte.

Doch da spürte sie eine Hand auf ihrer Schulter. Josef stellte sich vor sie und sagte ruhig und beherrscht: „Du hast gerade dieses Mädchen beleidigt. Das dulde ich nicht. Geh mit mir hinaus auf den Hof, dann regeln wir das wie Männer."

Kai war zuerst perplex, dann platzte er los. „Der kann ja Deutsch! Der ist ja gar kein Flüchtling! Warum kommt der dann so abgerissen daher? Was ist denn das für ein Spast?" Kais Kumpane grinsten breit und erwartungsvoll.

Doch Josef ließ sich nicht beirren: „Ich schlage einen Boxkampf vor."

„Hast du was gesagt, du Zwerg? Habt ihr was gehört, Jungs? Der redet so leise."

„Du hast mich sehr gut verstanden", entgegnete Josef mit fester Stimme, „aber du hast Schiss, stimmt's?"

Kais Gelächter brach abrupt ab, und er fixierte Josef: „Du willst also boxen? Das wird dir aber ein Leben lang leidtun. Deine Braut kann dann nachher deine Knochen zusammenleimen."

Die Jungen verließen die Aula, Anna-Lena folgte ihnen mit zittrigen Knien.

„Du weißt, wie ein Boxkampf geht? Keine Tritte, kein Klammern, wenn einer zu Boden geht, ist der Kampf unterbrochen", versicherte sich Josef.

„Natürlich weiß ich das, du Schwachkopf", knurrte Kai.

„Na dann mal los!"

Für die Umstehenden sah dieser Kampf nach einer klaren Sache aus: Superschwergewicht gegen Fliegengewicht. Ein Kinnhaken Kais würde Josef in die Büsche katapultieren. Doch das erwies sich für Kai als unerwartet schwierig, denn Josef bot ihm kein Ziel, täuschte an, wich aus, pendelte, tauchte unter seinen Schwingern hindurch. Dabei setzte er immer wieder einen Treffer in Kais Magengrube, was angesichts seiner Leibesfülle nicht schwer war, aber auch wenig Wirkung hatte. Kai geriet davon nicht ins Wanken, wurde aber immer wütender und schlug immer größere Luftlöcher. Dieser Kampf würde nicht nach Punkten entschieden werden.

Inzwischen hatten sich noch mehr Schüler angesammelt und umringten die Kämpfenden. Anna-Lena stand mit großen, angstgeweiteten Augen dabei und war in eine Art Schockstarre verfallen. Schließlich stieß Hannah mit ein paar anderen dazu. Als sie die Situation erfasste, schrie sie, so laut sie konnte: „Aufhören! Hört sofort auf!", was natürlich keinerlei Wirkung zeigte. Dann wandte sie sich verzweifelt an Kais Freund Mario. „Ihr müsst sie trennen, ihr Idioten, sonst passiert ein Unglück!" Doch Mario grinste sie nur an: „Um Kai musst du dir keine Sorgen machen. Und der andere hat es sich selbst zuzuschreiben!"

Kais Gesicht war inzwischen puterrot angeschwollen, was weniger an den Kinnhaken lag, die er von Josef einstecken musste, als an seinem Zorn. Er hatte Josef noch kein einziges Mal richtig getroffen, weil der immer wieder wie ein Stierkämpfer an ihm vorbeiwirbelte. Doch langsam ging Josef die Puste aus. In einem echten Boxkampf wäre die erste Runde längst vorbei gewesen. Josef merkte, wie seine Ausweichmanöver fahriger und seine Schläge ungenauer wurden. Durch die langen Sommerferien war er einfach nicht mehr richtig im Training. Er musste diesem Fettsack, der nun doch langsam ins Wanken geriet, einen finalen Kinnhaken verpassen, der ihn zu Boden streckte. Josef zielte auf Kais Unterkiefer und legte sein ganzes Gewicht in den Schlag. Er traf zwar, kam dabei aber Kai so nahe, dass sich dieser an ihm festklammern konnte und ihn zu Boden riss. Dann wälzte sich Kai mit seinem vollen Körpergewicht auf Josef und drückte ihm die Hände gegen den Boden. „He, das ist gegen die Regeln!", röchelte Josef, dem unter Kais Leibesfülle die Luft wegblieb.

„Das ist mir Wurscht!", zischte Kai mit einem fiesen Grinsen. „Jetzt quetsch ich dir die Eingeweide raus, du kleine Drecksau!"

„Aufhören! Sofort!" Oberstudiendirektor Kletts Stimme war klar und schneidend. „Lassen Sie sofort diesen Jungen los, Kai!" Die Amtsautorität des Schulleiters, den Hannah zu Hilfe geholt hatte, verfehlte selbst bei Kai ihre Wirkung nicht. Er wälzte sich von Josef herunter, nicht ohne ihm vorher noch einen schmerzhaften Stoß in die Rippen versetzt zu haben, und richtete sich auf. Josef war blau angelaufen und rang nach Atem, kam aber nach einiger Zeit ebenfalls wieder auf die Beine.

„Sie begleiten mich jetzt beide in mein Büro!", bestimmte Klett. „Ich gehe in der Mitte, damit Sie sich nicht noch einmal in die Quere kommen!" Auf wackligen Beinen trottete Josef neben dem Direktor her. Mit einer gewissen Befriedigung stellte er fest, dass Anna-Lena, die sehr blass wirkte, ihm erleichtert zulächelte.

Klett beschloss, die Jungen zunächst getrennt zu verhören. So saß Josef im Sekretariat und spürte die mitleidigen, aber vor allem neugierigen Blicke der Sekretärin auf sich. Eigentlich sollte er sich Gedanken darüber machen, wie er aus dieser Sache hier wieder rauskam. Er konnte diesem Herrn Direktor Klett ja schlecht erzählen, dass er aus dem Jahr 1914 kam und schnell mal für ein Stündchen im nächsten Jahrhundert vorbeischauen wollte. Stattdessen schweiften seine Gedanken immer wieder zu dem Mädchen, für das er in einem Anfall von Heldenmut, den er sich selbst nicht zugetraut hätte, in den Kampf gezogen war. Sie schaute ein bisschen aus wie eine Indianerin: lange schwarze Haare, große dunkle Augen, ziemlich viele bunte Ketten um den Hals, ein sehr farbenfrohes Halstuch und einen mexikanischen Poncho um die Schultern. Josef war klar, dass die Mädchen hier alle völlig anders aussahen, als er es gewohnt war, aber er erkannte auch, dass Anna-Lena selbst für hiesige Verhältnisse aus dem Rahmen fiel.

Da stand plötzlich die Sekretärin vor ihm und sagte: „Sie können jetzt zu Herrn Klett ins Büro!"

Unsicher setzte er sich auf den Stuhl, den Herr Klett ihm anbot. Dieser musterte ihn erst eine Zeitlang forschend, ohne etwas zu sagen. Josef wurde klar, dass er eine ähnliche Situation gerade erst erlebt hatte. Die Mittel direktorialer Machtausübung schienen sich in 100 Jahren kaum verändert zu haben. Aber während sich Kleebeck nach der Phase des einschüchternden Schweigens in ein wahres Schimpfstakkato hineingesteigert hatte, sagte Klett kopfschüttelnd mit sonorer Stimme. „Man hat ja schlimme Vorwürfe gegen Sie erhoben. Aber bevor wir den Vorfall erörtern, sagen Sie mir doch bitte Ihren Namen und Ihre Klasse, denn ehrlich gesagt kann ich mich an Sie gar nicht erinnern."

„Ich heiße Josef Fürst und bin in der Unterprima!", erwiderte Josef ohne lange nachzudenken.

Klett verzog keine Miene. „Dafür, dass man Ihnen gerade fast alle Rippen gebrochen hätte, reißen Sie ja schon wieder ziemlich schlechte Witze."

„Verzeihung." Josef wollte diesen Klett keinesfalls provozieren. Er musste sich besser konzentrieren. „Ich meinte natürlich 11. Klasse."

„Q11 also." Klett drückte auf eine Taste seiner Telefonanlage und nahm den Hörer ab: „Frau Oberdorfer, bringen Sie mir doch bitte die Schülerakte von Josef Fürst, Q11. Und nun zu Ihnen: Erzählen Sie mir doch bitte mal, wie es zu dieser Auseinandersetzung auf dem Schulhof gekommen ist!"

Josef merkte, wie er rot anlief. Was sollte er sagen? Er wusste ja nicht einmal, wie sein Gegner hieß.

„Also, der andere Junge", stotterte er, „hat das Mädchen, äh, Anna-Lena, beleidigt und da habe ich ihn zum Boxkampf herausgefordert. Er hat sich aber nicht an die Regeln gehalten und mich zu Boden gerissen."

„Der andere Junge heißt Kai. Seltsam, dass ihr gegeneinander kämpft ohne eure Namen zu kennen. So groß ist diese Schule nun auch wieder nicht. Was hat Kai denn zu Anna-Lena gesagt?"

„Das möchte ich hier nicht wiederholen!", entgegnete Josef entschlossen.

„Warum nicht?"

„Weil es die Ehre des Fräuleins verletzen würde."

„Sind Sie mit Anna-Lena befreundet?", forschte Klett mit hochgezogenen Augenbrauen weiter.

„Nein, wir kennen uns noch kaum."

„Und trotzdem spielen Sie für sie den Ritter?"

Josef zuckte mit den Schultern und schwieg.

„Na gut!" Klett lehnte sich zurück. „Dann möchte ich Ihnen mal sagen, wie Kai den Vorfall dargestellt hat. Der war nämlich deutlich auskunftsfreudiger als Sie. Kai sagt, Sie hätten ihn am Pausenhof tätlich angegriffen, um eine Mitschülerin zu beeindrucken, mit der er – wie er sagt – einen scherzhaften Wortwechsel gehabt hätte. Er habe Sie mehrfach vergeblich aufgefordert aufzuhören, aber Sie hätten sich gebärdet wie ein Wahnsinniger. Nachdem Sie ihm einige schmerzhafte Schläge in Gesicht und Magen zugefügt hätten, habe er sich nicht anders zu helfen gewusst, als Sie am Boden zu fixieren."

„Kai hat nie gesagt, dass wir aufhören sollen! Und das war auch für hiesige Verhältnisse kein scherzhafter Wortwechsel!", entgegnete Josef empört.

Klett runzelte die Stirn. „Angeblich hat er Anna-Lena nur gefragt, ob Sie ihr neuer Freund sind."

„Das hat er aber ganz anders ausgedrückt!"

Da klopfte es an die Tür und die Sekretärin schaute herein. „Herr Klett", sagte sie nervös, „ich kann die Schülerakte nicht finden. Josef Fürst sagten Sie?"

Klett wandte sich an Josef: „Fürst wie der Fürst, stimmt doch, oder?" Josef nickte.

„Dann ist die Akte wahrscheinlich wieder mal falsch eingeordnet. Schauen Sie den Aktenschrank noch einmal genau durch, Frau Oberdorfer! Nachdem der Vorfall so unterschiedlich dargestellt wird, müssen wir wohl ein paar Zeugen dazu befragen. Als erstes wohl Anna-Lena. Um welche Anna-Lena handelt es sich denn?"

„Wie um welche Anna-Lena?"

Stellte sich dieser Junge so dumm oder hatte er wirklich von nichts eine Ahnung? „Mir fallen auf Anhieb mindestens drei Anna-Lenas an unserer Schule ein. Den Nachnamen bitte!"

„Den hat sie mir nicht gesagt …" Josef war die Situation sichtlich peinlich. „Aber sie ist die Freundin von Hannah Merz"

„Ah, die Schülerin, die mich zu Hilfe geholt hat." Schnaubend stand Direktor Klett auf. „Dann werden wir die mal ausrufen lassen. Sie warten einstweilen hier!" Klett ging ins Sekretariat, wo sich die Sprechanlage befand.

Als Hannah und Klett das Direktorat betraten, war Josef zur großen Erleichterung Hannahs verschwunden. Da die Schülerakte auch nach gründlichster Recherche nicht gefunden werden konnte, beschloss Klett, die Sache auf sich beruhen zu lassen. Offensichtlich handelte es sich nicht um einen Schüler dieser Schule. So wie er gekleidet war, war er vielleicht doch ein verirrter Flüchtling. Darauf deutete auch sein offenbar sehr traditionelles Frauenbild hin. Allerdings sprach er für einen Flüchtling zu gut Deutsch, wenn auch merkwürdig überartikuliert.

Generalmobilmachung

Unter dem Oberbefehl von Rektor Kleebeck, Hauptmann des Landsturms a.D., trat auch das Königlich-Humanistische Gymnasium mit Hurra in den Weltkrieg ein: Neben dem Direktorat ließ Kleebeck eine große Wandkarte Europas aufhängen, auf der er täglich höchstselbst mit kleinen schwarz-weiß-roten Fähnchen den aktuellen Frontverlauf in West und Ost und Nord und Süd markierte. Häufig brandete dabei spontaner Jubel von Schülern auf, die sich zu diesem allmorgendlichen Ritual einfanden. Wohlwollend ruhte dann des Direktors Blick auf dieser treuen Schar, deren Namen er im Geiste notierte. Anlässlich bedeutender und auch weniger bedeutender deutscher Siege im großen Völkerringen ließ er die gesamte Schülerschaft in der Aula antreten, um die neuesten Depeschen zu verlesen und ein paar wohlgesetzte Worte über deutsche Tugenden zu sprechen. Die Schaukästen aus der Bibliothek wurden kurzerhand von ihrem literarischen Ballast befreit und in der Aula aufgestellt, um dort Siegesmeldungen, illustrierte Blätter vom Kriegsschauplatze und Feldpostkarten von Lehrern und Schülern, die sich dankbar der Schule erinnerten, auszustellen. Für die militärische Jugenderziehung ließ Kleebeck allerlei Übungswaffen anschaffen: Seitengewehre mit stumpfem Bajonett, Handgranatenattrappen, später auch Spaten zum Ausheben von Schützengräben, mit denen der schuleigene Gemüsegarten in ein provisorisches Schlachtfeld umgegraben wurde. Diesen pädagogischen Bemühungen zupass kam es auch, dass schon bald nach Beginn des neuen Schuljahres von der königlich-bayerischen Heeresverwaltung der Turnsaal in Beschlag genommen wurde, um die vielen neuen Rekruten unterzubringen, die in der Chevaux-Legers-Kaserne keinen Platz mehr gefunden hatten. Diese versammelten sich jeden Morgen um Punkt 7.00 Uhr auf dem Schulhof zum Morgenappell, um dann zur Kaserne abzumarschieren, wo sie ihre Grundausbildung erhalten sollten. Da wurde es gerne gesehen, wenn eifrige Schüler des Gymnasiums sich ebenfalls zu so früher Stunde einfanden, um dabei mitzutun – selbstverständlich in der letzten Reihe – und sich so schon einmal an die soldatische Disziplin zu gewöhnen.

Aber auch die Lehrerschaft kam ihrer pädagogischen Verpflichtung in vollem Umfange nach. In der Singstunde übte man Kriegslieder und hörte mit dem schuleigenen Grammophon Marschmusik. Im Lateinunterricht erfreute sich „De Bello Gallico" aufgrund der augenfälligen Parallelen zwischen Gaius Julius Caesar und Kaiser Wilhelm II. großer Beliebtheit. Im Deutschunterricht der Oberstufe besann man sich vor allem auf den klassischen Zitatenschatz. So lautete das Schulaufgabenthema der Unterprima: „,Der Krieg ist der Vater aller Dinge' – Welche Vorgänge der Gegenwart bestätigen diese Erkenntnis Heraklits?". Näher an der Lebensrealität der Schüler war das Schiller-Zitat in der Oberprima, wo sich besonders viele Schüler freiwillig zu den Waffen gemeldet hatten: „Will, ruf ich aus, das Schicksal mit uns enden, / So stirbt sich's schön, die Waffen in den Händen. – Verfasse das Abschiedswort eines Kriegsfreiwilligen an seine Kameraden!"

Der Physikprofessor Dr. Tüchert, der schon immer ein Faible für den Modellbau hatte, war so findig, eine der alten Buchvitrinen halb mit Sand zu füllen, um darin mit liebevoll gebastelten Feldhaubitzen, Minenwerfern und Flugabwehrkanonen deutsche Sturmangriffe nachzustellen. Mit besonderem Stolz erfüllte ihn dabei eine Miniatur der „Dicken Bertha", die mit nach oben gerecktem Geschützrohr weit hinter den Gräben und dem Stacheldrahtverhau, der den Frontverlauf markierte, einsam auf einer Eisenbahnschiene rangierte. Nicht ganz maßstabsgetreu waren jedoch die Zinnsoldaten, die wie orientierungslose Riesen zwischen den Geschützen herumstanden.

Auch der Zeichenlehrer Tannhuber ließ es sich nicht nehmen, sein Talent in den Dienst des vom Schicksal geprüften Vaterlandes zu stellen. Nicht nur entwarf er mit den Schülern der Sexta humoristische Grußkarten an die Soldaten im Felde, die dann im Deutschunterricht des Kollegen Folz mit aufmunternden und einfühlsamen Texten beschrieben wurden. Eines Montags prangte auch ein sattes „Gott strafe England" an der Stirnwand der Aula, wobei die letzten Buchstaben etwas verblassten, weil dem wackeren Tannhuber die Farbe knapp geworden war. Darauf angesprochen erklärte Tannhuber, dass dies künstlerische Absicht sei, denn ebenso wie diese Schrift werde auch die Größe Englands in Bälde verblassen.

Direktor Kleebeck war somit vollauf zufrieden mit seinem Kollegium. Mit einer Ausnahme: Professor Werner ignorierte weiterhin beharrlich den Geist der Zeit. Den unsäglichen Dumas mit seinen falschen Helden hatte er zwar auf Kleebecks Intervention hin beiseitegelegt. Stattdessen las er nun Gedichte der französischen Romantik, wohingegen Kollege Meinrath seinen lebenspraktischen Französischunterricht im Schulhof trotz gelegentlicher Klagen besorgter Eltern über allzu arge Blessuren eisern aufrechterhielt. Dieser sprach Wirri eines Tages im Lehrerzimmer an: „Bei allem Respekt, Herr Kollege, aber meinen Sie nicht auch, dass romantische Liebeslyrik wenig zeitgemäß ist?"

„Liebesgedichte, werter Herr Kollege, sind für junge Menschen immer zeitgemäß", entgegnete Wirri freundlich.

„Mag schon sein, dass so mancher so seine Erfahrungen in der Etappe macht, aber dafür braucht er doch keine Liebeslyrik, sondern nur seinen Sold", erwiderte Meinrath mit anzüglichem Grinsen.

„Ich verstehe nicht recht, Herr Kollege!"

Meinrath verzog das Gesicht zu einer Grimasse: „Na, Sie wissen schon: Jeder Schuss ein Russ, jeder Tritt ein Britt und jeder Stoß eine Französin!" und brach, im Verein mit den Kollegen Kruse und Kammerl, die das Gespräch mitverfolgt hatten, in kollerndes Gelächter aus.

An einem anderen Tag stellte Meinrath Professor Werner erneut zur Rede, als er auf dessen Platz im Lehrerzimmer Madame de Staël Buch „Über die Deutschen" liegen sah.

„Lesen Sie das etwa in Ihrer Unterprima? Sie wissen aber schon, dass die Staël eine Hure Napoleons war?"

„Das stimmt so nicht, Herr Kollege! Sie mag zwar mit Napoleon kokettiert haben, wurde aber schließlich sogar aus Paris verbannt, weil sie ihm zu unbequem wurde."

„Zu schwer, meinen Sie, sie wurde ihm zu schwer! Sie soll ja recht korpulent gewesen sein."

Wirri, der die Anzüglichkeit wieder nicht verstanden hatte, fuhr fort: „Goethe hat ‚De l' Allemagne' ausdrücklich gelobt. Für ihn riss das Buch eine ‚Lücke in die chinesische Mauer der Vorurteile', wie er es ausdrückte, auch wenn ihm Madame de Staël bei ihrem Besuch in Weimar offenbar auf die Nerven ging. Wussten Sie übrigens, dass die Bezeichnung Deutschlands als ‚Land der Dichter und Denker' auf die Stael zurückgeht?"

„Was wollen sie denn Ihren Schülern mit diesem Buch beweisen?", fragte Meinrath lauernd.

„Dass die sogenannte Erbfeindschaft kein Naturgesetz ist!" Blau-äugig ging Wirri in die Falle. „Dass es dies- und jenseits des Rheins immer wieder Menschen gab und gibt, die die Leistungen der anderen großen europäischen Kulturnation anerkennen und achten."

„Sie meinen also, wenn unsere Schüler demnächst im Schützen-graben liegen und auf den Feind anlegen, dann sollen sie denken: ‚Du hältst mich zwar für einen Dichter und Denker, aber ich knall dich trotzdem ab!' Erachten Sie das für zielführend?"

Unbeirrt fuhr Wirri fort: „Aber Herr Meinrath! Unsere ureigenste Aufgabe als Französischlehrer ist es doch, Verständnis, wenn nicht sogar Begeisterung, für die Sprache und Kultur Frankreichs zu wecken!"

Auf Meinraths Gesicht breitete sich ein befriedigtes Grinsen aus: „Das ist Feindpropaganda, was Sie hier betreiben! Sie sind ein Vater-landsverräter, nichts anderes! Das wird Folgen haben, Herr Werner, Folgen! Das verspreche ich Ihnen!"

Doch Rektor Kleebeck waren die Hände gebunden. Eine Suspendierung Professor Werners kam nicht in Frage, weil es in der derzeitigen Situation unmöglich war, einen Ersatz aufzutreiben. Die jüngeren Französischlehrer waren größtenteils eingerückt. Viele wurden auch als Dolmetscher in der Etappe gebraucht, um gefangene Freischärler zu verhören und ihnen kriegswichtige Geheimnisse zu entreißen. Andererseits konnte Kleebeck Wirris Französischunterricht aber auch nicht einfach ausfallen lassen, denn das Kultusministerium hatte in seiner letzten Verlautbarung die Rektoren explizit aufgefordert, Französisch so weit wie möglich auszubauen, da es sich erwiesen hatte, dass sprachliche Missverständnisse an und hinter der Front immer wieder das Leben deutscher Soldaten gefährdeten. Kleebeck beließ es daher bei einer neuerlichen Verwarnung Wirris und verbot ihm ausdrücklich die Durchnahme jeglicher französischer Lektüre. Er solle sich auf rein grammatikalische Etüden und Wortschatzübungen beschränken.

Während Wirri also im Lehrerzimmer vollständig isoliert war, spitzte sich auch in der Unterprima die Lage zu. Der Wortwechsel im Lehrerzimmer und die Abmahnung Wirris hatten sich offenbar schnell herumgesprochen, denn als Wirri am nächsten Morgen das Klassenzimmer betrat, fehlte gut die Hälfte der Schüler. Die andere Hälfte stand lauthals diskutierend am Fenster. Als die Schüler Wirri bemerkten, verstummten sie schlagartig. Da Wirri wie festgewachsen am Lehrerpult stehen blieb, sagte Karl zu ihm: „Herr Professor, ich glaube, das sollten Sie sich ansehen!"

Unten standen die anderen Schüler schweigend in einem lockeren Kreis zusammen, in dessen Mitte ein Bücherhaufen aufgeschichtet war. Gutknecht und Wangerode warfen aus einem großen Korb weitere Bücher auf den Haufen. Josef flüsterte: „Die haben sie aus Ihrer Bibliothek geklaut, Herr Professor!"

Wirri beobachtete die Szene regungslos. Schließlich nahm Gutknecht einen Blechkanister und überschüttete die Bücher mit Benzin. Mit sich überschlagender Stimme schrie er: „Hiermit überantworte ich die Schundliteratur des Erbfeindes den Flammen! Möge sie niemals wieder in deutschen Landen gelesen werden!" Er entzündete mit theatralischer Geste ein Schwefelholz und warf es auf den benzindurchtränkten Bücherhaufen, wobei das Hölzchen jedoch im Flug ausging. Auch der nächste und der übernächste Versuch scheiterten. Erst als er es waghalsig direkt an den Haufen anlegte, fing dieser Feuer. Die Schüler auf dem Hof applaudierten.

Wirri drehte sich um und schritt zum Lehrerpult. „Können wir nun endlich mit dem Unterricht beginnen?", fragte er mit strengem Tonfall.

Die Schüler schauten sich verwundert an und nahmen schweigend Platz. Wirri räusperte sich: „Ich werde euch nun einige Gedichte von Baudelaire vortragen. Sie stammen aus seinem berühmtesten Gedichtzyklus ‚Les Fleurs du Mal': La sottise, l'erreur, le péché, la lésine / Occupent nos esprits et travaillent nos corps …"

Bis zum Ende der Stunde trug Wirri auswendig Gedichte aus den „Blumen des Bösen" vor. Als die Schulglocke schrillte, sahen die Schüler, dass ihm die Tränen über sein zerfurchtes Gesicht rannen.

Willkommenskultur

Den seltsamen Unbekannten, der es mit Kai aufgenommen hatte, vergaß Rektor Klett bald, und das hatte mit der großen Politik zu tun. Im fernen Berlin hatte die Kanzlerin eine Wende in der deutschen Flüchtlingspolitik eingeleitet, indem sie überfüllte Züge von Budapest nach München durchfahren ließ, bevor ungarische Soldaten von der Schusswaffe Gebrauch machen konnten. Sie hatte den Flüchtlingen nicht nur eine gefahrlose Einreise ermöglicht, sondern sie auch noch willkommen geheißen und die Deutschen zu einem optimistischen Wir-Gefühl aufgerufen. Ein Spätsommermärchen ungeahnter Solidarität erfasste daraufhin das Land.

Auch in Kletts beschaulicher Kleinstadt kamen nun größere Kontingente Flüchtlinge an, die menschenwürdig untergebracht werden mussten. Für die Stadtverwaltung war es naheliegend, dafür die Turnhalle des Gymnasiums mit ihren neu renovierten sanitären Anlagen in Beschlag zu nehmen. Für Klett bedeutete dies einiges an Mehrarbeit. So verfasste er zunächst einen längeren Elternbrief, in dem er die Sachlage schilderte, sich zur Willkommenskultur bekannte, die Weltoffenheit der Schule betonte und um Verständnis für ausfallenden Sportunterricht bat. In einfacheren Worten wiederholte er dies in einer längeren Durchsage an die Schüler und zitierte dabei sogar die Kanzlerin: „Wir schaffen das!". In einer Lehrerkonferenz mussten schließlich die durch die neue Nachbarschaft anfallenden Regelungen, Aufsichten und Ersatzstunden geklärt werden. Die Sozialkundelehrer Frau Hörmann-Freier und Herr Islinger erklärten sich sogar bereit, mit engagierten Schülern eine Projektgruppe zu bilden, die bei der Versorgung der Flüchtlinge mit dem Allernötigsten mithelfen wollte. Ganz im Sinne der neuen Willkommenskultur ergänzte zudem der Kunstlehrer die Willkommensgrüße in der Aula durch ein farbenfrohes „Salam Aleikum!", auch wenn den Flüchtlingen eigentlich nur der Zutritt zur Turnhalle gestattet war.

Auch Hannah und Anna-Lena beteiligten sich an der Flüchtlings-Kooperations-Gruppe. Eifrig entlasteten sie ihre Kleiderschränke und sammelten Altkleider und Schuhe bei Nachbarn und Verwandten. In der Turnhalle, die sich binnen Kurzem in ein Feldbettlager verwandelt hatte, spannten sie an langen Schnüren bunte Vorhänge, um den ankommenden Familien ein Mindestmaß an Privatsphäre zu ermöglichen. Nach der 6. Stunde halfen sie bei der Essensausgabe und schöpften mit großen Kellen Eintöpfe auf Bundeswehrgeschirr. Nachmittags spielten sie mit den Flüchtlingskindern einfache Brettspiele und brachten ihnen erste Wörter bei, oder sie unterhielten sich mit unbegleiteten Jugendlichen, die leidlich Englisch konnten, aber sehr einsam und sehr schüchtern waren. Anfangs hatte Anna-Lena noch gehofft, diesen eigenartigen Jungen, der sich für sie geprügelt hatte, unter den Flüchtlingen wiederzufinden, doch bald war ihr klar, dass diese Hoffnung vergebens war. Hannah dachte immer seltener an die Zeitwendeltreppe, die ihr zunehmend unwirklich vorkam. Eigentlich war sie auch ganz froh, rund um die Uhr beschäftigt zu sein, denn so musste sie sich nicht mit etwas auseinandersetzen, das sich rational nicht erklären ließ und ihr Angst einflößte.

Doch nicht alle Lehrer und Schüler waren mit der neuen Situation einverstanden. Erste Klagen kamen von den Lateinlehrern, die bei den Mitgliedern der Helfergruppe die nötige häusliche Vorbereitung auf die Lateinstunden vermissten und den Schulerfolg gefährdet sahen. Rektor Klett musste daher ausdrücklich darauf hinweisen, dass bei allem wünschenswerten Engagement die schulischen Verpflichtungen natürlich Vorrang hätten. Bei den Schülern stieß vor allem die Notlösung, den Sportunterricht bei schlechtem Wetter durch Hauptfachunterricht zu ersetzen, auf wenig Begeisterung, zumal der Herbst vor der Tür stand.

Bald schon begannen sowohl im Lehrerzimmer als auch auf dem Schulhof die ersten Geschichten von undankbaren Flüchtlingen, die sich zu fein für abgetragene Kleiderspenden seien, die Runde zu machen. Einerseits mokierte man sich darüber, dass die Flüchtlinge nur die teuersten Smart-Phones besäßen. Andererseits betrachtete man sie als Armutsflüchtlinge, die nur kämen, um am deutschen Wohlstand teilzuhaben. Außerdem seien viele von ihnen aggressiv, was oft scheinbar verständnisvoll mit den Traumatisierungen des Krieges erklärt wurde, und die meisten hätten ein Problem mit Frauen, was achselzuckend auf den Islam geschoben wurde. Die Helfer, die mit den Flüchtlingen unmittelbar zu tun hatten und deshalb eine differenziertere Sicht der Dinge gehabt hätten, betrachtete man als blauäugige Idealisten, die sich noch wundern würden. All dies wurde hinter vorgehaltener Hand kolportiert, da die Meinungsführerschaft derzeit ja die „Gutmenschen" innehatten. So kam es, dass Anna-Lena und Hannah von den Vorbehalten nicht viel mitbekamen.

Auch Kai hatte die „Schnauze voll von den Flüchtlingen", wie er es ausdrückte. Dies lag zum einen daran, dass ihm einer von denen, so glaubte er jedenfalls, „auf der Nase herumgetanzt war", was seine Freunde, wenn auch selbstverständlich nur in seiner Abwesenheit, nicht ohne Häme als „die Fresse poliert" bezeichneten. Zum anderen verbarg sich hinter Kais einschüchterndem Äußeren ein ängstlicher Kern. Mit seiner eher langsamen Auffassungsgabe war er von Natur aus nicht neugierig und Veränderungen waren ihm ein Graus. Er schätzte klare Machtstrukturen, vor allem dann, wenn er selbst sich weit genug oben in der Befehlskette positioniert hatte. Auf dem Schulhof kam ihm seine imposante Körperlichkeit dabei normalerweise zugute. Seit dem missglückten Boxkampf glaubte er aber feststellen zu müssen, dass einige seiner Schulkameraden den gewohnten Respekt vermissen ließen.

Jedenfalls war eines Morgens das schöne „Salam Aleikum" mit dicken roten Pinselstrichen durchgestrichen. „Schweineblut" bemerkte Kai mit Kennerblick und ergänzte grinsend: „Das mögen sie nicht." Seine Freunde nickten anerkennend. Von da an war seine angekratzte Autorität wieder hergestellt. Auf den Täter gab es keinerlei Hinweise und noch am selben Tag ließ Rektor Klett die Wand weiß übertünchen. Von einer Erneuerung des arabischen Grußes sah der Kunstlehrer im Einvernehmen mit der Schulleitung ab.

Kurz nach diesem Zwischenfall lungerten Kai und seine Freunde in einer Freistunde in der ansonsten leeren Aula herum. Da betrat ein etwa achtjähriger syrischer Junge mit großen Augen das verbotene Gebäude. Vielleicht hatte er sich verlaufen, vielleicht war es ihm auch nur langweilig oder der ständige Lärmpegel in der Turnhalle war ihm zu viel geworden. Er schlenderte einfach quer durch die Aula, kam aber nicht weit, denn Kai und seine Freunde stellten sich ihm in den Weg und umringten ihn.

„Was hast du hier zu suchen?", blaffte Kai den Jungen an.

Ängstlich blickte der Junge an Kai hoch und schwieg.

„Das ist hier für Flüchtlinge wie dich ver-bo-ten!", präzisierte Kai. Der Kreis um den Jungen zog sich zu.

„Ich heißen Hassan", murmelte der Junge und schaute in den Boden.

„Du hast hier nichts verloren, du kleiner Hosenscheißer!"

„Ich heißen Hassan", wiederholte der Junge verzweifelt.

Plötzlich setzte Kai ein freundliches Gesicht auf. „Ah, du müssen Deutsch lernen!" Er nahm den Jungen am Kinn, bog seinen Kopf nach oben und lächelte ihn an. „Pass auf: Ich…". Er deutete auf den Jungen.

Der wiederholte gequält: „Ich …"

„…bin" – „…bin" – „…ein" – „…ein" – „…Hosenscheißer" – „…Hosenscheißer".

„Sag's nochmal: Ich bin ein Hosenscheißer!"

„Ich bin ein Hosenscheißer!", murmelte der Junge.

„Seht ihr? Er hat schon was gelernt! Bin ich nicht ein guter Deutschlehrer?", wandte sich Kai an seine Freunde, die in ein pflichtschuldiges Gelächter ausbrachen.

„Was geht hier vor?", ertönte da plötzlich die Stimme von Rektor Klett. Das Gelächter verstummte und der Kreis um den Jungen öffnete sich. „Was macht der Junge hier?"

Kai verzog keine Miene: „Er hat sich wohl verlaufen. Wir wollten ihm gerade den Weg nach draußen zeigen."

Aber dazu kam es nicht mehr. Denn kaum hatte sich der Ring um ihn geöffnet, lief der kleine Junge davon, wie ein Hase auf der Flucht. Da ihm der Weg zum Ausgang von Kai und seinen Kumpanen versperrt war, jagte er die Treppe hoch und verschwand in den Korridoren. Klett rief ihm zwar hinterher, er solle warten, und folgte ihm schwerfällig, doch der Junge war nicht mehr zu sehen. Kurz erwog Klett noch, Kai und seine Freunde auf die Suche nach dem Jungen zu schicken, doch hielt ihn sein pädagogischer Instinkt dann doch davon ab. Also begab er sich in die Turnhalle, um herauszufinden, ob dort ein kleiner Junge vermisst wurde.

Hannah und ihre Freunde durchkämmten die Schule fast eine Stunde lang auf der Suche nach Hassan, bis sie endlich auf die Idee kamen, in der Alten Bibliothek nachzuschauen. Dort saß Hassan fröhlich lächelnd vor einer Tasse gut gesüßten Pfefferminztee, den Hierlinger in seinem völlig verkalkten Wasserkocher zubereitet hatte. Hierlinger blätterte mit ihm in einem großen alten Buch.

„Fuchs", sagte Hierlinger.

„Fuchs", wiederholte Hassan.

„Hallo Hannah", sagte Hierlinger ohne aufzublicken, „wir lernen gerade Tiernamen. Das ist eine illustrierte Fabelsammlung von 1898. Hassan lernt wirklich schnell."

„Rabe", sagte Hassan stolz und deutete auf das Bild.

Von da an brachte Hannah Hassan jeden Tag zum Deutschlernen zu Hierlinger und trank mit den beiden Pfefferminztee aus schlecht gespülten Tassen. Alleine traute sich Hassan nicht in die Alte Bibliothek zu gehen und Hannah fragte sich oft, warum er sie in der Aula immer ganz fest bei der Hand nahm. Wahrscheinlich hatte er in Syrien oder auf der Flucht eine schlimme Erfahrung gemacht, an die ihn irgendetwas in der Aula erinnerte, vermutete sie.

Der Tod fürs Vaterland

Es wurde vielfach der Wunsch an mich herangetragen, den Französischunterricht lebensnäher zu gestalten. Diesem berechtigten Anliegen werde ich natürlich gerne nachkommen." Wirris Miene war vollkommen ausdruckslos. In der Klasse entstand gespannte Stille. „Da der Krieg möglicherweise doch nicht schon an Weihnachten vorbei ist, sollt ihr hier bestmöglich auf eure Aufgabe als heldenhafte Soldaten an der Westfront vorbereitet werden. Ein deutscher Soldat muss in der Lage sein, mit klaren Befehlen französische Gefangene zu machen, diese sprachlich korrekt zu entwaffnen und verständlich zum nächsten Kriegsgefangenenlager zu kommandieren. Ich habe euch zu diesem Zwecke einige nützliche Wendungen an die Tafel geschrieben, die ihr bitte abschreibt und euch gleich so gut wie möglich einprägt: „Si vous vous sauvez, je tire! Wenn Sie fliehen, schieße ich! …"

Josef und Karl glaubten nicht recht zu hören. Hatten sie sich dafür mit Gutknecht und seinem Gefolge angelegt, dass Wirri jetzt klein beigab? Hatte Josef dafür einen verschärften Verweis einkassiert und einen langen Nachmittag im Karzer zugebracht, dass sie jetzt doch Krieg spielen mussten? Stirnrunzelnd schrieben sie Wirris Phrasen von der Tafel ab.

Schließlich begann Wirri von neuem: „Selbstredend wird es der deutsche Soldat vorziehen, eher den Heldentod zu sterben als sich in französische Kriegsgefangenschaft zu begeben. Falls ihm aber doch das harte Schicksal zu Teil wird, in die Hände des Franzosen zu fallen, sei es, weil er verletzt kampfunfähig geworden ist, sei es, weil er, umringt von Feinden, seine letzte Kugel verschossen hat, so muss er wissen, wie er mit dem Feind zu kommunizieren hat. Auch hierfür notieren wir einige nützliche Floskeln …"

Als dies erledigt war, fuhr Wirri fort: „Wir werden uns nun auf den Pausenhof begeben, um das Gelernte sogleich anzuwenden. Dafür unterteilen wir die Klasse in zwei Gruppen. Wir werden es aber nicht so halten wie der Kollege Meinrath und die Klasse in Deutsche und Franzosen unterteilen. Ich möchte es einem deutschen Schüler nicht zumuten, in die Rolle des feigen Franzmanns zu schlüpfen. Die erste Gruppe stellt daher deutsche Helden dar, die französische Gefangene gemacht haben. Die zweite Gruppe stellt ebenfalls deutsche Helden dar, denen es jedoch die Vorsehung beschieden hat, in französische Kriegsgefangenschaft geraten zu sein. Jede Gruppe stellt sich jeweils vor, die andere seien die feindlichen Franzosen."

Wirris Einteilung entsprach exakt dem Frontverlauf innerhalb der Klasse: Die erste Gruppe der „siegreichen Deutschen" wurde von den Schülern um Josef und Karl gebildet, die der Bücherverbrennung ferngeblieben waren. Diese bewaffneten sich mit den Holzgewehren, die erst kürzlich für die schulische Wehrausbildung angeschafft worden waren. Die zweite Gruppe der „trotz ihres Heldenmutes in Gefangenschaft geratenen Deutschen" entsprach denjenigen um Gutknecht und Wangerode, die der Bücherverbrennung beigewohnt hatten.

Wirri ließ die Schüler im Pausenhof antreten. Er wandte sich zuerst an die „siegreichen Deutschen":

„Bevor wir beginnen, möchte ich an Sie appellieren, keine falsche Rücksichtnahme gegenüber dem Feind walten zu lassen. Vergessen Sie nie, dass der Franzose an sich verschlagen, hinterhältig und selbstsüchtig ist!"

Dann wandte er sich an die „trotz ihres Heldenmutes in Gefangenschaft geratenen Deutschen": „Vergessen Sie nie: Feigheit oder Wehleidigkeit sind der deutschen Seele zutiefst zuwider. Wenn Ihnen also Schmerz zugefügt wird, dann ertragen Sie diesen wie ein echter deutscher Mann! Los geht's!"

Die Siegreichen packten ihre Holzgewehre und stießen die in Gefangenschaft Geratenen unbarmherzig vor sich her. Französische Kommandos erschollen über den Pausenhof, wobei Wirri die Sieger nicht nur bei Bedarf korrigierte, sondern ihnen auch immer neue Wendungen verriet. Sie ließen die Gefangenen in Reih und Glied antreten, jagten sie mehrfach über den Hof, befahlen ihnen, sich mit hinter dem

Kopf verschränkten Händen in den Dreck zu werfen, und kamen schließlich sogar auf die Idee, sie mit den bloßen Händen die Schützengräben im Gemüsegarten vertiefen zu lassen. Kurz: Sie schikanierten sie nach Lust und Laune, denn sie wussten, wenn die Rollen getauscht wurden, würden es die anderen mit ihnen genauso machen. „Gnade uns Gott, wenn Gutknecht unsere Rolle übernimmt. Er wird uns die Zähne einschlagen!", dachte Josef, als er den Gefangenen gerade 30 Liegestütze – trentes pompes – auferlegte.

Doch so weit kam es nicht. Die Rollen wurden nicht getauscht. Immer wieder schielten die Schüler auf die große Uhr über dem Eingang der Schule. Die Stunde war schon längst zur Hälfte vorbei! Warum tauschte Wirri nicht? Schließlich reichte es Gutknecht: „Jetzt sind wir mal dran!", rief er schnaufend, als er gerade mal wieder im Laufschritt – au pas de gymnastique – den Hof überqueren musste und an Wirri vorbeikam, der wie ein Feldherr mit verschränkten Armen auf der Treppe stand und die Szene beobachtete.

„Sind Sie ein deutscher Mann oder eine französische Memme?", donnerte Wirri von seinem Feldherrenstand. „Sie werden doch ein bisschen Schmerz ertragen können. Und die nötigen Vokabeln lernen Sie schließlich auch durchs Zuhören!"

Endlich schrillte die Schulglocke. „Die Gefangenen gehen jetzt in die Waschräume und säubern sich! Sie sehen ja aus wie die Dreckschweine!", befahl Wirri. „Und morgen üben wir, wie man aus einem französischen Spion Geständnisse herauspresst – beziehungsweise wie man als deutscher Soldat im Folterkeller des Feindes seinem Vaterland treu bleibt!"

In der Aula nahm Rektor Kleebeck, der die ganze Übung mit Befriedigung durch das Fenster seines Büros beobachtet hatte, Wirri beiseite. „Na sehen Sie, werter Kollege, es geht doch! Schließlich wollen wir doch nur unsere Zöglinge optimal auf ihre zukünftigen Aufgaben im Felde vorbereiten! Gut, dass Sie das nun endlich eingesehen haben!"

Die Unterprima erwartete die nächste Französischstunde mit Spannung. Gutknecht und seine Anhänger wirkten merkwürdig zurückhaltend. Hatten sie sich tatsächlich von Wirri einschüchtern lassen? In der Pause hockten sie wie immer beisammen, legten aber nicht das übliche auftrumpfende Verhalten an den Tag, sondern schienen etwas auszubrüten. Doch die nächste Französischstunde musste entfallen, denn der Weltkrieg forderte seinen ersten Tribut.

Mit gerade einmal 17 Jahren hatte sich der Schüler Martin Schmid noch vor Beginn des Schuljahrs freiwillig zu den Fahnen gemeldet. Nach vierwöchiger Grundausbildung verlegte man ihn mit seinem Infanterieregiment nach Flandern, wo sein schmächtiger Körper bei seinem ersten Kampfeinsatz von einem englischen Maschinengewehr durchlöchert worden war. Rektor Kleebeck nahm dies zum Anlass für eine ergreifende Trauerfeier in der Aula.

Nachdem die Schulkapelle zur Einstimmung einen Trauermarsch gespielt hatte, erklomm Kleebeck das Podest mit dem Rednerpult. Dabei trug er den letzten Feldpostbrief des Martin Schmid wie eine Reliquie vor sich her. Zunächst skizzierte er den schulischen Werdegang des heldenhaften Jünglings, der sich vor allem in den alten Sprachen hervorgetan habe. Schließlich kam er in bewegenden Worten auf dessen allzu kurze Militärzeit zu sprechen:

„Mit festem Willen bezwang unser Kamerad die Tränen, als er Abschied nahm von seinen Eltern, die auf sein unwiderstehliches Bitten hin großmütig ihre Einwilligung zu seinem edlen Entschlusse gegeben hatten. Mit freudiger Begeisterung und dem vollen Bewusstsein der freiwillig übernommenen Pflicht zog er hinaus in den tobenden Völkerkampf. Die zahlreichen Feldbriefe, welche er von dort an seine Angehörigen und Freunde sandte, atmen zarte Liebe zu Eltern und Geschwistern, in ihnen erfreuen unser Herz kräftige, sturmsichere Blüten jugendfrischer Vaterlandsbegeisterung, bekennt tiefste Religiosität gläubig ihr unerschütterliches Gottvertrauen, versichert Jugendfreundschaft ihre Treue bis zum Tode. Am Vorabend seines Todestages schreibt er, ich zitiere aus dem Brief, den mir seine von unendlicher Trauer, aber doch auch von großem Stolze erfüllten Eltern dankenswerterweise überlassen haben: „Liebe Eltern! Nun scheint es doch ernst zu werden. Heute hatten wir Feldgottesdienst. Der Hochwürdige Herr Feldpater hielt eine lange, ernste und zu Herzen gehende Predigt; nach derselben erteilte er uns allen die Generalabsolution. Hierauf verlas unser Kommandeur den Brigadebefehl, wonach nunmehr ein großer Sieg in der Entscheidungsschlacht, die heute geliefert werden solle, über den ganzen linken Flügel des Feindes erfochten werden müsse. Nun, liebe Eltern, geht es also heute in ein paar Stunden in die Schlacht. Ich erhalte heute die Feuertaufe. Werde ich wiederkommen? Nur Gott weiß es. Betet, dann hilft mir die Himmelsmutter schon. Sollte ich sterben, nun dann tröstet euch, denn ich sterbe dann den schönsten Tod, den Heldentod fürs Vaterland. Und diese Helden bleiben stets in Erinnerung der Menschheit." Kleebeck faltete den Brief sichtlich gerührt zusammen und griff nach seinem Schnupftuch. „Verneigen wir uns vor diesem jugendlichen Helden in stillem Gebet und behalten wir ihn in ewigem Angedenken!", schloss er.

Doch nun geschah etwas Unerhörtes: In die andächtige Stille hinein sprach Wirri mit halblauter Stimme, aber so, dass es in der ganzen Aula zu hören war: „Der arme Junge. Sie haben ihn als Kanonenfutter verheizt."

Die Wirkung dieser Worte war ungeheuerlich. Die Köpfe von 326 Schülern und 19 Lehrern wandten sich zuerst ihm und dann dem Direktor zu, der mit offenem Mund und in Schockstarre hinter seinem Rednerpult stand und nach Luft schnappte. Doch bevor sich Kleebeck wieder fangen konnte, drehte sich Wirri um und verließ die Aula durch das Treppenhaus, das zur Bibliothek hinaufführte.

Wie Hannah, so hatte auch Josef wenig Gelegenheit, über das Phänomen der Zeitwendeltreppe nachzusinnen. Seit Wirris skandalöser Störung der Trauerfeierlichkeit war die Schule in hellem Aufruhr begriffen. Man wartete auf eine scharfe Reaktion Kleebecks, doch dieser verhielt sich merkwürdig passiv. Natürlich drang die Affäre auch nach außen und wurde in den Familien diskutiert. Erstaunlicherweise waren es aber nur die Väter Gutknechts und Wangerodes, die sich bei Kleebeck über die defätistischen Äußerungen Wirris beschwerten und seine sofortige Freistellung vom Unterricht forderten. Kleebeck bat um Verständnis, dass dies bedauerlicherweise nicht in seiner Macht stehe, und versicherte, dass disziplinarrechtliche Schritte gegen Professor Werner eingeleitet worden seien, dies aber eine Zeit dauern könne.

In der Unterprima hielt es der Teil der Schüler, der sich um Gutknecht geschart hatte, für angebracht, Wirris Unterricht zu boykottieren, was von Kleebeck, der keinen weiteren Ärger riskieren wollte, stillschweigend toleriert wurde. Wirri kommentierte dies mit einem „Umso besser. Dann können wir jetzt endlich wieder richtigen Unterricht machen" und wandte sich wieder der französischen Romantik zu.

Es war Josef und Karl bewusst, dass sie gefährlich lebten. Bei Gutknecht und seiner Anhängerschaft galten sie als Wirri-Freunde und auch die Revanche für die Französischstunde auf dem Schulhof stand noch aus. So war es ratsam, nicht alleine durch leere Straßen zu gehen. Selbst im Schulgebäude rechneten sie mit möglichen Hinterhalten. Josef vermied es auch, auf dem Heimweg die Abkürzung durch den Park zu nehmen. Außerdem begann er wieder mit dem Boxen, auch wenn ihm das bei einem Überfall mit Zaunlatten wenig geholfen hätte.

Josefs Mutter war sehr besorgt um ihren Sohn, der ihr bisher nie wirklich Kummer bereitet hatte. Zuerst war sie bei diesem aufgeblasenen Rektor Kleebeck vorgeladen worden, weil Josef einen anderen Schüler angeblich mit Pferdeäpfeln beworfen hatte. Natürlich glaubte sie der Darstellung Josefs mehr als den Vorwürfen des Rektors, der sich ihr gegenüber, die sie ja nur die Witwe eines Bahnbeamten war, sehr herablassend benommen hatte. Allerdings verstand sie nicht, warum dieser Gutknecht ihrem Sohn einen solch unflätigen Streich gespielt haben sollte.

Als Josef nur wenige Tage darauf zerschrammt und mit zerrissenen Hosen heimkam, weil er angeblich vom Fahrrad gestürzt war, in Wahrheit hatte er im Jahre 2015 einen ungleichen Boxkampf bestritten – begann sie an ihm zu zweifeln. Ihr war klar, dass er sich mit jemandem gerauft hatte, ihr aber nicht die Wahrheit sagen wollte. Mehr denn je wünschte sie sich ihren Mann zurück, der vor drei Jahren von einem Zug erfasst worden war, als er gerade aus seiner Lokomotive gestiegen war. Der hätte nicht nur bei Kleebeck einen ganz anderen Stand gehabt als sie, sondern auch viel besser auf seinen Sohn einwirken können. Aber es war ja auch wirklich kein Wunder, dass Josef plötzlich in Schwierigkeiten geriet, wo doch die ganze Welt verrücktspielte. Als ihr Josef von Wirris spontanem Zwischenruf erzählte, konnte sie diesen nur zu gut verstehen. Wie konnte man 17-jährige Buben einfach so in ihr Verderben rennen lassen! Endlich sagte mal jemand, was er sich dachte! Wenn nur ihr Josef nicht in diesen Wahnsinn hineingezogen wurde! Hoffentlich war dieser ganze Spuk bald vorbei.

Seit ein paar Tagen nun kam ihr Josef seltsam unruhig und abwesend vor. Wie ein eingesperrter Tiger wanderte er immer wieder ziellos durch das kleine Haus und den Garten. Endgültig Sorgen machte sie sich, als er begann, unaufgefordert die Hecke zuzuschneiden. Doch jedes Mal, wenn sie das Gespräch mit ihm suchte, merkte sie, wie er sich vor ihr verschloss. Sie hoffte, dass es nichts mit den Konflikten in der Schule oder gar mit dem Großen Krieg zu tun hatte, sondern dass er sich vielleicht bloß in eines der Mädchen aus der Höhere-Töchter-Schule verschaut hatte, die dem Humanistischen Gymnasium schräg gegenüber lag.

Dabei lag Frau Fürst gar nicht so falsch. Josef hatte sich „verschaut", wenn auch nicht in ein Mädchen aus dem Lyzeum, mit denen die Gymnasiasten in der Mittagspause gerne schäkerten. Vielmehr war es die „Indianerin", wie er Anna-Lena im Geiste nannte, die ihm nicht mehr aus dem Kopf ging. Nicht nur ihr Aussehen war für ihn faszinierend fremdartig. Sie hatte sich auch so ganz anders als die „höheren Töchter" verhalten, die einerseits so schamhaft taten, andererseits aber doch kichernd und gackernd mit den Jungen aus seiner Klasse kokettierten. Anna-Lena erschien ihm zarter und zerbrechlicher, aber auch sehr viel selbstbewusster und energischer. Sie war ihm gegenüber ganz schön ironisch gewesen und das war etwas, was er bei Mädchen so gar nicht kannte. Außerdem gefielen ihm ihre dunklen Augen und das offene, lange, schwarze Haar, das mit ihrem bleichen Teint kontrastierte.

Aber es gab auch noch einen anderen wichtigen Grund, ein weiteres Mal über die Zeitwendeltreppe zu steigen: Er musste herausfinden, wie dieser Krieg ausgehen würde. Wie lange würde er dauern? Wie viele Opfer würde er noch fordern? Und nicht zuletzt: Wer würde siegen? Hatte Wirri Recht, der den Tod des Schülers Schmidt für eine sinnlose Tragödie hielt? Oder würden doch die Kleebecks und Gutknechts Recht behalten, und der tausendfache Tod fürs Vaterland würde Deutschland in eine goldene Zukunft führen? Er musste wissen, ob es sich lohnte, dafür sein Leben aufs Spiel zu setzen. Es sollte ja wohl kein Problem sein, im Jahre 2015 ein Buch über diesen Krieg aufzutreiben.

Und so nützte Josef die neu eingeführte Militärische Jugenderziehung, die den Schülern der oberen beiden Jahrgangsstufen jeden Dienstag verkürzten Unterricht mit anschließenden Marsch- und Schießübungen bescherte, um einen neuerlichen Ausflug in die Zukunft zu wagen. Dabei kam ihm der Umstand zugute, dass es sich Rektor Kleebeck als Hauptmann des Landsturms a.D. nicht nehmen ließ, diese Übungen höchstselbst zu leiten, obwohl er angesichts der Masse an Teilnehmern regelmäßig den Überblick verlor. So war es für Josef ein Leichtes, sich nach dem Fahnenappell, als fast hundert Schüler ins Freie drängten, davonzustehlen. Sein Fehlen würde wahrscheinlich nur Karl bemerken und der würde ihn sicher nicht verpfeifen. Außerdem war seine Mutter für zwei Tage mit dem Zug zu Tante Marie gefahren, um sie ein bisschen abzulenken, weil sich ihr Cousin gegen ihren Willen als Kriegsfreiwilliger gemeldet hatte und nun schon an der Front stand. Auch sie würde ihn also nicht vermissen. Unbemerkt schlich sich Josef in die Bibliothek, deren Tür seit der von Gutknecht veranstalteten Bücherverbrennung aufgebrochen war. Wirri war nicht da. Zum Glück weilte er schon im „Löwen".

Schwefelwasserstoff

Als Hannah an diesem Morgen die Schule betrat, traute sie ihren Augen nicht. Die ganze Aula war voller campierender Flüchtlinge, die hier offensichtlich behelfsmäßig übernachtet hatten. Von Matten und Liegen schauten sie mit müden Augen zu den Schülern hoch, die mit ihren Schulranzen über sie hinwegstiegen. Über all dem lag ein unangenehmer Geruch, der an faule Eier erinnerte.

„Boah, die stinken aber, deine Flüchtlinge! Wie hältst du das bloß aus?" Hinter Hannah drängte Karsten zur Tür herein.

„Das sind nicht meine Flüchtlinge! Und für den Geruch muss es eine Erklärung geben!", erwiderte Hannah gereizt.

„Was wollen die hier überhaupt? Reicht es nicht, dass sie unsere Turnhalle besetzen? Müssen die jetzt auch noch unsere Aula verpesten?", schimpfte Karsten weiter. „Du wirst sehen, bald haben wir die noch in den Klassenzimmern!"

„So kann's echt nicht weitergehen!", mischte sich Ellie ein. „Wenn wir hier in Deutschland jeden Dahergelaufenen reinlassen, dann können wir selber bald auswandern."

„Das sind keine Dahergelaufenen! Das sind Menschen, die mit knapper Not einem Krieg entkommen sind!", widersprach Hannah wütend.

„Aber sag doch selber, Hannah", sagte Karsten herablassend, „wie willst du die denn alle integrieren, wenn du denen erstmal beibringen musst, wie man eine Toilette benutzt? Im Hindukusch wischen sich die doch noch mit dem Finger den …"

„Halt einfach die Klappe, du Arsch!", unterbrach ihn Hannah mit hochrotem Kopf und stürmte zu Frau Hörmann-Freier, die gerade von einem Pulk Schüler umringt wurde und zum wiederholten Male die Sachlage erklärte:

„Wir wissen noch nicht, wer gestern Abend den Schwefelwasserstoff in der Turnhalle verteilt hat. Die polizeilichen Ermittlungen laufen noch. Jedenfalls hätten die Flüchtlinge unmöglich die Nacht in der Turnhalle verbringen können. Aber ich denke, im Laufe des Tages wird die Turnhalle soweit gereinigt und ausgelüftet sein, dass sie wieder dorthin zurückkehren können."

„Könnte es sein, dass es einer von denen selbst war?", wollte eine Schülerin wissen.

„Das halte ich für ausgeschlossen. Warum sollte jemand sein eigenes Nest beschmutzen? Ich sag es nochmal: Stinkbomben in eine Halle mit Menschen zu werfen, die dort schlafen müssen, ist kein alberner Dumme-Jungen-Streich, sondern Körperverletzung und ein fremdenfeindlicher Akt dazu! Ich hoffe nur, dass wir den oder die Täter bald finden!"

Da ertönte der Durchsagengong und Rektor Klett meldete sich: „Achtung, eine Durchsage! Aufgrund eines bedauerlichen Vorfalls mussten die Flüchtlinge heute Nacht die Turnhalle verlassen und in die Aula ausweichen. Der normale Unterrichtsbetrieb wird aber dadurch nicht tangiert. Der Unterricht beginnt für alle Schüler pünktlich um 8.00 Uhr!"

„So ein Idiot! Wieso sagt er denn nicht, was der ‚bedauerliche Vorfall' ist! Das klingt ja fast so, als wären die Flüchtlinge selber daran schuld!" Auch Anna-Lena war mittlerweile in der Aula eingetroffen und hatte sich zu ihrer Freundin gesellt.

„Wahrscheinlich möchte er die ganze Sache am liebsten unter den Teppich kehren. Das ist genauso wie bei der Schmiererei über dem ‚Salam Aleikum'. Darüber wurde auch kein Wort verloren. Einmal darübergeweißelt – und das war's dann. Hass auf Flüchtlinge, das passt nicht zu dem weltoffenen Schulprofil, das er immer gerne beschwört."

„Das war bestimmt Kai, dieser Vollidiot!", stieß Anna-Lena hervor, die es immer noch nicht fassen konnte.

„Täusch dich mal nicht. Hier gibt es mehr Leute als du glaubst, die eine solche Aktion gut finden und die Flüchtlinge lieber heute als morgen los haben wollen. Und Kai ist für einen Schwefelwasserstoff-Angriff doch viel zu doof!", entgegnete Hannah.

Inzwischen waren die meisten Schüler in ihre Klassenzimmer gegangen. Zurückblieben nur Frau Hörmann-Freier und ein paar Schülerinnen aus der Helfergruppe. Eine von ihnen, Leonie, rief voller Zorn: „Wir müssen rausfinden, wer das war! Diese Schweine machen unsere ganze Arbeit hier kaputt! Die Flüchtlinge müssen ja das Gefühl haben, dass sie von einem Kriegsgebiet in das nächste geflohen sind!"

„Aber wie willst du das machen? Stinkbomben kannst du sogar bei Amazon bestellen. Das schafft auch einer wie Kai", entgegnete Ruth.

„Handelsübliche Stinkbomben waren das jedenfalls keine. Es waren ja ganze Matratzen mit Schwefelwasserstoff bespritzt. Die kann man glatt wegschmeißen!", berichtete Frau Hörmann-Freier, die am Morgen schon den Tatort inspiziert und bei den Reinigungsarbeiten mitgeholfen hatte. „Außerdem hätte man bei Stinkbomben aus dem Scherzartikelladen Glassplitter gefunden. Die gibt's doch nur in so kleinen Glasampullen."

„Da muss sich einer nachts in die Halle geschlichen haben und das Zeug gezielt verspritzt haben, während die Leute geschlafen haben", vermutete Leonie.

„Aber die Polizei sagt doch, dass niemand etwas bemerkt hat", wandte Hannah ein.

„Es ist natürlich fraglich, dass die Flüchtlinge ihnen alles erzählt haben", gab Frau Hörmann-Freier zu Bedenken. „Soviel ich weiß, hatten sie nicht einmal einen Dolmetscher dabei. Außerdem haben die Flüchtlinge in ihren Heimatländern oft so schlechte Erfahrungen mit der Polizei gemacht, dass sie schon vor lauter Angst nichts sagen würden."

„Ist die Tür zur Turnhalle eigentlich die ganze Nacht offen?", wollte Anna-Lena wissen.

„Natürlich! Man kann die Leute ja nicht einfach über Nacht einsperren. Am Haupteingang sitzt aber die ganze Nacht einer von den Security-Leuten", erklärte Frau Hörmann-Freier.

„… und pennt oder schaut Pornos auf seinem Smart-Phone", ergänzte Anna-Lena.

„Da tust du denen aber Unrecht", wandte Hannah ein. „Es mag da zwar einige Vollpfosten geben, aber gestern Nacht hatte Georg Dienst und der ist schon in Ordnung."

„Und der hat nichts bemerkt?", wandte sich Leonie an Frau Hörmann-Freier.

„Nein, gar nichts. Als es plötzlich so bestialisch zu stinken anfing und die ersten Flüchtlinge kamen und sich beschwerten, hat er natürlich erst einmal nach der Ursache gesucht, aber nichts gefunden. Dann hatte er alle Hände voll zu tun, die Leute geordnet aus der Halle zu bringen. Es muss fast so etwas wie eine Panik entstanden sein. Georg hat daraufhin die Polizei alarmiert und den Hausmeister aus dem Bett geklingelt. Der hat dann die Schule aufgesperrt, weil die Leute draußen zu bibbern anfingen."

„Gibt es eigentlich noch einen anderen Zugang zur Turnhalle?", forschte Leonie weiter.

„Natürlich, vom Sportplatz aus. Aber die Tür ist jetzt immer verschlossen, weil am Sportplatz ja weiter Schulbetrieb ist."

„Das heißt also, dass sich jemand mit einem Schlüssel ohne weiteres in die Halle schleichen könnte, ohne von Georg bemerkt zu werden", folgerte Leonie.

„Dafür spräche auch, dass es tatsächlich im hinteren Teil der Halle am meisten stinkt – das fällt mir jetzt erst auf!", bestätigte Frau Hörmann-Freier.

„Da stellt sich doch die Frage, wer einen solchen Schlüssel hat!", rief Hannah aus.

„Alle Sportlehrer – und die Schulleitung, vermute ich mal", ergänzte Leonie.

Frau Hörmann-Freier zog missbilligend die Stirn in Falten: „Jetzt begebt ihr euch aber auf sehr gefährliches Terrain! An solchen Spekulationen möchte ich mich nicht mehr beteiligen! Ich gehe jetzt mal in meinen Unterricht, und das solltet ihr auch tun! Es hat schon längst gegongt!" Und damit eilte sie davon.

Die Schülerinnen folgten ihr langsam durch die Aula. Am Treppenabsatz blieb Hannah plötzlich stehen: „Andere Frage: Wo bekommt man eigentlich größere Mengen Schwefelwasserstoff her? Ich meine, jemand wird ja kaum Stinkbomben kaufen, die Glasampullen aufbrechen und das Zeug dann zusammenschütten. Bei der Prozedur stinkt er ja selber binnen Kurzem wie die Legebatterie einer ganzen Hühnerfarm."

„Also Spürnasen offen halten, Mädels! Wir überführen den Täter an seinem Geruch!", scherzte Leonie.

„Es könnte natürlich jemand sein, der in Chemie aufgepasst hat", meinte Anna-Lena. „Schwefel und Wasserstoff gibt es im Giftschrank in der Chemie bestimmt. Wahrscheinlich muss man beides bloß zusammenschütten."

„Aber der Chemikalienschrank ist doch immer zugesperrt!", wandte Ruth ein.

„Auch da wäre es interessant zu wissen, wer eigentlich einen Schlüssel dafür hat", sagte Hannah.

„Nur die Chemielehrer, vermute ich mal", erwiderte Leonie. „Die tun doch immer so streng geheim, wenn sie etwas rausholen."

„Da fällt mir auf: Es gibt da eine interessante Schnittmenge!", rief Hannah. „Es gibt nur einen Lehrer, der beide Schlüssel hat, weil er der einzige ist, der Chemie und Sport unterrichtet."

„Goldmann! Du meinst Goldmann, stimmt's?", schlussfolgerte Leonie aufgeregt.

„Aber Goldmann ist doch total unpolitisch!", wandte Anna-Lena ein. „Der interessiert sich doch ausschließlich für Tennis und schnelle Autos. Was sollte der gegen Flüchtlinge haben?"

„Man kann nicht in die Menschen hineinschauen", meinte Hannah schulterzuckend. „Jedenfalls sollten wir uns mit dem mal genauer beschäftigen. Was wissen wir über ihn?"

„Ich hatte ihn letztes Jahr in Chemie", berichtete Leonie. „Aber was weiß man schon über einen, den man einmal in der Woche eine Doppelstunde lang ausschließlich im Halbschlaf wahrnimmt?"

„Stimmt. Goldmann ist berüchtigt für seinen einschläfernden Unterricht. Aber das macht ihn noch nicht zum Flüchtlingshasser."

„Wir sollten die Jungs fragen! Die haben ihn in Sport. Vielleicht kann mir Jan etwas über ihn erzählen. Morgen Abend ist doch die erste Tanzstunde, da werde ich mal unauffällig das Gespräch auf ihn bringen. Das könntet ihr übrigens auch machen!", schlug Anna-Lena vor.

„Einverstanden! Jetzt sollten wir aber tatsächlich langsam in den Unterricht gehen. Es ist schon Viertel nach Acht", erwiderte Hannah.

Der Jahrhundertflüchtling

Hierlinger war wie immer hocherfreut, als er Josef sah, und wunderte sich auch nicht darüber, dass er aus den Tiefen der Bibliothek kam. Er hielt ihn immer noch für eine Projektion, die aus einer seiner Bücherkreuzungen entstanden war. Als Josef nun auch noch den Wunsch äußerte, ein Buch über den Großen Krieg von 1914 auszuleihen, sprang Hierlinger begeistert auf: „Über den Ersten Weltkrieg meinst du? Aber natürlich hab ich da was für dich!" und sogleich verschwand er zwischen den Regalen. Josef beschloss, lieber nicht darüber nachzudenken, wie viele Weltkriege es denn nach 1914 noch gegeben hatte und nutzte die Gelegenheit, um aus der Bibliothek zu schlüpfen und nach Anna-Lena zu suchen. Das Buch würde er dann auf dem Rückweg mitnehmen.

Ihm war klar, dass er in seinen altertümlichen Kleidern und nach dem spektakulären Boxkampf möglichst niemandem begegnen sollte. Da es noch nicht einmal halb Zwölf war, war die Gefahr aber nicht allzu groß, da die Schüler jetzt alle im Unterricht saßen. Das traf aber natürlich auch auf Anna-Lena oder Hannah zu. Was wollte er hier eigentlich? Wie sollte er mit ihnen Kontakt aufnehmen, ohne von irgendjemandem entdeckt zu werden? Trotzdem schlich er vorsichtig die Treppe hinunter. Doch als er die Tür vom Treppenhaus zum oberen Stockwerk öffnete, hörte er ein unverständliches Stimmengewirr. Gebannt spähte er nach unten in die Aula. Dort bot sich ihm ein unerwartetes Bild: Dutzende von Menschen, vor allem junge Männer, aber auch Frauen und Kinder, lagerten auf dem Fußboden. Sie alle hatten ein südländisches Aussehen. Die meisten Erwachsenen dösten vor sich hin oder unterhielten sich halblaut, dazwischen spielten Kinder und hin und wieder riefen ihnen Mütter mit Kopftüchern Ermahnungen zu. Die Sprache, in der sich die Menschen dort unten unterhielten, kannte er nicht. Waren das jetzt Flüchtlinge oder Touristen? Sicher Flüchtlinge, denn sie fotografierten nicht und hier gab es ja auch nichts Sehenswertes zu besichtigen. Josef fiel ein, dass er bei seinen beiden Ausflügen in die andere Zeit auch für einen Flüchtling gehalten worden war, und so kam er auf die Idee, sich einfach unter die Menschen in der Aula zu mischen. Von dort könnte er unbemerkt die Situation überblicken und darauf warten, dass der Unterricht endete und er eines der beiden Mädchen treffen könnte. Er setzte sich also im Schneidersitz in eine Ecke der Aula. Wie erhofft, nahm niemand von ihm Notiz.

Doch dann kamen zwei Polizisten zur Tür herein. Sie stellten sich in Positur und einer der beiden rief, während der andere ins Englische übersetzte:

„Ich bitte um Ihre Aufmerksamkeit!" – „Your attention, please!" – „Verlassen Sie jetzt bitte die Schule, die Turnhalle ist wieder offen!" – „Please leave the school, now! The sports hall is open again!"

Es dauerte ein bisschen, bis die Flüchtlinge begriffen hatten, doch dann packten sie ihre Habseligkeiten zusammen und trotteten aus der Schule Richtung Turnhalle. Josef blieb nichts anderes übrig, als sich ihnen anzuschließen. In der Turnhalle hing immer noch ein unangenehmer Geruch, auch wenn Helfer die Stoffbahnen, die zuvor quer durch die Halle gespannt waren, abgehängt hatten, um sie gründlich zu waschen. Josef stellte verwundert fest, dass sich hier die Zeit zu wiederholen schien. Wie vor 101 Jahren waren in Reih und Glied Feldbetten aufgebaut. Allerdings nicht für bleiche Rekruten in der Grundausbildung, sondern für diesen ziemlich bunten Haufen Flüchtlinge. Josef legte sich auf ein freies Feldbett und dachte nach. Er beschloss, dass es am besten sei, die beiden Mädchen in der Mittagspause abzupassen.

Hannah und Anna-Lena standen vor der Mensa und besprachen mit Leonie und Ruth das weitere Vorgehen gegen den „Stinkbomber", wie er inzwischen in der Schule genannt wurde. Anna-Lena hatte etwas Neues zu berichten: „Ich halte es inzwischen für nicht unwahrscheinlich, dass Goldmann etwas mit der Schwefelwasserstoff-Attacke zu tun hat. Ich habe heute gleich in der Pause mit Jan gesprochen und der sagt, dass Goldmann stinksauer auf die Flüchtlinge ist, und zwar vor allem deshalb, weil sie die Turnhalle blockieren. Ihr wisst doch vielleicht noch, dass Goldmann die Turnerriege der Schule leitet, und die hat letztes Jahr auf irgendeinem Turnerfest die Silbermedaille geholt. Jetzt spekulieren sie natürlich auf Gold, können aber nicht trainieren, weil die Turnhalle gesperrt ist. In die Mädchenrealschule dürfen sie offenbar nur einmal in der Woche rein und da gibt es wohl auch nicht die richtigen Folterwerkzeuge – also keine Ringe an der Decke und keine Barren und so."

„Das wäre jedenfalls ein Motiv!", bestätigte Leonie.

„In der Tat!" Anna-Lena redete sich in Fahrt. „Ich glaube, wir sollten den schönen Herrn Goldmann mal ein bisschen überwachen. Es wäre ja durchaus möglich, dass er irgendwelche Helfershelfer hat und dass es bald schon einen zweiten Stinkbombenangriff gibt."

„Und wie willst du das machen?", fragte Hannah skeptisch.

„Damit. Das hab ich von Jan. Das ist ein digitales Abhörgerät, auch Wanze genannt. Jan benutzt es manchmal, um den Unterricht mitzuschneiden. Angeblich, damit er sich daheim noch einmal anhören kann, was er nicht richtig verstanden hat. Wahrscheinlich macht er sich aber nur mit seinen Freunden darüber lustig, wenn der Islinger mal wieder den Faden verliert oder sich die Müller-Thalhofer von ihm provozieren lässt und dann ausflippt."

„Aber das ist doch verboten!", wandte Ruth ein.

„Klar ist das verboten", erwiderte Anna-Lena mit einem Achselzucken. „Aber anders werden wir Goldmann nicht auf die Schliche kommen. Wir müssen dieses kleine Schätzchen nur in der Chemie-Übung, wo der Giftschrank steht, anbringen. Auf der Rückseite hat es sogar einen Magneten."

„Wo hat Jan das denn her?", erkundigte sich Leonie.

„Gibt's bei Amazon, vermute ich mal."

Leonie gab sich einen Ruck: „Heute Nachmittag habe ich Chemie-Übung. Da könnte ich das Ding unauffällig platzieren."

„Super!", erwiderte Anna-Lena und gab Leonie das Gerät. „Ich hab morgen Nachmittag ebenfalls Chemie-Übung, da kann ich es dann wieder pflücken, wenn du mir sagst, wo du es hingeklebt hast."

Da erblickte Hannah plötzlich Josef, der sich mit schüchternem Lächeln der Gruppe näherte. „Einverstanden!", beendete sie das Gespräch abrupt. „Und jetzt entschuldigt mich bitte, aber den kenn ich!", sagte sie leichthin und ging zu Josef. Auch Anna-Lena hatte Josef bemerkt und folgte ihr neugierig. Verwundert schauten ihnen die beiden anderen hinterher.

„Was machst du denn hier?", fragte Hannah erstaunt.

„Ich bin jetzt auch ein Flüchtling geworden!", antwortete Josef mit schiefem Grinsen. „Nein, im Ernst, ich möchte mich bei dir entschuldigen, Hannah, dass ich unsere Verabredung damals nicht einhalten konnte. Aber vielleicht führst du – oder führt ihr…", hier warf Josef Anna-Lena einen hoffnungsvollen Seitenblick zu, „…mich trotzdem noch mal durch die neue Zeit?"

„Ist schon in Ordnung, dass du mich versetzt hast", erwiderte Hannah, „du warst schließlich im – wie heißt das? – Karzer eingesperrt."

Josef riss die Augen auf: „Woher weißt du denn das?"

Hannah konnte sich ein Schmunzeln nicht verkneifen. „Als du nicht gekommen bist, habe ich mich selbst auf den Weg durch den Zeitschacht gemacht, bin aber nicht allzu weit gekommen. Dafür bin ich in der Bibliothek Zeuge eines sehr aufschlussreichen Gesprächs zwischen eurem Herrn Direktor und einem älteren Lehrer mit weißem Haarwirrwarr geworden, in dem es unter anderem um deine Schandtaten ging."

„Ich glaube, es gibt wirklich viel zu erzählen", sagte Josef neugierig. „Aber vielleicht können wir das an einem weniger exponierten Ort tun. Ich möchte nicht wieder diesem lebenden Boxbeutel oder gar eurem Direktor mit seinen subtilen Verhörmethoden begegnen."

„Moment mal!", mischte sich Anna-Lena ein. „Was redet ihr da eigentlich? Karzer, Zeitschacht, andere Zeit – willst du mich verarschen, Hannah?"

Doch ihre Freundin schwieg. Ihr wurde klar, dass sie Anna-Lena nun in ihr Geheimnis einweihen musste. Doch wie sollte sie ihr das alles am besten erklären?

„Und du, könntest du mir bitte schön mal mitteilen, wo du herkommst und wer du bist?", wandte sich Anna-Lena zornig an Josef. „Ich möchte schon mal gerne erfahren, wer der große Unbekannte ist, der sich da ungefragt in einen lebensgefährlichen Boxkampf stürzt, nur um meine Ehre zu verteidigen, und sich dann einfach so wieder in Luft auflöst!"

„Wie ich heiße, habe ich dir ja schon gesagt. Ich bin Josef Fürst aus der Unterprima", antwortete dieser.

„Und wo kommst du her?"

„Aus dem Jahr 1914."

„Ihr könnt mich mal!" Erbost wandte sich Anna-Lena zum Gehen, doch Hannah hielt sie zurück. „Bitte bleib, Anna-Lena! Ich weiß, dass das schwer zu begreifen ist. Ich werde dir den Schacht mit der Treppe in die andere Zeit zeigen. Jetzt sofort. Mathe schwänzen wir, das ist nicht wichtig. Komm mit mir in die Alte Bibliothek, dann wirst du es verstehen! Und du Josef gehst am besten einstweilen zurück in die Turnhalle zu den Flüchtlingen. So wie du aussiehst, bist du dort am besten aufgehoben! Wir kommen dann zu dir. Als Helfer haben wir da ja jederzeit Zutritt."

Hannah konnte Anna-Lena nur einen Blick in die andere Zeit werfen lassen. Durch den Spalt der Tapetentür sahen sie, dass unten am Schreibtisch, in ein Buch vertieft, wieder der in einen altertümlichen Anzug gekleidete Professor mit der Einsteinfrisur saß. Doch die Existenz der zweiten, fast identischen Bibliothek, die dort eigentlich nicht sein konnte, genügte, dass ihr Anna-Lena erst einmal glaubte. Sehr nachdenklich und sehr schweigsam folgte sie Hannah zurück in die Turnhalle.

Auf den leeren Feldbetten sitzend berichtete Hannah ihrer Freundin ausführlich von der Entdeckung der Zeitwendeltreppe am ersten Schultag und ihrem Ausflug ins Jahr 1914; dann von ihrer ersten Begegnung mit Josef, den sie bei Hierlinger aufgegabelt und durch die Stadt geführt hatte; und schließlich von dem Streit zwischen Rektor Kleebeck und Professor Wirri, den sie belauscht hatte, als sie sich erneut in die andere Zeit begeben wollte, weil Josef nicht gekommen war. Josef seinerseits erzählte den beiden Mädchen von dem angeblich „undeutschen" Französischunterricht Wirris; von der unappetitlichen Auseinandersetzung mit Gutknecht, die ihm den Karzeraufenthalt eingebrockt hatte; von Wirris Französisch-an-der-Front-Stunde; vom Heldentod des Schülers Schmid und von der skandalösen Bemerkung Wirris bei den Trauerfeierlichkeiten. Zuletzt kam das Gespräch auf die Flüchtlinge und die Vorfälle der vergangenen Nacht. Josef verstand zwar nicht so ganz, warum Deutschland so viele Flüchtlinge aufnahm – „Das waren doch nicht mal deutsche Kolonien!", rief er einmal aus. Doch als sich Hannah und Anna-Lena peinlich berührte Blicke zuwarfen, ließ er die Sache lieber auf sich beruhen. Insgeheim war er von ihrem Engagement für Mitmenschen auf der Flucht doch ziemlich beeindruckt. Die Schwefelwasserstoff-Attacke war natürlich eine Sauerei und er verstand, dass die beiden unbedingt den Täter fassen wollten.

Da bemerkten sie Hassan, der sich unschlüssig zwischen den Feldbetten herumdrückte. Hannah rief den kleinen Jungen zu sich. Da gab sich dieser einen Ruck und erzählte ihnen aufgeregt: „Nacht … heller Mann … kommt da!" und deutete zu der Tür, die zum Sportplatz führte.

„Dann hat Hassan also gestern Nacht jemanden gesehen. Das spräche für unsere Vermutung, dass der Täter durch die Hintertür reingekommen ist!", rief Anna-Lena.

„Aber was heißt: ‚Heller Mann?'", fragte sich Hannah.

Hassan deutete auf Hannah und sagte: „Helle Frau!"

„Ich glaube, er meint „blond". Hannah wandte sich an Hassan und nahm eine Haarsträhne zwischen die Finger: „Helle Haare? Blonde Haare?"

Hassan nickte und deutete dann mit Zeigefinger und Daumen eine sehr kurze Haarlänge an.

„Dann kann es nicht Goldmann gewesen sein!", stellte Anna-Lena enttäuscht fest. „Der ist bekanntlich stolz auf sein stets gut geföhntes, dunkles Haupthaar."

„Ich mach euch einen Vorschlag", meldete sich Josef zu Wort. „Meine Mutter ist heute Nacht bei ihrer Schwester. Ich könnte also heute Nacht hier bleiben und den Hintereingang bewachen. Ihr müsstet mir aber heute Abend das Jahr 2015 zeigen!"

„Tolle Idee!" Hannah war sofort einverstanden. „Klamotten habe ich dir sowieso schon besorgt."

Und so verbrachte Josef den wohl aufregendsten Abend seines bisherigen Lebens. Die beiden Mädchen führten ihn zunächst in das größte Kaufhaus der Stadt, weil Hannah fand, man müsse Josef für die Nacht noch einen warmen Pullover kaufen. Dort kam Josef aus dem Staunen gar nicht mehr heraus. Er konnte das Angebot nicht fassen, das sich hinter der Glitzerfassade des großartigen, glasverspiegelten Gebäudes verbarg, in das die Menschen einfach so hineingingen, ohne von einem Verkäufer in Empfang genommen zu werden. Es gab tatsächlich Dutzende verschiedene Sorten von solchen „Pullover"-Überziehern in allen nur erdenklichen Größen. Man bediente sich einfach selbst und probierte das Kleidungsstück in einer „Umkleidekabine" an. Es gab gar keinen Schneider mehr! Dann ging man zur „Kasse", die mit einer Registrierkasse, so wie er sie kannte, keinerlei Ähnlichkeit mehr hatte. Hannah zahlte mit einer Plastikkarte, die durch einen Schlitz gezogen wurde. All seinen Mut musste Josef zusammennehmen, als sie auf eine dieser „Rolltreppen" hüpften, die den Menschen das Treppensteigen abnahmen. Sein Vater hatte ihm einmal voller Stolz erzählt, dass er in einem Hamburger Kontorhaus mit einem echten Paternoster gefahren sei. Für die Kunden hier schien die Benützung einer Rolltreppe aber etwas ganz Alltägliches zu sein. Völlig normal war offenbar auch, dass im Hintergrund ständig eine rhythmische Musik spielte, deren Instrumente er nicht identifizieren konnte. Als er sich nach dem dazugehörigen Grammofon erkundigte, lachte Hannah nur und sagte, das sei „Pop-Musik" aus dem „Computer".

Danach gingen sie zum „Italiener", „Pizza-Essen". Josef stellte fest, dass der italienische Gastwirt fließend Deutsch sprach und dass es sich bei „Pizza" um eine Art überbackenen Brotfladen handelte. Auf seiner „Vegetariana" befanden sich südländische Gemüsesorten, die er noch nie gesehen, geschweige denn gegessen hatte.

Hannah und Anna-Lena unterstützten Josef bei seiner Erkundung des 21. Jahrhunderts geduldig und diskret. Sie zeigten ihm, wie man einen Pullover anzieht, halfen ihm auf die Rolltreppe, bestellten für ihn die Pizza und ermunterten ihn, die Auberginen und Zucchini zu probieren. Auch ihnen wurde so erst richtig klar, was sich in einem Jahrhundert alles verändert hatte.

Den absoluten Höhepunkt des Abends bildete aber ein Kinobesuch. Um Josef nicht zu überfordern, wählten die beiden Mädchen bewusst keinen 3-D-Film, und auch keinen Science-Fiction- oder Superhelden-Film, sondern eine Komödie, die ab 6 Jahren freigegeben war. Trotzdem beeindruckte Josef der Kinobesuch zutiefst. Das fing schon bei der Werbung an. Als das neueste SUV-Modell einer großen deutschen Autofirma in haarsträubendem Tempo nacheinander durch einen engen Tunnel, über steile Serpentinen und durch eine malerische Schlammpfütze raste, stieß Josef kleine Schreie aus und krallte sich am Kinosessel fest. Als dem Gefährt dann auch noch ein lächelnder, sonnengebräunter, durchtrainierter Mann in den besten Jahren entstieg, um seiner blonden, wunderschönen und wesentlich jüngeren Beifahrerin das umwerfende Panorama zu zeigen, musste Hannah ihn daran hindern zu klatschen. Josef hatte bisher nur ruckelnde, schwarzweiße Stummfilme gesehen, die in einem großen Zelt auf dem Jahrmarkt gezeigt und vom Publikum mit begeistertem Applaus bedacht wurden.

Während des Hauptfilms, bei dem es sich ja eigentlich nur um eine seichte Liebeskomödie handelte, war Josef vollständig absorbiert. Als der unsympathische Nebenbuhler die schöne Hauptdarstellerin erpresste, ballte er die Fäuste. Als die Liebesbeziehung zu scheitern schien, kamen ihm die Tränen. Unwillkürlich griff er mit schweißnasser Hand nach Anna-Lenas Hand, zog sie aber dann sofort wieder mit hochrotem Kopf zurück. Das Happy-End erlebte er mit verzücktem Gesichtsausdruck. Gebannt starrte er auf den Kuss der Liebenden. Nach dem Abspann dauerte es eine ganze Weile, bis er aus der Welt des Films in die Realität zurückgekehrt war. Die beiden Freundinnen beobachteten ihn amüsiert.

Hannah und Anna-Lena begleiteten Josef noch bis zur Turnhalle. Zum Abschied gaben sie ihm beide ein Küsschen auf die Wange, was Josef erneut die Schamesröte ins Gesicht trieb. Hannah schärfte ihm noch ein, er solle sich immer wie ein Flüchtling verhalten und notfalls gebrochen Deutsch sprechen, um kein Aufsehen zu erregen. Falls ihn jemand danach frage, dann sei er Jusuf aus Syrien und über die Balkanroute nach Deutschland gekommen. Seinen Ausweis habe er bei der Flucht übers Mittelmeer verloren, als das Schlauchboot gekentert sei.

Nach den Vorfällen der vergangenen Nacht hatte man die Nachtwache am Eingang der Halle verdoppelt. Doch einer der beiden Security-Männer, der schon tagsüber Dienst gehabt hatte, erkannte Josef wieder und ließ ihn ohne weiteres durch.

„Er ist tatsächlich ein bisschen wie ein Flüchtling. Ein Flüchtling aus einer anderen Zeit", meinte Hannah, als Josef in der Halle verschwunden war.

„Vielen von denen geht es wahrscheinlich genauso, wenn sie zum ersten Mal in eines unserer Kaufhäuser kommen!", ergänzte Anna-Lena.

„Oder zum ersten Mal in einem Großleinwandkino sitzen."

„Oder zum ersten Mal ein Abschiedsküsschen bekommen." Anna-Lena lächelte versonnen.

„Nur dass sie ihr Erstaunen nicht so gut artikulieren können wie Josef."

„Ich find ihn jedenfalls süß, unseren Jahrhundertflüchtling", beschloss Anna-Lena.

Ein unbegleiteter Minderjähriger

Josef hatte sich im Dämmerlicht der Nachtbeleuchtung auf einem freien Feldbett im hinteren Teil der Halle ausgestreckt. Der neue Pullover war erstaunlich weich, es war warm und langsam verebbte das Stimmengewirr, das die Halle tagsüber wie ein Grundrauschen erfüllt hatte. Er war überwältigt von den Eindrücken des Tages: von dem glitzernden Kaufpalast mit seinen Rolltreppen, den hunderterlei verschiedenen Autos, die mit extremen Geschwindigkeiten über breite, asphaltierte Straßen rasten, ohne dass ein Unfall passierte, von der Selbstverständlichkeit, mit der die beiden Mädchen in das italienische Gasthaus gingen, um dort „Pizza" zu essen, von diesem unfassbar realistischen Film, der praktisch nicht mehr von der Wirklichkeit zu unterscheiden war. Langsam verwoben sich die Bilder in seinem Kopf, und er stand mit lauter Flüchtlingen, die sich die Nase zuhielten, auf einer unglaublich langen Rolltreppe, die von der Aula ins Obergeschoss der Schule hinauffuhr, wo ein riesengroßes Grammofon stand, das die ganze Schule mit rhythmischer „Pop-Musik" beschallte. Auf dem rotierenden Plattenteller stand das Liebespaar aus dem Film und küsste sich innig. Die Hauptdarstellerin hatte Anna-Lenas Augen.

Doch da schreckte Josef plötzlich auf. Er spürte einen kühlen Luftzug, der von der Tür zum Sportplatz herkommen musste. Sofort war er hellwach. Da bewegte sich ein Schatten im grün gedimmten Licht, dicht an seinem Feldbett vorbei! Josef konnte die Konturen eines großen, muskulösen Mannes mit sehr kurz geschnittenen, hellen Haaren erkennen. Wie ein Araber sah der nicht aus! In der Hand hielt er etwas, das aussah wie eine Spritze. Kein Zweifel, das musste der Täter sein! Josef spannte seine Muskeln unter der dünnen Decke wie eine Katze zum Sprung. Als der Mann in nächster Nähe an ihm vorbeischlich, schnellte er hervor, riss den Unbekannten zu Boden und versuchte ihn festzuhalten. Doch dieser erwies sich als erstaunlich stark, schüttelte Josef mit Leichtigkeit ab, sprang auf und floh durch die offene Tür aus der Halle. Auch Josef rappelte sich auf und wollte die Verfolgung aufnehmen, verhedderte sich aber in der Decke, die vom Bett gefallen war, und fiel der Länge nach hin. Da entdeckte er vor sich auf dem Boden die Spritze, die sein Gegner bei dem Handgemenge verloren hatte. Der Schwefelwasserstoff! Er griff danach und hielt die Spritze gegen das Nachtlicht. Sie enthielt eine farblose Flüssigkeit und war zum Glück noch mit einer Hülse verschlossen. Da ging plötzlich das Licht in der Turnhalle an. Oben auf der Tribüne erschien einer der beiden Security-Männer und rief: „Was geht hier vor? Du da unten, stehenbleiben!" Josef, geblendet vom Licht, zögerte einen Moment. Sollte er davonlaufen? Aber er hatte ja nichts angestellt. Er würde den Männern schon erklären können, was passiert war. Auf jeden Fall müsste er aber in der Flüchtlingsrolle bleiben. Da packte ihn von hinten jemand schmerzhaft am Arm und nahm ihn in den Polizeigriff. Der zweite Security-Mann! Er musste aus der Umkleidekabine gekommen sein.

„Lassen Sie mich los! Ich habe nichts getan!", schrie Josef, gar nicht wie ein Flüchtling. „Das kannst du der Polizei erzählen!", knurrte der Mann, nahm Josef die Spritze ab und stieß ihn vor den Augen der Flüchtlinge, die nun alle aufgewacht waren, quer durch die Halle.

Josef kam sich vor wie in einem Alptraum. Neben einem dicken Polizisten auf der Rückbank sitzend raste er in einem Polizeiauto durch die Nacht. Ihm wurde schlecht, aber es war ihm klar, dass er sich rasch ein paar Antworten würde zurechtlegen müssen. Auf dem Revier würden die Beamten bestimmt erst einmal seine Personalien feststellen wollen. Er rief sich Hannahs Anweisungen ins Gedächtnis: Jusuf aus Syrien war ja ganz gut, aber die Polizei würde es sicher genauer wissen wollen. Er brauchte einen Nachnamen, einen Wohnort, ein Geburtsdatum. Woher sollte er einen arabischen Nachnamen nehmen? In seiner Welt gab es keine Araber. Aber vielleicht ging ja „Arab"? Das war zwar nicht besonders originell, klang aber irgendwie glaubhaft. Noch schwieriger war es, einen Wohnort zu erfinden. 1914 war das, was heute Syrien war, Teil des Osmanischen Reiches. Woher sollte er wissen, welche Städte auf der arabischen Halbinsel später einmal zu diesem Syrien gehören würden? Welche Städte kannte er denn dort überhaupt? Bagdad, Damaskus, Mossul – mehr fiel ihm auf die Schnelle nicht ein. Er war über das Mittelmeer geflohen. Daher erschien ihm Damaskus am wahrscheinlichsten, das lag dem Meer noch am nächsten. Fehlte noch ein Geburtsdatum. Er befand sich im Jahr 2015 und war 17 Jahre alt, also wäre jetzt 1998 sein Geburtsjahr. Der Einfachheit halber würde er bei seinem Geburtstag, dem 4. März, bleiben. Er war also Jusuf Arab, geboren am 4.3.1998 in Damaskus. Seinen Pass hatte er bei der Überfahrt über das Mittelmeer verloren, als das Boot kenterte und er sich mit letzter Kraft auf ein vorbeifahrendes Schiff rettete. Seine Eltern? – waren ertrunken. Josef schluckte. Das klang glaubhaft. Trotzdem schossen ihm die Tränen in die Augen, als er seine Mutter so einfach sterben ließ. Er wusste, wie weh es tat, einen Elternteil zu verlieren.

Die Beamten auf dem Revier nahmen Josef seine neue Identität ohne weiteres ab. Auch dass er bei der Einreise nicht ordnungsgemäß registriert worden war, wunderte sie nicht wirklich. Josef achtete darauf, möglichst gebrochen Deutsch zu sprechen. Dies gelang ihm offenbar ziemlich gut, denn als er den Vorfall in der Turnhalle aus seiner Sicht schildern sollte, fragte der eine der beiden Polizeibeamten seinen Kollegen, ob sie damit nicht bis morgen warten und einen Dolmetscher anfordern sollten. Josef fuhr ein gehöriger Schreck durch die Glieder. Das musste er auf jeden Fall verhindern, denn dann würde natürlich sofort herauskommen, dass er kein Wort Arabisch konnte! „Kein Dolmetsch!", sagte er daher eine Spur zu laut. „Verstehe alles. Deutsch gut aus Schule!"

„Gut, dann probieren wir es!", beschloss der Beamte. „Machen wir das Protokoll so weit wie möglich fertig. Wie mit einem dringend tatverdächtigen unbegleiteten Minderjährigen zu verfahren ist, das können ohnehin erst die Kollegen morgen entscheiden."

Josef erzählte also seine Version der Geschichte, erwähnte dabei aber weder Hannah und Anna-Lena noch die Beobachtungen Hassans. Den Rest der Nacht verbrachte er schlaflos in einer Zelle und dachte an seine Mutter. Sie würde gegen Mittag von Tante Marie zurückkommen. Spätestens am Abend würde sie sich Sorgen machen, wenn er nicht mehr auftauchte.

Wie ein Lauffeuer verbreitete sich am nächsten Morgen die Nachricht, dass der „Stinkbomber" in der Nacht auf frischer Tat gefasst worden war. Natürlich sei es einer der Flüchtlinge selbst gewesen, ein unbegleiteter Minderjähriger, möglicherweise traumatisiert durch Assads Giftgaseinsätze, wie die Sozialkundelehrerin Baierlein sogleich vermutete. Unklar war allerdings noch, wie der junge Mann an den Schwefel-Wasserstoff herangekommen war.

Hannah und Anna-Lena befürchteten das Schlimmste, als sie von den Gerüchten hörten. Noch vor Unterrichtsbeginn liefen sie in die Turnhalle, um nach Josef zu sehen. Doch schon am Eingang hielt sie der Wachmann auf, der sie auch gleich wiedererkannte und unfreundlich anblaffte: „Euern Freund haben wir heute Nacht geschnappt, wie er einen weiteren Anschlag ausführen wollte. Wenn ihr irgendetwas damit zu tun habt, dann rate ich euch dringend, lieber gleich zur Polizei zu gehen."

Ratlos blickten Hannah und Anna-Lena sich an und verließen die Turnhalle. „Der arme Josef! Was sollen wir jetzt bloß tun?", fragte Anna-Lena, Verzweiflung in der Stimme.

Hannah blieb stehen: „Der Security-Mann hat Recht! Wir müssen zur Polizei gehen! Wir brauchen denen ja nicht zu erzählen, dass Josef aus einer anderen Zeit kommt. Für uns ist er der Flüchtling Jusuf aus Syrien. Hoffentlich ist er nicht aus seiner Rolle gefallen! Wir erzählen denen einfach, dass wir Josef gebeten haben, auf die Hintertür aufzupassen, weil uns aufgefallen ist, dass die unbewacht ist. Außerdem nehmen wir meine Mutter mit. Die ist schließlich Rechtsanwältin. Ich ruf sie gleich mal an."

Reichlich verwundert holte Frau Merz ihre Tochter und Anna-Lena von der Schule ab. So ganz war ihr am Handy nicht klar geworden, warum die beiden Mädchen so dringend eine Aussage bei der Polizei machen mussten. Zum Glück hatte sie gerade keinen Termin, und so kam sie sofort, ließ die beiden von Rektor Klett vom Unterricht befreien und hörte sich an, was Hannah und Anna-Lena zu erzählen hatten. Doch auch sie erfuhr natürlich nicht die ganze Wahrheit.

Resolut betrat Frau Merz, die beiden Mädchen im Schlepptau, die Polizeiinspektion. Die Aussagen Hannahs und Anna-Lenas entlasteten Jusuf aus Syrien – oder genauer Jusuf Arab, vormals wohnhaft in Damaskus, Syrien, geboren am 4.3.1998 – vollständig. Hannah konnte sich ein Lächeln nicht verkneifen, als sie hörte, dass Josefs neue Identität inzwischen Konturen angenommen hatte. Die beiden Mädchen gaben an, dass sie Jusuf, den sie im Rahmen ihrer Tätigkeit als freiwillige Helfer kennengelernt hatten, gebeten hatten, nachts ein Auge auf die Tür zum Sportplatz zu werfen, da sie vermuteten, dass der Täter von dort in die Turnhalle eingedrungen sei. Sie erwähnten auch, dass der Flüchtlingsjunge Hassan in der Nacht, als die Schwefelwasserstoff-Attacke erfolgte, einen großen, blonden Mann mit kurzen Haaren gesehen habe, was sich mit Josefs Beschreibung deckte. Frau Merz ergänzte noch, dass man ja mal nachsehen könnte, ob die fragliche Tür noch immer unverschlossen sei und ob man da nicht Fingerabdrücke nehmen könnte.

„Die polizeilichen Ermittlungen müssen Sie schon uns überlassen, Frau Rechtsanwältin!", entgegnete der Kommissar auf diesen Vorschlag kurzangebunden, fuhr dann aber deutlich freundlicher fort: „Für Jusuf Arab besteht nach Ihren Aussagen allerdings in der Tat kein hinreichender Tatverdacht mehr – zumal ja auch jedes Motiv fehlt und unklar ist, woher sich Jusuf größere Mengen Schwefelwasserstoff besorgt haben könnte. Wir haben ihn inzwischen registriert und in EASY eingespeichert. Wir werden außerdem noch das Jugendamt verständigen, damit ihm ein Platz in einer Jugendwohngruppe für unbegleitete Minderjährige zugewiesen wird. Das wird aber erfahrungsgemäß eine Zeitlang dauern. Wenn Sie wollen, können Sie ihn also gerne wieder mitnehmen und in die Turnhalle zurückbringen. Die beiden Mädchen müssen ja sowieso wieder in die Schule."

Frau Merz lieferte also die drei Jugendlichen wieder an der Schule ab. Über Jusufs perfektes Deutsch wunderte sie sich sehr. Josef hatte in seinem Glück, der Haft entronnen zu sein, ganz vergessen sich zu verstellen und redete im Auto wie ein Wasserfall. Doch als Frau Merz ihn fragte, woher er so gut Deutsch könne, sprang ihm Hannah schnell zur Seite und behauptete, er habe in Damaskus eine deutsche Groß-mutter gehabt, die ihn zweisprachig aufgezogen habe. Umgekehrt wunderte sich auch Josef über Hannahs Mutter. Offenbar war es nichts Besonderes, dass eine Frau Rechtsanwältin war – und auch noch ganz selbstverständlich ein Automobil steuerte. Auch diesbezüglich hatte sich offensichtlich einiges geändert.

Statt in die Turnhalle beziehungsweise in den Unterricht begaben sich die Drei unbemerkt in die Alte Bibliothek. Hierlinger begrüßte sie wie immer hocherfreut und drückte Josef eine „Geschichte des Ersten Weltkriegs" in die Hand. „Wir möchten dich aber warnen, Josef! Wir wissen nicht, was passiert, wenn aus Fiktionen entstandene Projektio-nen wie du mit der Realität in Kontakt kommen. Wir haben bisher im-mer nur Romane mit anderen Romanen gekreuzt, nicht mit Sachbü-chern. Eine solche Vermischung erschien uns immer unstatthaft. Wir wollen ja keine Monster erschaffen!"

„Keine Angst, Herr Hierlinger", erwiderte Josef voller Ernst, „ich möchte es ja nur lesen!"

„Manchmal kommst du mir so real vor, dass ich es kaum glauben kann", murmelte Hierlinger kopfschüttelnd. „Verrate uns doch endlich mal, aus welcher Kreuzung du entsprungen bist! Oder lass mich raten. Du hat auf jeden Fall ein bisschen was von Robert Musils „Törleß"?

„Richtig!", log Josef.

„Anton Reiser von Karl Philipp Moritz?"

„Stimmt genau!"

„Und charakterlich von Rostands ‚Cyrano de Bergerac', auch wenn du eine schönere Nase hast!"

„Richtig!", bestätigte Josef, der diese Romanhelden alle nicht kann-te. „Jetzt muss ich aber wirklich wieder zurück ins Jahr 1914!"

Ohne weiter auf Hierlinger zu achten, der sich sichtlich über seinen Rateerfolg freute, beschlossen Hannah, Anna-Lena und Josef, sich am kommenden Mittwochmittag nach der Schule in der oberen Bibliothek wiederzutreffen – sofern Wirri seiner Gewohnheit entsprechend im „Löwen" weilte und der Weg frei war. Josef versprach, bis dahin geeignete Kleidung für die beiden Mädchen aufzutreiben, denn nun drängte vor allem Anna-Lena auf einen Ausflug in die andere Zeit.

Josef schaffte es tatsächlich noch, kurz vor seiner Mutter zu Hause zu sein. Dort legte er sich ins Bett und simulierte eine Grippe, auch wenn es ihm schwerfiel, seine Mutter anzulügen. Aber erstens brauchte er eine Entschuldigung für den verpassten Schultag und zweitens musste er unbedingt das dicke Buch über den Großen Krieg lesen, das Hierlinger ihm gegeben hatte, sodass er also auch am nächsten Tag nicht zur Schule gehen konnte.

Die Lektion

Als Josef nach drei Tagen Absenz wieder in die Schule kam, fiel diese erst einmal aus. Auf der großen Tafel, auf der sonst immer die Vertretungen angeschrieben wurden, stand in Kleebecks schwungvoller Handschrift: „Vollversammlung um 8.00 Uhr in der Aula. Der Unterricht entfällt heute." Unschlüssig standen die Schüler in der Aula herum und rätselten über die Ursache dieses frohen Ereignisses.

„Wirri behauptet, man feiere den deutschen Waffenerfolg über die russische Armee bei Wloclawec-Kutno in Polen", klärte Karl seinen verblüfften Freund auf, „allerhöchste Weisung des Königlichen Staatsministeriums".

Pünktlich um Acht ließ Direktor Kleebeck antreten und verlas den Heeresbericht vom Vortag. Bei diesem bedeutenden Sieg sei der Feind bei Lipno zurückgeworfen worden, es seien 28000 russische Gefangene gemacht und 70 Maschinengewehre erbeutet worden. Dabei zeigte er mit einem Stab auf den mit schwarz-weiß-roten Fähnchen neu markierten Frontverlauf auf Westermanns „Großer Schulwandkarte Mitteleuropa". Kleebeck rühmte diesen großartigen Erfolg als natürliche Fortsetzung der Schlacht bei Tannenberg unter dem heldenhaften General Paul von Hindenburg und prophezeite den baldigen Zusammenbruch der russischen Front. Damit würden dann genug deutsche Kräfte freigesetzt werden, um auch im Westen zu einem baldigen Endsieg zu gelangen. Dabei schwang er seinen Zeigestab wie eine Stichwaffe Richtung Frankreich und bohrte ihn in Paris fest.

„Wir beenden diese kurze Feier mit einem dreifachen „Hurrah – Hurrah – Hurrah! Der Sieg ist nah!", reimte Kleebeck. Brav skandierte die Schülerschaft Kleebecks Verslein im Chor, dann wurden noch „Heil dir im Siegerkranze" und „Die Wacht am Rhein" gesungen und in gehobener patriotischer Stimmung, in die sich die Freude über den unverhofften freien Schultag trefflich mischte, verließen die Schüler an diesem 17. November schon um Viertel nach Acht die Schule wieder. Dabei verkündeten Bloch, Maierhofer und Huber aus der Oberprima unter den bewundernden Blicken der Klassenkameraden lauthals: „Wir gehen auch! Es hält uns hier nicht länger! Auf zu den Waffen, das Vaterland ruft!" und machten sich auf den Weg zum Bezirkskommando, um sich als Kriegsfreiwillige zu melden.

„Seltsam", sagte Josef im Hinausgehen mehr zu sich selbst als zu Karl, „dass ich von dieser bedeutenden Schlacht nichts gelesen habe."

Karl musterte ihn irritiert: „Wie und wo willst du denn etwas über eine Schlacht irgendwo in Polen gelesen haben, die erst gestern stattgefunden hat?"

„Ich glaube, Karl, dass auch das wieder nur ein Schwindel ist. Die brauchen gerade einen großen Sieg, um für gute Stimmung daheim zu sorgen. Damit sich noch mehr freiwillig melden! Die Russen kapitulieren erst 1917 – und wir werden den Weltkrieg trotzdem verlieren."

„Sag mal, was redest du denn da eigentlich?", fragte Karl empört, „hat dir Wirri diesen Unsinn erzählt?"

„Nein, nicht Wirri", lächelte Josef traurig, „ich habe da eine verlässlichere Quelle. Dieser Sieg bei Irgendwas-Kutno ist nur einer von vielen Schwindeleien, in dem ganz großen Schwindel, den dieser Krieg darstellt! Pass auf: Die erzählen uns, wir seien umzingelt von einer Welt von Feinden und befänden uns in einer Abwehrschlacht. Dem Kaiserreich sei gar nichts anderes übrig geblieben, als sich gegen die schurkischen Serben, die dekadenten Franzosen und die gierigen Engländer zu verteidigen. Dabei wollten unsere Militärs den Krieg unbedingt, damit sie ihre tollen, nagelneuen Waffen ausprobieren können. Und der Kaiser wollte sein liebstes Spielzeug, die Flotte, auslaufen lassen. Das Attentat von Sarajewo war für die nur ein willkommener Anlass."

„Josef! Was redest du da? Kann es sein, dass du noch Fieber hast?"
Langsam war Karl wirklich besorgt über den Geisteszustand seines
Freundes.

Aber Josef war nun nicht mehr zu halten. „Die heldenhafte, edle
deutsche Armee! In Belgien haben sie ganze Städte dem Erdboden
gleich gemacht und Frauen, Kinder und Säuglinge ermordet, weil sie
angeblich bewaffnet waren. Und uns erzählen sie was von hartem,
aber gerechtem Durchgreifen gegen terroristische Franktireurs! Es
wird noch alles viel schlimmer kommen, als man sich das jetzt vorstellen kann. Sie werden sogar Giftgas einsetzen! 10 Millionen Menschen werden in diesem Krieg elend verrecken, Karl, Hunderttausen-
de werden ihr Leben lang Kriegskrüppel sein! Und das alles für
nichts! Am Ende werden wir mit leeren Händen dastehen und in
Deutschland werden Hunger, Elend und Chaos herrschen!"

„Bist du jetzt vollkommen verrückt geworden oder was? Woher
nimmst du eigentlich deine seherischen Gaben? Mal abgesehen davon, dass du mit solchem Gerede schneller als du auch nur zwinkern
kannst, von dieser Schule fliegst und dich dann in einem Strafbatail-
lon quer durch Flandern graben darfst!"

Josef war klar, dass seine Worte auf Karl äußerst befremdlich wirken mussten. Aber er konnte doch sein Wissen unmöglich für sich behalten! Er musste die anderen warnen, allen voran seinen besten
Freund Karl! So viele hatten sich schon freiwillig gemeldet und ihr
Leben weggeworfen, für nichts und wieder nichts. Aber was sollte er
tun, damit er ihm glaubte? Kurzentschlossen griff er in seine Tasche
und zog das Buch aus dem Jahre 2014 hervor.

„Da, bitte lies das!"

„Was soll denn das für ein Buch sein? ‚Der Erste Weltkrieg'…" Karl
nahm das Buch misstrauisch in die Hand. „So einen Einband und so
eine Schrift habe ich noch nie gesehen! So viele farbige Fotografien!
Und das Papier fühlt sich gar nicht wie Papier an."

„Es ist aus dem Jahr 2014. Da, schau dir das Impressum an."

„Das ist doch Blödsinn! Wo hast du das her? Das ist doch Feind-propaganda! Oder gehst du neuerdings auf spiritistische Sitzungen?"

„Das ist eine längere Geschichte. Setzen wir uns in den Park und ich erzähl sie dir."

Mitte November war der Park kahl und verlassen. Mit steifen Glie-dern saßen sie auf einer feuchten Bank und merkten gar nicht, wie ihnen die Kälte in die Glieder kroch. Karl hörte seinem Freund mal kopfschüttelnd, mal mit offenem Mund zu. Wenn er nicht dieses selt-same Buch in der Hand gehalten hätte, das tatsächlich wie von einem anderen Stern aussah, hätte er ihn von Vornherein für verrückt ge-halten. Doch gerade als Josef von der Schwefelwasserstoff-Attacke auf die Flüchtlinge erzählen wollte, fiel ein Schatten auf sie. Gut-knecht, mit Wangerode und Bernstein im Gefolge! Sie waren so in das Gespräch vertieft gewesen, dass sie die drei erst jetzt bemerkten.

„Ah, unsere Wirri-Freunde diskutieren über Schöne Literatur! Wahrscheinlich französische Gedichte! Zeig doch mal her, wir wollen auch an eurem hochgeistigen Gespräch teilhaben!" Mit einer herri-schen Gebärde streckte Gutknecht seine Rechte aus.

Josef und Karl wechselten einen kurzen Blick. „Rette das Buch!", zischte Josef seinem Freund zu. Dann stürzte er sich ohne Vorwar-nung auf Gutknecht. Dieser war so überrascht, dass es Josef gelang, ihn umzuwerfen und sich an ihm festzuklammern. Natürlich ging das nicht lange gut, denn die beiden anderen rissen ihn von Gutknecht weg, warfen ihn bäuchlings zu Boden und pressten ihm mit ihrem ganzen Gewicht ihre Knie ins Kreuz. Gutknecht rappelte sich auf und betrachtete höhnisch das wehrlose Opfer. Karl war inzwischen über die Parkbank gesprungen und davongelaufen.

„Na, das ist mir mal ein Freund! Läuft davon wie ein Hase! Und so-was will ein Adeliger sein! Einer für alle – alle für einen, was? Aber möglicherweise ist er einfach nur der Schlauere von euch beiden. Denn dir, dir werden wir jetzt eine Lektion erteilen, die du nicht mehr vergisst."

„Sollen wir ihn Gras fressen lassen, Adalbert?", fragte Bernstein und drückte Josef mit sadistischem Grinsen das Gesicht in die feuchte Erde.

„Nein, in dieser Schulstunde werden wir eine Verhörmethode kennen lernen, die beim französischen Nachrichtendienst sehr beliebt sein soll", erwiderte Gutknecht mit einem zynischen Lächeln und wies mit einer Kopfbewegung zu dem kleinen Teich, der nicht weit vom Geschehen entfernt war. Bernstein nickte befriedigt, nahm Josef in den Polizeigriff, zog ihn brutal hoch und stieß ihn gemeinsam mit Wangerode Richtung Teich. Dort trat er Josef von hinten in die Kniekehlen, sodass dieser einknickte und am Ufer des Teiches auf die Knie fiel. Bernstein kniete sich auf Josefs Waden und drehte ihm die Arme nach oben. Dann packte ihn Gutknecht von hinten an den Haaren und drückte ihm den Kopf unter Wasser. Als er ihn nach einigen Sekunden wieder hochkommen ließ, sagte er, während Josef nach Luft schnappte: „Inhaler profondément, mon ami! Das ist doch richtig so, oder? Du kannst doch so gut französisch!" Und damit drückte er ihm unter dem beifälligen Gelächter der beiden anderen den Kopf erneut unter Wasser.

Als Josef prustend und spuckend wieder hoch kam, fuhr Gutknecht mit Oberlehrerstimme fort: „So, und nun zum Inhalt der heutigen Stunde. Du sprichst mir jetzt laut und deutlich folgenden Satz nach: ‚Wirri ist ein verdammter Vaterlandsverräter!'"

„Du bist ein verdammtes Arschloch, Gutknecht!", erwiderte Josef.

„Aber Fürst! So spricht man doch nicht mit seinem Lehrer!", sagte Gutknecht mit gespielter Entrüstung und drückte Josefs Kopf erneut unter Wasser. Dann zählte er laut: „Un, deux, trois …". Bei zehn ließ er Josef wieder hoch. „C'était dix, mon ami! Ich kann aber auch bis 20 zählen! Aber vielleicht hast du deine Lektion ja schon gelernt? Sag: ‚Wirri ist ein verdammter Vaterlandsverräter'!"

„Du bist ein verdammtes Arschloch, Gutknecht!", keuchte Josef.

Erbost drückte Gutknecht Josefs Kopf wieder unter Wasser.

Dumpf hörte Josef Gutknecht auf Französisch bis Zwanzig zählen. Der Teich war nicht tief. Nur wenige Zentimeter unter sich konnte er im grünlich-modrigen Wasser den Grund erkennen. Aber zum Ertrinken reichte er natürlich. Bei „Quinze" merkte Josef, wie ihm allmählich die Luft ausging. In der schmerzhaft gekrümmten Haltung und mit den auf dem Rücken verdrehten Armen hatte er nicht tief genug einatmen können. „Zähl schneller, du Idiot!", dachte er noch und dann überkam ihn eine Welle der Panik. Seine Gedanken überschlugen sich. Er hatte keine Chance Bernstein und Gutknecht abzuschütteln. Sie würden ihn ersäufen wie eine räudige Katze! Er presste die Lippen zusammen. Er wusste, er durfte kein Wasser in seine Lungen lassen. „Dix-sept!" Er musste seine Angst kontrollieren. An etwas anderes denken! „Dix-huit!" Bilder tauchten vor ihm auf: Seine Mutter, die ihm besorgt den Tee ans Bett brachte, als er simulierte. Sie musste es doch gemerkt haben … „Dix-Neuf!" Anna-Lena, ja Anna-Lena, die er unbedingt wiedersehen wollte! „Vingt!" – Sauerstoff strömte in seine Lungen. Japsend rang er nach Luft. Doch Bernstein behielt ihn fest im Griff und Gutknecht hatte immer noch sein Genick umklammert, während Wangerode das entzückte Publikum spielte und gekünstelt applaudierte. Gutknecht schüttelte Josef lustvoll:

„Dann wollen wir mal sehen, ob der Schüler Fürst inzwischen was gelernt hat. Wiederhole: ‚Wirri ist ein verdammter Vaterlandsverräter'!"

„Wenn ihr mich umbringt, zerstört ihr auch euer eigenes Leben, dass sollte euch klar sein!", stieß Josef hervor. „Von selber ertrinken kann hier keiner. Das wird eine polizeiliche Untersuchung geben!"

„Was faselst du denn da? Keiner wird dich umbringen. Aber Lernen kann manchmal wehtun. Sehr weh! Ich glaube, du schaffst auch noch ‚vingt-cinq'?"

„Karl wird auf jeden Fall gegen euch aussagen!" Josef musste Zeit gewinnen, um seine Lungen zu regenerieren.

„Dein Karl ist ein Hasenfuß. Er wird gar nichts tun!", spottete Gutknecht.

Da sirrte ein schwerer Gegenstand knapp hinter den Köpfen der drei Jungen vorbei. Es war Karl, der eine schwere Eisenstange wie ein mittelalterliches Schlachtschwert in beiden Händen hielt. „Lasst ihn sofort los oder ich zertrümmere euch die Schädel!", befahl er, und seine Stimme ließ keinen Zweifel an der Ernsthaftigkeit seiner Drohung zu.

Tatsächlich ließen Bernstein und Gutknecht Josef los. „Und jetzt verschwindet, aber dalli!" Dabei schwang Karl seine Stange erneut. Die drei Jungen wichen zurück und ließen ihn nicht aus den Augen. Erst als sie einen gehörigen Sicherheitsabstand zwischen sich und Karl gebracht hatten, drehten sie sich um und verließen schnellen Schrittes den Park.

Mühsam richtete Josef sich auf. „Gut, dass du endlich gekommen bist! Noch einen Tauchgang hätte ich nicht ausgehalten."

„Tut mir Leid! Es war nicht so leicht, die Stange hier aus dem Bauzaun zu reißen", verteidigte sich Karl. „Nicht dass ich große Dankesbezeigungen erwarten würde, dass ich dir gerade den Arsch gerettet habe. Aber ich war inzwischen auch nicht beim Kaffeetrinken. Bist du in Ordnung?"

„Geht wieder. Ich glaube, ich kann mich jetzt bei der Kaiserlichen Marine als Untersee-Boot bewerben", versuchte Josef es mit einem Scherz. „Wo hast du das Buch?"

„Das liegt da vorne unter einem Busch."

„Holen wir es und dann nichts wie heim! Ich bin nass wie ein Pudel. Außerdem ist meine Hose schon wieder zerrissen. Was sag ich bloß meiner Mutter?"

„Vielleicht …, dass du ins Wasser gefallen bist?", erwiderte Karl lakonisch.

Das digitale Speichermedium

- *Unser kleines chemisches Experiment war ja ein voller Erfolg. Was meinst du, sollen wir es noch einmal probieren?*
- *Sie haben die Wachen verstärkt. Jetzt sind sie zu zweit. Aber ich glaube nicht , dass sie die Tür zum Sportplatz bewachen. Die ist ja abgesperrt.*
- *Wenn wir gleich nochmal zuschlagen, dann meinen die Leute bestimmt, sie waren es selbst – und dann sind wir sie bald los.*
- *Viele glauben sowieso schon, die Scheißkanaken stinken von selber so bestialisch.*
- *Hier sind nochmal 20 Milliliter. Das müsste reichen für eine weitere schlaflose Nacht. Aber sei vorsichtig und warte, bis sie alle eingeschlafen sind.*
- *Keine Sorge, ich stell mir den Wecker wieder auf 2 Uhr.*

Anna-Lena drückte auf die „Stop"-Taste. Sie stand nach Schulschluss mit Leonie in einer abgelegenen Ecke des Schulhofs. Hannah und Ruth hatten früher Unterrichtsschluss und waren schon zuhause. „Sonst ist nichts Relevantes mehr drauf. In der Nacht bricht der Stinkbomber dann in die Halle ein, will dort sein Werk verrichten, wird aber von Josef, äh Jusuf, aufgehalten."

„Die eine Stimme gehört jedenfalls eindeutig Goldmann. Aber wer ist der andere?", wollte Leonie wissen.

„Vermutlich einer aus seiner Turnerriege", meinte Anna-Lena.

„Groß, blond, Turner, Nazi – ein echter Arier", fasste Leonie zusammen. „Damit wäre das Täterprofil ja schon ziemlich eingegrenzt."

„In weiser Voraussicht habe ich mal den Jahresbericht vom letzten Schuljahr mitgebracht. Da gibt es Fotos von der Turnerriege." Anna-Lena schlug eine Seite auf und zeigte sie Leonie.

„Der da schaut am ehesten wie ein Arier aus", rief Leonie und deutete auf einen Jungen am Barren.

„Gut, dass du dich so gut in NS-Rassenkunde auskennst!", bremste Anna-Lena ihre Freundin. „Aber der passt tatsächlich am besten zu Hassans und Jusufs Beschreibung."

„Den kenn ich sogar! Das ist Viktor aus der Zwölften. Wir haben zusammen Ethik im jahrgangsübergreifenden Unterricht. Typus schweigsames Muskelpaket", ergänzte Leonie.

„Anhand der Tonaufnahme lässt sich das ja leicht nachweisen", meinte Anna-Lena. „Die Frage ist nur, was machen wir jetzt?"

„Ganz einfach! Wir gehen mit unserem Beweismaterial zu Klett. Der muss ja dann was unternehmen!", schlug Leonie vor.

„Stimmt eigentlich. Der ist sogar noch da. Sein Auto steht jedenfalls noch am Direktorenparkplatz. Aber warte mal noch kurz!" Anna-Lena zögerte. „Unsere kleine Wanze hat doch bestimmt eine Bluetooth-Funktion. Ich spiel mir das Ganze mal auf mein Smart-Phone und schicke es Hannah. Die wird das sicher auch interessieren!"

Rektor Klett schaute überrascht von seiner Zeitungslektüre auf, als Anna-Lena und Leonie in der Tür standen. Normalerweise wurde er nach Schulschluss nicht mehr von unangekündigtem Besuch behelligt. Er bat die beiden Schülerinnen herein und ließ sie am Besprechungstisch Platz nehmen.

„Herr Klett, wir wissen, wer für die Schwefelwasserstoff-Attacke verantwortlich ist!", begann Anna-Lena. „Hören Sie sich das mal an!" Dabei zog sie das Aufnahmegerät aus der Tasche und spielte das abgehörte Gespräch ab. Leonie registrierte zufrieden, wie sich Kletts Miene zusehends verfinsterte. Sie hatte sich nicht getäuscht: Klett würde bestimmt hart gegen den Stinkbomber und seinen Anstifter durchgreifen.

„Wo habt Ihr das her?"

Konnte das sein? Klett war offenbar nicht über Goldmanns verbrecherisches Tun entrüstet, sondern darüber, dass sie ihn aufgenommen hatten!

„Es, äh, wurde uns zugespielt", stotterte Anna-Lena verwirrt.

„Ihr wisst schon, dass es streng verboten ist, an der Schule jemanden abzuhören!", polterte Klett los. „Während des Unterrichts sowieso, aber genauso natürlich danach!"

„Aber Herr Klett, die Aufnahme beweist doch…", versuchte Anna-Lena sich zu verteidigen.

„Der Gebrauch von digitalen Speichermedien an der Schule ist grundsätzlich untersagt!", fiel ihr Klett ins Wort, indem er unwillkürlich die Schulordnung zitierte. „Außerdem beweist die Aufnahme gar nichts! Ich habe weder etwas von Schwefelwasserstoff, noch etwas von Flüchtlingen gehört!"

„Aber der Kontext ist doch eindeutig!", versuchte es Leonie.

Klett war nun richtig in Rage: „Selbst wenn man daraus irgendwelche Rückschlüsse ziehen könnte, so ist das nicht eure Aufgabe! Ihr seid ja nicht der Verfassungsschutz! Außerdem hätten solche illegalen Abhöraktionen vor Gericht sowieso keinerlei Beweiskraft!"

„Aber Sie, Sie könnten sich doch wenigstens den Goldmann vorknöpfen. Man kann die Sache doch nicht einfach so auf sich beruhen lassen. Die machen sonst einfach weiter mit ihren Stinkbombenattacken!", entgegnete Leonie verzweifelt.

Klett schnaufte tief durch. Langsam beruhigte er sich wieder. Er überlegte kurz und sagte dann deutlich freundlicher: „Das ist natürlich richtig. Gebt mir mal euer digitales Speichermedium, dann überspiele ich mir die Datei auf meinen Rechner. Gegebenenfalls werde ich Herrn Goldmann damit konfrontieren."

Anna-Lena händigte ihm das Gerät aus und Klett verschwand hinter seinem Schreibtisch, wo er es umständlich mit seinem Computer verkabelte und eine Zeitlang mit der Maus herumklickte. Dann kam er wieder hinter seinem Schreibtisch hervor: „Hier habt ihr euer Speichermedium wieder. Von einer Strafe werde ich einstweilen absehen, aber nur, wenn ihr mir versprecht, dass ihr nie wieder einen Lehrer abhört und eure Nase nicht mehr in Dinge steckt, die euch nichts angehen!"

Anna-Lena und Leonie nickten eingeschüchtert.

„Außerdem erzählt ihr niemandem, ich wiederhole: niemandem!",
hier hob Klett mahnend den Zeigefinger, „von der ganzen Angelegenheit. Sonst sehen wir uns vor dem Disziplinarausschuss wieder. Da
kann sogar die Entlassung von der Schule ausgesprochen werden.
Beim Recht auf informationelle Selbstbestimmung verstehen die Kollegen keinen Spaß!"

Als sie wieder draußen waren, schauten sich die beiden Mädchen
verdattert an: „Was war denn das jetzt?", empörte sich Leonie. „Der
spinnt doch! Sind jetzt wir die Verbrecher oder Goldmann? Da kannst
du Gift drauf nehmen, dass der nichts unternimmt. ‚Gegebenenfalls
wird er Goldmann damit konfrontieren!' Der wird die ganze Angelegenheit unter den Teppich kehren!"

Anna-Lena wischte auf dem Aufnahmegerät herum: „Wahnsinn!",
rief sie aus. „Der hat einfach unsere Datei gelöscht!"

„Dann haben wir ja nicht einmal mehr einen Beweis!", rief Leonie
voller Zorn.

„Doch, den haben wir!" Anna-Lena lächelte triumphierend. „Ich
hab die Datei doch auf meinem Smart-Phone! Und Hannah hat sie
auch!"

Hannah konnte es einfach nicht fassen, als ihr ihre beiden Freundinnen von dem Gespräch mit Klett berichteten. „So leicht kommen
uns die nicht davon! So leicht nicht!", rief sie, rot vor Zorn. Am Abend
saßen sie zu viert in Hannahs Zimmer, um über das weitere Vorgehen
zu beratschlagen.

„Klett wird Goldmann bestimmt irgendwie zur Rede stellen", versuchte Anna-Lena sie zu beruhigen. „Es kann ja nicht in seinem Interesse sein, dass die Stinkbombenattacken weitergehen."

„Eine wachsweiche Ermahnung, ein Tipp unter Kollegen, dass die
Sache auffliegen könnte – mehr wird nicht passieren. Nicht einmal einen Eintrag in seine Dienstakte wird Goldmann kriegen, wenn Klett
die Angelegenheit nicht öffentlich machen will. Das kann doch nicht
alles sein!", erregte sich Hannah.

„Sollen wir also doch zur Polizei gehen?", fragte Ruth.

„So Leid es mir tut, das jetzt sagen zu müssen, aber wahrscheinlich hat Klett Recht und wir haben uns mit unserer geheimen Abhöraktion tatsächlich strafbar gemacht", wandte Anna-Lena ein.

„Als anonymer Hinweis vielleicht? Wir überspielen das Gespräch auf eine CD, schreiben ein kleines Briefchen dazu und werfen es in den Briefkasten", schlug Ruth vor.

„Du meinst, mit aus der Zeitung ausgeschnittenen Buchstaben und so?", fragte Anna-Lena ironisch.

Auch Hannah war skeptisch: „Ob die Polizei der Sache nachgeht, ist allerdings zweifelhaft. Sowas schmeißen die vielleicht gleich in den Papierkorb. Und möglicherweise dürfen illegale Lauschangriffe bei einem Prozess tatsächlich nicht verwendet werden."

„Kannst du da nicht mal deine Mutter fragen? Die ist doch Rechtsanwältin", versuchte es Ruth weiter.

„Was soll ich ihr denn sagen? Dass wir die Schule verwanzt haben?"

„Nein, du sagst einfach, wir machen gerade ein Referat in Wirtschaft und Recht über Strafverfahren."

Hannah verdrehte die Augen. „Dann wäre sie vermutlich in ihrem Element. Ich schätze mal, das würde sie so begeistern, dass sie uns einen zweistündigen Vortrag halten würde. Außerdem hätte sie bestimmt wertvolle Tipps für ein Thesenblatt und ich müsste ihr dann genau erzählen, wie das Referat gelaufen ist."

„Ich weiß was Besseres!", meldete sich Leonie, die bisher nur schweigend zugehört hatte, zu Wort. „Wir müssen die Sache öffentlich machen!"

„Du meinst, wir gehen damit zur Zeitung?", fragte Ruth.

„Nein, nur in der Schule! Wenn es uns gelingt, das Gespräch über die Sprechanlage abzuspielen, dann weiß es die ganze Schule."

„Keine schlechte Idee!", stimmte Hannah zu. „Wir stellen Goldmann und Viktor an den Pranger!"

„Genau!" Auch Anna-Lena war von Leonies Vorschlag angetan. „Und ich kann mir nicht vorstellen, dass Klett die Sache dann noch unter Verschluss halten kann. Hörmann-Freier wird Goldmann außerdem bestimmt anzeigen."

„Habt ihr gar keine Skrupel? Ich meine, Goldmann und Viktor werden sich an der Schule dann kaum mehr halten können", wandte Ruth ein.

„Nein", beschloss Hannah, „sie haben es verdient. Mit jemandem, der Stinkbombenattacken auf Flüchtlinge ausübt, möchte ich nicht auf dieselbe Schule gehen."

Einhellig stimmten die drei anderen zu.

„Gut." Leonie schaute befriedigt von einer zur anderen. „Stellt sich nur die Frage: Wie machen wir es?"

Hannah gab sich einen Ruck. „Ich glaube, es reicht, wenn es eine von uns macht. Wir müssen uns ja nicht alle Vier in Schwierigkeiten bringen. Wenn es wirklich hart auf hart kommt, weil wir etwas Illegales gemacht haben, dann habe ich mütterlicherseits die beste Verteidigung."

„Aber du kannst doch nicht einfach ins Sekretariat spazieren und sagen, hey, Leute, ich hab hier 'ne illegale Aufnahme von 'nem Lehrer, die würd ich gern mal abspielen", entgegnete Ruth.

„Ans Mikrophon lassen die mich ohne weiteres, du wirst schon sehen."

Am nächsten Morgen, kurz vor der Pause, betrat Hannah das Sekretariat. Als Mitglied der Helfergruppe hatte sie schon öfter Durchsagen gemacht und war immer ein bisschen nervös gewesen. Heute dagegen war sie erstaunlich ruhig.

„Guten Morgen, Frau Oberdorfer", sagte sie mit fester Stimme. „Ich würde gerne eine Durchsage für die AG Flüchtlingshilfe machen."

„Ah, Hannah! Geht es wieder um einen Aufruf zur Altkleiderspende? Nur zu, du weißt ja schon wie es geht!"

Kurz darauf hörte man in allen Klassenzimmern und Gängen des Gymnasiums Hannahs Stimme: „Achtung, eine Durchsage! Wir von der AG Flüchtlingshilfe wenden uns heute an euch, weil wir euch über

118

die Schwefelwasserstoff-Attacke auf die Flüchtlingsunterkunft in der Turnhalle aufklären wollen. Ich möchte euch dazu ein in der Chemie-Übung aufgezeichnetes Gespräch vorspielen." Nach einem kurzen Rauschen hörte man, in schlechterer Qualität, aber dennoch gut verständlich, die Stimmen Goldmanns und Viktors. Kurz vor dem Ende der Aufnahme ertönte die sich überschlagende Stimme Kletts, die „Bist du völlig übergeschnappt?" brüllte und dann war die Durchsage abrupt beendet. Doch die Schulfamilie hatte genug gehört.

Die vier Mädchen sollten Recht behalten. Der Skandal war nicht, dass ein Lehrer heimlich abgehört wurde, sondern dass dieser Lehrer einen Schüler zu einer Straftat angestiftet und mit gesundheitsgefährdenden Substanzen versorgt hatte. Hörmann-Freier erzählte ihnen später, dass Goldmann zum Zeitpunkt der Durchsage gerade im Lehrerzimmer gewesen sei. Fassungslos hätten sich die Blicke aller Kollegen auf ihn gerichtet. Als erstes habe Frau Baierlein die Sprache wiedergefunden und Goldmann gefragt: „Das warst doch du, Bernd?" Daraufhin sei dieser aufgestanden, habe seine Sachen zusammengepackt und wortlos den Raum und die Schule verlassen.

Die folgende Pause dauerte erheblich länger als vorgesehen. Dies lag zum einen daran, dass die in Grüppchen zusammenstehenden und lautstark diskutierenden Schüler den Pausengong einfach ignorierten, zum anderen, dass auch ein großer Teil der Lehrerschaft im Sekretariat und im Gang zum Direktorat herumstand und von Klett Aufklärung verlangte. Dieser erkannte schnell, dass er nun seine Taktik ändern musste, erklärte, dass er auch erst seit gestern von dem unerhörten Vorfall wisse, und behauptete, dass er heute noch die Polizei eingeschaltet hätte, aber vorher noch eine Stellungnahme der vorgesetzten Dienstbehörde einholen wollte, dort jedoch noch nicht durchgekommen sei. Hannah nützte die allgemeine Aufregung und stahl sich davon.

„Wahnsinn! Das war echt mutig von dir!" Anna-Lena fiel Hannah um den Hals und drückte sie fest an sich. Nervös hatten die drei

Freundinnen in der Aula auf Hannah gewartet, die bleich, aber mit einem zufriedenen Grinsen aus dem Sekretariat herauskam.

„Du bist ein echter Whistle-Blower! Edward Snowden wäre stolz auf dich!", ergänzte Leonie.

„Goldmann hat gerade fluchtartig die Schule verlassen. Den sehen wir nie wieder!", triumphierte Ruth. „Und die Lehrer benehmen sich wie ein aufgescheuchter Hühnerhaufen!"

„Wie haben sie reagiert?", wollte Hannah wissen.

„Alle sind empört! Aber nicht über dich, sondern nur über Goldmann. Manche schimpfen auch über Klett, weil sie schon vermuten, dass er die Sache vertuschen wollte", berichtete Ruth.

„Keine Sorge! Der redet sich gerade raus. Erzählt was von einer übergeordneten Dienststelle oder so, die er vorher noch informieren wollte", sagte Hannah.

„Jedenfalls sieht es nicht nach Schulstrafen oder Disziplinarausschuss aus. Ich glaube, Mädels, wir kommen unbeschadet aus der Sache raus!", rief Leonie fröhlich.

Nicht weit von ihnen stand, allein, den blanken Hass in den Augen, Viktor.

Ein desorientierter Jugendlicher

Die Lektüre des mysteriösen Buches, das angeblich aus der Zukunft stammte, hatte auf Karl eine schockierende Wirkung. Einerseits war Josefs Geschichte natürlich völlig absurd, andererseits hatte er ein Buch dieser Machart wirklich noch nie gesehen. Der Einband, der den Titel und die Fotografie eines öden Schlachtfelds grafisch miteinander verband, war biegsam, aber dennoch stabil. Die zum Teil farbigen Bilder waren gestochen scharf und perfekt auf den Text abgestimmt. Die Seiten waren glatter und glänzender als die Art von Papier, die er kannte. Selbst die verwendete Antiqua-Schriftart war in ihrer Schnörkellosigkeit irgendwie futuristisch. Und erst der Inhalt des Buches! Einerseits widersprach die Darstellung über den Ausbruch des Krieges allem, was man ihnen gesagt hatte und was er in den Zeitungen gelesen hatte. Andererseits wirkte das Buch sehr sachlich, ja sogar wissenschaftlich, denn es bezog sich in einer Fülle von Fußnoten auf andere Darstellungen. Wenn das, was er da las, wirklich stimmte, dann war wirklich alles ein ganz großer Schwindel und dieser Krieg, der in der Tat noch viel furchtbarer und grausamer werden sollte, als er es sich je vorgestellt hätte, wäre ein monströses Verbrechen an der gesamten Menschheit. Er musste Gewissheit haben, und zwar gleich! Vielleicht war es ohnehin besser, diesen Geheimgang – oder Zeitschacht, wie Josef ihn genannt hatte – auf eigene Faust zu erkunden. Josef war schon immer ein Fantast und Träumer gewesen, er dagegen war realistisch bis zum Zynismus. Auf dieser Gegensätzlichkeit gründete letztlich ihre Freundschaft. Sie konkurrierten nicht miteinander, sondern sie ergänzten sich. Aber diesmal war es besser, alleine zu handeln. Er wollte sich nicht durch Josefs Spinnereien beeinflussen lassen.

Auf einmal war die leuchtend helle Säule, an der er sich inmitten all der Lichter in der Dunkelheit orientiert hatte, verschwunden. Stattdessen war da nur noch dieses blendend grelle Rot, das pulsierende Ringe über seine Netzhaut wandern ließ. Er stand allein auf einer schnurgeraden

Asphaltbahn, rechts und links starrten ihn die Lichterpaare metallener Reptilien an, die ihn bedrohlich anknurrten. Plötzlich, auf ein unhörbares Kommando hin, bewegten sie sich gleichzeitig auf ihn zu. Kurz bevor sie ihn zermalmten, blieben sie abrupt stehen und fingen an, markerschütternde Heullaute auszustoßen.

Karl presste sich die Hände gegen die Ohren. Das sollte die Zukunft sein? Es war unerträglich. Wie hypnotisiert stand er schutzlos in den sich überschneidenden Lichtkegeln. Da packte ihn jemand am Arm und zog ihn weg.

„Der gehört doch zu euch, oder?" Der Passant, der Karl von der Kreuzung geholt hatte, lotste ihn aufgeregt zur Tür der Turnhalle herein. „Der stand gerade im Berufsverkehr mitten auf der Kreuzung. Bringt denen doch mal als erstes ein paar Verkehrsregeln bei! Die haben am Hindukusch bloß Maultierpfade."

„Den hab ich hier noch nie gesehen." Erstaunt musterte Frau Meierhöfer, die diensthabende Sozialpädagogin, den sichtlich desorientierten, blassen Jugendlichen in seiner sehr altmodischen, aber eleganten Kleidung. Auch Anna-Lena und Hannah, die gerade mit zwei syrischen Flüchtlingen Backgammon spielten, blickten auf.

„Vielleicht hat ihn irgendein Schlepper gerade erst aus seinem Lieferwagen geschubst, so verwirrt wie der aussieht", meinte der Passant wichtigtuerisch.

„Die lassen sie normalerweise gleich nach der Grenze raus und fahren sie nicht erst durch die halbe Republik. Aber lassen Sie ihn da, wir kümmern uns um ihn!", entschied Frau Meierhöfer.

Hannahs und Anna-Lenas Blicke trafen sich. „Ich glaube, ich weiß, wo der herkommt", flüsterte Hannah.

„Unübersehbar. Das sind fast dieselben Klamotten, nur in edel. Und wie ein Araber sieht dieser bleiche Jüngling nun wirklich nicht aus", bestätigte Anna-Lena.

„Wie kann Josef nur anderen von der Treppe in die andere Zeit erzählen! Das ist viel zu gefährlich! Die Folgen sind doch gar nicht absehbar!", erregte sich Hannah.

„Aber du hast es mir doch auch erzählt", entgegnete Anna-Lena mit einem Lächeln.

„Stimmt. Wie hätte ich es dir auch verheimlichen sollen?", gab Hannah lachend zu. „Jedenfalls müssen wir uns um den armen Kerl kümmern. Ich wette, er spricht fließend Deutsch, mit einem überdeutlich gerollten „R".

Beide Mädchen sprangen von ihren Spielbrettern auf, murmelten eine Entschuldigung und ließen ihre etwas düpierten Gegner sitzen.

Dem sonst so eloquenten Karl hatte es immer noch die Sprache verschlagen. Er saß stocksteif auf einem Stuhl und ließ die Fragen Frau Meierhöfers von sich abprallen.

„Lassen Sie uns mal mit ihm reden", wandte sich Hannah an die Sozialpädagogin. „Ich glaube, wir haben den jungen Mann schon mal gesehen." Achselzuckend wandte sich Frau Meierhöfer wieder ihren Unterlagen zu.

„Komm doch mal mit uns mit. Da hinten können wir uns ungestört unterhalten." Karl zuckte zurück, als Hannah ihn am Arm fasste, folgte den beiden aber dann doch in einen der Geräteräume. Karl war froh, als er sich mit seinen zitternden Knien neben Hannah auf einen der Mattenwagen setzen konnte, während sich Anna-Lena auf einen der Böcke schwang. Wenigstens die Turngeräte und vor allem der Geruch aus Schweiß und Leder waren ihm vertraut. Langsam kam wieder etwas Farbe in sein Gesicht.

„Du kommst nicht aus Syrien oder aus Afghanistan, stimmt's?", begann Hannah.

Karl schüttelte den Kopf.

„Bist du ein Freund von Josef?", versuchte es Anna-Lena ohne Umschweife.

Karl öffnete den Mund, nickte dann aber nur.

„Dann hat er dich also alleine durch den Zeitschacht geschickt?", fragte Hannah empört.

„Nein …, nein …, so war es nicht." Endlich fand Karl seine Sprache wieder. „Ich …, ich bin heimlich über diese Zeitwendeltreppe. Ich habe nicht geglaubt, dass es so etwas gibt."

„Wie heißt du denn?", fragte Anna-Lena.

„Karl. Woher kennt ihr Josef?"

„Er ist mir damals durch den Zeitschacht gefolgt und war schon ein paarmal bei uns, im Jahr 2015", erklärte Hannah.

„Dann stimmt das also alles, was er mir erzählt hat. Dann seid ihr beide also Anna-Lena und Hannah?"

„Stimmt genau", bestätigte Hannah. „Und du hast ziemliches Glück, dass du ausgerechnet uns hier auf der anderen Seite triffst. Denn wir beide sind die einzigen Menschen hier, die von dieser Zeitwendeltreppe wissen. Aber warum hat er dir denn davon erzählt?"

„Er hatte ein Buch aus der Zukunft dabei. Über den Großen Krieg. Er wollte mir klarmachen, wie sehr wir von unseren Politikern und Lehrern belogen werden."

„Das kann ich verstehen. Trotzdem sollten wir uns mal Gedanken darüber machen, wie wir mit unserem Geheimnis umgehen wollen." Hannah blickte auf die Uhr. „Oh Mann, schon Viertel vor sechs. Um sechs sperren sie das Schulhaus zu und dann kommst du heute nicht mehr zurück nach 1914!"

Die beiden Mädchen schleusten Karl mit den Worten „Wir wissen, wo er hingehört! Wir bringen ihn heim!" an Frau Meierhöfer vorbei, die zwar irritiert schaute, aber nicht protestierte, weil ihr dadurch erst einmal Arbeit erspart blieb. Sie geleiteten Karl in die Alte Bibliothek. Hierlinger ließ sie ohne weiteres passieren, er war „Besucherverkehr" inzwischen gewohnt.

Vor dem Zeitschacht hielt Hannah Karl zurück. „Ich glaube, wir sollten uns unbedingt einmal in Ruhe besprechen. Inzwischen kennen vier Leute das Geheimnis der Treppe in die andere Zeit. Ich denke, es sollten nicht noch mehr werden."

Josef hatte schon Recht, dachte Karl. Diese Mädchen wussten wirklich genau, was sie wollten.

„Freitagnachmittag wäre gut", fuhr Hannah fort. „Da ist die Schule leer, aber offen. Das hat sich in hundert Jahren nicht geändert. Sollen wir uns hier, in der oberen Bibliothek treffen?"

„Einverstanden! Hier können wir ungestört reden", sagte Karl.

„Moment mal!", protestierte Anna-Lena. „Ich bin hier die Einzige, die die andere Zeit noch nicht wirklich kennen gelernt hat. Bisher hab ich nur durch den Spalt einer Tapetentür einen Blick auf eine Bibliothek geworfen, die genauso aussieht wie die darüber."

„Stimmt. Auch ich habe noch nicht viel gesehen von eurer Zeit. Da seid ihr uns noch was schuldig! Treffen wir uns also drüben", pflichtete ihr Hannah bei.

„Aber ihr könnt doch nicht einfach so rüberspazieren!", wandte Karl ein. „Die Leute würden euch anstarren wie Außerirdische! ... Und irgendwie seid ihr das ja auch."

„Sehen wir etwa aus wie wabbelige Aliens, mit Rüssel und Insektenaugen? Du bist nicht besonders charmant, Karl!" Noch bevor er eine schlagfertige Antwort finden konnte, fuhr Hannah fort: „Josef hat schon versprochen, geeignete Kleidung für uns aufzutreiben. Wir treffen uns also am Freitag um halb zwei, hier. Soviel ich weiß, hält sich euer Bibliothekar um diese Uhrzeit gerne im Wirtshaus auf. Wir können also unbemerkt durch den Zeitschacht schlüpfen. Ihr bringt uns die Klamotten mit und dann gehen wir gemeinsam nach 1914", beschloss Hannah.

„Aber ist euch das denn nicht zu gefährlich! Ich meine, wer weiß, ob ihr je wieder zurückkommt!", protestierte Karl wenig überzeugend.

„Ach was! Dir war es ja auch nicht zu gefährlich. Und warum sollte sich der Zeitschacht plötzlich schließen?", erwiderte Hannah bestimmt.

Irritiert von so viel ungewohntem weiblichem Wagemut schlüpfte Karl durch die Tapetentür. Wie benommen kletterte er dann die kurze Wendeltreppe hinunter. In nicht einmal einer Stunde war sein gesamtes Weltbild ins Wanken geraten. All dies war rational nicht erklärbar. Andererseits kam ihm vor allem diese Hannah extrem realistisch vor. Es gab vieles, was er mit Josef besprechen musste.

Winter 1914

Am Freitagmittag, kurz nach Schulschluss, als sich das Schulhaus schneller als gewöhnlich leerte, verschwanden Hannah und Anna-Lena erst einmal für längere Zeit auf der Mädchentoilette. Mit Hilfe einer ganzen Packung von Haarnadeln versuchten sie anhand von Bildern, die Hannah aus dem Internet geholt hatte, ihre Haare im Stil der 1910er Jahre hochzustecken. Nicht unzufrieden mit dem Ergebnis und in bester Laune verließen die beiden um kurz nach halb zwei die Toilette. Hierlinger begrüßte sie mit einem formvollendeten Handkuss und wünschte ihnen, warum auch immer, eine gute Reise, als sie im hinteren Trakt der Bibliothek verschwanden. Aufgekratzt und nervös warteten dort schon Josef und Karl auf sie.

„Na, was sagen die Herren zu unserer Frisur? Nach unseren Informationen ist das im Jahre 1914 in Paris der letzte Schrei." Anna-Lena strich sich mit einer übertrieben graziösen Handbewegung eine übriggebliebene Haarsträhne aus dem Gesicht.

Karl blickte ein bisschen skeptisch drein, als er das Wort „Paris" hörte, doch Josef lachte: „Ihr habt euch beim Erbfeind bedient, aber das merkt hier keiner. Außerdem setzt ihr sowieso diese beiden Hüte auf." Damit überreichte er den beiden Mädchen zwei Hutschachteln und zwei säuberlich verschnürte Pakete. „Wir haben die Kleidungsstücke von Karls hochwohlgeborenen älteren Schwestern ausgeliehen, natürlich ohne sie lange zu fragen. Sie sind ungefähr so groß wie ihr, die Sachen müssten euch also passen."

„Aber ein Korsett zieh ich nicht an, das sag ich euch gleich schon!", protestierte Anna-Lena, halb im Spaß.

„Das dachte ich mir schon", erwiderte Josef mit einem Lächeln. „Keine Sorge, Karl stammt zwar aus einer aristokratischen, aber gleichwohl dem Fortschritt zugetanen Familie. Reformkleider haben wir allerdings auch nicht dabei. Wir wollten euch schließlich ins Kaffeehaus ausführen."

Die beiden Mädchen nahmen die Pakete, verschwanden hinter einem der Regale und zogen sich um. Als sie nach einer Weile lachend wieder hervorkamen, trugen sie enganliegende Röcke, die bis zu den Knöcheln reichten und sich unten leicht bauschten, Blusen mit Spitzeneinsätzen und schwarze Schnürstiefel mit Absätzen. Auf ihren Köpfen saßen großartige, breitkrempige Hüte, die mit Vogelfedern verziert waren.

„Und – wie gefallen wir euch?" Anna-Lena drehte sich einmal um die eigene Achse und reichte Josef galant die Hand, der sie prompt ergriff. „Bezaubernd. Und das meine ich wirklich ernst." Lächelnd ließ Anna-Lena Josefs Hand wieder los und richtete sich an Karl: „Meinst du, ihr könnt uns so mitnehmen, ohne dass wir gleich als Außerirdische gelten?"

Karl betrachtete sie übertrieben kritisch: „Ich denke schon. Ihr müsst euch aber auch benehmen wie Mädchen aus unserer Zeit."

„Wir werden unser Bestes geben!", erwiderte Anna-Lena, wandte sich von Karl ab und bedachte Josef mit einem intensiven, schwer zu deutenden Blick, dem dieser nicht lange standhielt.

„Hier, äh, hier haben wir noch zwei Mäntel für euch, schließlich ist Winter", sagte Josef leicht verwirrt, und dann machten sie sich zu viert auf den Weg durch den Zeitschacht.

Während im Jahr 2015 dezembertypisches Schmuddelwetter herrschte, traten Hannah und Anna-Lena mit ihren beiden Begleitern in einen sonnigen Wintertag des Jahres 1914. In der Nacht war der erste Schnee gefallen, der die Dächer der Stadt mit einer Schicht Glitzerpuder überzogen hatte. Als sie unter dem Schulportal mit dem Medusenhaupt hindurchschritten, kam es den beiden Mädchen so vor, als hätte jemand den Ton abgestellt. Statt des gewohnten Motorenlärms herrschte mitten in der Stadt fast völlige Stille. Das Getrappel eines Pferdefuhrwerks, das die Straße entlangfuhr, wurde nahezu vollständig vom Schnee geschluckt.

„Das ist ja herrlich hier!", rief Hannah aus. „Kein Klimawandel und kein Verkehrsstau!"

„Nun müsst ihr uns aber den Arm reichen. Das gehört sich hier so", behauptete Josef und bot Anna-Lena seinen Arm an, die sich auch gleich bei ihm einhängte. Über Karls Stirn huschte ein leichtes Stirnrunzeln, dann spielte er aber mit: „Da hat Josef natürlich Recht. Es ist schließlich rutschig". Unwillkürlich fiel Hannah das altertümliche Wort „Kavalier" ein und sie beschloss, sich probeweise darauf einzulassen. Mit einem betont ironischen Lächeln hängte sie sich bei Karl ein.

Ihr Spaziergang durch die Stadt kam Hannah so unwirklich vor, als sei sie in einem Film über die gute alte Zeit gelandet. Natürlich hatten nicht nur sie, sondern alle Passanten diese historischen Gewänder an. Die Stadt hatte ihr Gesicht verändert, obwohl die Bausubstanz im Wesentlichen die gleiche geblieben war. Überall fand sie Requisiten, die sie aus dem Geschichtsbuch oder aus historischen Filmen kannte: emaillierte Werbeschilder in kleinen Geschäften mit dürftigen Auslagen, Gaslaternen, Kopfsteinpflaster und Pferdeäpfel, ein Zeitungskiosk mit Kupferdach, eine Pferdestraßenbahn, die gemächlich über den Stadtplatz rumpelte, Dienstmädchen, die mit großen Einkaufstaschen von Marktstand zu Marktstand eilten, und ein streng dreinblickender Gendarm mit einem Tschako auf dem Kopf. Die beiden Jungen übten sich in galantem Geplaudere und auch sie selbst kam sich schon vor wie eine Schauspielerin. Sie hätte sich nicht gewundert, wenn plötzlich ein Regisseur „Stopp!" gerufen hätte, „diese Szene drehen wir noch einmal!"

Schließlich erreichten sie das Café Körner, das es auch in hundert Jahren noch geben sollte, fortgeführt in der vierten oder fünften Generation. Eine gute Wahl, dachte Hannah, das Körner war auch so eine Brücke zwischen den Zeiten wie die Alte Bibliothek. Doch als sie eintraten, wurde ihr klar, dass das Café von 2015 nur im Retro-Stil eingerichtet war, während hier nagelneue Jugendstilspiegel an der Wand hingen und die feingliedrigen, mit geschwungenen Ornamenten verzierten Tische und Stühle 1914 hochmodern waren. Was 2015 ein altbackenes Tantencafé mit recht verblichenem Charme war, in das sich nur gelegentlich junge Leute hineinverirrten, war 1914 offenbar ein richtiges In-Café, in dem wichtigtuerische Gymnasiasten, schneidige Leutnants auf Fronturlaub und die wenigen Bohemiens der Stadt verkehrten. Verstohlen zog Hannah ihr Handy hervor, während die beiden Jungen die Getränkekarte studierten.

„Was hast du denn vor?", flüsterte ihr Anna-Lena zu. „Hier gibt's bestimmt kein WLan!"

„Ich möchte nur ein paar heimliche Fotos machen – und die Stadtgeschichte neu schreiben", erwiderte Hannah.

„Die Herrschaften wünschen?" Hannah schreckte hoch. Ein etwas arrogant dreinblickender Kellner mit Fliege und einem dünnen Oberlippenbärtchen hatte seinen Block schon gezückt.

„Vier türkische Mocca, bitte!", bestellte Karl. Etwas befremdet stellte Hannah fest, dass sie nicht lange gefragt worden war. Andererseits war sie ja wohl eingeladen, denn mit ihren Euros konnte sie hier definitiv nichts anfangen.

„Kommen wir zur Sache!" Sie war keineswegs gewillt, sich in irgendeiner Weise bevormunden zu lassen, bloß weil das Frauenbild dieses schnöseligen Karl aus dem letzten Jahrhundert stammte. „Die Treppe in die andere Zeit kennen nur wir Vier. Ich habe lange darüber nachgedacht und ich bin der Meinung, dass es unbedingt dabei bleiben sollte."

Karl zündete sich eine Zigarette an und schaute sie fragend an.

„Wenn wir das 2015 publik machen, dann würden Heerscharen von Historikern, Journalisten und am Ende sogar Touristen bei euch eindringen und wer weiß was alles anstellen. Sie würden Handys, Computer, Medizin, alle möglichen technischen Geräte und bestimmt auch Waffen mitbringen. Damit würde sich der Gang der Geschichte ändern. Uns, so wie wir sind, gäbe es gar nicht. Die Geschichte würde gewissermaßen implodieren."

Karl zog an seiner Zigarette und entspannte sich. Dieses Mädchen war tatsächlich intelligent und es hatte Recht. Natürlich hatte er schon mit dem Gedanken gespielt, dass man diesen furchtbaren Krieg vorzeitig beenden oder ihm gar eine für Deutschland günstige Wendung geben könnte, wenn man sich das Wissen und die Erfindungen der Zukunft zunutze machen würde. Aber auch er war zu dem Schluss gekommen, dass die Folgen völlig unabsehbar wären. Schließlich waren für die Menschen jenseits des Zeitschachts schon über 100 Jahre vergangen, die sonst völlig anders verlaufen wären. Es konnte ja schwerlich zwei parallel laufende Zeiten geben.

So waren sich die Vier sehr schnell einig, über die Treppe in die andere Zeit absolutes Stillschweigen zu bewahren. Aber Karl ging sogar noch einen Schritt weiter: „Wenn wir die Sache konsequent zu Ende denken, dann wäre es sogar am besten, wir würden unsere Besuche in der jeweils anderen Zeit vollständig einstellen. Gerade habe ich gesehen, wie Hannah Fotografien mit ihrer elektronischen Wunderschachtel gemacht hat. Stellt euch vor, sie verliert sie und jemand findet dieses Gerät."

„Keine Sorge, der Akku ist bald leer und ohne Aufladegerät kann man dann nichts mehr damit anfangen. Aber ich verstehe dein Argument. Mehr Verwirrung stiften könnte man auf jeden Fall mit dem Buch über den Ersten Weltkrieg, das Josef von Hierlinger bekommen hat!"

„Und umgekehrt ist es genauso: Wie gefährlich es für uns in eurer modernen Welt ist, habe ich ja am eigenen Leib erfahren, als mich fast die Automobile überfahren hätten."

„Außerdem ist es fast unmöglich, sich in der anderen Welt unauffällig zu verhalten, da kann die Verkleidung noch so gut sein", ergänzte Hannah.

„Stimmt, für hiesige Verhältnisse benehmt ihr euch viel zu selbstbewusst, fast schon wie Männer", sagte Karl spöttisch.

„Und bei uns würde man euch für Flüchtlinge halten, wenn ihr nicht viel zu gut Deutsch sprechen würdet", entgegnete Hannah nicht weniger sarkastisch.

Während Karl und Hannah diese und weitere Bedenken aufhäuften, waren Josef und Anna-Lena auffallend schweigsam. Einmal blickte Anna-Lena Josef unverwandt in die Augen, doch der senkte seinen Blick. Er wusste, dass Karl Recht hatte, auch wenn er ihn dafür hasste.

Schließlich schaute Hannah auf ihre Armbanduhr und sagte: „Wir sollten langsam aufbrechen. Sonst kommen wir hier nicht mehr in die Schule hinein beziehungsweise drüben nicht mehr raus."

Interessiert betrachtete Karl Hannahs Armbanduhr: „Wie praktisch, sich eine Uhr einfach ums Armgelenk zu binden. Das muss ich meinem Onkel erzählen, der ist Uhrmacher. Das wäre vor allem für Soldaten im Schützengraben von Vorteil. Dann hätten sie immer beide Hände frei."

„Und schon hättest du wieder den Gang der Geschichte beeinflusst", rief Hannah und verbarg die Armbanduhr unter den Ärmeln ihrer Bluse. „Ich habe nicht daran gedacht, sie runterzunehmen."

Als sich die Vier auf den Rückweg zur Schule machten, dämmerte es schon. Die euphorische Stimmung von vorhin war verflogen. Auch Hannah und Karl tat es leid, dass sie Opfer ihrer eigenen rationalen Überlegungen geworden und sich selbst um unglaubliche Abenteuer und – auch das! – um interessante Bekanntschaften gebracht hatten, auch wenn Hannah immer noch nicht so genau wusste, ob sie diesen Karl nun sympathisch finden sollte oder nicht. Josef dagegen war wie vor den Kopf gestoßen. Er hatte so darauf gewartet, dieses eigentümliche Mädchen wiederzusehen! Auf dem Weg ins Café waren sie in so euphorischer Stimmung gewesen, und Anna-Lena hatte sich ihm gegenüber durchaus nicht abweisend verhalten. Und nun konnte er den Argumenten seines Freundes nichts entgegensetzen. Das sollte es jetzt gewesen sein?

Und Anna-Lena? Sie glaubte von vornherein nicht daran, dass sich die selbst auferlegte Kontaktsperre durchhalten ließe. Sie sollte Recht behalten, und zwar eher, als sie geglaubt hätte.

Als sie die Schule erreichten, war es schon Nacht geworden. Der Mond stand über dem Glockenturm der Anstalt und ließ die schneebedeckten Dächer silbern aufleuchten. Nur im Lehrerzimmer und im Zimmer des Direktors brannte noch Licht. Die schwere Eingangstür war noch nicht verschlossen. In der Aula, die nur von einer einzigen Gaslampe notdürftig erhellt wurde, war kein Mensch zu sehen. Leise schlichen sie sich zu dem Treppenhaus, das zur Bibliothek hinaufführte. Als sie im Mondlicht, das durch die Fenstergitter fiel und Kreuze auf die Wände zeichnete, die knarrenden Stufen hochstiegen, sahen sie oben einen schwachen Lichtschein. Karl gab ihnen ein Zeichen, stehen zu bleiben. Am Ende der Treppe stand die Tür zur Bibliothek weit offen. War Wirri etwa noch hier? Normalerweise verließ er sein Reich spätestens gegen Fünf. Jetzt war es schon halb Sechs. Dann müssten sich die beiden Mädchen irgendwo verstecken und abwarten, bis er die Bibliothek verlassen hätte. Karl flüsterte ihnen zu, am Treppenabsatz zu warten und ging hinein. Eine Minute später kam er, aschfahl im Gesicht, wieder heraus.

„Josef…", stotterte er, „Wirri ist … Komm doch mal mit – und …", er wandte sich den beiden Mädchen zu, „ihr bleibt hier draußen!" Natürlich ignorierten Hannah und Anna-Lena diesen Befehl und folgten den beiden Jungen in die Bibliothek.

Im gelblich matten Licht der Schreibtischlampe war zunächst nichts zu erkennen. Karl deutete wortlos in den hinteren Teil des Raums, der halb im Dunkeln verborgen war. Wirri lag mit seltsam verrenkten Gliedmaßen am Fuße der rollbaren Bibliotheksleiter, über die man auf das Regal unterhalb der Tapetentür gelangen konnte. Seine weit aufgerissenen Augen starrten verwundert an die Decke. Um ihn verstreut lag ein halbes Dutzend Bücher.

„Mein Gott! Ist er tot?", fragte Josef.

Karl nickte. „Offenbar ist er von der Leiter gefallen und hat sich das Genick gebrochen."

Schweigend betrachteten die Vier den Toten.

„Er muss das Gleichgewicht verloren haben und ist dann von ziemlich weit oben heruntergestürzt", brach Karl schließlich das Schweigen.

„Er sieht aus, als ob ihn etwas erschreckt hätte. Seht euch mal seine Augen an!" Anna-Lena hatte noch nie zuvor einen Toten gesehen. Sie war selbst erstaunt darüber, wie gefasst sie war.

„Meint ihr, dass jemand aus der Tapetentür geschaut hat, als Wirri auf der Leiter stand? Hierlinger vielleicht?" Auch Hannah hatte ihren ersten Schreck überwunden.

„Ausgeschlossen! In seinem Alter käme der die enge Wendeltreppe ja gar nicht mehr hinunter", entgegnete Anna-Lena.

„Ehrlich gesagt, glaube ich nicht, dass ihn jemand erschreckt hat. Tote schauen nun einmal so aus. Oder ist euch jemand gefolgt?", fragte Karl misstrauisch.

„Ganz bestimmt nicht!" Hannah zog ihr Handy aus der Tasche und beleuchtete den Toten, dessen Augen sie anzustarren schienen. Jemand müsste ihm die Augen schließen, dachte sie, aber sie würde das jedenfalls nicht fertigbringen. Schnell wandte sie den Blick von dem kalkweißen, maskenhaften Gesicht ab und blickte sich um. Plötzlich stutzte sie. „Wisst ihr, was mir seltsam vorkommt", begann sie, „die Bücher, die hier herumliegen, sind alle aus den unteren Regalbrettern herausgenommen. Man zieht doch nicht unten Bücher heraus, um sie dann nach oben zu tragen." Hannah ließ die Handylampe nach oben wandern. „Ich sehe auch keine Lücken, wo er sie vielleicht hineinstellen hätte können."

„Du meinst, jemand hat sie nachträglich um ihn herumdrapiert, um seinen Sturz wahrscheinlicher zu machen?" Anna-Lena redete, als spiele sie „Black-Stories". Doch dann wurde ihr schlagartig bewusst, dass dies kein fiktives Rätsel war, sondern dass ein echter Toter vor ihnen lag. Sie schwieg betreten, doch Hannah nahm ihren Gedanken auf: „Das wäre dann auch derjenige, der ihn erschreckt hat. Hatte er Feinde, euer Wirri?"

„Nicht zu wenige. Und vor allem solche, denen alles zuzutrauen wäre!", bestätigte Josef.

„Aber kann man jemanden wie Wirri, der schon tausendmal auf so einer Leiter gestanden ist, wirklich so erschrecken, dass er gleich herunterfällt?", wandte Hannah ein.

„Das ist doch alles Blödsinn!", unterbrach sie Karl. „Wirri heißt doch nicht umsonst so, wie er heißt. Wahrscheinlich hat er die Bücher gedankenverloren die Leiter hochgeschleppt, weil ihm plötzlich eingefallen ist, dass er von weiter oben auch noch eines herausholen will. Dann ist ihm der ganze Packen zu schwer geworden und er ist abgestürzt."

Einer Eingebung folgend begann Hannah den Unfallort mit ihrem Handy zu fotografieren, doch Karl unterbrach sie. „Wir sollten jetzt wirklich aufhören, Gendarm zu spielen. Wenn wir nicht bald von hier verschwinden, sperrt der Hausmeister die Schulpforte zu und dann dürfen wir die Nacht in der Schule verbringen – zusammen mit einem Toten!" Allen war klar, wie wenig angenehm diese Aussicht war. Karl fuhr fort: „Und auch ihr solltet euch beeilen, wenn ihr heute noch heim wollt! Ich schlage vor, ihr klettert über die andere Leiter zur Tapetentür hoch. Wenn ihr in der oberen Bibliothek seid, zieht ihr euch um und deponiert dann die Kleider und Hüte einfach im Zeitschacht. Wir holen sie dann ab, sobald es uns möglich ist."

Hannah und Anna-Lena folgten, wenn auch widerwillig, Karls Vorschlag. Oben auf der Leiter wandte sich Hannah noch einmal um: „Wenn ihr Hilfe braucht, lasst es uns wissen! Wir sind jederzeit für euch da!" Dann verschwanden sie durch den Schacht.

In der oberen Bibliothek war es stockdunkel. Im Schein ihrer Handylampen tasteten sich Hannah und Anna-Lena durch das Bücherlabyrinth. Hierlinger war nirgends zu sehen. Dann stimmte das Gerücht, dass er auch die Nächte hier zu verbringen pflegte, also doch nicht? Zum Glück war die Bibliothekstür nicht abgesperrt. Im Schulhaus brannte nur noch die Notbeleuchtung. Die Putzfrauen waren offenbar längst fertig und der Hausmeister hatte seine Kontrollrunde gemacht. Beunruhigt liefen die beiden Mädchen durch die dunkle Aula. Doch die Tür nach draußen ließ sich ohne weiteres öffnen. Als sie hinter ihnen zufiel, war sie fest verschlossen. Offenbar gab es eine Art Fluchtmechanismus. Es war gut zu wissen, dass man jederzeit hinaus konnte.

Die Jungen hatten es nicht so einfach. Als sie vom Treppenhaus in die Aula einbiegen wollten, schraken sie erst einmal zurück. Rektor Kleebeck kam gerade aus seinem Zimmer und durchquerte die Eingangshalle, den großen Schlüsselbund schon in der Hand. Sollten sie sich bemerkbar machen? Aber wie hätten sie ihm erklären können, dass sie sich zu so später Stunde noch im Schulhaus herumtrieben? Außerdem lag oben in der Bibliothek Wirris Leiche, die man spätestens am nächsten Morgen entdecken würde. Wer weiß, was für einen Verdacht sie da auf sich lenken würden! So beobachteten sie, hinter einer Säule verborgen, wie Kleebeck durch die Pforte ging, und hörten, wie er zweimal von außen den Schlüssel umdrehte. Sie waren in dem dunklen Gebäude gefangen, zusammen mit einer Leiche auf dem Dachboden.

Als erstes inspizierten sie alle Räume im Erdgeschoss, doch die waren, wie sie wussten, durch große Eisenkreuze vergittert. Als ob irgendjemand ausgerechnet in dieses Haus einbrechen wollte! Auch der schmächtigere Josef hatte keine Chance, sich durch eines der Quadrate hindurchzuquetschen. Im ersten Stock gab es keine Gitterstäbe vor den Fenstern. Josef öffnete eines und schaute nach unten. Das waren mindestens fünf Meter und unten bestand der Boden aus Pflastersteinen. Springen war unmöglich, sie konnten sich höchstens abseilen. Doch womit? In den spartanisch eingerichteten Klassenzimmern würden sie sicher nichts finden.

Josef lehnte sich weit zum Fenster hinaus und sog die kalte Nachtluft ein, um einen freien Kopf zu bekommen. Da sah er in den Augenwinkeln den großen Schneehaufen, den Hausmeister Konrad am Hauseck aufgehäuft hatte. Darüber gab es tatsächlich ein Fenster!

Sie liefen in das entsprechende Klassenzimmer. Der Sprung war waghalsig, aber nicht lebensgefährlich. Vom Gipfel des Schneeberges konnte man dann leicht auf dem Hosenboden hinunterrutschen.

Detektivarbeit

Am nächsten Morgen, es war Samstag, der 5. Dezember, klickten sich die beiden Mädchen vor Hannahs Computer durch die Fotos, die Hannah gemacht hatte. Auf den Bildern wirkte Wirris Leiche noch unwirklicher, vor allem als Hannah Wirris weit aufgerissene Augen heranzoomte. „Ich bin mir sicher, er ist vor irgendetwas erschrocken", murmelte Anna-Lena.

„Schau mal, das ist interessant!" Hannah hatte auch die Regalwand fotografiert, aus der die Bücher stammten, die um den Toten herum verstreut lagen. „Die Bücher scheinen nach keinem bestimmten System herausgenommen worden zu sein. Da gibt es vier Lücken rechts der Leiter und vier links davon. Außerdem stammen sie von zwei unterschiedlichen Etagen."

Als Hannah die Bücher vergrößerte, konnte sie die Titel entziffern. „‚Die Newtonschen Gesetze', ‚Das System des Kopernikus' – das passt ganz gut zusammen, dann aber auch ‚Goethes italienische Reise' und ‚Goethe in Weimar', dann haben wir noch ‚Die Lieder Walthers von der Vogelweide' und – wie heißt das? – ‚Minnesangs Frühling'. Außerdem ‚Wallensteins Ende' und die ‚Geschichte des Dreißigjährigen Krieges'… Je zwei Bücher gehören also offensichtlich zusammen. Ansonsten stammen sie nicht nur aus verschiedenen Regalbrettern, sondern haben auch herzlich wenig miteinander zu tun. Warum sollte sich jemand Bücher aus so verschiedenen Fachbereichen ausleihen? Physik, Geschichte und Deutsche Literatur unterschiedlicher Epochen. Ich glaube tatsächlich, dass sie jemand nachträglich um die Leiche herumplatziert hat, um Wirris Absturz plausibel zu machen. Wahrscheinlich hat er immer zwei Bücher, die nebeneinander standen, mit beiden Händen herausgerissen."

Hannah klickte weiter. Beim letzten Foto rief Anna-Lena plötzlich aufgeregt: „Halt, schau mal, das haben wir gestern im Halbdunkel gar nicht gesehen! Was ist denn das da unter dem Schreibtisch?"

Hannah zoomte die Stelle heran: „Eine Schnur, ungefähr drei bis vier Meter lang, würde ich sagen."

Die beiden Mädchen schauten sich nachdenklich an. Anna-Lena sprach es als erste aus: „Wenn du mich fragst, dann ist das die Tatwaffe! Jemand hat diesem Professor Wirri eine Falle gestellt. Wenn man die Schnur heimlich auf einer der oberen Stufen der Rollleiter auslegt, Wirri dann unter einem Vorwand nach oben schickt, vielleicht weil man ein bestimmtes Buch ausleihen will, dann kann man ihm mit der Schnur die Beine unter dem Bauch wegziehen."

„Dann muss man aber zu zweit sein", folgerte Hannah. „Einer rechts, einer links von der Leiter. Jeder zieht an einem Ende der Schnur."

„Genau! Dafür würde auch sprechen, dass die Bücher von beiden Seiten der Leiter entnommen wurden", ergänzte Anna-Lena.

„Wahrscheinlich waren die Täter auch unterschiedlich groß. Die Bücher links der Leiter befanden sich auf dem dritten Regalbrett, die rechts davon auf dem vierten. Sie haben einfach die nächstbesten genommen. Wie dumm von ihnen, dass sie das Seil vergessen haben."

„Vielleicht sind sie in Panik geraten, als sie merkten, dass Wirri tot ist. Vielleicht wollten sie ihn gar nicht töten, sondern ihm nur einen üblen Streich spielen!", mutmaßte Anna-Lena.

„Möglich. Auf jeden Fall müssen wir Josef und Karl über unsere Entdeckungen informieren", beschloss Hannah. „Am besten wir schreiben ihnen einen kleinen Brief, dass wir uns so bald wie möglich treffen müssen, weil wir etwas Wichtiges zum Tod von Professor Wirri herausgefunden haben. Den legen wir dann zu dem Kleiderhaufen im Zeitschacht. Den haben sie bestimmt noch nicht abgeholt."

„Schlagen wir mal nächsten Freitagnachmittag vor. Bis dahin könnte sich die Aufregung um den Tod des Professors soweit gelegt haben, dass die zwei gefahrlos in die Bibliothek kommen können."

Hannah nahm Papier und Stift zur Hand, zögerte dann aber: „Und wenn sie nicht kommen können?"

„Schreib ihnen, wir warten bis Weihnachten jeden Freitagnachmittag um 14.00 in der oberen Bibliothek auf sie!"

Josef und Karl waren recht nervös, als sie am Samstagmorgen, einem Unterrichtssamstag, das Schulhaus betraten. Hatte man Wirri schon gefunden? Darauf deutete jedenfalls nichts hin: Kleebeck verschob schlecht gelaunt auf der großen Landkarte seine Fähnchen. Im Westen hatte sich die Situation festgefahren. Hier gab es seit Wochen nur minimale Veränderungen, die auf einer Karte dieses Maßstabs kaum nachvollziehbar waren und nur dazu führten, dass das Papier entlang einer Linie, die von Langemark und Ypern über Arras, Reims und Verdun bis zum Hartmannsweilerkopf im Elsass führte, total durchlöchert war und so unbeabsichtigt die Granattrichter der Schlachtfelder Flanderns und Westfrankreichs nachbildete. Noch mehr Kopfzerbrechen bereitete ihm aber der Rückzug der Österreicher in der Schlacht an der Kolubara gegen die Serben, der selbstredend nur ein „taktischer" sein konnte.

Als sie nach dem Morgengebet und dem Absingen von „Heil dir im Siegerkranz" im Lateinunterricht saßen, sah Josef, der einen Fensterplatz hatte, wie Kleebeck draußen wild gestikulierend auf Hausmeister Konrad einredete, der aber nur mit den Schultern zuckte. Kleebeck deutete immer wieder auf das inzwischen geschlossene Fenster, durch das sie am Abend zuvor entkommen waren. Offensichtlich erregte Kleebeck sich so, weil mitten im Winter die ganze Nacht über ein Fenster offen gestanden war. Die Schulen waren angehalten, in diesen schweren Zeiten Brennstoff zu sparen.

Dann jedoch hörte Josef, wie im Treppenhaus jemand immer wieder laut nach Rektor Kleebeck rief. Kurz darauf rannte ein völlig aufgelöster Schüler auf den Pausenhof, sagte etwas zu dem immer noch schimpfenden Kleebeck, der ihm daraufhin zusammen mit Hausmeister Konrad unverzüglich in das Schulhaus folgte. Man hatte Wirri also gefunden. Wahrscheinlich hätte er Unterricht in der Quinta gehabt, war nicht erschienen und so hatte man den Klassenprimus in die Bibliothek geschickt. Der erwartete, wie des Öfteren schon geschehen, Wirri in ein Buch versunken und den Unterricht vergessend an seinem Schreibtisch vorzufinden, stattdessen lag er aber tot und mit verrenkten Gliedern vor der Bibliotheksleiter. Keine halbe Stunde später sah Josef, wie zwei Herren in Zivil, bei denen es sich offenbar um den Gerichtsarzt und um einen Polizeiinspektor handelte, in Begleitung eines Gendarms das Schulhaus betraten. Noch vor der großen Pause kamen die Leichenbesorger und transportierten Wirri in einem Holzsarg ab. Erst jetzt wurde Josef so richtig klar, dass Wirri tot war und dass sie mit ihm mehr als nur einen Lehrer verloren hatten. Er war der Einzige, der sich diesem ganzen Weltkriegswahnsinn entgegengestellt hatte, und ausgerechnet er lag nun in dieser Bretterkiste und wurde von zwei Männern im Schnellschritt über den Pausenhof getragen. Eine große Woge aus Trauer und Wut erfasste Josef.

Nach der Pause ließ Kleebeck in der Aula antreten. Er räusperte sich und begann: „Leider muss ich euch die traurige Mitteilung machen, dass unser geschätzter Kollege, Professor Werner, gestern Nacht aufgrund eines tragischen Unfalls verstorben ist. Wir verweilen für ihn im stillen Gebet." Mehr sagte er nicht und nach nicht einmal einer Minute Stille beorderte er die Schüler wieder in den Unterricht.

„Angesichts der spektakulären Heldentode, die heutzutage gestorben werden, ist so ein Sturz von der Leiter offenbar nicht der Rede wert", flüsterte Josef Karl empört zu.

„Psst, sei vorsichtig, mit dem, was du sagst! Dass er von der Leiter gefallen ist, kannst du eigentlich gar nicht wissen. Kleebeck sprach ja bloß von einem tragischen Unfall." Karl hatte wie immer Recht. Zynisch fuhr er fort: „Wir wissen ja, dass er Wirri nicht leiden konnte und ihn längst vom Dienst suspendieren wollte. Jetzt hat er ein Problem weniger."

„Glaubst du wirklich, dass es ein Unfall war? Ich meine, Wirri steigt seit geschätzt 40 Jahren auf Bibliotheksleitern herum. Und ausgerechnet jetzt, wo er so vielen Anfeindungen ausgesetzt war, fällt er herunter."

„Du denkst an unsere Freunde Gutknecht und Wangerode, stimmt's? Dass denen alles zuzutrauen ist, haben sie ja hinlänglich bewiesen. Aber wir haben keinerlei Indizien. Dass die Bücher aus den unteren Regalböden entnommen wurden, beweist ja noch gar nichts. Wir können nur die Augen und Ohren offen halten."

„Heute Nachmittag würde ich den Tatort gerne noch einmal bei Tageslicht inspizieren. Das sind wir Wirri schuldig", beschloss Josef. „Nachdem sich ja keiner sonderlich für den Fall zu interessieren scheint, können wir uns schon in die Bibliothek hinaufwagen. Außerdem müssen wir sowieso noch die Kleider von den Mädchen abholen."

Tatsächlich erinnerte in der Bibliothek nichts mehr an die Vorfälle des vergangenen Tages. Die von der Polizei aufgebrochene Tür war weiterhin unverschlossen, und es gab keinerlei polizeiliche Absperrung. Die Bücher waren wieder feinsäuberlich aufgeräumt worden und die Bibliotheksleiter hatte man in den hinteren Teil des Raums gerollt, fast so, als solle jegliche Erinnerung an den Todesfall getilgt werden.

„Ich fürchte, hier gibt es nichts für uns zu entdecken", stellte Josef ernüchtert fest. „Dann steige ich mal hoch und hole die Klamotten!"

Im Zeitschacht war es dunkel wie immer. Josef kletterte die Wendeltreppe hinauf und tastete am oberen Treppenabsatz nach den Paketen. Da waren sie! Er schnappte sich das erste und brachte es hinunter zu Karl, der es oben auf der Bibliotheksleiter in Empfang nahm. Als er zum zweiten Mal hinaufkletterte, hörte er hinter der oberen Tapetentür ein Geräusch. Gespannt wartete er ab. Dann öffnete sich die Tür einen Spalt weit und in dem schwachen Lichtschein sah er zuerst eine Hand und dann Anna-Lenas Gesicht. Ihre schwarzen Haare fielen ihr wie ein leicht geöffneter Vorhang vor die dunklen Augen und ihr ebenmäßiges, bleiches Gesicht. Sie erinnerte ihn an

140

ein Bild der jungen Maria aus der Renaissancezeit. Eine Madonna mit Lidschatten. Sie bemerkte ihn im Dunkeln nicht und platzierte sorgfältig einen Brief auf dem zweiten Paket.

Ohne lange zu überlegen, sprach er sie an: „Gott zum Gruß!". Doch Anna-Lena fuhr trotzdem wie von der Tarantel gestochen zurück und stieß einen kleinen Schrei aus. „Da, da ist wer drin!", japste sie zu Hannah gewandt.

„Ich bin's nur, Josef." Josef kam verlegen aus dem Schacht herausgekrabbelt. „Entschuldige, ich wollte dich nicht erschrecken. Ich habe nur gerade die Pakete mit den Kleidern abgeholt."

„Na, dein Vorsatz, uns nicht mehr zu treffen, hat ja nicht einmal 24 Stunden gehalten", sagte Hannah spöttisch. „Aber das macht nichts. Wir wollten sowieso Kontakt mit euch aufnehmen."

Wenig später kam auch Karl aus der Tapetentür gekrochen. „Das hätte ich mir ja denken können, dass du dich nicht an unsere Abmachungen halten kannst", schimpfte er Josef mürrisch.

„Gut, dass du auch da bist, Karl", sagte Hannah besänftigend. „Wir hätten euch sowieso hergebeten."

„Ihr wolltet uns herbestellen? Was können wir aus unserem rückständigen Jahrhundert denn für euch tun? Ihr wollt doch bloß eure Neugier befriedigen und einen kuriosen Spaziergang durch die Vergangenheit machen!", erwiderte Karl gereizt und ließ seine übliche Lässigkeit fahren.

„Langsam, Karl! Wir wollen euch doch nur helfen, den Fall Wirri aufzuklären!"

„Wir brauchen eure Hilfe nicht! Es gibt keinen Fall Wirri. Er ist von der Leiter gestürzt, das ist alles!"

Josef schaute seinen Freund verwundert an. So aggressiv kannte er ihn ja gar nicht. „Aber Karl", wandte er ein, „gerade eben hast du doch noch ganz anders geredet!"

„Hör mir doch einfach mal zu!", schlug Hannah begütigend vor. „Wie du ja mitbekommen hast, habe ich gestern mit meiner kleinen

Wunderschachtel einige Fotos gemacht. Diese legen den Verdacht nahe, dass es kein Unfall war, sondern Mord."

Zum ersten Mal hatte einer von ihnen dieses Wort ausgesprochen und es schien zwischen den Regalreihen nachzuklingen. Karl schaute Hannah mit gerunzelter Stirn an, dann entspannten sich seine Züge. „Also gut, dann lass mal sehen!"

„Dazu brauchen wir einen Computer. Gehen wir in unser Klassenzimmer. Heute ist dort kein Nachmittagsunterricht und die Hörmann-Freier hat bestimmt wieder vergessen, in der letzten Stunde das Klassenzimmer abzusperren."

„Und was machen wir, wenn uns jemand begegnet? In unserem Aufzug?", gab Karl zu bedenken.

„Dann seid ihr eben Flüchtlinge. Das Reden übernehmen wir für euch."

Im Klassenzimmer betrachteten Josef und Karl fasziniert, wie sich die Benutzeroberfläche des Computers aufbaute. „Werde ich diese Erfindung noch erleben?", fragte Karl neugierig.

„Hm, da müsstest du schon sehr alt werden." Hannah hatte das Fotoprogramm geöffnet und klickte durch die Aufnahmen.

„Ganz erstaunlich! Alles gestochen scharf und dann auch noch in Farbe!", rief Karl aus.

„Jetzt vergesst mal für einen Augenblick eure Technikbegeisterung und schaut euch diese Fotos an!" Hannah zeigte den beiden Jungen die Bilder mit den Büchern und der Schnur und erläuterte ihnen ihre Rekonstruktion des Tathergangs.

Karl nickte anerkennend: „Klingt plausibel. Dass die Bücher aus unterschiedlich hohen Regalböden genommen wurden, würde außerdem genau auf Gutknecht und Wangerode passen: ein Großer und ein Kleinerer."

„Diese Schweine! Das werden sie büßen!", stieß Josef hervor.

„Aber was ist mit der Schnur passiert?", fragte Karl. „Wir haben den Tatort gerade genau untersucht. Eine Schnur haben wir nicht gefunden. Jemand muss also nach uns noch in der Bibliothek gewesen sein. Aber nachts war das Schulhaus doch völlig leer."

„Wahrscheinlich hat sie die Polizei als Beweisstück mitgenommen."

„Aber dann müsste sie doch Untersuchungen anstellen!", wandte Karl ein. „Wenn ein Mordverdacht besteht, kann man das doch nicht einfach ignorieren. Es war doch sogar ein echter Inspektor dabei, heute Morgen!"

„Dann hat Kleebeck sie verschwinden lassen!", rief Josef. „Er war doch als zweiter am Tatort. Der Kleine aus der Quinta, der Wirri gefunden hat, hat die Schnur bestimmt nicht bemerkt."

„Wahrscheinlich will er einen Skandal vermeiden. Zwei Söhne aus angesehenem Hause, in einen Mordfall verwickelt! Und das Opfer ist ein stadtbekannter Vaterlandsverräter. Kein Wunder, dass er das möglichst vertuschen will."

„Noch habt ihr sie nicht überführt", meldete sich Hannah zu Wort.

„Vor allem können wir deine Wunderschachtel nie und nimmer als Beweismittel hernehmen", stellte Karl fest.

„Ich kann euch die Fotos ja ausdrucken", schlug Hannah vor. „Das geht an diesem Drucker sowieso nur in Schwarz-Weiß."

Hannah klickte auf „Print". Skeptisch begutachtete Karl das Ergebnis. „Eine tolle Qualität! Aber eine solche Drucktechnik gibt es 1914 einfach noch nicht. Außerdem ist das keine Fotografie. Und wie sollen wir erklären, wann und wie wir diese Aufnahmen gemacht haben. Als Schüler laufen wir ja nicht einfach so mit einem fotografischen Apparat herum!"

„Irgendwie kommt mir das bekannt vor", seufzte Anna-Lena. „Dass der Direktor einen Skandal vermeiden will und die Beweismittel nicht verwertbar sind, das hatten wir hier auch gerade erst."

„Was sollen wir also tun?", fragte Josef. Alle Vier blickten sich ratlos an.

Karl zuckte resigniert mit den Schultern: „Im Moment haben wir nicht mehr als einen Verdacht, aber keine Gewissheit."

„Wir sollten versuchen, sie zu provozieren, ihnen eine Falle zu stellen. Vielleicht lassen sie sich zu einer unbedachten Äußerung hinreißen, mit der sie sich verraten", schlug Josef vor.

„Wie willst du das denn machen? Willst du sie auf ein Bierchen einladen? Wir sind Todfeinde, schon vergessen? Die reden nur in Form von Beleidigungen mit uns, wenn sie nicht gerade versuchen, dich im Stadtparkteich zu ertränken!"

Dem war nichts mehr hinzuzufügen. Da unterbrach Anna-Lena das Schweigen: „Dann muss es eben jemand anderer tun. Wann und wo kann ich sie denn kennenlernen, eure beiden Scheusale?", fragte Anna-Lena entschlossen. Verwundert schauten die anderen sie an.

„Leni, was hast du vor?", fragte Hannah.

„Na ja, wenn ich euch richtig verstanden habe, dann sind die beiden Tatverdächtigen Josef und Karl gegenüber nicht besonders auskunftsfreudig. Als Fremde errege ich bestimmt weniger Misstrauen und – außerdem bin ich ein Mädchen."

„Du willst also deine weiblichen Reize einsetzen?", fragte Hannah mit gespielter Entrüstung.

„Wenn du so willst, ja! Natürlich nur bis zu einem gewissen Grad."

„Das kommt gar nicht in Frage!", protestierte Josef, ehrlich entrüstet.

„Ich finde die Idee gar nicht so schlecht", mischte Karl sich ein. „Eine Gelegenheit dazu ergäbe sich gleich morgen Abend. Da veranstaltet die Deutsche Kolonialgesellschaft im Städtischen Theater einen Wohltätigkeitsball für die Kriegerwitwen. Geladen ist natürlich nur die bessere Gesellschaft der Stadt. Die Familien Gutknecht und Wangerode, aber auch meine Wenigkeit samt Eltern, sind selbstredend dabei. Eine Eintrittskarte könnte ich dir sicher noch besorgen. Auch eines der schwesterlichen Ballkleider ließe sich unauffällig entwenden." Zu Josef gewandt fuhr er mit ironischem Bedauern fort: „Der Sohn einer Lokomotivführerwitwe ist dort allerdings unerwünscht. Wir leben schließlich im Deutschen Kaiserreich und nicht in irgendsoeiner Republik!"

Anna-Lenas Augen blitzten auf vor Abenteuerlust: „Klingt cool!"

„Solche unverständlichen Ausdrücke aus dem Sprachschatz des perfiden Engländers darfst du da allerdings nicht verwenden. Sonst halten sie dich gleich für eine britische Spionin – und das meine ich jetzt wirklich ernst!", sagte Karl.

„Das ist doch alles viel zu gefährlich!", versuchte es Josef noch einmal. „Die Mädchen von 1914 sind doch ganz anders als ihr. Man wird sofort merken, dass du dich nur eingeschlichen hast!"

„Keine Sorge! Ich bin nicht umsonst seit vielen Jahren in der Theatergruppe. Aber du könntest mich morgen Abend hier abholen und zum Ballsaal geleiten. Dann muss ich aber alleine da rein. Karl soll ja wohl mit seinen Eltern hingehen. - Außerdem würden mir die beiden jungen Herren sicher nichts erzählen, wenn sie sehen, dass ich in Begleitung eines ihrer Intimfeinde dort aufkreuze." Die Aussicht auf einen Spaziergang mit Anna-Lena konnte Josefs Bedenken dann doch einigermaßen zerstreuen.

„Du hast Recht", bestätigte Karl. „Wir dürfen uns nicht kennen. Ich werde mich aber im Hintergrund halten und im Notfall eingreifen."

„Du musst mir aber andeuten, wer Wangerode und Gutknecht sind."

„Ich gehe knapp an ihnen vorbei und richte dabei meine Krawatte."

Anna-Lena überlegte ein bisschen und fragte dann: „Wer ist denn der Dümmere von den beiden? Den werde ich mir angeln."

„Eindeutig Wangerode. Das ist der Kleinere. Auf das weibliche Geschlecht hat er, fürchte ich, keine große Anziehungskraft. Er sieht ein bisschen aus wie ein Karpfen."

„Umso besser. Desto leichter wird er meinen weiblichen Reizen erliegen."

„Einen Moment noch! Einen Haken hat euer Plan noch!", wandte Hannah ein. „Wenn ihr Glück habt, dann kommt ihr vielleicht noch rechtzeitig aus der Schule raus, bevor sie geschlossen wird. Aber wie kommt ihr wieder rein? Oder soll Leni die ganze Nacht über drüben bleiben?"

Auch hier wusste Karl Rat: „Ihr nehmt einfach denselben Weg wie gestern. Da sind Josef und ich aus einem Fenster im ersten Stock auf einen Schneehaufen gesprungen. Weil es heute den ganzen Tag geschneit hat, ist der noch ein bisschen höher geworden. Wenn ihr Josef hinunterhilft, dann schafft Anna-Lena das auch in Festgarderobe. Außerdem ist heute in der Pause eine Art Treppe entstanden, weil die Sextaner immer wieder auf der einen Seite hochgestiegen und auf der anderen runtergerutscht sind. Sie kommt also problemlos von dem Schneeberg hinunter."

„Gut, dann wäre also alles geklärt. Wann beginnt der Ball?", fragte Anna-Lena.

„Einlass ist ab sieben Uhr", erwiderte Karl. „Am besten, ihr beide trefft euch hier um sechs. Josef bringt dir dann auch gleich das Ballkleid und die Eintrittskarte mit. Dann hast du noch genügend Zeit dich umzuziehen."

Mit recht gemischten Gefühlen kletterte Josef wieder zurück in den Zeitschacht. Einerseits freute er sich, dass er Anna-Lena morgen schon wiedersehen würde; andererseits gefiel ihm die Vorstellung, dass sie einem dieser beiden Ekel schöne Augen machen würde, gar nicht. Karl hingegen musste sich eingestehen, dass ihn diese beiden Mädchen immer mehr beeindruckten. Langsam konnte er seinen Freund verstehen.

Hannah schaute ihre Freundin kritisch an, als die beiden Jungen verschwunden waren: „Aus dir wird noch eine zweite Mata Hari. Oder willst du nur den armen Josef eifersüchtig machen?"

„Mata Hari? Du meinst die aus dem Film? Das war doch diese schöne Doppelagentin, die zuerst den Militärs den Kopf verdreht hat und dann den eigenen verloren hat? Nein, eine zweite Mata Hari möchte ich nicht werden", erwiderte Anna-Lena bestimmt.

Anna-Lena geht angeln

„Natürlich musst du dich in diese Anna-Lena verknallen, unvernünftig wie du bist! Wie romantisch: Liebe überwindet alle Stände, alle Nationen und bei dir jetzt sogar schon die Zeiten! Wo soll das denn hinführen? Da hättest du dich ja noch besser in ein Französenmädchen oder in eine Zarentochter verliebt, das wäre noch aussichtsreicher. Aber bei dir muss es ein Mädchen aus der Zukunft sein – das hat doch keine Zukunft!", lästerte Karl, als sie das Paket mit dem Ballkleid, passendem Hut und Schuhen zur Bibliothek hochtrugen.

„Das hat sogar sehr viel Zukunft, 101 Jahre um genau zu sein", versuchte Josef Karls Schimpfkanonade durch einen Witz zu entschärfen.

Doch der ließ sich nicht beirren: „Wie stellst du dir das denn vor? Glaubst du, sie würde dauerhaft in unser gebeuteltes Jahrzehnt übersiedeln und auf all die Annehmlichkeiten ihres Zeitalters verzichten? Oder willst du dein gesamtes Leben einfach hinter dir lassen und nach 2015 abhauen?"

„Ich stelle mir gar nichts vor! Ich lebe im Hier und Jetzt!" Langsam ging ihm die ewige Bedenkenträgerei Karls auf die Nerven.

„Und wo ist das in deinem Fall? 1914 oder 2015?"

„Das ist mir egal! Ich will sie einfach wiedersehen und das werde ich mir von dir nicht ausreden lassen!"

Josef kletterte schlecht gelaunt die Leiter hoch und ließ sich von Karl das Paket nachreichen. „Pass auf sie auf, auf dem Ball, hörst du!", rief er ihm noch zu und verschwand im Zeitschacht.

Er war viel früher als verabredet da, also schlenderte er ein bisschen zwischen den Regalreihen herum und entzifferte hie und da einen Buchtitel. Auch das war ein Spaziergang durch die Zeiten und noch dazu über alle Grenzen hinweg. Im dämmrigen Licht des späten Winternachmittags schienen die Lettern auf den Rücken der Bücher von selber zu leuchten und Josef hatte das unbestimmte Gefühl, dass eine magische Kraft von ihnen ausging, die ihn mit Energie und Zuversicht auflud. An der hinteren Stirnseite der Bibliothek entdeckte er schließlich einen großen, einladenden Ohrensessel, auf dem er sich niederließ. Dieser umfing ihn wie ein wärmender Mantel und jenseits von Raum und Zeit flog er in ihm durch die hereinbrechende Winternacht, Anna-Lena im Arm.

Als das Licht anging, schreckte Josef aus seinen Träumereien auf. Hannah und Anna-Lena kamen lachend den Hauptgang entlang. „Mit der Frisur wirst du ihm bestimmt gefallen!", hörte er Hannah sagen. Meinte sie ihn oder dieses Ekel Gutknecht, das Anna-Lena bezirzen sollte? Er sprang auf, eilte den beiden Mädchen entgegen und begrüßte sie schüchtern. Anna-Lena sah jetzt schon umwerfend aus. Hannah hatte ihr kunstvoll die Haare hochgesteckt, sie war dezent geschminkt und hatte ein verführerisch duftendes Parfüm aufgetragen. Er überreichte ihr das Paket und wartete im Hauptgang, bis sich Anna-Lena mit Hannahs Hilfe zwischen zwei Regalen umgezogen hatte. Sie trug ein elegantes, eng anliegendes Abendkleid aus kobaltblauer Seide, das von einer Taillenschärpe zusammengehalten wurde. Über der Brust schloss das Kleid mit edlen Spitzen ab, die ein für die damalige Zeit gewagtes, aber noch statthaftes Dekolleté freigaben, das eine Perlenkette schmückte. Zu den kurzen Tüllärmeln trug Anna-Lena weiße Satinhandschuhe. Über ihrer Schulter hing an einem Goldkettchen eine Jugendstil-Handtasche, auf der seegrüne, nachtblaue und lilafarbene Glasperlen zu einem Blumen-Motiv verarbeitet waren. Auf ihrem Kopf saß ein asymmetrisch geformter, mit absurd vielen Federn verzierter Hut, den sie leicht schräg aufgesetzt hatte, was ihr ein elegantes, aber durchaus keckes Aussehen verlieh.

„Na, kann ich so gehen?", fragte Anna-Lena und drehte sich einmal um die eigene Achse. Josef nickte sprachlos.

Neben der jungen Dame aus offensichtlich begütertem Hause fühlte sich Josef in seinen Pennälerklamotten unsicher und befangen. Schweigend gingen sie durch die leeren Korridore der Schule. Wie erwartet war der Haupteingang abgeschlossen. Sie mussten also den Weg durch das Fenster nehmen. Josef sprang als erster auf den

148

Schneehaufen. Anna-Lena reichte ihm zuerst Mantel und Hut hinunter und kletterte dann vorsichtig auf den Fenstersims. In der aufwändigen Abendgarderobe war das gar nicht so einfach. Sie durfte das edle Kleid ja auf gar keinen Fall beschädigen. Unschlüssig stand Josef einen knappen Meter unter ihr. „Du musst mir schon runterhelfen!", forderte sie ihn auf. Er streckte seine Arme aus, umfasste sie bei der Taille und hob sie sanft zu sich herab. Noch nie waren sie sich so nahe gekommen. Ihre dunklen Augen blitzten nur wenige Zentimeter vor ihm auf und ihr berauschender Duft umhüllte ihn und raubte ihm fast die Sinne. „Du darfst mich jetzt wieder loslassen!", sagte Anna-Lena mit einem Lächeln und nahm sanft seine Hände von ihren Hüften.

Als sie das Städtische Theater erreichten, war der Ball schon in vollem Gange. Vor dem Eingangsportal fuhren Droschken und auch schon vereinzelt Automobile vor, denen elegant gekleidete Damen und Herren entstiegen. Josef griff nach Anna-Lenas Hand und sagte besorgt: „Pass auf dich auf! Ich warte hier auf dich!"

„Das musst du nicht! Du holst dir hier in der Kälte ja den Tod. Wer weiß, wie lange ich da drin bin. Ich finde schon wieder alleine zurück!" Damit ging sie erhobenen Hauptes auf den Eingang zu, zückte ihr Billett und verschwand im Foyer.

Das Theater war der ganze Stolz der Stadt, vor allem seit man im letzten Jahr elektrisches Licht installiert hatte. Das Foyer erstrahlte im Glanz der tausend Glühkerzen des riesigen Kronleuchters, der kühn über der Festversammlung schwebte. An den Wänden hingen meterhohe, goldgerahmte Spiegel, in denen die Damen ihre Toilette begutachteten, während die sie begleitenden Herren unauffällige Blicke auf die vorbeiflanierenden Ball-Schönheiten warfen. Im vorderen Teil des im klassizistischen Stil gehaltenen Saales hatte man an runden Tischchen weiß gedeckt, während sich im hinteren Teil eine kleine Bühne befand, vor der man eine Tanzfläche freigehalten hatte. Die lange Theke der Garderobe hatte man mit Hilfe samtroter Tücher in eine Bar umfunktioniert. Während sich die Erwachsenen an den Tischen niederließen, steuerten die meisten Jugendlichen diese Bar an, an deren Ende ein schwarz befrackter Kellner Sekt und Selters ausschenkte.

Der Saal war schon gut zur Hälfte gefüllt, als Anna-Lena mit klopfendem Herzen eintrat und sich umschaute. Zum Glück war Karl schon da, der sie auch sofort erblickte. Er saß bei seinen Eltern, sagte kurz etwas zu ihnen und stand dann auf. Er ging durch die Tischreihen Richtung Bar und begrüßte dabei mit leichten Verbeugungen den einen oder anderen Bekannten. Waren da jetzt Gutknecht und Wangerode dabei gewesen? Schließlich erreichte er die Bar. Dort rempelte er, in scheinbarer Ungeschicklichkeit, zwei junge Burschen an, die mit dem Rücken zu ihm standen. Sie fuhren herum und schauten ihn böse an. Mit einem ironisch übertriebenen Diener entschuldigte er sich bei den beiden. Natürlich herrschte hier, unter den Augen der Eltern, Waffenstillstand. An einem anderen Ort hätten sie sich das sicher nicht gefallen lassen! Jedenfalls hatte Anna-Lena ihre Zielobjekte nun erfasst. Karl hatte wahrlich nicht übertrieben. Wangerode mit seinem rotblonden Kurzhaarschnitt, seinem rundlichen Karpfengesicht und seinem unübersehbaren Bauchansatz war in der Tat keine Schönheit. Der größere, schlanke und dunkelhaarige Gutknecht wirkte dazu wie das glatte Gegenteil, eine gewisse aristokratische Arroganz hatte sich aber tief in seine Gesichtszüge eingegraben. Nun musste sie ihre Rolle spielen!

Anna-Lena beschloss auf die plumpste Art der Kontaktaufnahme zurückzugreifen, die sie kannte. In ihrer Handtasche hatte sie eine unglaublich lange Zigarettenspitze und einige Zigaretten in einem silbernen Klappetui gefunden. Sie schritt zu den beiden jungen Herren an die Theke, zog die Zigarettenspitze aus der Tasche, steckte sorgfältig eine Zigarette hinein und fragte so affektiert sie nur konnte: „Hat einer der Herren vielleicht Feuer für mich?"

Damit löste sie einen unerwarteten Wettbewerb aus, denn Gutknecht und Wangerode griffen blitzschnell in ihre Jackentaschen und ließen ihre Benzinfeuerzeuge beängstigend nahe vor ihrem Gesicht aufschnappen. Solche Trottel!, dachte Anna-Lena. Sie kam sich vor wie in einem Slapstick-Film. Obwohl Gutknecht der schnellere war, wählte sie Wangerodes Flamme. Sie bedankte sich artig und sog den Rauch ein, allerdings ohne zu inhalieren, denn als Nichtraucherin wollte sie keinen Hustenanfall riskieren. „Sie paffen ja bloß", bemerkte Gutknecht und steckte ein wenig irritiert sein verschmähtes Feuerzeug weg.

„Wissen Sie nicht, dass es für junge, zarte Damen sehr ungesund ist, Tabakrauch zu inhalieren. Außerdem ruiniert es den Teint. Starken Männern wie Ihnen macht es natürlich nichts aus", flötete sie. Dabei blies sie Gutknecht eine Rauchwolke ins Gesicht. Noch hatte sie sich nicht entschieden: Sollte sie den Vamp geben oder das unbedarfte Naivchen?

„Aber wir haben uns ja noch gar nicht vorgestellt", erinnerte sich Gutknecht an seine guten Manieren. „Ich heiße Adalbert von Gutknecht und bin ein Schüler des hiesigen Gymnasiums. Und das ist mein Schulkamerad, Kommerzienratssohn Wilhelm Wangerode."

„Angenehm. Ich bin Clara Kirchhoff." Anna-Lena reichte den beiden geziert die Hand, die sie sofort ergriffen, um ihr einen Handkuss daraufzuhauchen.

„Ich habe Sie noch nie auf einer unserer Festlichkeiten gesehen, mein Fräulein. Und Sie wären mir bestimmt aufgefallen! Sind Sie neu in unserem hübschen Städtchen?", versuchte Gutknecht die Konversation in Gang zu bringen.

„Ja, wir sind erst vor zwei Wochen aus Stuttgart hierhergezogen. Mein Vater ist Ingenieur und möchte hier für die Daimler Motoren Gesellschaft eine Automobilniederlassung aufbauen." Wie gut, dass ihr Bruder ein Faible für Oldtimer hatte und die Familie ständig mit Details aus der Geschichte des Automobils langweilte.

„Oh! Mercedes baut die besten Automobile der Welt! Mein Vater fährt das neue 60-PS-Modell mit 80 km/h Höchstgeschwindigkeit. Wenn nur die Straßen nicht so schlecht wären!", prahlte Wangerode.

„Ja, Vater sagt auch immer, man müsste spezielle Straßen mit Glattasphalt nur für Automobile bauen, dann wären Geschwindigkeiten mit 100 km/h und mehr möglich", erwiderte Anna-Lena, Sachkunde heuchelnd. Auch das änderte sich in 100 Jahren nicht. Auf das langweilige Thema Autos sprangen viele Männer immer wieder an wie ein 1000-PS-Motor.

„Lautenschlager hat beim Großen Preis von Frankreich den Franzmännern kurz vor Ausbruch des Krieges ja noch einmal bewiesen, zu was deutsche Ingenieurskunst fähig ist!", tönte Gutknecht, der hinter seinem Freund nicht zurückstehen wollte. „Leider fährt mein Vater immer noch mit der Droschke. Er ist und bleibt eben ein konservativer Landadeliger." Gutknecht lachte, als hätte er einen Witz gerissen. Anna-Lena lächelte höflich. Er fuhr fort: „Dabei haben wir auf unseren Gütern selbstverständlich moderne Dreschmaschinen und motorbetriebene Zugmaschinen."

Womit das also auch gesagt wäre, dachte Anna-Lena. Wie schamlos sie mit ihren Vätern protzten, die Söhne des Kommerzienrats und des Landadeligen! Als ob es ihr eigenes Verdienst wäre! Anna-Lena schluckte ihre Abscheu hinunter und setzte ein zuckersüßes Lächeln auf. „Falls es Ihnen doch noch gelingt, Ihren Herrn Vater von den Vorzügen eines Automobils zu überzeugen, bräuchte er demnächst ja nicht mehr nach München oder Nürnberg zu reisen, um eines zu erstehen."

„Oh, Sie sind aber ein geschäftstüchtiges Fräulein! Aber vielleicht werde ich ja selbst bald ein Kunde Ihres Vaters. Der Krieg kann ja nicht mehr lange dauern und die Geschäfte meines Vaters gehen besser denn je."

Anna-Lena beschloss das Thema zu wechseln. War es denn nicht total absurd, mitten im Krieg ein Autohaus gründen zu wollen? Für diese Herren offenbar nicht. „Wo gibt es denn hier etwas Anständiges zu trinken?", fragte sie scheinheilig.

Wieder war Gutknecht der Schnellere: „Darf ich Sie auf ein Gläschen Sekt einladen?" Er wartete ihr zustimmendes Nicken gar nicht erst ab. „Ich bin sofort wieder zurück."

Da setzte endlich die Kapelle mit dem Eröffnungswalzer ein. „Ich tanze für mein Leben gern Walzer. Sie nicht?" Anna-Lena bedachte

Wangerode mit einem verheißungsvollen Augenaufschlag. Sogar er verstand, dass er sie nun auffordern musste. Außerdem gefiel ihm der Gedanke, dass Gutknecht mit seinem Sekt erst einmal alleine dastehen würde. Er sprang also auf, verbeugte sich galant und fragte, wie er es in der Tanzstunde gelernt hatte: „Dann darf ich bitten, mein Fräulein?"

Zum Glück hatte sich am Walzerschritt in den letzten hundert Jahren nichts mehr verändert und so ließ sie sich von Wangerode, immer knapp am Rhythmus vorbei, über die Tanzfläche zerren, wobei sie aufpassen musste, dass er ihr nicht auf die Füße trampelte.

Nun war die beste Gelegenheit, das Gespräch in die richtigen Bahnen zu lenken. „Dann sind Sie also auch Schüler des hiesigen Gymnasiums?", fragte sie in beiläufigem Small-Talk-Ton.

„Ja, wenn auch zum Glück nicht mehr lange. Im Frühjahr melde ich mich als Kriegsfreiwilliger. Der Dienst fürs Vaterland steht einem echten Manne doch besser zu Gesichte als das Studium der lateinischen Klassiker." Dieser Satz klang wie auswendig gelernt. Dennoch blickte Anna-Lena ihn bewundernd an. „Hab ich es doch auf den ersten Blick gesehen, dass in Ihnen ein Kriegsheld schlummert. Mit Männern wie Ihnen braucht uns schwachen Frauen um Deutschlands Zukunft nicht bange zu sein!", rief sie mit Pathos. „Während mir Ihr Freund doch eher ein Lebemann zu sein scheint", ergänzte sie mit leisem Tadel in der Stimme. Woher nahm sie das nur? Hoffentlich hatte sie jetzt nicht zu dick aufgetragen? Doch Wangerode strahlte über das ganze Gesicht, offensichtlich geschmeichelt. Dann wurde es jetzt Zeit, dass sie endlich die Angel auswarf:

„Ich kann es nur zu gut verstehen, dass Sie die Schule nicht mehr ausfüllt. Man lässt sich doch lieber von einem gestandenen Offizier herumkommandieren als von einem lebensfremden Pauker. Aber ist in Ihrem Gymnasium nicht kürzlich ein Professor zu Tode gekommen?", fuhr sie in unverfänglichem Plauderton fort. „Ich habe im Tagblatt davon gelesen. Da war nur von einem tragischen Unfall die Rede. Was kann einem denn in der Schule so Schlimmes zustoßen, dass man gleich zu Tode kommt?"

„Der Alte ist von der Bibliotheksleiter gefallen und hat sich den Hals gebrochen!", erklärte Wangerode, dem gar nicht auffiel, wie wenig pietätvoll seine Wortwahl war.

„Ist ja tragisch! Wie kann man denn einfach so von der Bibliotheksleiter fallen?", hakte Anna-Lena nach.

„Er hatte zu viele Bücher dabei und hat dann wohl das Gleichgewicht verloren", antwortete Wangerode bereitwillig. Der Karpfen schwamm schon auf den Köder zu. „Er war ein sehr wunderlicher alter Herr."

„Gab es eigentlich Zeugen des Unfalls? Oder ist der arme Alte einsam und allein gestorben?", forschte Anna-Lena weiter.

„Ganz allein. Als man ihn gefunden hat, war er mausetot." Jetzt schnappte er schon nach dem Köder.

„Tragisch, tragisch. Vielleicht hat er ja nach dem Sturz noch gelebt und ist stundenlang hilflos in der Bibliothek gelegen." Anna-Lena legte eine Mischung aus gekünsteltem Mitleid und Sensationsgier in ihre Stimme.

„Nein, der war sofort hin!", entfuhr es Wangerode. Langsam wurde ihm das Thema aber doch lästig. Dass Mädchen neugierig waren, wusste man zwar, aber die wollte es ja wirklich ganz genau wissen …

„Eine Schnur hat man aber nicht bei ihm gefunden?" Der Fisch hing schon am Haken.

Wangerode erbleichte, schnappte nach Luft wie ein auf den Boden geworfener Karpfen und blieb mitten im Tanz stehen. Jetzt erst merkte er, dass er einen Haken verschluckt hatte. „Eine Schnur?", japste er, „wie kommen Sie denn darauf?"

„Was ist mit Ihnen? Tanzen wir nicht weiter?", fragte Anna-Lena mit gespielter Verwunderung. „Ich habe nur kürzlich einen Kriminalroman gelesen. ‚Der Mord in der Bibliothek'. Da werden dem Bibliothekar mit Hilfe einer Schnur die Beine unter dem Leib weggezogen, als er gerade ganz oben auf der Leiter steht."

Wangerode rumpelte schweigend und schwitzend durch den Rest des Tanzes, dann führte er Anna-Lena mit bleichem Gesicht zurück zur Bar.

„Na, du siehst ja ganz schön abgekämpft aus!", spöttelte Gutknecht, der mit drei vollen Gläsern schlecht gelaunt an der Theke stand. „Schön, dass Sie mir doch noch die Ehre erweisen, Fräulein Clara!"

„Vielen Dank, Herr Adalbert, ich liebe Sekt! Stoßen wir an auf Ihre Zukunft!" Anna-Lena leerte ihr Glas in einem Zug. „Nun muss ich aber zurück zu meinen Eltern. Die Armen vermissen mich sicher schon. Wir sehen uns, meine Herren!" Und damit verschwand sie in der Menge.

Natürlich hatte Josef draußen auf sie gewartet. Vor Kälte und Aufregung zitternd stand er auf der gegenüberliegenden Straßenseite und sah zu, wie die letzten Gäste vorfuhren und im Ballsaal verschwanden. Die prunkvollen Vorhänge an den Fenstern waren zugezogen und so konnte er nur dann, wenn sich die Eingangstür für einen Neuankömmling öffnete, einen Blick ins Innere werfen. Doch er sah weder Anna-Lena, noch Karl oder Gutknecht und Wangerode. Er war ausgeschlossen und zur Tatenlosigkeit verdammt. Er konnte nur blöde auf und ab gehen, wie ein Tiger in seinem Käfig. Noch nie hatte er die Ungerechtigkeit dieser Gesellschaft so intensiv empfunden.

„Das sind ja zwei echte Kotzbrocken, eure beiden Schulkameraden!" Hinter ihm stand Anna-Lena und lachte über das ganze Gesicht.

„Wo …, wo kommst du denn her? Ich hab dich ja gar nicht rauskommen sehen!", stotterte Josef, verwirrt und vor Kälte bibbernd.

„Ich habe es vorgezogen den Dienstboteneingang zu nehmen. Bevor ich dem Türsteher nochmal erklären muss, warum ich schon wieder ohne meine Eltern unterwegs bin."

„Wieso, was hast du ihm denn gesagt, als du reingegangen bist?"

„Dass meine Eltern schon mal vorausgegangen sind. Ich bin noch mal umgekehrt, um mein Handtäschchen, das ich im Automobil vergessen hatte, zu holen."

Josef nickte beeindruckt. Das klang realistisch. „Und, wie ist es gelaufen?", fragte er.

„Der Fisch hat angebissen und hängt zappelnd am Haken. Komm, gehen wir zur Schule, dann erzähle ich dir alles!"

Anna-Lena hakte sich bei Josef ein und erstattete ihm Bericht. Es war klar, dass Wangerode all die Details nur wissen konnte, wenn er tatsächlich in die Tat verstrickt war.

„Aber warum hast du ihm denn das mit der Schnur auch noch gesagt?", wollte Josef wissen. „Damit hast du dich doch nur in Gefahr gebracht! Dass es die beiden waren, stand doch zu diesem Zeitpunkt schon fest!"

„Wir haben ihn am Haken, aber wir müssen ihn und seinen Kumpanen noch aus dem Wasser herausziehen. Und das machen Angler bekanntlich mit einer Schnur", antwortete Anna-Lena kryptisch.

„Jetzt lass doch die blöden Metaphern! Was hast du vor?", insistierte Josef.

„Das erkläre ich dir alles morgen. Wir müssen uns unbedingt morgen früh treffen und unser weiteres Vorgehen besprechen."

Sie hatten die Schule erreicht und Josef kletterte hinter Anna-Lena den Schneehaufen hinauf. Oben drehte sich Anna-Lena zu ihm um und schaute ihn an. Ihre Augen blitzten im Mondlicht. „Jetzt musst du mir aber auch wieder zum Fenster hinaufhelfen, Josef", sagte sie mit einem schwer deutbaren Lächeln. Josef umfasste sie bei der Taille und wollte sie hochheben, doch in diesem Moment schlang sie ihre Arme um ihn und küsste ihn, lange und innig. Eine Wärmewelle durchflutete seinen tiefgekühlten Körper und er stammelte: „Anna-Lena, ich, ich …" Doch bevor er den Satz zu Ende bringen konnte, legte ihm Anna-Lena den Finger auf die Lippen und schüttelte sacht den Kopf. „Und jetzt bring mich nach oben, Josef. Wir haben viel zu tun, morgen."

Die Täter kehren an den Tatort zurück

Die Idee, die Schnur zu erwähnen, ist mir wirklich erst gekommen, als der Karpfenkopf mich so vollständig in die Einzelheiten des Mordes eingeweiht hat", erklärte Anna-Lena nicht ohne Stolz. Es war Sonntagmorgen und die vier Jugendlichen hatten sich in der oberen Bibliothek versammelt. Die beiden Jungen waren über den Schneeberg und durch das offene Fenster gekommen, die beiden Mädchen hatten Hierlinger, der seine Sonntage ohnehin in der Bibliothek zu verbringen pflegte, tags zuvor gebeten, ihnen das Schulhaus aufzusperren, damit sie in der Bibliothek „recherchieren" könnten – was ja nicht vollständig gelogen war.

„Ich habe denen bestimmt einen ganz schönen Schrecken eingejagt", fuhr Anna-Lena fort. „Die haben jetzt jedenfalls keine Ahnung, ob ich tatsächlich etwas von der Sache weiß oder ob ich vielleicht doch nur ein überspannter Krimifreak bin. Sie werden daher, sowie sie nur irgend können, in die Bibliothek gehen, um nachzuschauen, ob die Schnur noch irgendwo rumliegt. Und das dürfte morgen nach dem Unterricht sein."

„Also kurz nach 4 Uhr", ergänzte Josef und suchte Anna-Lenas Blick. Er hoffte so sehr auf ein kleines Zeichen des Einverständnisses, eine Geste, die ihm zeigte, dass er den Kuss auf dem Schneeberg doch nicht nur geträumt hatte.

„Gut, dann haben wir sie in der Bibliothek. Aber was machen wir dann mit ihnen?", überlegte Karl weiter. „Die Gendarmerie können wir ja kaum einschalten. Sie würde uns die ganze Geschichte ohnehin nicht glauben. Mal ganz abgesehen davon, dass Anna-Lena, als quasi nicht existente Person, sowieso keine Aussage machen kann."

Hannah nickte nachdenklich. „Wenn du mich fragst, dann dürfen wir uns in diesem Fall nicht auf die staatliche Gerichtsbarkeit verlassen."

„Du meinst also: Selbstjustiz?", fragte Anna-Lena gedehnt.

„Sollen wir sie wie im Wilden Westen an der Bibliotheksleiter aufknüpfen?", schlug Karl ungerührt vor.

„Die Todesstrafe ist 2015 zumindest in der Europäischen Union abgeschafft", erklärte Hannah sachlich.

„Tatsächlich? Dann gibt es also doch so etwas wie einen zivilisatorischen Fortschritt", stellte Josef erstaunt fest.

„Wir befinden uns aber auf dem Terrain des Deutschen Reiches von 1914. Als Strafe für einen heimtückischen Mord käme sie hier durchaus in Betracht." Karl gefiel die Idee, obwohl er wusste, dass er sie nie in die Tat umsetzen würde.

„Unsinn! Wir bringen doch keine Menschen um. Sinnvolle Vorschläge bitte!", forderte Hannah ungeduldig.

„Auch ein langjähriger Freiheitsentzug dürfte ausfallen", meinte Karl. „Aber wir könnten sie zumindest für ein paar Tage in die Alte Bibliothek sperren."

„Damit sie dann die Treppe in die andere Zeit entdecken. Das wäre grob fahrlässig", wandte Hannah ein.

„Ist die Prügelstrafe eine Option? Sollen wir sie ordentlich vermöbeln?", schlug Josef vor.

Hannah schüttelte den Kopf: „Das wird der Schwere der Tat nicht gerecht. Ich meine, sie haben Wirri umgebracht! Da ist es ja wohl mit einer Rauferei nicht getan, bei der Anna-Lena und ich sowieso nicht mitmachen würden."

Die Diskussion verebbte. Ratlos starrten sie Löcher in die Wand. „In diesem Fall helfen uns selbst eure ganzen technischen Wundergeräte nichts", seufzte Karl.

Hannah blickte auf: „Doch! Vielleicht schon. Du bringst mich da auf eine Idee! Wir sollten sie tatsächlich in der unteren Bibliothek einsperren. Und dann werden wir sie mit unseren technischen Wundergeräten so in Angst und Schrecken versetzen, dass sie es ihr Leben lang nicht mehr vergessen werden. Erinnerst du dich noch, Leni, wie stark Josef auf den harmlosen Liebesfilm reagiert hat, den wir im Kino gesehen haben. Für einen Menschen aus dem Jahr 1914 sind unsere heutigen Filme unglaublich realistisch."

Josef errötete: „Das stimmt, Karl. Ich habe vollständig vergessen, dass ich nur in einem Lichtspielhaus sitze. Die Kinematographie hat sich unglaublich entwickelt. - Aber das ist doch eine Belohnung und keine Strafe!"

„Nicht, wenn wir ihnen ein paar ausgewählte Ausschnitte aus Horrorfilmen aus dem Ü-18-Regal zeigen!"

„Du meinst Zombies, Kannibalismus, GESTAPO-Folterkeller, ein paar Szenen aus Splatter-Filmen…", griff Anna-Lena die Idee auf. „Das könnte sie in der Tat nachhaltig verstören. Mein Bruder hat da ein paar besonders unappetitliche Exemplare in seiner Sammlung. Würde ich mir nie freiwillig anschauen!"

„Aber die Bibliothek ist doch kein Lichtspielhaus! Wie wollt ihr denn da einen Film zeigen", wandte Josef ein.

„Auch das ist heutzutage kein Problem mehr. Wir haben einen leistungsstarken Beamer zu Hause. Außerdem nehme ich meine Subwoofer mit. Um halb Fünf dürfte es zu dieser Jahreszeit auch schon einigermaßen dunkel sein", erwiderte Hannah.

„Kannst du das mal übersetzen, bitte?" Karl nervte es, wenn die Mädchen über Dinge sprachen, die er nicht kannte.

„Projektor und Lautsprecherboxen – oder Kinematograf und Grammofon, wenn man so will", erklärte Hannah.

Karl schaute immer noch skeptisch, stimmte aber schließlich, mangels einer besseren Idee, zu.

„Gut, dann gehen wir beide jetzt zu Anna-Lena und schneiden ein ultimatives Horror-Video zusammen. Ein Worst-of, sozusagen", beschloss Hannah. „Und ihr überlegt euch inzwischen, wie ihr die Tür zur Bibliothek so verrammeln könnt, dass die beiden Delinquenten auch bei größter Gewaltanwendung nicht mehr rauskommen! Wir treffen uns dann um 17.00 Uhr wieder und bereiten alles vor."

Karl schaute den beiden Mädchen kopfschüttelnd hinterher: „Eine echte Suffragette, diese Hannah. Sie haben die natürlichen Geschlechterrollen einfach vertauscht, in der Zukunft."

„Wieso natürlich? Letztlich ist das doch alles nur anerzogen. Hab ich dir schon erzählt, dass 2015 eine Frau Reichskanzler – oder Bundeskanzler, wie sie es dann nennen – sein wird?"

„Was wird da bloß der Kaiser dazu sagen?", erwiderte Karl halb scherzhaft.

„Den schicken wir in vier Jahren ins Exil! Schon vergessen?"

Hierlinger wunderte sich sehr, als er, wie ausgemacht, den Mädchen um 17.00 Uhr wieder die Schultür öffnete, und diese schwer beladen mit technischen Gerätschaften vor ihm die Treppe hochstiegen. „Was wollt ihr denn mit dem ganzen Technik-Kram? Ich weiß nicht, ob die Bücher das akzeptieren!", rief er ihnen hinterher. Doch die Bücher hatten keine Einwände, und so schafften die beiden Mädchen mit Hilfe von Karl und Josef, die schon warteten, alles durch den Zeitschacht in die untere Bibliothek. Dort nahmen sie die Gemälde der ehrwürdigen Direktoren aus vergangenen Jahrhunderten von der einzigen freien Wand, sodass eine große Projektionsfläche entstand. Den Beamer stellten sie auf ein Regal, verbargen ihn so gut es ging unter Büchern, verbanden ihn mit dem Laptop und schlossen beides an eine Stromkabeltrommel an, die sie durch den Zeitschacht in die obere Bibliothek gelegt hatten. Auch die beiden kabellosen Boxen verbargen sie im Raum. Auf diese Weise konnten sich Hannah und Anna-Lena hinter dem Regal verstecken und die Geräte bedienen.

„Darf ich das mal sehen?", fragte Karl, neugierig geworden.

„Bist du sicher? Das mit dem zivilisatorischen Fortschritt ist so eine Sache", versuchte Hannah ihn zu warnen.

„Ich kann mir nicht vorstellen, dass man zwei so hartgesottene Burschen wie Gutknecht und Wangerode mit ein paar Filmausschnitten, sie mögen noch so realistisch sein, verängstigen, geschweige denn bestrafen kann", insistierte Karl.

„Täusch dich mal nicht. Mir ist jetzt noch schlecht von dem, was wir heute den ganzen Nachmittag angeschaut haben. Und ich bin damit aufgewachsen", entgegnete Hannah.

„Jetzt zeig schon her!", sagte Karl bestimmt.

An der Wand erschien, wie ein Menetekel, das langsam sichtbar wird, in blutroter Frakturschrift: „Die Täter kehren an den Tatort zurück" und dann: „Was mit Mördern passiert". Dann sah man ein sich steigerndes Sammelsurium von sadistischen Folterungen, Verstümmelungen in Großaufnahme, bestialischen Hinrichtungen und alptraumhaften Höllenqualen. Anna-Lena nahm Josef schon während der ersten Szene an der Schulter und drehte ihn zu sich um, während die anderen beiden gebannt auf die Projektion starrten. „Schau lieber mich an", flüsterte sie und strich ihm zärtlich eine Haarsträhne aus dem Gesicht. Während hinter ihm infernalische Schreie losbrachen, versank Josef in Anna-Lenas unergründlich schwarzen Augen.

Als eine halbnackte Zombiefrau mit den Reißzähnen eines Säbelzahntigers einem schreienden Mann bei lebendigem Leibe die bluttriefenden Gedärme aus dem Leib riss und diese auffraß, japste Karl, fassungslos und grün im Gesicht: „Bitte, mach's weg!"

Hannah schloss die Präsentation und sah Karl an: „Na, hab ich dir zu viel versprochen?"

„Wer … sieht sich … sowas … freiwillig … an?" stotterte Karl. „Wenn ich nicht wüsste, dass es nur ein Film ist, dann würde ich meinen, ich sei in der tiefsten Hölle gelandet!"

„Es gibt Leute, die ziehen sich sowas jeden Abend rein", erklärte Hannah schulterzuckend.

„Das ist … krank!", Karl rang immer noch um Worte.

„Ja, das ist es in der Tat. Aber auch nicht kränker als ein Krieg. Da passieren viele dieser Dinge nämlich in echt. Wenn ich mir dich so anschaue, dann scheint mir unsere kleine Filmvorführung jedenfalls eine angemessene Strafe für die beiden zu sein", stellte Hannah lakonisch fest.

„Es wird sie total verstören", sagte Karl.

„Sie haben es verdient. Sie haben einen Menschen auf dem Gewissen", sagte Hannah kalt.

Wie von Anna-Lena vorhergesagt, schlichen Gutknecht und Wangerode am folgenden Montag im Dämmerlicht eines späten Winternachmittags in die Bibliothek, um etwaige Spuren ihrer Tat zu beseitigen. Josef und Karl hielten sich in der kleinen Toilette neben dem Eingang zur Bibliothek versteckt. Als Gutknecht und Wangerode die Bibliothek betreten hatten, sprangen sie hervor und verrammelten, so wie sie es vorher geübt hatten, die Tür von außen mit einem großen Pflock, so dass man die Klinke nicht mehr nach unten drücken konnte.

„Was war das?", rief Gutknecht erschrocken, als die Tür hinter ihnen zufiel. „Jemand hat die Tür hinter uns zugemacht!" Wangerode versuchte die Klinke zu betätigen, doch diese blockierte. „Mist, was soll das? Jemand hat uns hier eingesperrt!", rief er, einen Anflug von Panik in der Stimme. „Mach doch mal das verdammte Licht an!"

Gutknecht ließ sein Feuerzeug aufschnappen und suchte nach der Gaslampe, die auf Wirris Schreibtisch stand. Als er sie endlich gefunden hatte, stellte er erschrocken fest: „Die geht nicht! Jemand hat den Glühstrumpf rausgezogen!"

„Komm, werfen wir uns gegen die Tür. Wir müssen hier raus!"

Doch Wangerode war schon in eine Art Schreckstarre verfallen: „Da, da, schau mal, die Schrift an der Wand!"

Wie von Geisterhand erschienen die beiden Sätze „Die Täter kehren an den Tatort zurück" und „Was mit Mördern passiert" an der Wand. Dann sah man eine dunkle Gestalt mit einem überdimensionalen Seitenschneider in der Hand, die langsam auf einen sich windenden Gefesselten zuging und ihm nacheinander alle Finger abschnitt. Dann zischte sie: „Rede endlich, oder willst du, dass ich dir den Schwanz auch noch abschneide!" Doch soweit kam es nicht mehr, denn eine Riesenschlange fuhr blitzartig durch das Fenster eines Hauses, schnappte nach dem Fuß eines überraschten Bewohners und fraß sich mit wenigen Bissen nach oben, bis sie einen leblosen Körper zwischen den Zähnen schüttelte. Dann wankte ein entstellter Hüne mit einer Kettensäge auf einen schreiend am Boden liegenden Jugendlichen zu und das Blut spritzte. So jagten sie Gutknecht und Wangerode eine halbe Stunde lang durch das Arsenal menschlicher Abgründe und Alpträume.

Josef und Karl war es, als würden sie an der Tür einer infernalischen Folterkammer lauschen. Als die Schreie der Gefolterten, das Brüllen der Monster, das Kreischen der Kettensägen, das Gelächter der Psychopathen, das Röcheln der Sterbenden, das Flehen der Todgeweihten, das Geheul der Untoten endlich verstummt war, zogen sie den Pflock unter der Klinke heraus und öffneten die Tür. Drinnen war es jetzt stockdunkel. Sie hörten nur ein leises Wimmern, das von Gutknecht kommen musste. Schnell versteckten sie sich wieder auf der Toilette. Eine ganze Weile später hörten sie, wie Wangerode und Gutknecht, die die offene Tür jetzt erst bemerkt hatten, fluchtartig die Treppen hinunterstolperten.

Die Mädchen hatten den Beamer wieder angeschaltet, nachdem Gutknecht und Wangerode die Bibliothek verlassen hatten, und so war der Raum in einen hellen Lichtstrahl getaucht. Beide wirkten erschöpft. „Krass", sagte Anna-Lena, „es kommt doch noch mal ganz anders rüber, wenn man es in groß und bei voller Lautstärke sieht. Ich fürchte, ich werde heute Nacht schlecht schlafen." Schweigend bauten sie die Anlage wieder ab und schafften sie nach oben. Dann standen sie unschlüssig in der oberen Bibliothek herum.

„Wann sehen wir uns wieder?" Es war ausgerechnet Karl, der diese Frage stellte. „Nach all dem, was wir hier gemeinsam erlebt haben, können wir ja doch nicht voneinander lassen", präzisierte er mit einem vielsagenden Blick auf Josef und Anna-Lena.

„Bleiben wir bei Freitagnachmittag", schlug Hannah bereitwillig vor.

„Einverstanden!", stimmte Karl zu. „Und danke für eure Hilfe!"

„Es war uns ein Vergnügen! Erholt euch gut von den Perversionen des 21. Jahrhunderts!"

Karl war schon im Schacht verschwunden, während Josef noch zögerte. Schließlich traute er sich doch, zog Anna-Lena an sich und gab ihr einen schüchternen Abschiedskuss auf den Mund. „Bis bald!", flüsterte er und folgte Karl.

„Er ist wirklich süß, dein Josef", kommentierte Hannah eine Spur zu ironisch, als sie die Bibliothek durchquerten. „Aber ich fürchte, dass diese Liebesgeschichte tragisch enden wird".

„Alle großen Liebesgeschichten enden tragisch", erwiderte Anna-Lena melancholisch, „sonst wären sie nicht groß".

„Weiß Josef das auch?", fragte Hannah.

Anna-Lena zuckte mit den Achseln. „Für kleine Liebesgeschichten bin ich jedenfalls nicht zu haben."

Gutknecht und Wangerode kamen am nächsten Tag nicht in die Schule, und auch an den folgenden Tagen nicht. In der Schule erzählte man, dass Gutknecht mit einem unerklärlichen Nervenfieber, wie es sonst nur bei Kriegstraumatisierten vorkam, im Bett liege. Auch Wangerode habe das elterliche Haus nicht mehr verlassen, seinen Freunden gegenüber aber verlauten lassen, er gehe auf keinen Fall mehr in die Schule und werde sich nach Weihnachten freiwillig zum Kriegsdienst melden. Dabei habe er einen seltsam gehetzten Eindruck gemacht.

Hierlingers Geschichte

Den Freitagnachmittag, zu dem Hannah Plätzchen und Punsch mitgebracht hatte – schließlich stand Weihnachten vor der Tür, verbrachten die Freunde in ausgelassener Stimmung. Um ihm eine Freude zu machen und weil er ihnen immer so viel Verständnis entgegenbrachte, gesellten sie sich zu Hierlinger, der gerade Besuch von Hassan hatte. Leider zum letzten Mal, wie sich herausstellte, weil die Notunterkunft in der Turnhalle noch in diesem Jahr aufgelöst werden sollte.

Hierlinger war hoch erfreut, in Karl eine weitere fleischgewordene Erscheinung seiner Bücherkreuzungen zu erkennen. „Wir haben es uns doch gleich gedacht, als du kürzlich mit den beiden Mädchen hier vorbeigekommen bist!", rief er begeistert aus. Dann unterhielt er die Runde mit Episoden aus seinem Leben, die unverkennbar literarische Züge trugen und wenig bis nichts mit der Biografie eines Gymnasiallehrers zu tun hatten. Hassan hing begeistert an Hierlingers Lippen und schien alles zu verstehen, auch wenn er sich sonst mit der deutschen Sprache noch schwer tat: „Großer Sufi, Hierlinger, großer Sufi!", sagte er immer wieder und deutete mit dem Zeigefinger auf ihn.

„Was ist das, ein Sufi?", wollte Josef wissen.

„Sufis sind arabische Mystiker, die ein streng asketisches Leben führen und ihre Lehren durch Geschichten verbreiten", erklärte Hannah. „Das passt doch gut zu Ihnen, Herr Hierlinger!"

„Du schmeichelst mir, Hannah. Sufis sind Weltweise, Prediger der Liebe, die den Weg zu Gott gefunden haben. Und sie trinken gerne Wein!" Damit nippte er an Hannahs Punsch. „Vielleicht kennst du sie eher unter dem Namen Derwisch, Josef. In Lessings ‚Nathan der Weise' kommt einer vor."

„Ah, ein Derwisch, davon habe ich schon gehört. Aber die tanzen doch und versetzen sich so in Trance. Das tun Sie aber nicht, oder?", entgegnete Josef scherzhaft.

„Ich tanze täglich durch die Bibliothek, mein Freund", erwiderte Hierlinger in vollem Ernst. „Ich tanze mit den Manifestationen meiner Bücher." Hierlingers Zuhörer schauten sich vielsagend an, doch der ließ sich nicht beirren und fabulierte munter drauflos: „Einmal bin ich sogar einem Derwisch begegnet. Ich war damals ein junger Mann, war gerade mit dem Studium fertig geworden und sollte im Herbst mit dem Referendariat beginnen. An der Philosophischen Fakultät hatte ich in einem Hauptseminar über Hieroglyphologie eine Kommilitonin mit dem Namen Maja kennen gelernt. Sie war das schönste Mädchen an der ganzen Universität, ja für mich war sie das schönste Mädchen der Welt. Sie hatte ein unbeschwertes Lachen, das jede Schwermut vertreiben konnte, und schwarze Augen, die nachts auch bei völliger Dunkelheit leuchteten. Wie glücklich war ich, als wir ein Paar wurden. Wie glücklich, als sie einwilligte, mit mir in den Semesterferien eine Reise nach Ägypten zu unternehmen. Wir fuhren mit dem Zug bis Brindisi und setzten dann mit dem Schiff nach Suez über. Dort mieteten wir einen alten Ford, mit dem wir das Land bereisten. Die ganze Zeit über war ich wie berauscht von ihrer Liebenswürdigkeit, sodass mir von den archäologischen Stätten, die wir besuchten, nichts mehr erinnerlich ist.

Eines Tages, schon gegen Ende unseres Urlaubs, als wir am Roten Meer entlangfuhren, machten wir Halt an einem wilden Campingplatz am Strand, wo schon einige andere Europäer ihre Zelte aufgeschlagen oder ihre VW-Busse geparkt hatten. Die Gegend war damals touristisch noch nicht erschlossen, der Jom-Kippur-Krieg war erst zwei Jahre her. Es war eine rebellische Zeit. Die jungen Leute suchten die Freiheit und glaubten sie hier, fernab der westlichen Zivilisation, zu finden. Die meisten waren schon länger hier, lebten von den immer spärlicher fließenden Zuwendungen ihrer Eltern und konsumierten allerlei berauschende Substanzen.

Wir wurden in der kleinen Kolonie willkommen geheißen, bauten unser Zelt auf und gesellten uns zu den anderen ans Lagerfeuer. Man redete damals viel über Politik und verstand wenig davon. Außerdem schwadronierte man gerne über Bewusstseinserweiterung und die freie Liebe – Themen, die mich nicht sonderlich interessierten. Ich würde nächste Woche wieder in Suez das Schiff besteigen, um rechtzeitig zu Beginn des Referendariats zu Hause zu sein. Ich träumte davon, Maja zu heiraten und ganz bürgerlich eine Familie zu gründen. Wortführer der bunten Gesellschaft war ein junger Mann meines Alters, ein echter Hippie mit Vollbart und Rastalocken. Er sprühte vor Eloquenz, hatte ausladende Gesten und redete sich schnell in Begeisterung. Er war mir nicht sonderlich sympathisch, aber ich genoss dennoch die romantische Atmosphäre am Lagerfeuer, nahm auch ein paar Züge aus der Pfeife, die mir gereicht wurde, und schlief schließlich, wohl auch ein wenig berauscht von dem Kraut, das ich nicht gewohnt war, ein. Als ich wieder aufwachte, war das Feuer erloschen und die jungen Leute hatten sich in ihre Zelte und Wohnwägen zurückgezogen. Ich dachte mir, dass Maja mich bestimmt schlafen lassen wollte und schon voraus ins Zelt gegangen war. Doch als ich dort hineinschlüpfte, war sie nicht da. Beunruhigt kroch ich wieder hinaus, um nach ihr zu suchen. Ich irrte durch das Lager, fand sie aber nirgends. Weil ich niemanden aufwecken wollte, traute ich mich auch nicht, nach ihr zu rufen. Doch da hörte ich sie. Zuerst ihr glockenhelles Lachen, dann ihr Flüstern, vermischt mit der tiefen Stimme eines Mannes, und schließlich ihr lustvolles Stöhnen. Ich stand vor dem leicht schaukelnden VW-Bus des Hippies, und hörte zu, bis es vorbei war. Dann verkroch ich mich in meinen Schlafsack.

Maja kam erst gegen Morgen zu mir ins Zelt. Ich stellte mich schlafend. Am nächsten Morgen hatte die Welt ihre Farbe verloren. Der Himmel war stahlgrau, das Meer schlammgrün und der Strand erschien in einem schmutzigen Ocker. Ich weiß nicht, ob das Wetter umgeschlagen war oder ob sich nur meine Wahrnehmung getrübt hatte. Maja und ich redeten nur über Belanglosigkeiten, ansonsten schwiegen wir uns an. Ich wartete den ganzen Tag darauf, dass sie mit mir ein Gespräch über die vergangene Nacht anfangen würde, doch sie tat es nicht. Wir beschlossen, am nächsten Tag abzufahren und gingen früh schlafen.

Da ich die ganze vorherige Nacht kein Auge zugetan hatte, verfiel ich in einen tiefen, unruhigen Schlaf. Als ich am frühen Morgen erwachte, war Maja fort. Auch der VW-Bus des Hippies war verschwunden. Es war, als pflanzten sich die Alpträume der Nacht in die Wirklichkeit des Tages fort. Ich stolperte durch das Lager und wollte nur noch weg. Ich rannte auf die staubige Landstraße, die am Meer entlangführte, und auf der es damals noch fast keinen Verkehr gab. Dort lief ich einfach immer weiter, auch als die Sonne stieg und es immer heißer und heißer wurde. In der Mittagshitze kollabierte ich schließlich. Vollständig dehydriert und am Rande der Ohnmacht, gabelten mich nach einiger Zeit zwei Araber auf, die in einem alten Pritschenwagen vorbeifuhren und mich in ein Beduinen-Dorf in einem Hochtal des Sinai-Gebirges brachten, das nur aus ein paar Wellblechhütten bestand. Dort dämmerte ich fiebrig auf einer Matte dahin, ich weiß nicht, ob es nur ein Tag oder eine ganze Woche war. Jedenfalls hörte ich eines Abends Musik auf dem Dorfplatz. Ich stand auf, noch recht wacklig auf den Beinen, und trat hinaus. Auf dem Lehmboden tanzte im Licht eines großen Feuers, begleitet von einer Trommel und einer Flöte, ein Derwisch. Immer mehr Dorfbewohner schlossen sich an und drehten sich, die eine Hand zum Himmel erhoben, wie aufeinander abgestimmte Kreisel um sich selbst. Es war ein Bild der Schönheit und des Einklangs, getaucht in das silbrige Licht eines riesigen Vollmonds, der über den Gipfeln des Sinai-Gebirges aufgegangen war, und ich verstand, warum sich das Volk Israel hier Gott näher gefühlt hat als irgendwo sonst.

Als mich der Derwisch erblickte, kam er auf mich zu, redete mich in freundlich aufforderndem Ton auf Arabisch an, fasste mich, als ich entschuldigend die Schultern hob, behutsam an den Händen und führte mich in die Mitte des Platzes. Als ich dort stand, als sei ich festgewachsen, nahm er mich bei den Schultern und drehte mich behutsam um die eigene Achse. Ich ließ es geschehen, und da fand ich den Rhythmus und die Kraft und plötzlich drehte ich mich aus eigenem Antrieb. Der Mond, die Sterne, das Feuer, der weiße Rock des Derwisch, die Beduinen in ihren Festgewändern, alles rotierte umeinander, es gab keinen festen Mittelpunkt, jeder Körper zog die anderen an und wurde von den anderen angezogen, eine Bewegung ohne Hierarchie, aber in vollständiger Harmonie. Und so drehte ich mich, um die anderen und um mich selbst, bis ich meine Mitte wiedergefunden hatte.

Als die Musik verstummte, feierten die Dorfbewohner ein großes Fest. Ein Hammel war geschlachtet worden und zum ersten Mal seit vielen Tagen hatte ich wieder richtig Hunger. Ich fühlte mich wie neu geboren. Diese Menschen hatten mich aufgelesen und an Körper und Seele geheilt und sie erwarteten keinerlei Gegenleistung dafür – die ich ihnen auch nicht geben hätte können. Am nächsten Morgen brachten mich die beiden Araber mit dem Auto zurück zum Camp. Dort hatte jemand inzwischen das Zelt leergeräumt und das Auto aufgebrochen. Immerhin war es noch fahrtüchtig und so konnte ich nach Suez zurückkehren und das Schiff nach Europa besteigen. Einen Tag nach meiner Rückkunft begann mein Referendariat."

Die vier Jugendlichen hatten Hierlingers Erzählung mit wachsender Hingabe gelauscht. Für Josef und Karl war es eine Geschichte, die weit in der Zukunft spielte, für Hannah und Anna-Lena spielte sie ziemlich weit in der Vergangenheit. Trotzdem war allen klar, dass es sich hier nicht um eines von Hierlingers Hirngespinsten handelte, sondern um eine wahre Begebenheit. Hannah erinnerte sich daran, wie sie Hierlinger zum ersten Mal durch die Bibliothek gefolgt war und dieser tatsächlich in eine Art Tanzschritt verfallen war. War Hierlinger wirklich eine Art Bücher-Sufi oder doch nur ein einsamer, alter Spinner? Eigentlich war es egal – es war jedenfalls schön, ihn zum Freund zu haben.

Josef hatte zu Beginn der Geschichte nach Anna-Lenas Hand gegriffen. Als ihm klar wurde, was im „VW-Bus" des „Hippies", was auch immer das bedeuten mochte, passierte, merkte sie, wie sein Griff immer fester wurde. „Keine Angst, mein Kleiner", dachte sie, „ich bin keine Maja", und streichelte ihm mit dem kleinen Finger zärtlich über den Handrücken.

Auch Karl hatte fasziniert zugehört. Die Frauen der Zukunft blieben ihm einfach ein Rätsel. Oder traf das auf Frauen insgesamt zu? Er war jedenfalls der Erste, der eine Frage stellte: „Weiß man denn, was dann aus dieser Maja geworden ist?"

„Ich habe sie tatsächlich auf dem Schiff wiedergetroffen. Der Zufall wollte es, dass wir am selben Tag wieder nach Brindisi reisten. Mit dem Hippie ging es nicht lange gut. Nach ein paar tollen Tagen ist er ihrer überdrüssig geworden und hat sie in Suez irgendwo am Straßenrand rausgeschmissen. Sie tat mir leid, aber wir hätten nicht noch einmal von vorne anfangen können. In mir war kein Schmerz mehr, aber auch keine Liebe. Manchmal passieren Dinge im Leben, die man nicht mehr rückgängig machen kann", erzählte Hierlinger und wirkte dabei ein wenig traurig.

Da sprang Hassan auf und begann, wie ein Derwisch im Kreis zu tanzen. Über Hierlingers Gesicht glitt ein breites Lächeln und auch er stand auf und fing an, sich mit erstaunlicher Geschicklichkeit um sich selbst zu drehen. „Kommt schon, macht mit, tanzen macht glücklich!", rief er den anderen zu, die in lautes Gelächter ausbrachen, weil der Tanz des alten Hierlinger urkomisch aussah.

„Aber wir haben doch gar keine Musik", wandte Hannah ein.

„Nehmt einfach die Musik in eurem Kopf!", rief Hierlinger enthusiastisch.

Anna-Lena war die erste, die aufstand, und Josef, den sie ohnehin an der Hand hielt, mitzog. Da Josef sie nicht ausließ, entstand wie von selbst eine einfache Tanzfigur, wie sie sie beide von Standardtänzen kannten. „Gilt das auch?", fragte Anna-Lena, als sie sich lachend unter Josefs Arm drehte.

„Natürlich! Ihr müsst nur irgendwann die Rollen tauschen!", rief der durch den Raum kreiselnde Hierlinger.

Schließlich sprang sogar Karl auf, verbeugte sich höflich vor Hannah und fragte: „Darf ich zum Tanze bitten?"

Und so drehten, kreiselten und eierten Hierlinger und seine Gäste in ausgelassener Stimmung durch die Bibliothek, bis ihnen schwindlig wurde und sie gegen die Regale zu fallen drohten. Außer Atem ließen sie sich auf die rot gepolsterten Stühle fallen. Hierlinger wirkte für sein Alter erstaunlich fit und rief: „Ihr müsst wissen: Leben ist Bewegung! Bewegung durch den Raum und durch die Zeit! Und Tanzen ist Bewegung in Schönheit!"

Als sie sich nach dieser denkwürdigen Party am Zeitschacht verabschiedeten, nahm Josef Anna-Lena in den Arm und flüsterte ihr ins Ohr: „Wann sehen wir uns wieder?"

„Ich möchte mit dir Silvester feiern! Und zwar mit dir allein! Meinst du, du schaffst es, in den Ferien in die Schule einzubrechen?"

„Bei diesen Aussichten? Auf jeden Fall!", erwiderte Josef und spürte, wie die Glückshormone seinen Körper überschwemmten.

Silvester

Weihnachten schleppte sich dahin. Josefs Mutter empfand den Verlust ihres Mannes an diesen Tagen immer als besonders schlimm, wollte aber für ihren Sohn die Illusion eines glücklichen Kleinfamilienlebens aufrechterhalten. So schob sie die Gans, die ihr ihre Schwester mitgegeben hatte, in den Ofen, obwohl sie diese zu zweit unmöglich essen konnten, behängte einen kümmerlichen Weihnachtsbaum mit Schmuck aus besseren Tagen und legte ihrem Sohn ein karges Geschenk darunter – einen neuen Füllfederhalter, den er ohnehin gebraucht hätte. Der Krieg war alles andere als an Weihnachten zu Ende gewesen; stattdessen hatte man ihr kriegsbedingt die Witwenrente gekürzt, obwohl gleichzeitig die Lebensmittelpreise in astronomische Höhen schnellten. Tapfer besangen sie die Heilige Nacht, umarmten sich und Josefs Mutter bekam feuchte Augen, weil sie immer wieder daran denken musste, dass auch ihr Sohn nächstes Weihnachten vielleicht schon an der Front stehen würde, wenn dieser unselige Krieg nicht bald aufhörte. Josef war ungewöhnlich schweigsam und sie spürte mit dem Instinkt der Mutter, dass ihn vieles beschäftigte, was er ihr nicht sagen wollte. Sie hoffte inständig, dass es nichts mehr mit diesem schrecklichen Gutknecht zu tun hatte und war insgeheim froh, als Josef ihr beiläufig erzählte, dass dieser auf unbestimmte Zeit krankgeschrieben sei.

So war es für sie beide eine Erlösung, als sie am zweiten Weihnachtstag wie jedes Jahr zu Josefs Tante aufs Land fahren konnten. Doch hier war die Stimmung noch gedrückter. Josefs Onkel versuchte zwar krampfhaft gute Laune zu verbreiten, seine Tante verschwand aber immer wieder aus der Stube, um ihre Tränen zu verbergen. Seit dem letzten Brief seines Cousins aus Flandern waren schon einige Wochen vergangen.

Endlich war Silvester gekommen. Josef erzählte seiner Mutter, dass er das neue Jahr zusammen mit ein paar Schulkameraden bei

Karl begrüßen wolle. Es werde womöglich sehr spät werden und sie solle sich keine Sorgen um ihn machen. Dann ging er in den Schuppen, packte ein Stemmeisen aus dem Lokschlosserkasten seines Vaters in seinen Rucksack und machte sich auf den Weg zur Schule. Schon am Tag zuvor war er in der Dämmerung um das Schulhaus geschlichen, um einen Eingang zu finden, doch alle Türen waren ordnungsgemäß abgesperrt. Es blieb also nur der Weg über den Schneeberg und durch das jetzt wahrscheinlich verschlossene Fenster, das er mit dem Stemmeisen aufzubrechen gedachte.

Der Schneeberg war mit einer Eisschicht überzogen und so glatt, dass er immer wieder abrutschte. Damit hatte er nicht gerechnet! Erst als er das Stemmeisen als Pickel benutzte und kleine Kerben in das Eis schlug, gelang es ihm, Kerbe für Kerbe nach oben zu klettern. Natürlich war er dabei lauter als ihm lieb war. Als er endlich oben angelangt war, hörte er im Pausenhof Schritte. Er legte sich flach auf die Kuppe des Schneebergs und spähte hinunter. Es war Hausmeister Konrad. War er tatsächlich durch seine Schläge ins Eis alarmiert worden? Doch wie ein Kontrollgang sah das nicht aus. Hausmeister Konrad wankte und schlingerte über den Schulhof und war offensichtlich jetzt schon, drei Stunden vor Mitternacht, sturzbetrunken. Josef spürte, wie das Eis unter ihm schmolz und die Feuchtigkeit kalt durch seine Jacke drang. Noch schlimmer aber war, dass er langsam ziemlich spät dran war. Er wollte Anna-Lena auf keinen Fall warten lassen. Sie hatten sich fast zwei Wochen lang nicht gesehen. War es noch wie zuvor? Oder war sie inzwischen auch von Karls Virus der Vernunft angesteckt worden und zu dem Schluss gelangt, dass ihre Liebe keine Zukunft hatte? Vielleicht hatte sie auch einen anderen Jungen kennen gelernt? Wie waren die Jungen des Jahres 2015 eigentlich? Konnte er, dem 101 Jahre fehlten, es mit ihnen aufnehmen? Beim Boxen vielleicht, aber auch in puncto Charme, Intelligenz, Humor – oder was Frauen an Männern sonst noch schätzten? Wieder einmal wurde ihm bewusst, dass er keine Ahnung von Anna-Lenas normalem Leben hatte. Er hatte nichts von ihr, nur ihren Abschiedsblick, den er immer wieder heraufbeschwören konnte, wenn er seine Augen schloss. Die Kälte kroch ihm wie ein lähmendes Gift durch die Glieder.

Endlich gelang es Hausmeister Konrad, seinen Schlüsselbund aus der Hosentasche zu fingern und den richtigen Schlüssel ins Schloss der Hausmeisterwohnung zu stecken, die an den Schulhof angrenzte. Sobald er darin verschwunden war, sprang Josef auf und setzte das Stemmeisen zwischen Fenster und Rahmung an. Es war leichter als gedacht. Das Fenster schwang auf und Josef kletterte über den Sims. Dann rannte er durch die leeren Gänge des Schulhauses. In der stockdunklen Bibliothek tastete er sich im Schein seines Feuerzeugs zum Zeitschacht und kletterte die Wendeltreppe hoch. Oben brannte elektrisches Licht, aber Anna-Lena war nirgends zu sehen. War er zu spät und sie war voller Enttäuschung wieder heimgegangen? Mit klopfendem Herzen zog er seine Taschenuhr hervor: Es war punkt neun.

„Jetzt beeil dich doch mal ein bisschen!" Anna-Lena hämmerte gegen die verschlossene Badezimmertür, wo ihr Bruder gerade in aller Seelenruhe eine ganze Tube Gel auf seinem Kopf verteilte und seine Haare in Form brachte. Seit er sich mit Melinda traf, legte er gesteigerten Wert auf sein Äußeres. Jeremias hatte versprochen, Anna-Lena um halb neun mit dem Auto mit in die Stadt zu nehmen. „Deine Party läuft dir schon nicht davon. Der Abend ist ja noch lang!", rief er leicht genervt zurück. Endlich kam er zur Tür heraus, dann fand er nicht gleich das passende Hemd, dann suchten sie nach dem Autoschlüssel, dann mussten sie noch die elterlichen Ermahnungen über sich ergehen lassen und dann konnten sie endlich losfahren. Jeremias bildete sich ein, es habe Glatteis, und fuhr daher im Schneckentempo, während ihn alle anderen Autos überholten. Schließlich kamen sie mit 25-minütiger Verspätung an der Schule an, wo Jeremias sie raus ließ. „Wo ist denn eigentlich deine Party? Doch nicht in der Schule?", fragte Jeremias, wenig interessiert.

„Gleich da vorne ums Eck. Da geh ich aber besser zu Fuß, das ist eine Sackgasse, wo man schlecht wenden kann", log Anna-Lena.

Jeremias gab sich damit zufrieden und fuhr weiter, während Anna-Lena zum Eingang der Schule lief. Natürlich wartete Hierlinger nicht mehr auf sie! Zum Glück hatte er die Tür einfach offen gelassen. Er war wirklich ein Goldstück! Sie stürmte die Treppen hoch. Oben saß Hierlinger, wie üblich in ein Buch vertieft. Er blickte auf: „Ah, Anna-Lena, da sind wir aber froh, dass du doch noch kommst! Aber wärest du bitte so nett, unten wieder zuzusperren?", und damit gab er ihr den Schlüssel. Sie lief also noch einmal hinunter, sperrte ab und kam ziemlich abgehetzt oben wieder an.

Hoffentlich war Josef noch da!

Josef saß in dem großen Ohrensessel und schlief. Anna-Lena betrachtete ihn nachdenklich. Er sah so unschuldig aus, wenn er schlief, wie ein Kind, das man beschützen musste. Sie war nicht so unschuldig. Wie lange er wohl schon da war?

Nachdem Anna-Lena um neun noch nicht in der Bibliothek war, hatte sich Josef erschöpft in den Sessel fallen lassen, der ihn wie eine große, weiche Muschel umfing. Wieder hatte er das Gefühl, der Sessel sei sein Freund. Es war ihm, als sauge der Sessel alle Nervosität und Aufregung, alle Sorgen und schlechten Gedanken in sich auf. Anna-Lena würde kommen, ganz bestimmt, und ihre unmögliche Liebe würde alle Schranken von Raum und Zeit überwinden. Er erwachte, weil er ihre Lippen auf den seinen spürte. Als er die Augen öffnete, blickte er direkt in die ihren.

Die zweieinhalb Stunden bis Mitternacht vergingen wie im Flug. Anna-Lena und Josef saßen eng umschlungen in dem Sessel, der sich ausgedehnt zu haben schien und nun auch für Zwei Platz bot, und sie erzählten sich zum ersten Mal ausführlich von ihrem alltäglichen Leben, das so ganz anders war als das des anderen. Um kurz vor 12 öffnete Anna-Lena die Sektflasche, die sie mitgebracht hatte, füllte zwei Sektgläser und sie stießen an auf das anbrechende Jahr 19152016. Dann schloss sich der Sessel über ihnen und sie flogen mit ihm durch das All, wo sich der Raum in sich selbst zurückkrümmt und die Zeit nur eine Illusion ist.

Und während unten die Erde von den Explosionen leuchtender Silvesterraketen und tödlicher Schrapnelle erschüttert und in Rauchschwaden gehüllt wurde, je nachdem in welcher Zeit und an welchem Ort man sich gerade befand, setzte sich Anna-Lena auf Josefs Schoß und knöpfte ihm langsam das Hemd auf.

Und während unten verschiedene Menschen überlegten, wie sie in diesem Jahr im Namen ihres Gottes oder ihrer Nation möglichst viele ihrer Artgenossen ums Leben bringen könnten, küsste sie ihn lange und spürte ihn unter sich.

Und während Karl sich die Siegesparolen seines Vaters zum Neuen Jahr anhören musste und plötzlich zum Erstaunen aller den Salon verließ, streifte sie sich mit einem Lächeln ihre Bluse über den Kopf.

Und während Hannah sich beim Anblick der versonnen vor sich hin tanzenden Ruth fragte, ob mit ihr etwas nicht stimmte, weil sie so wenig Bock hatte auf Jungs, erkannte er, dass er noch nie etwas so Schönes gesehen hatte wie das Mädchen auf seinem Schoß.

Und während Ruth beschloss, lieber in das neue Jahr hinüberzutanzen, als sich von ihren besoffenen Klassenkameraden unter dem Vorwand des Jahreswechsels abknutschen zu lassen, zog sie ihm sein Unterhemd über den Kopf, schlang ihm die Arme um den Hals und drückte ihn so fest an sich, dass sie sein Herz pochen fühlte.

Und während Jan, der auf derselben Party war wie Hannah, feststellte, dass sich Wodka und Gras nicht gut vertrugen und den Gang zum Klo vollkotzte, flüsterte er ihr trunken vor Wonne seine Liebe ins Ohr.

Und während sich Leonie fest vornahm, endlich mit Martin, der sie gerade schon wieder mit einem schiefen Grinsen im Gesicht küssen wollte, Schluss zu machen, war sie sich nun endlich ganz sicher, dass dieser Junge aus dem Jahr 1914 der Richtige für sie war.

Und während aufgeputschte Nordafrikaner vor dem Kölner Dom junge Frauen begrapschten, betrachtete er andächtig die beiden sanften Hügel und bedeckte das Tal dazwischen mit Küssen.

Und während Kai auf dem Stadtplatz lachend eine Silvesterrakete in eine Gruppe Jugendlicher schoss, befreite sie ihn sachte von seiner Hose.

Und während Frau Fürst, um die beklemmende, bleierne Einsamkeit zu vertreiben, eine Kerze für ihren verstorbenen Mann anzündete, verschlug es ihm den Atem, als auch sie aus ihrer Jeans stieg.

Und während Gutknecht bei jedem Sirren einer Silvesterrakete zusammenzuckte, als seien es Einschläge im Schützengraben, bedeckte er ihre im Mondschein schimmernde Haut mit Küssen, sodass ihr ganzer Körper zu beben anfing.

Und während Wangerode, der am 2. Januar einrücken sollte, das unbestimmte Gefühl hatte, dass dies sein letztes Silvester sei, wussten sie plötzlich genau, was nun zu tun war.

Und während sich Anna-Lenas Eltern zum x-ten Mal „Dinner for one" anschauten und dem anderen zuliebe so taten, als fänden sie es immer noch lustig, wenn der Butler über den Tigerkopf stolperte, streifte ihre Tochter ihrem neuen Freund das Kondom über, das sie für alle Fälle mitgenommen hatte.

Und während Hannahs Mutter den Telefonhörer auf die Gabel warf, das heulende Elend bekam und sich selbst dafür verfluchte, dass sie ihrem Ex-Mann ein gutes neues Jahr wünschen wollte; und während sich der Flüchtlingsjunge Hassan beim Knallen der Böller im Schlaf hin und her wälzte, weil er vom Angriff der Taliban auf sein Dorf träumte; und während Victor allein durch die Straßen der Stadt irrte und alle hasste, die ihm begegneten, - waren Josef und Anna-Lena ein Liebespaar geworden.

Nebenan las Hierlinger derweil, an seinem Schreibtisch versonnen vor sich hinlächelnd, in Gottfried von Straßburgs „Tristan und Isolde".

Nachstellungen

Während Anna-Lena und Josef in den folgenden Wochen, wann immer sie konnten, in ihrem Ohrensessel die Freuden der Liebe erkundeten, wurde Hannah immer bedrückter. Angefangen hatte es schon vor Weihnachten. Eines Tages war ihr aufgefallen, dass sie Victor, ihrem Feind, öfter begegnete, als es zu erwarten gewesen wäre. Ständig kam er ihr in einem der Gänge entgegen oder lungerte im Schulhof in ihrer Nähe herum, und während sie versuchte, jeden Blickkontakt zu vermeiden, starrte er sie jedes Mal unverwandt mit seinen unbewegten Fischaugen an. Zuerst war es nur unangenehm, dann beängstigend. Einige Male stand er in der Schlange im Pausenverkauf direkt hinter ihr und berührte sie dann wie zufällig, bis sie anfing, sich wieder von zu Hause ein Pausenbrot mitzunehmen. Sie begann, sich auf Schritt und Tritt beobachtet zu fühlen, auch wenn Victor weit und breit nicht zu sehen war. Wenn sie aus dem Klassenzimmer trat, schaute sie als erstes, ob Victor irgendwo lauerte. Und nicht selten kam er wenige Sekunden später mit seinem eingefrorenen Gesichtsausdruck um die Ecke gebogen. Sie überlegte es sich sogar zweimal, ob sie während des Unterrichts allein aufs Mädchenklo gehen sollte. Leonie riet ihr, diesen Vollidioten einfach zu ignorieren, dann würde es ihm bald zu blöd werden – doch das war leichter gesagt als getan. So war sie heilfroh, als endlich die Weihnachtsferien begannen, und sie hoffte inständig, dass der Spuk im neuen Jahr vorbei sein würde.

Doch diese Hoffnung erfüllte sich nicht, im Gegenteil. Schon am ersten Schultag spürte sie in der Pause Victors Blick im Rücken. Sofort merkte sie, wie sich ihre Schultern versteiften und wie sie unwillkürlich den Kopf einzog. Auch Leonie, die Hannah gerade erzählen wollte, dass sie nun endlich mit Martin Schluss gemacht hatte und wie gut es ihr jetzt ging, bemerkte ihn: „Schau einfach nicht hin!", zischte sie.

„Aber ich halt das nicht mehr aus! Wenn das jetzt wieder anfängt!", erwiderte Hannah verzweifelt. „Ich habe immer das Gefühl, dass er durch meine Kleider hindurchsieht, dass er mich mit seinem kalten Röntgenblick auszieht."

„Soll ich zu ihm hingehen und ihm sagen, dass er ein Arschloch ist?", schlug Leonie vor.

„Nein, bloß nicht! Das würde er mir nur als Schwäche auslegen. Das müsste ich schon selber tun!", wehrte Hannah ab.

„Dann mach's doch einfach! Du bist das mutigste Mädchen, das ich kenne. Niemand anders hätte sich das mit der Durchsage damals getraut. Lass dich doch nicht von diesem hirnlosen Affen einschüchtern!", sagte Leonie bestimmt.

„Du hast Recht!" Hannah gab sich einen Ruck. Sie musste dieses Problem endlich lösen. Sie drehte sich um, fixierte Victor und schritt entschlossen auf ihn zu: „Warum starrst du mich eigentlich immer so an, du Vollidiot?"

Victors maskenhaftes Gesicht zeigte keinerlei Regung: „Ich starre dich an? Das hättest du wohl gerne, so wie du aussiehst." Nun glitt ein dünnes, fieses Grinsen über sein Gesicht. „Ich leide doch nicht an Geschmacksverirrung."

Hannah blieb die Luft weg und das Blut schoss ihr in den Kopf. Sie drehte sich weg, bevor ihr die Tränen kamen und floh zu Leonie zurück. Warum nur ließ sie sich von diesem Arschloch so einschüchtern? Leonie schaute sie bestürzt an: „Was hat er denn gesagt?"

„Ach, nichts von Bedeutung, lassen wir das", erwiderte sie, wischte sich die Tränen aus den Augen und zwang sich zu einem Lächeln.

„Dem werde ich jetzt aber mal die Meinung sagen!", rief Leonie erbost – aber Victor war schon fort. „Und wenn du zur Hörmann-Freyer gehst und ihr die ganze Sache erzählst?", schlug Leonie vor.

„Was soll die denn machen? Dumm schauen ist ja wohl nicht verboten."

Als Hannah nach Hause kam, ging sie erst einmal lange unter die Dusche. Es war ihr, als müsste sie Victors Blicke und seine Beleidigung von sich abwaschen. Sie sehnte sich nach Anna-Lena, ihrer besten Freundin, doch die glühte gerade vor Glück und darum wollte sie sie mit diesem Problem, das sie sich vielleicht nur einbildete, nicht behelligen. Warum war sie nur so empfindlich? Das passte doch gar nicht zu ihr! Leonie hatte Recht: Eigentlich war sie stark und selbstbewusst! Sie hatte zusammen mit Anna-Lena die Stinkbombenattacken aufgeklärt und öffentlich gemacht, sie war als erster Mensch überhaupt über die Zeitwendeltreppe gestiegen und hatte sich in einem anderen Jahrhundert zurechtgefunden. Sie hatte zusammen mit Josef, Karl und Anna-Lena die Mörder Wirris überführt und bestraft. Nein, sie würde sich doch nicht von einem Victor ins Bockshorn jagen lassen!

In deutlich besserer Stimmung stieg sie aus der Dusche und zog sich an. Dann checkte sie ihr Smart-Phone. Auf WhatsApp waren im Klassenchat einige neue Nachrichten mit einer ihr unbekannten Nummer. Jemand hatte ihr JPG-Dateien geschickt. Ohne sich groß Gedanken zu machen, öffnete sie die Bild-Dateien. Das war ja sie selbst! Einmal aus der Vogelperspektive in der Turnhalle, also wohl von der Besuchertribüne aus, einmal von ganz weit unten auf dem Heimweg, offenbar aus einem Kellerfenster heraus fotografiert, dann, aus einiger Entfernung, als sie gerade aus der Haustür trat, einmal auf Ruths Silvesterparty, einmal beim Schlittschuhlaufen am Eisweiher und zuletzt, verschwommen, unterbelichtet, aber unverkennbar, sogar nachts in einer Seitengasse, als sie allein vom Kino, wo sie mit ihren Freundinnen einen Film angesehen hatte, heimgegangen war. Unter dem letzten Bild stand: „Ich fick dich!"

Mit zittrigen Fingern wischte sie die Bilder weg. Es war nur zu offensichtlich, von wem die Fotos stammten. Das Unheimliche war, dass sie ihn kein einziges Mal bemerkt hatte. Schlagartig wurde ihr klar, dass er wusste, wo sie wohnte. Und dass er ihr nachts gefolgt war.

Wenigstens stand jetzt außer Frage, dass sie sich nichts einbildete. Am Freitagnachmittag, wenn sie sich endlich wieder alle bei Hierlinger in der Bibliothek treffen würden, würde sie Anna-Lena, Josef und Karl ihr Problem schildern. Gemeinsam würden sie schon eine Lösung finden! Und bis dahin würde sie sich nichts mehr gefallen lassen! Sie atmete tief durch und überlegte sich die wüstesten Beleidigungen, zu denen sie fähig war. Dann drückte sie auf die Nummer des Handys, von dem aus die Bilder geschickt worden waren. Natürlich! Die Nummer war erloschen. Offenbar hatte er sie von einer Prepaid-Karte aus verschickt.

Eine erfreuliche Nachricht gab es dann aber doch auf WhatsApp. Frau Hörmann-Freier schrieb unter „Refugees Welcome", dass Hassan und seiner Familie nicht weit von der Schule entfernt eine kleine Wohnung zugewiesen worden war und bat sie, mit Hierlinger einen Termin zu vereinbaren, um die Deutschstunden für Hassan fortzusetzen. Das war zwar eigentlich nicht nötig, denn Hierlinger war bekanntlich immer vor Ort, aber andererseits war es eine schöne Gelegenheit, dem verrückten alten Professor schon morgen einen Besuch abzustatten.

Am nächsten Tag, gleich nach dem Unterricht, bog Hannah in das Treppenhaus ab, das zur alten Bibliothek hinaufführte. Sie war ganz guter Dinge, denn Victor hatte sie heute den ganzen Tag nicht gesehen – vielleicht hatte es ja doch genützt, dass sie ihn auf seine Nachstellungen angesprochen hatte. Sie bog um die erste Ecke und erstarrte: Da saß er, mit dem Rücken an das Geländer gelehnt und versperrte ihr mit seinen langen Beinen den Weg. Sie stockte. Hatte er hier auf sie gewartet? Woher wusste er, dass sie hier vorbeikommen würde? Natürlich zog er die Beine nicht ein, um sie vorbeizulassen. Hannah beschloss, sich nicht aufhalten zu lassen und nahm ihren ganzen Mut zusammen, um das Hindernis zu überwinden, indem sie zwei Stufen auf einmal nahm. Doch genau in dem Moment, als sie über seine Beine stieg, hob Victor den Fuß so, dass sie hängen blieb und ins Straucheln geriet.

„Warte doch mal!", sagte er und stand auf. Hannah geriet in Panik. Sie war hier ganz allein mit diesem Psycho. Sie musste weg, nur weg! Sie rappelte sich auf und rannte los. Sie jagte die Treppen hoch, immer zwei Stufen auf einmal. Einen kleinen Vorsprung hatte sie. Verfolgte er sie? Hinter sich hörte sie das Knarren der Stufen, sein Keuchen. Da oben war die Tür zur Bibliothek. Gleich hatte sie es geschafft! Hierher würde er ihr doch nicht folgen! Hierlinger würde sie beschützen! Sie stürzte durch die Tür. Hierlinger saß an seinem Schreibtisch und blickte verwundert auf. „Herr Hierlinger, helfen Sie mir, der will mir was tun!", japste sie, völlig außer Atem. Hierlinger stand auf. Da drängte Victor zur Tür herein. Hannah schrie auf und floh in den hinteren Teil des Raums.

Mit einer eher lächerlich als bestimmt wirkenden Geste krächzte Hierlinger: „Verlassen Sie sofort diese Bibliothek!" Davon ließ sich Victor nicht aufhalten. Er stieß Hierlinger rüde zur Seite, sodass der alte Mann gegen ein Regal taumelte, zu Boden ging und mit schmerzverzerrtem Gesicht liegen blieb. Hannah verschwand hinter der Tafel und stürmte durch den gewundenen Gang des hinteren Bibliothekssaals, vorbei an der Vergil-Statue, über die verstreuten Bücherinseln. Hinter sich hörte sie ein Rumpeln und ein seltsames Schleifgeräusch, also war auch Victor schon in diesem Teil der Bibliothek. Sie musste sich verstecken! Am besten hinter der Tapetentür! Bevor sie in die „Große Kriegergasse" lief, warf sie noch einen kurzen Blick über die Schulter. Victor war noch ein ganzes Stück von ihr entfernt. Hatte er gesehen, dass sie hier abgebogen war? Wie zur Antwort rief er höhnisch triumphierend: „Ich weiß, wo du bist, Hannah!"

Da wurde ihr schlagartig klar, dass sie sich nicht in den Zeitschacht retten durfte. Was, wenn er sie dort verschwinden sah? Dann hätte sie das Geheimnis verraten, und ausgerechnet an Victor! Also lief sie an der Tapetentür vorbei und zwängte sich am Ende der Regalreihe in die „Franzosengasse". Er stand jetzt genau auf der anderen Seite des Regals. Sie hörte seinen Atem und versuchte den ihren zu kontrollieren, um sich nicht zu verraten. Wenn er ihr bis zu der Lücke am

Ende des Regals folgte, konnte sie währenddessen zum Hauptgang vorlaufen und entwischen.

„Ich weiß, dass du auf der anderen Seite bist, Hannah. Hör doch mit dem Versteckspiel auf! Du willst es doch auch, Hannah!", sagte Victor mit öliger Stimme. Hannah erstarrte, dann rannte sie los und bog in den Hauptgang. Sie hörte ihn ja gar nicht mehr! Hatte sie ihn abgehängt? Doch dann blieb sie wie vor den Kopf gestoßen stehen. Der Ausgang war versperrt. Victor hatte die Tür geschlossen und die große Säule mit der Vergil-Büste davor gerückt. Die Bibliothek war zur Falle geworden. Sie drehte sich um, und da war er auch schon. Langsam kam er auf sie zu, denn er wusste, dass sie ihm nun nicht mehr entkommen konnte. Starr vor Schreck wich sie zurück, bis sie mit dem Rücken an die Statue stieß. Sie konnte nicht mehr. Ihr schossen die Tränen in die Augen und sie kauerte sich am Fuße der Statue zusammen. Nun stand er vor ihr, groß und muskelbepackt. Mit übertriebenem Kopfschütteln sagte er: „Hannah, du willst doch nicht ungefickt sterben!" Dann ging er in die Hocke. In dem Augenblick, als er nach ihr greifen wollte, fiel die Vergil-Büste wie ein Fallbeil auf ihn herab und zerschmetterte ihm den Schädel. Dabei zerbarst sie in tausend Stücke.

Sekundenlang starrte Hannah in Victors tote Augen, während sich um ihn herum eine Blutlache ausbreitete. Erst als diese sie fast erreicht hatte, konnte sie sich von dem furchtbaren Anblick lösen. Zittrig stand sie auf und verrückte den Sockel der Statue, der ohne die Büste nicht mehr besonders schwer war. Sie schlüpfte durch die Tür. Hierlinger saß mit dem Rücken zu ihr lesend am Schreibtisch, als ob nichts gewesen wäre. Sie wankte auf ihn zu: „Er ist tot…", ächzte sie. Hierlinger blickte auf, kalkweiß im Gesicht mit hervortretenden Backenknochen, ein Totenschädel, über den sich graue Haut spannte. „Ich weiß", murmelte er mit leerem Blick, „Vergil, der Wächter, ich weiß".

„Was machen wir jetzt?", fragte sie ihn, immer noch panisch.

„Ich weiß nicht … Ich muss mich … revitalisieren", krächzte er und hielt sein Buch, die ‚Aeneis', hoch. Dann setzte er seine Lektüre fort.

„Aber Sie können doch jetzt nicht lesen! Wir müssen die Polizei verständigen!", rief Hannah entsetzt.

Hierlinger schreckte hoch: „Die Polizei? Nein, nicht die Polizei!"

„Aber warum denn nicht? Es war doch ein, ein … Unfall." Hannah wurde von einem Heulkrampf geschüttelt, als sie an die letzten fünf Minuten dachte.

Doch Hierlinger war nicht mehr ansprechbar. Wenn er nicht hin und wieder umgeblättert hätte, hätte man meinen können, er befände sich im Wachkoma. Hannah versuchte einen klaren Gedanken zu fassen, doch es gelang ihr nicht. Sie war mit der Situation völlig überfordert. Anna-Lena! Sie war die Einzige, die ihr jetzt helfen konnte. Sie zückte ihr Handy und wählte ihre Nummer.

Anna-Lena verstand nicht viel von dem, was Hannah ihr mit sich überschlagender Stimme erzählte, aber sie verstand, dass sie sofort in die Bibliothek kommen musste. Dort fand sie eine völlig aufgelöste Hannah und einen in Totenstarre verfallenen Hierlinger vor, der manchmal wie ein Automat eine Seite umblätterte. Anna-Lena schloss ihre Freundin fest in die Arme und Hannah spürte, wie die Todesangst und der Schrecken langsam von ihr abfielen. Nach einiger Zeit hatte sie sich so weit beruhigt, dass sie Anna-Lena berichten konnte, was passiert war. Anna-Lena ging zur Tür, öffnete sie und betrachtete Victors Leiche, die in einer mit Scherben gespickten Blutlache lag.

„Das Schwein ist jedenfalls tot", stellte sie emotionslos fest. Dann deutete sie auf Hierlinger. „Was ist mit ihm?"

„Er hat gesagt, er muss sich ‚revitalisieren'", antwortete Hannah tonlos.

„Durch Lesen?"

Hannah zuckte apathisch mit den Schultern. „Scheint so."

Anna-Lena versuchte einen kleinen Scherz: „Hast du je gesehen, dass er etwas isst? Es könnte gut sein, dass er sich nur von Buchstaben ernährt." Sie sah Hierlinger voller Mitgefühl an: „Jedenfalls schaut er ziemlich mitgenommen aus."

„Er will auf gar keinen Fall, dass wir die Polizei verständigen. Verstehst du, warum?", fragte Hannah leise.

„Vielleicht hat er Angst, dass sie ihn für den Vorfall verantwortlich machen."

„Aber nachdem ihn Victor so beiseite geschubst hat, ist er doch die ganze Zeit nur am Schreibtisch gesessen …" Ein Schauer durchfuhr Hannah. „Weißt du, was er gesagt hat, als ich vorhin hier reingekommen bin und ihm erzählt habe, dass Victor tot ist? ‚Ich weiß, Vergil, der Wächter', hat er gesagt. Er hat also genau gewusst, was passiert ist. Dabei hatte Victor doch die Tür verrammelt!"

Anna-Lena setzte ein aufmunterndes Lächeln auf. „Hierlinger ist eben ein Sufi. Er ist zwar verrückt, aber er sieht und weiß mehr, als wir ahnen." Beide schwiegen eine Weile, während Hierlinger eine Seite umblätterte. „Es gibt aber noch zwei andere Gründe, warum wir die Polizei nicht einschalten sollten", fuhr Anna-Lena nachdenklich fort. „Die würden bestimmt den Tatort untersuchen und die ganze Bibliothek auf den Kopf stellen. Dabei ist die Gefahr groß, dass sie auf die Zeitwendeltreppe stoßen."

Hannah nickte bestürzt: „Das wäre die maximale Katastrophe. Und der zweite Grund?"

Anna-Lena zögerte kurz. „… ist auch nicht viel besser. Woher willst du wissen, dass sie dir deine Geschichte auch abnehmen? Ich meine, es gibt keine Zeugen und du hast keine Verletzungen, schon gar nicht im Intimbereich oder so, die auf eine versuchte Vergewaltigung hindeuten würden."

„Du meinst, die kämen auf die Idee, ich hätte Victor heimtückisch umgebracht!", rief Hannah mit zitternder Stimme. „Aber Hierlinger hat doch gesehen, wie er mich verfolgt hat! Außerdem hat Victor ihn weggestoßen!"

„Kannst du dir Hierlinger vor Gericht vorstellen? Die würden ihn sofort für unzurechnungsfähig erklären und in die Klapse sperren!

Außerdem gibt es tatsächlich keine vernünftige Erklärung dafür, dass die schwere Büste plötzlich von selber so exakt umgekippt ist, dass sie Victor den Schädel zertrümmert hat. Du hast ihn also in eine Falle gelockt, weil dir seine an sich harmlosen Nachstellungen lästig geworden sind. Als Staatsanwalt würde ich dir zudem von einem psychologischen Gutachter paranoide Züge attestieren lassen."

„Hör auf!", rief Hannah mit einem Anflug von Panik, da sie sich nicht sicher war, ob Anna-Lena das wirklich ernst meinte.

„Jedenfalls bräuchtest du einen guten Rechtsanwalt", bemerkte Anna-Lena zynisch.

„Bitte nicht meine Mutter! Was sollen wir also tun?"

Anna-Lena überlegte kurz. „Wir müssen die Leiche verschwinden lassen."

„Tolle Idee! Was schlägst du vor: ein einsturzgefährdetes Kellergewölbe, ein Moor, eine Autopresse?" Langsam gewann Hannah ihren Humor zurück.

„1915. Wir schicken ihn nach 1915! Dort wird man sich über die unbekannte Leiche zwar wundern und eine polizeiliche Untersuchung anstellen, aber wahrscheinlich verläuft die Sache schnell im Sande. Eine unbekannte Leiche, wie vom Himmel gefallen! Wir müssen ihn nur weit genug weg von der Bibliothek platzieren, damit niemand auf die Idee kommt, die Bibliothek zu durchsuchen und so die Zeitwendeltreppe findet. Und auch bei uns wird niemand in der Bibliothek rumschnüffeln. Das ist bestimmt der letzte Ort, wo man Victor vermutet."

Hannah starrte ihre Freundin erschrocken an. „Du willst die Leiche durch den Zeitschacht schleifen? Das bring ich nicht, Leni, schon gar nicht nach dem, was mir gerade widerfahren ist. Und du bringst es auch nicht."

„Josef und Karl werden uns helfen", beschloss Anna-Lena. Sie blickte auf die Uhr. „Die haben jetzt dann gleich aus. Josefs Stundenplan kenne ich zufälligerweise auswendig. Ich geh rüber und hol sie. Du passt inzwischen auf Hierlinger auf. Vielleicht hat er eine posttraumatische Belastungsstörung oder sowas.“

„Aber du kannst doch nicht einfach so in die andere Zeit rübergehen. Du hast doch gar nichts Passendes zum Anziehen dabei!“, wandte Hannah ein.

Anna-Lena blickte sich um. „Ich nehme einfach Hierlingers altmodischen Mantel, stecke mir schnell die Haare hoch und setze die alte Schirmmütze da auf!“ Anna-Lena deutete auf die Pennälermütze, die Hierlinger spaßeshalber der Goethe-Büste aufgesetzt hatte. „Es wird sowieso schon langsam dunkel. Da hält mich jeder für einen Jungen aus dem Gymnasium!“

Die Leiche

Anna-Lena schlich durch das dämmrige Schulhaus. Sie wollte nichts riskieren und besser niemandem begegnen. Die meisten Klassenzimmer waren schon leer, offenbar hatten nur die oberen Klassen so spät noch Unterricht. Unbehelligt durchquerte sie die Aula und den Schulhof. Sie postierte sich draußen auf der Straße vor dem großen Eisentor zum Schulhof. Dort wollte sie Josef und Karl abpassen. Es war kalt und grau und die Passanten hasteten an ihr vorbei, ohne auf sie zu achten. Sie stellte den Mantelkragen auf und las die Plakate auf der Litfaßsäule. Der Krieg hatte das Land fest im Griff. Das Kaiserreich warb dafür, Kriegsanleihen zu zeichnen und „Gold für Eisen zu geben". Der Vaterländische Frauenverein rief dazu auf, zu Weihnachten „Liebesgaben für unsere Krieger" zu spenden. Der „Verein zur Erhaltung des Deutschtums im Ausland" lud ein zum Kriegsliederabend. Eine Textilfabrik für Uniformen suchte nach Fabrikarbeiterinnen.

Endlich ertönte die Schulklingel und kurz darauf kamen die ersten Schüler durch das Tor. Anna-Lena stand halb verborgen hinter der Litfaßsäule. Bald erblickte sie Josef und Karl, die in einem ganzen Pulk von Schulkameraden an ihr vorbeigingen. Das war schlecht, sie wollte ja nicht die Aufmerksamkeit aller auf sich ziehen. Also folgte sie ihnen und tatsächlich trennten sich an jeder Kreuzung einige Schüler von der Gruppe. Schließlich blieben auch Karl und Josef stehen, offenbar um sich zu verabschieden, während die anderen weiterschlenderten. Grinsend holte Anna-Lena sie ein und rief „Hi, ihr Zwei! Oder besser: Gott zum Gruß, ihr beiden! - Wie man hier zu sagen pflegt." Dann lachte sie über ihre verblüfften Gesichter.

Karls Miene verfinsterte sich schlagartig: „Sag mal, spinnst du? Es ist ja schön, dass ihr zwei euch so lieb habt, aber deshalb kannst du doch nicht einfach so mitten am Nachmittag hier herumspazieren. Noch dazu in diesem lächerlichen Aufzug!"

„So, gefalle ich dem Herrn wieder einmal nicht? Ein Mädchen in Jungenkleidung, das geht bei dir natürlich gar nicht", spottete Anna-Lena, wurde dann aber ernst. „Ich würde euch nicht ohne wirklich triftigen Grund hier auflauern, das kannst du mir glauben! Wir brauchen eure Hilfe. Es ist etwas Schlimmes passiert!"

Knapp und sachlich berichtete sie den beiden von den Ereignissen dieses Dienstagnachmittags im Januar 2016, woraufhin die drei ohne Umschweife kehrt machten, sich in die Bibliothek begaben und durch den Zeitschacht kletterten. Josef blieb für einen Moment die Luft weg, als er Victors Leiche mit dem eingeschlagenen Schädel sah, der in einer großen, klebrigen Pfütze eingetrockneten Blutes lag. Dann aber wurde ihm bewusst, dass er an der Front noch viel schlimmer entstellte Tote sehen würde, und entschlossen stieg er hinter Anna-Lena, der das nichts auszumachen schien, über die Leiche hinweg.

Hierlinger war inzwischen wieder aus seinem Paralleluniversum aufgetaucht, schaute aber immer noch mehr tot als lebendig aus und stieß immer wieder die Worte „Vergil …, der Wächter …" hervor. Hannah hatte ihre Fingernägel bis zur Schmerzgrenze zerkaut und war heilfroh, als ihre Freunde endlich zur Tür hereinkamen.

Selbst Karl war bleich um die Nase geworden, als er die Leiche gesehen hatte. „Na, da habt ihr uns ja eine schöne Bescherung eingebrockt …", wollte er schon losschimpfen, doch als er sah, wie elend Hannah aussah – die starke, selbstbewusste, nie um eine schlagfertige Antwort verlegene Hannah – ließ er es. Dann tat Hannah auch noch etwas, womit er nie gerechnet hätte. Sie kam auf ihn zu, umarmte ihn und flüsterte: „Danke, dass du gekommen bist, Karl!" und er merkte, wie es sie schüttelte. Erst jetzt wurde ihm wirklich klar, was sie gerade durchgemacht hatte.

Schnell kamen die vier Freunde überein, dass es tatsächlich das Beste wäre, die Leiche in das Jahr 1915 zu befördern. „Wir brauchen so eine Art Leichensack. Sonst ziehen wir eine Blutspur durch die Bibliothek – und durch die Zeiten", stellte Anna-Lena nüchtern fest.

„Wo sollen wir denn einen so großen und stabilen Sack hernehmen? So ein Muskelpaket wie Victor wiegt doch bestimmt 90 Kilo!", wandte Hannah mutlos ein.

„Wir könnten ihn in eine Zeltbahn wickeln. In der Turnhalle, wo die Rekruten schlafen, lagern welche im Geräteschuppen", schlug Josef vor.

„Wie sollen wir denn da rankommen? Die haben sogar Nachtwachen aufgestellt. Außerdem messen die Zeltbahnen nur 1,60 x 1,60, wie wir bei Kleebeck gelernt haben. Victor ist bestimmt 1,80 Meter groß! Wir müssten ihn also in mindestens zwei Bahnen wickeln und regelrecht verpacken", entgegnete Karl.

„Ein Zelt ist gar keine so schlechte Idee. Aber wir nehmen ein modernes, wasserfestes Zelt mit Reißverschluss. Wir haben so eines daheim. Das hat mein Vater mal gekauft, weil er gedacht hat, er müsste mit uns Kindern zelten gehen. Einmal und nie wieder! Wenn das verschwindet, fällt es sowieso niemandem auf. Soll ich es holen?", schlug Anna-Lena vor und sprang auch schon auf.

Verwundert schaute Josef seiner Freundin hinterher. So tatkräftig kannte er sie gar nicht. Sonst war es immer Hannah gewesen, die den Ton angab, die Beschlüsse fasste, die energisch und zupackend war, die sich nichts gefallen ließ. Nun, da Hannah vor Entsetzen immer noch wie gelähmt war, füllte Anna-Lena diese Rolle aus. Er wusste nicht, ob er sich darüber freute.

Kaum eine Stunde später war Anna-Lena wieder da. Fasziniert begutachteten Karl und Josef das Zelt. Karl pfiff bewundernd durch die Zähne: „Von einem Reißverschluss habe ich schon mal gehört. Eigentlich eine geniale Idee, damit ein Zelt zu verschließen. Warum sind die bei der Reichswehr nicht längst schon draufgekommen?"

„Außerdem hab ich noch Gummihandschuhe mitgenommen." Anna-Lena zog einige originalverpackte Küchenhandschuhe aus ihrem Rucksack. „Wir wollen schließlich keine Fingerabdrücke hinterlassen – und außerdem fällt es mir leichter, damit einen Toten anzufassen.

Ich habe nur drei Paar zu Hause gefunden, aber Hannah sollte sowieso besser hierbleiben. Also, packen wir's an!"

Das war leichter gesagt, als getan. Sie mussten wirklich ihre ganze innere Kraft aufbieten, um das Entsetzliche, das die Leiche ausströmte, zu ertragen. Außerdem hatte inzwischen die Totenstarre eingesetzt und so zwängten sie Victors massiven Körper nur mit großer Mühe in das Zeltinnere. Im letzten Moment fiel Anna-Lena noch ein, dass sie Victor sein Smart-Phone und seinen Geldbeutel abnehmen mussten. Das durfte man auf der anderen Seite auf gar keinen Fall entdecken! Sie zerrten die Leiche also wieder heraus und Anna-Lena fingerte in Victors Hosentaschen herum, um ihm die Wertgegenstände abzunehmen. Sie kam sich vor wie eine Leichenfledderin. Sie wälzten den schweren Körper wieder zurück. Josef wurde schlecht, als nur noch der starre Arm aus der halb geschlossenen Zeltöffnung herausragte, und Karl sich zunächst vergeblich bemühte, ihn hineinzustopfen. Josef schaffte es gerade noch auf die Toilette, kam dann aber gleich wieder zurück, um den anderen beiden zu helfen, die endlich verpackte Leiche durch die Bibliothek zu schleifen. Nun, da der grauenhafte Inhalt nicht mehr sichtbar war, taten sie sich leichter. Jetzt war es vor allem ein körperlicher Kraftakt. Sie ließen den starren Körper die Zeitwendeltreppe hinab, indem Karl das Paket von unten stützte, während Josef und Anna-Lena es mit Hilfe zweier Zeltschnüre, die sie an zwei Ösen des Zelts befestigt hatten, von oben abseilten. Als viel schwieriger erwies es sich aber, die Leiche vom oberen Regalbrett nach unten zu bringen.

Inzwischen war die Nacht hereingebrochen und die untere Bibliothek lag in völliger Dunkelheit. Karl kletterte die Leiter hinunter und zündete die Gaslampe an, die die Szenerie in ein gespenstisches Licht tauchte. Wieder versuchte Karl, die Leiche von unten zu stabilisieren, während sie die anderen beiden von oben herunterließen. Nun stand er aber nicht mehr auf einer stabilen Wendeltreppe, sondern auf einer wackligen Leiter. Zentimeter für Zentimeter schoben sie die Leiche über das oberste Regalbrett, bis sie schließlich in die Senkrechte kippte. Mit beiden Händen über dem Kopf versuchte Karl das Gewicht des Pakets für Anna-Lena und Josef zu verringern. Dabei griff er nach etwas, was wahrscheinlich Victors Fußgelenke waren. Das ging zunächst ganz gut, schwierig wurde es allerdings, wenn er eine Sprosse tiefer stieg, denn er hatte ja keine Hand frei, um sich festzuhalten. Mit absoluter Konzentration gelang es ihm tatsächlich, Sprosse für Sprosse tiefer zu steigen. Plötzlich erfasste ihn ein grausiger Gedanke. Was wäre, wenn die Schnüre reißen? Er würde unweigerlich abstürzen und unter der Leiche begraben werden. Unwillkürlich verstärkte er den Druck auf die Leiche über ihm. Dadurch fing die Leiche an den Schnüren ein wenig zu pendeln an, was sich sofort auf die Leiter übertrug. Karl merkte, wie er das Gleichgewicht verlor, stieß sich von der Leiter ab, die mit einem lauten Schlag umfiel, und sprang ab ins Dunkle. Im flackernden Licht der Gaslampe hing die Leiche noch ein, zwei Sekunden in der Luft, dann konnten Josef und Anna-Lena sie nicht mehr halten und sie stürzte hinab. Nur einen Meter neben Karl schlug sie auf.

„Karl!", rief Josef panisch, „geht's dir gut?"

„So gut wie es einem nur gehen kann, der gerade fast von einer Leiche erschlagen worden wäre. Ich habe mir nur ein bisschen den Fuß verstaucht."

Karl stellte die Leiter wieder auf, sodass die anderen beiden nun auch heruntersteigen konnten. Schwer atmend standen sie um die Leiche herum. Das Zelt war wirklich von herausragender Qualität. Der Stoff war nirgends aufgeplatzt.

„Ein Alptraum!", stellte Karl fest.

„Aber wenigstens ein gemeinsamer", ergänzte Josef.

„Bringen wir es hinter uns!" Wieder war es Anna-Lena, die sich als Erste gefangen hatte. Sie schleiften das Paket durch die Bibliothek und die Treppe hinunter, wobei Victors Kopf bei jeder Stufe einen dumpfen Schlag von sich gab.

„Wir lassen ihn den Schneeberg runterrutschen. Dann liegt er mitten im Pausenhof. Bis zur Bibliothek kann den Weg dann keiner mehr zurückverfolgen", schlug Karl vor.

Gemeinsam hievten sie das Paket über das Fensterbrett und ließen es auf die Kuppe des Schneebergs plumpsen.

„Wir müssten ihn jetzt eigentlich wieder auspacken. Sonst liegt ein atmungsaktives Polyester-Zelt mit Reißverschluss im Jahr 1914 rum", konstatierte Anna-Lena.

Karl und Josef schauten sich an. Natürlich hatte Anna-Lena Recht. Doch diese fuhr fort: „Aber ehrlich gesagt, bringe ich das nicht mehr. Außerdem ist er inzwischen so steif, dass wir ihn sowieso nicht mehr so einfach rausbringen."

Kurzerhand schoben sie das Paket an und sahen zu, wie es den Berg hinunterschlitterte und noch einige Meter auf dem eisglatten Boden dahinglitt, bis es mitten auf dem Pausenhof zum Stehen kam. Dann begleiteten sie Anna-Lena zurück zum Zeitschacht. Sie beschlossen, dass sie sich um die Blutlache in der oberen Bibliothek erst morgen kümmern würden. Josef drückte Anna-Lena zum Abschied fest an sich. Einen Kuss konnten sie sich heute beide nicht vorstellen.

Oben in der Bibliothek hatte Hannah, die immer noch von Wellen des Grauens erfasst wurde, ihre Fingernägel inzwischen vollständig blutig gebissen. Hierlinger ging es hingegen wieder besser. Zu ihrer beider Ablenkung hatte er Hannah einige Eklogen Vergils vorgelesen. Anna-Lena brachte ihre Freundin nach Hause, rief dann bei sich zuhause an und sagte ihren Eltern, dass sie bei Hannah übernachten würde. Sie brachte sie ins Bett, legte sich neben sie, nahm sie in den Arm und streichelte sie solange, bis sie eingeschlafen war. Dann fiel sie in einen tiefen, traumlosen Schlaf.

Am nächsten Tag nach der Schule, es war schon später Nachmittag, rückte Anna-Lena mit einem Putzeimer und scharfen Putzmitteln bei Hierlinger an, um die Blutpfütze zu beseitigen. Den ganzen Tag schon hatte es ihr vor dieser Aufgabe gegraut. Hannah war an diesem Tag nicht in die Schule gegangen, aber Josef und Karl waren schon da und halfen Hierlinger mit Klebstoff und Pinzette den Vergil-Kopf wieder zusammenzusetzen. Ein diffiziles 3-D-Puzzle, das Hierlinger aber sehr wichtig war. „Die Bibliothek braucht einen Wächter!", rief er immer wieder. Hierlinger wies mit dem Kinn auf Anna-Lenas Putzeimer: „Den brauchst du nicht, das ist schon erledigt! Hilf uns besser, den Kopf zusammenzukleben!"

Mit einem fragenden Blick wandte sich Anna-Lena zu Josef. Der zuckte mit den Schultern: „Als wir vor einer halben Stunde gekommen sind, war die Sauerei schon spurlos beseitigt. Ich weiß nicht, wie er das geschafft hat!"

Das Puzzle war eigentlich ganz entspannend und langsam nahm die Büste wieder Konturen an. Die vielen Risse und Schrammen schienen Hierlinger nicht weiter zu stören. „Publius Vergilius Maro ist schon über 2000 Jahre alt, da sind ein paar Falten erlaubt!", scherzte er. „Wichtig ist, dass wir ihn wieder vollständig zusammensetzen!"

Nebenbei erzählten Josef und Karl, wie Victors Leiche am Morgen im Schulhof gefunden worden war. Hausmeister Konrad hatte den Sack als Erster entdeckt, als er am Morgen, nachdem er das Schultor geöffnet und die Pforte aufgeschlossen hatte, den Schulhof mit dem Kehrbesen vom frisch gefallenen Schnee befreien wollte. Als er den seltsamen Sack genauer untersuchte, erkannte er sogleich, dass dieser mit einem dieser modernen Reißverschlüsse versehen war. Neugierig geworden, zog er an. An einer Stelle blockierte der Reißverschluss, weil unter dem Stoff eine Ausbuchtung war. Beherzt zog Konrad fester an, der Reißverschluss öffnete sich und gab die starre Hand eines Toten frei. Konrad wich zurück und eilte ins Direktorat, um Rektor Kleebeck Bericht zu erstatten. Inzwischen kamen aber die ersten Schüler auf den Schulhof, allesamt Sextaner, die schreiend auseinanderstoben, als sie erkannten, was sich in dem Sack verbarg. Bald darauf kam Kleebeck auf den Pausenhof gestürmt, hielt mit Hilfe herbeieilender Kollegen die Schüler auf Abstand und schickte sie

194

in die Klassenzimmer. Eine halbe Stunde später beobachtete Josef von seinem Fensterplatz aus, wie erneut die beiden Herren, die schon bei der Auffindung des toten Wirri herbeigeholt worden waren, über den Schulhof eilten und unschlüssig bei dem Sack mit der Leiche stehen blieben. Kurze Zeit später kamen auch die beiden Leichenbesorger, hievten den Fund auf eine Bahre und trugen ihn davon, gefolgt von den beiden offensichtlich ratlosen Herren. In der Schule ging schon bald das Gerücht um, die Leiche sei mit Cholerabakterien infiziert gewesen und mit einem Spezial-Fallschirm von einem französischen Flugzeug abgeworfen worden, um die deutsche Heimatfront durch eine Epidemie zu destabilisieren.

Endlich waren die letzten Scherben des Vergil-Kopfes eingesetzt. Zufrieden lehnten sich die drei Helfer Hierlingers zurück, doch dieser begann immer hektischer den Schreibtisch, den Boden und schließlich die ganze Bibliothek abzusuchen. „Seht ihr denn nicht, am Hinterkopf fehlt ein Stück!", rief er verzweifelt. „So kann er doch die Bibliothek nicht bewachen!"

Natürlich war das wieder eine von Hierlingers Verrücktheiten, aber ihm zuliebe gingen sie sogar in den hinteren Saal, wo tatsächlich keinerlei Spuren der gestrigen Vorkommnisse mehr zu sehen waren, und fingen an, auf allen Vieren den Boden abzusuchen. Doch sie fanden nichts. Anna-Lena sprach schließlich aus, was sich die anderen beiden auch schon gedacht hatten, es aber nicht zu sagen wagten: „Wahrscheinlich haben wir die Scherbe zusammen mit der Leiche in das Zelt gepackt!"

Hierlinger zuckte bei diesen Worten zusammen und erbleichte. „Ich bin untröstlich! Ich bin untröstlich!", rief er immer wieder und allen war klar, dass er das nur allzu ernst meinte.

Victor wurde erst eine Woche später als vermisst gemeldet. Nachforschungen wurden nur halbherzig betrieben, schließlich war Victor schon 18. Er war nicht der erste Heranwachsende, der spurlos verschwand. Manche gingen nach Syrien und schlossen sich dem IS an, andere tauchten in die rechte Szene ab.

Graue Tage

Hannah ging es in den nächsten Tagen und Wochen nicht besser. Sie war appetitlos, antriebslos, kraftlos. Nachts wurde sie von Alpträumen heimgesucht, in denen sie auf der Flucht vor monströsen Mischwesen war, die ständig ihr Aussehen veränderten, aber immer irgendwie Victor waren. Bücherregale, so hoch wie Hauswände, stürzten hinter und über ihr zusammen und eine meterhohe griechische Säule versperrte ihr den Weg in die Freiheit. Dann klaubte sie wieder Scherben aus einer Blutlache, die sich immer weiter ausbreitete, bis sie den Boden der Bibliothek vollständig überschwemmt hatte und schließlich sogar die Wände rot färbte. Währenddessen las Hierlinger an seinem Schreibtisch ein Buch von Vergil, dessen Seiten er mit einer unwahrscheinlichen Geschwindigkeit umblätterte. Auf seinem massigen Körper saß ein Totenkopf, der bei jeder Seite nickte.

Hannah wachte nach solchen Träumen immer schweißgebadet auf und hatte panische Angst davor wieder einzuschlafen. Halbe Nächte verbrachte sie daher damit, hirnlose Computerspiele auf ihrem Smart-Phone zu spielen. Meist schlief sie dabei erst gegen Morgen ein, bis sie der Wecker aus einem vollkommen schwarzen Tiefschlaf riss.

Erschöpft und mit Ringen unter den Augen kam sie dann in der Schule an und fragte sich regelmäßig, wie sie diesen Tag überstehen sollte. Apathisch ließ sie den Unterricht an sich vorbeirauschen. Die Lehrer wunderten sich bald, dass eine ihrer besten Schülerinnen von einem Tag auf den anderen vollständig verstummt war. Als Hannah schließlich auch noch ein Ex in Geschichte fast leer abgab, ergriff Frau Hörmann-Freier die Initiative. Sie fing Hannah am Ende der Stunde ab und fragte sie, was denn los sei, und dass sie mit ihr als Vertrauenslehrerin über alles diskret reden könne. Aber natürlich blockte Hannah dieses gut gemeinte Angebot ab. Sie hätte ihr ja kaum erzählen können, dass der verschwundene Victor aus der 12. sie vergewaltigen wollte, vorher aber in Hierlingers Bibliothek von einer Vergil-Büste erschlagen wurde, sodass sie gezwungen war, die Leiche im Jahr 1915 entsorgen zu lassen.

Auch Leonie und Ruth machten sich ernsthafte Sorgen um ihre Freundin, die immer so fertig aussah, die Tanzstunden schwänzte, auf keine gemeinsamen Unternehmungen mehr Lust hatte und sich nur noch einsilbig an ihren Gesprächen beteiligte. Leonie sprach sie mehrfach darauf an. Als Hannah aber nur immer mit einem floskelhaft Gemurmelten „es ist nichts, hab nur schlecht geschlafen", antwortete, ließ sie es schließlich bleiben, auch ein bisschen beleidigt, dass Hannah sich ihr nicht anvertrauen wollte.

Natürlich blieb auch Frau Merz der Zustand ihrer Tochter nicht verborgen. War es vielleicht doch eine verschleppte Borreliose, die für ihr schlechtes Allgemeinbefinden verantwortlich war? Wohlwissend, dass der Zeckenbiss vom Spätsommer nicht für ihre Schlafstörungen verantwortlich war, ging Hannah brav zum Hausarzt, der eine Blutprobe entnahm und einschickte. Diese war dann wie zu erwarten negativ. Nun verfiel Frau Merz aber auf die Idee, Hannah zum Psychologen zu schicken. Sie wurde schon länger von der Sorge umgetrieben, Hannah habe die Trennung ihrer Eltern noch nicht richtig aufgearbeitet. Jetzt war sie davon überzeugt davon, dass sich dieses Versäumnis nun in depressiven Episoden äußerte. Hannah war klar, dass sie wahrscheinlich tatsächlich einen Psychologen brauchen könnte – was aber sollte das für einen Sinn haben, wenn sie mit ihm nicht über das Vorgefallene sprechen könnte? So war sie froh, dass ihre Mutter, obwohl privat versichert, erst in acht Wochen einen Ersttermin für sie bekam.

Die Einzige, die ihr scheinbar helfen konnte, war Anna-Lena. Gemeinsam machten sie lange, schweigsame Spaziergänge durch graue, neblige Januartage. Manchmal spielten sie Backgammon, ließen es aber meist nach ein paar Partien wieder, weil Hannah es am nötigen Siegeswillen vermissen ließ. Dann vertrieben sie sich die Zeit mit Filmkomödien, über die sie nicht lachen konnten. Am Wochenende schlief Anna-Lena bei ihr. Wie ein Kind kuschelte sie sich dann in Anna-Lenas Armbeuge und ließ sich von ihr in den Schlaf wiegen. In diesen Nächten war sie frei von Alpträumen.

Liebesleid

Am folgenden Mittwoch hatten sich Anna-Lena und Josef wie üblich wieder in der Bibliothek verabredet. Hierlinger sah kaum auf, als Anna-Lena die Bibliothek betrat, und erwiderte ihren Gruß nur mit einem unartikulierten Krächzen. Er war, soweit das überhaupt möglich war, in dieser einen Woche sichtbar gealtert. Seine Gesichtsfarbe war greisenhaft gelblich, unter seinen trüben Augen hingen ledrige Tränensäcke und sein Kinn hing schlaff nach unten, so als ob er nicht mehr die Kraft hätte, seinen Mund zu schließen. Mit einem Schaudern ging Anna-Lena an ihm vorbei und nahm sich vor, sich so bald wie möglich um ihn zu kümmern.

Sie schlüpfte hinter die Tafel und betrat den hinteren Bibliothekstrakt. Wie gewohnt konnte sie im Dämmerlicht ganz am Ende des Saals, halb verborgen von Regalen, Büchertürmen und der geflickten Vergil-Büste, die wieder an ihrem angestammten Platz stand, Josef erkennen, der schon im Ohrensessel saß und auf sie wartete. Heute kam ihr der Weg dorthin ungewöhnlich weit vor. Es war ihr, als blickte sie durch ein umgedrehtes Fernrohr, als wichen die Dinge vor ihr zurück. Sie stolperte vorwärts, blieb an einem der Büchertürme hängen, strauchelte und geriet der Vergil-Säule gefährlich nahe. Hier war Victors Leiche in seinem Blut gelegen. Unwillkürlich machte sie einen großen Schritt, als müsste sie über ihn hinwegsteigen. Dann hatte sie das Gefühl, als wäre sie in etwas Klebriges getreten. Plötzlich stürmten die Bilder der Schreckensnacht auf sie ein: die klaffende Wunde im Schädel, die Scherben in der Blutlache, der totenstarre Arm, der nicht mehr in das Zelt hineinpasste. Halb besinnungslos stolperte sie weiter, bis sie Josef, der aufgesprungen und ihr entgegengeeilt war, auffing und fest in seine Arme schloss.

Zitternd flüsterte sie: „Es …, es ist schrecklich hier. Als ob das Blut noch überall wäre!"

„Komm, setzen wir uns erstmal!", sagte Josef beruhigend und zog sie hinter sich her zum Sessel, wo sie sich wie immer auf seinen Schoß setzte. Doch der Sessel schien geschrumpft zu sein. Während sie an vergangenen Abenden gut auch nebeneinander sitzen und bequem alle möglichen Stellungen der Liebe ausprobieren konnten, war er nun eng und sperrig. Seine Sprungfedern schienen geborsten, der Bezug war verschlissen und der Stoff kam Anna-Lena rau und kratzig vor.

Josef versuchte Anna-Lena zu küssen, doch sie drehte sich weg. „Nein, Josef, hier geht es nicht mehr! Hier ist alles tot. Gehen wir weg von hier!"

Josef wusste, dass sie Recht hatte. Die Bibliothck atmete nicht mehr. Sie war nur noch eine verstaubte Rumpelkammer, in der das Chaos regierte. „Wohin?", fragte er traurig.

„Zu mir!", antwortete sie kurzentschlossen.

Josef zog die modernen Kleidungsstücke an, die sie in einem Plastiksack in der „Franzosengasse" aufbewahrt hatten, und dann verließen sie Hand in Hand die Bibliothek. Als sie an Hierlinger vorbeikamen, erwachte dieser kurz aus seiner Lethargie, betrachtete Josef mit kritischem Blick, schüttelte den Kopf und murmelte: „Es ist schade, so schade!"

Draußen atmeten sie freier. Anna-Lena ging mit Josef eng umschlungen durch den anbrechenden Winterabend, den ganzen Weg zu ihrem Elternhaus. Sie genoss es, von irgendwelchen Passanten mit ihrem Freund zusammen gesehen zu werden, auch wenn sie andererseits froh war, keinem Bekannten zu begegnen. Vielleicht war es nur gut, dass sie ihre Liebesgrotte verlassen hatten müssen.

Als sie vor der hell erleuchteten Doppelhaushälfte standen, fragte Josef unsicher: „Was hast du denn jetzt vor?"

„Ich werde dich meinen Eltern vorstellen. Und dann gehen wir in mein Zimmer!", antwortete Anna-Lena leichthin.

„Du willst mich deinen Eltern vorstellen?", fragte Josef erschrocken. „Als was? Deinen Zukünftigen?"

Um Anna-Lenas Mundwinkel spielte ein ironisches Lächeln. „Keine Angst, du musst mich nicht gleich heiraten, bloß weil du mit mir ins Bett gehst!"

Josef schaute sie irritiert an: „So war das auch gar nicht gemeint. Ich meine nur, was werden deine Eltern sagen, wenn du mit deinem Geliebten ankommst?"

Anna-Lena hauchte ihm einen Kuss auf die Lippen: „‚Geliebter' ist schön. Schöner als ‚neuer Freund'. Ich werde dich als meinen ‚Geliebten' vorstellen!"

Josef schaute immer noch ungläubig. „Meine Mutter würde aus allen Wolken fallen, wenn ich mit meiner ‚Geliebten' zuhause aufkreuzen würde. Wie werden sie reagieren?"

„Sie werden freundlich zu dir sein und ein bisschen Smalltalk mit dir machen!"

„Smalltalk?"

„Ein paar Nettigkeiten mit dir austauschen. Mach dir keine Sorgen, du bist durchaus vorzeigbar!", versuchte ihn Anna-Lena zu beruhigen.

„Aber als was willst du mich denn vorstellen?" Anna-Lena war ihm dann doch ein bisschen zu unbekümmert. „Bin ich jetzt wieder der Flüchtling Jusuf?"

Anna-Lena zögerte: „Das wäre dann vielleicht doch keine so gute Idee. Du bist einfach Josef Fürst aus der 12. Klasse … Wir haben uns in der Flüchtlingskooperationsgruppe kennengelernt, einverstanden?"

„Wenn du meinst", erwiderte Josef skeptisch.

„Nur eins, Josef, bitte keine nationalistischen Parolen aus der Kaiserzeit, O.K.?"

„Ich werde mein Bestes geben!", versprach Josef ernst. Und damit sperrte Anna-Lena die Haustür auf und sie betraten das Engelsche Heim.

Frau Engel begrüßte Josef fast zu überschwänglich und ließ ihn dabei kaum zu Wort kommen. „Oh, Leni, du hast ja Besuch dabei, das ist aber schön – Herzlich willkommen … Josef! Was für ein schöner, alter Name! – In der Q12 sind Sie schon! – Dann machen Sie ja bald schon Abitur! Das ist bestimmt viel Stress! Ich sehe es ja bei Leni! So viele Klausuren und dann jeden Tag Nachmittagsunterricht! – Bei der Kooperationsgruppe habt ihr euch also kennen gelernt! Das ist schön, wenn sich junge Leute engagieren! Wenn ich mir vorstelle, ich müsste alles zurücklassen und in ein völlig fremdes Land fliehen, wo ich nicht einmal die Sprache beherrsche! Ich bin hier übrigens voll auf Seiten der Kanzlerin. Eine Obergrenze ist weder moralisch gerechtfertigt noch mit dem Grundgesetz vereinbar …" – Und so monologisierte sie noch ein wenig dahin, sodass Josef in der Tat nur freundlich lächeln und zustimmend nicken musste, auch wenn er nicht alles verstand, was sie sagte. Verwundert stellte er fest, dass Frau Engel genauso bemüht war wie er, einen guten Eindruck zu hinterlassen.

Schließlich kam auch Herr Engel aus der Küche ins Wohnzimmer. Entschuldigend wedelte er mit feuchten Hände in der Luft. „Verzeihen Sie, dass ich Ihnen die Hand nicht geben kann. Ich war grade mit dem Abwasch beschäftigt. Wollt ihr vielleicht noch was essen? Käse und Wurst könnte ich euch noch anbieten! Oder sind Sie auch Vegetarier wie Leni? Tomaten und Mozzarella wären auch noch da!"

Höflich lehnte Josef ab und Anna-Lena beendete die Aufmerksamkeiten ihrer Eltern mit einem etwas abrupten „Wir gehen dann mal rauf in mein Zimmer". „Nehmt euch doch was zu trinken mit!", rief ihr ihr Vater noch hinterher, was Anna-Lena mit einem leicht genervten „Wir holen uns schon was, wenn wir Durst haben!" erwiderte. Auf der Treppe begegnete ihnen dann noch Anna-Lenas frisch geföhnter Bruder, der Josef mit einem „Hi! Ich bin Jeremias!", begrüßte und dann mit einem Augenzwinkern hinzufügte „Viel Spaß, ihr Zwei!".

„Habt ihr eigentlich die Rollen vollständig getauscht in der Zukunft? Dass Frauen Auto fahren und als Rechtsanwalt arbeiten, habe ich schon verstanden. Aber dass die Männer in der Küche stehen und die Frauen über Politik diskutieren?"

Anna-Lena lachte. „Heute war eben Papa dran. Sie arbeiten beide, also teilen sie sich auch den Haushalt. Was ich von dir übrigens auch erwarten würde, mein Süßer, wenn du dich je entschließen solltest, mit mir zusammenzuleben!"

Josef schaute sie nachdenklich an: „Könntest du dir das denn vorstellen? Ich meine, ich bin ein armer Schlucker aus dem letzten Jahrhundert. In meinem Zimmer stehen ein schmales Bett, ein Stuhl, ein grob gehobelter Tisch und ein schlecht gefüllter Kleiderschrank. Meine Mutter hat eine Witwenrente, mit der sie uns kaum ernähren kann. Dass ich seit dem Tod meines Vaters immer noch aufs Gymnasium gehe, ist eigentlich ein Luxus, der nur durch die diskrete Unterstützung meiner Tante ermöglicht wird. Du hast dagegen ein großes, sogar im Winter warmes Zimmer mit einem Bett, in das wir locker zu zweit reinpassen. An den Wänden hängen bunte Bilder, deren Sinn ich nicht verstehe, weil sie erst lange nach meiner Zeit entstanden sind. Du hast Regale voller Bücher, die dir gehören, eine halbe Bibliothek, obwohl du erst 16 bist. Da drüben gibt es eine blinkende Maschine, mit der man offenbar Musik machen kann. Auf deinem Schreibtisch steht sogar so ein Computer, wie ihr ihn uns in der Schule gezeigt habt."

Anna-Lena zog Josef an sich und küsste ihn. „Das sind Äußerlichkeiten! Darauf kommt es nicht an!"

Doch Josef entzog sich ihrer Umarmung und fuhr fort: „Aber noch schlimmer ist, dass ich mit all diesen Dingen nicht umgehen kann. Alles, was ich in der Schule gelernt habe, nützt mir hier nichts. Ich bewege mich durch eure Welt wie ein Vollidiot. Du musst auf mich aufpassen wie auf ein kleines Kind, sonst überfährt mich das nächstbeste Auto."

„Aber das kann man doch alles lernen, Josef", erwiderte Anna-Lena beschwichtigend und küsste ihn erneut. Dann zog sie ihn auf das Bett, glitt mit ihrer Hand unter sein Hemd und fing an, ihn zu streicheln. Doch Josef hielt ihre Hand fest und schaute sie mit großen Augen an. „Ich kann das hier nicht! Da unten sind deine Eltern. Was werden sich die denn denken?"

„Meine Eltern wissen genau, was wir hier oben machen, und sie haben kein Problem damit. Sie haben sogar den Fernseher lauter gestellt, weil das Haus so hellhörig ist." Langsam ging ihr Josefs Lamentieren auf die Nerven. „Es ist bei uns normal", und dabei betonte sie dieses Wort, „dass ein fast 17-jähriges Mädchen ihren Freund bei sich übernachten lässt. Sie haben nicht einmal etwas gesagt, als ich letztes Jahr Marvin mitgebracht habe und der hatte immerhin rot gefärbte Haare und einen Nasenring."

Josef erbleichte und Anna-Lena wusste, dass sie einen Fehler gemacht hatte. „Ich bin also nicht dein erster … Geliebter?", fragte er mit bebender Stimme.

„Doch, du bist mein erster Geliebter", sagte Anna-Lena fest und streichelte ihm über die Wange, „das mit Marvin war eher ein … Ausprobieren."

„Du bist mit ihm einfach so ins Bett gegangen?" Josef klang enttäuscht und entrüstet.

Nun explodierte Anna-Lena. Jetzt reichte es ihr aber! Erbost schubste sie ihn von sich weg. „Wenn du eine unberührte Jungfrau willst, die dir den Haushalt führt, dann musst du dir ein Mädchen aus dem Jahr 1915 suchen – oder aus einem Dorf in Hinterafghanistan!", schimpfte sie.

„Du verstehst mich nicht! Es hat für mich so viel Bedeutung, dass ich die Vorstellung nicht mag, dass du es schon mit einem anderen getan hast, den du nicht einmal geliebt hast."

„Es gibt eben bedeutungslosen Sex – just for fun – und bedeutsamen Sex – aus Liebe. Das ist selbst im Jahr 1915 so. Nur dass just for fun damals nur für die Männer erlaubt war, während die Frauen, die sie ja durchaus dafür gebraucht haben, ihre sogenannte Ehre dabei verloren haben!"

Josef starrte vor sich hin. Er kam sich auf Anna-Lenas Bett vor wie ein Fremdkörper. Er war aus der Zeit gefallen. Nach einer gefühlten Ewigkeit, in der sie sich zum ersten Mal, seit sie sich kannten, anschwiegen, sprang Anna-Lena schließlich auf und sagte: „Ich glaube, du gehst jetzt besser zurück in dein 1915 und überlegst dir, was du willst! Ich werde jedenfalls kein schlechtes Gewissen haben, weil ich mich damals von Marvin entjungfern habe lassen und nicht auf Josef, den Märchenprinz aus dem Mittelalter, gewartet habe!"

Erschrocken stand Josef auf. Anna-Lena brachte ihn zur Tür. Als sie am Wohnzimmer vorbeikamen, sah er ihre Eltern vor einem zu laut eingestellten Fernsehapparat sitzen. Den Abschiedskuss verweigerte sie ihm.

Am nächsten Tag fühlte sich Josef wie zersplittert: Wie durch das Prisma eines Kaleidoskops sah er sich selbst dabei zu, wie er zur Schule ging, Kleebecks morgendlichen Appell über sich ergehen ließ, lateinische Vokabeln rekapitulierte, die neuesten Depeschen von den diversen Kriegsschauplätzen las, mit seinen Klassenkameraden unambitioniert Fußball spielte. Er wunderte sich, dass er so gut funktionierte. Niemandem schien aufzufallen, dass er eigentlich ganz woanders war – bis auf Karl, der ihn auf dem Heimweg darauf ansprach: „Was ist los? Du wirkst so abwesend. Ist das große Glück vorbei?"

Froh, dass er ihn darauf angesprochen hatte, erzählte Josef ihm das Vorgefallene. Karl schaute ihn nachdenklich an: „Sie hat Recht: Wenn man das Konzept der Frauenemanzipation konsequent zu Ende denkt, dann ist wirklich nichts dabei."

„Ich habe ja kein Problem damit, dass sie mit einem anderen zusammen war. Es ist nur – ich würde nie mit einem Mädchen ins Bett gehen, das ich nicht wirklich liebe!", versuchte Josef zu erklären.

„Du bist ein hoffnungsloser Romantiker, Josef. Du bist selbst für das Jahr 1915 hundert Jahre zu spät geboren. Hör dir doch mal an, was die Kameraden so über ihre angeblichen Erfahrungen erzählen und mit wem sie die gemacht haben. Mit Liebe hat das nichts zu tun.

Mir graut schon vor dem Tag, an dem mein chevaleresker Herr Vater mich in beschwingter Laune beiseite nehmen und fragen wird, ob ich ihn zu „den Mädchen" begleite, um meine Erfahrungen zu sammeln. Bist du dir sicher, dass du nicht doch der Doppelmoral unseres Jahrhunderts aufsitzt: Was Männer dürfen, dürfen Frauen noch lange nicht?"

„Nein, das ist es nicht!", sagte Josef bestimmt und fuhr dann traurig fort: „Sie ist mir einfach überall voraus. Ich habe ihr nichts zu bieten. Ich gehe durch ihre Welt wie ein Narr. Und selbst auf dem Gebiet der Liebe ist sie erfahrener und selbstbewusster als ich. Wenn sie an Silvester nicht die Initiative ergriffen hätte, würde ich immer noch mit ihr Händchen halten – und wäre auch noch glücklich dabei."

„Du hast einen Minderwertigkeitskomplex, Josef! Aber ich verstehe dich nur zu gut. Wenn ich mich je mit einem Mädchen liieren sollte, dann möchte ich derjenige sein, der führt – so ähnlich wie beim Tanzen. Mir ist zwar durch die Bekanntschaft mit unseren beiden Amazonen klar geworden, dass das nicht so sein muss, dass das kein Naturgesetz ist, aber für die totale Gleichberechtigung fehlen mir einfach hundert Jahre Erfahrung im Umgang mit dem anderen Geschlecht. Ich werde lieber einmal standesgemäß das Dienstmädchen schwängern – und es dann skandalöserweise ehelichen."

Auch Anna-Lena erzählte ihrer Freundin, als sie am Freitag wieder bei ihr übernachtete, von dem Krach, den sie mit Josef gehabt hatte. Hannah sah sie mit großen, traurigen Augen an und flüsterte: „Der arme Junge! Er muss dich sehr lieb haben. - Ich kann ihn verstehen."

„Aber er kann doch kein Problem damit haben, dass ich ein halbes Jahr bevor ich ihn kennen gelernt habe, zwei-, dreimal mit einem anderen Jungen rumgemacht habe!", empörte sich Anna-Lena.

„Er ist eifersüchtig, das ist alles", erwiderte Hannah und fügte leise hinzu: „Du kennst das Gefühl bloß nicht!"

„Er kann doch nicht eifersüchtig auf jemanden sein, den er nicht kennt und der keine Konkurrenz für ihn darstellt!", rief Anna-Lena und fragte sich plötzlich, woher Hannah eigentlich dieses Gefühl kannte. Hannah, die noch nie erkennbar in einen Jungen verliebt gewesen war. Da wurde ihr schlagartig alles klar. Warum es Hannah so wichtig war, dass sie bei ihr schlief, warum sie es so genoss, wenn sie sie in den Arm nahm, warum ihr manchmal ein Schauer über die Haut lief, wenn Anna-Lena sie in den Schlaf streichelte, warum sie in letzter Zeit ihre Zärtlichkeiten zaghaft erwidert hatte, was Anna-Lena immer ein bisschen überflüssig gefunden hatte, denn schließlich musste nicht sie getröstet werden. Hannah, die ihrer Freundin die Erkenntnis vom Gesicht ablas, fing lautlos zu weinen an. Anna-Lena schloss sie fest in ihre Arme. „Es …, es tut mir Leid Hannah", stammelte sie, „ich hab es bis jetzt nicht gewusst. Aber ich kann das nicht. Ich bin leider völlig … hetero."

„Ich weiß, Leni, ich weiß. Du sollst deinen Josef haben. Er liebt dich mindestens so wie ich – und er hat das richtige Geschlecht. Und ab heute Nacht schläfst du lieber nicht mehr bei mir, das macht alles nur noch viel schlimmer für mich."

„Bleibst du meine Freundin?", flüsterte Anna-Lena ängstlich und presste sie an sich.

Hannah zwang sich zu einem Lächeln. „Natürlich! Deine Beste!"

„Für immer?"

„Für immer!"

Das Dienstmädchen

Am nächsten Morgen saß Anna-Lena untätig am Fenster und schaute einem Schwarm Krähen hinterher, schwarzen Fixpunkten in einem grauen Ungefähr, die Bahnen über den Winterhimmel zogen, um sich dann doch im Nirgendwo zu verlieren. Sie hatte das Gefühl, alles würde ihr wie diese Krähen entgleiten, sich im Nichts auflösen, und alles Glück der Welt würde von einer großen Nebelwand verschluckt: Ihre beste Freundin musste Abstand von ihr gewinnen, weil sie sie nur unglücklich machte; ihren Geliebten – sie dachte an Josef tatsächlich in diesem altertümlichen Begriff – hatte sie fortgeschickt, weil sie plötzlich Angst um ihre Selbstbestimmung hatte; der liebe, alte Professor Hierlinger vegetierte mehr tot als lebendig vor sich hin, und die Bibliothek, in der sie die schönsten Stunden ihres Lebens verbracht hatte, war ein Ort des Schreckens geworden. So ging es nicht weiter! Sie musste etwas unternehmen! Und sie brauchte Hilfe! Was war eigentlich mit Karl los? Er war der Einzige von ihnen, der nicht im Krisenmodus war. Sie musste hinüber und mit ihm sprechen. Und vielleicht würde sie dabei ja auch Josef treffen. Gut, dass heute Samstag war und die beiden bis Mittag Schule hatten.

Kurzentschlossen sprang sie auf und lief in den Keller, wo auf einem großen Tapeziertisch ein Dutzend Altkleidersäcke für die Flüchtlingshilfe lagerten. Ihre Mutter, die gerade mit ihrem Vater beim Einkaufen war, würde sich bestimmt freuen, wenn sie schon mal anfing die Sachen zu sortieren. Es dauerte nicht lange, bis sie einen knöchellangen Faltenrock aus grauem Stoff, ein Paar abgetragene Schnürstiefel und einen verschlissenen, langen schwarzen Mantel gefunden hatte. In den alten Sachen würde sie aussehen wie eine ärmliche Dienstmagd, was aber 1915 nicht weiter auffallen dürfte. Dazu nahm sie noch den etwas zerknautschten Strohhut mit schwarzem Band aus dem letzten Kroatien-Urlaub und packte alles in ihren größten Rucksack. Schließlich kritzelte sie ihren Eltern noch die Nachricht auf einen Notizzettel, dass sie mal wieder bei Hannah übernachten würde, und verließ dann das Haus.

In der Alten Bibliothek versuchte sie vergebens mit dem immer noch apathischen Hierlinger ein Gespräch anzuknüpfen. Als sie den hinteren Saal betrat, erfasste sie ein Schaudern. Es gelang ihr nicht, nicht an Victors Leiche in der Blutlache zu denken. Hastig stieg sie über die Zeitwendeltreppe. In der unteren Bibliothek war es besser. Sie zog sich um, steckte sich die Haare hoch und verstaute ihren Rucksack hinter einem Regal. Erleichtert, das Grauen abgeschüttelt zu haben, schlich sie sich durch die leeren Gänge des Schulhauses, während in den Klassenzimmern Unterricht herrschte. Vielleicht spazierte sie dabei etwas zu sorglos durch die Schulpforte mit dem Medusenhaupt, jedenfalls bemerkte sie zu spät, dass ihr auf dem Pausenhof der korpulente Direktor mit dem nach oben gezwirbelten Schnurrbart entgegenkam. Dieser blieb erstaunt stehen, als er sie erblickte, zog die Stirn in Falten, stemmte die Hände in seine ausladenden Hüften und fragte mit übertriebenem Bass: „Was wollen Sie denn hier?"

Jetzt brauchte sie eine Ausrede, und zwar schnell! „Verzeihen Sie … Ich, ich musste dringend auf die Toilette, und da dachte ich …"

Weiter kam Anna-Lena nicht, denn Kleebecks Gesichtszüge verfärbten sich von einer Sekunde auf die andere in ein ungesundes Rot und er fing an zu brüllen, sodass es über den ganzen Pausenhof schallte: „Was fällt Ihnen ein! Dies ist doch keine öffentliche Bedürfnisanstalt! Dies ist ein Gym-na-si-um! Und Mädchen haben hier grundsätzlich nichts verloren! Schon gar keine verkommenen Luder wie Sie! Sie verlassen jetzt sofort dieses Areal! Und lassen Sie sich hier bloß nicht wieder blicken, sonst hole ich die Gendarmerie!"

Ohne sich weiter um den schimpfenden Kleebeck zu kümmern, überquerte Anna-Lena den Schulhof.

Kleebecks lautstarker Auftritt konnte nicht unbemerkt bleiben. Interessiert schauten die Schüler, die das Privileg eines Fensterplatzes genossen, was denn des Direktors Zorn so erregt haben mochte und stellten erstaunt fest, dass offenbar ein junges Dienstmädchen, das erhobenen Hauptes über den Schulhof schritt, der Stein des Anstoßes war. Während die meisten Beobachter ihre Banknachbarn amüsiert anrempelten, sodass der Unterrichtsfortgang in allen Klassen, die zum Hof ausgerichtet waren, empfindlich gestört wurde, spürte Josef, wie sich sein Herzschlag beschleunigte. Er erkannte sie auf den ersten Blick. Auch wenn er sie nur von hinten sah, so war das unverkennbar der stolze Gang, den er so liebte. Plötzlich war er wieder ganz bei sich. Der Josef, der nur wie eine Marionette funktionierte, und der Josef, der ihn dabei untätig beobachtete, verschmolzen wieder zu einer Person. Er sprang auf und bat um die Erlaubnis, austreten zu dürfen. Doch statt zur Toilette, eilte er zum Hintereingang der Schule – auf dem Pausenhof wäre er nur Kleebeck in die Arme gelaufen – und rannte einmal um das Gebäude herum. Er sah sie schon von Weitem. Sie stand wieder an der Litfaßsäule und tat so, als würde sie die Aushänge lesen. Sie sah aus wie ein verbummeltes Dienstmädchen, das die Zeit vertrödelt, um nicht in der Küche mithelfen zu müssen. Josef schlich sich an sie heran, fasste sie an den Schultern, sodass sie zusammenfuhr, drehte sie zu sich und drückte ihr einen Kuss auf die Lippen. „Ich liebe dich!", sagte er mit fester Stimme. Anna-Lena lächelte ihn mit blitzenden Augen an und küsste ihn ihrerseits.

„Was fällt euch ein! Habt ihr denn gar keinen Anstand? Und das auf offener Straße!" Ein altes, kaum einen Meter fünfzig großes Weiblein stand entrüstet hinter ihnen und fuchtelte gefährlich mit dem Spazierstock. Dann nahm sie Josef ins Visier, indem sie mit dem Stock auf ihn zielte: „Schämst du dich denn gar nicht? Ein Gymnasiast und treibt es mit so einer Schlampe! Wenn das deine Eltern wüssten!"

Josef konnte sich ein Grinsen nicht verkneifen. „Komm weg hier!", sagte er zu Anna-Lena und zog sie hinter sich her.

„Und wohin?"

„Diesmal zu mir. Damit du weißt, mit wem du es zu tun hast."

„Hast du denn keinen Unterricht mehr?"

„Egal! Für eine Stunde mit dir lasse ich mich auch drei Tage von Kleebeck in den Karzer sperren. A propos Kleebeck – was hast du eigentlich zu ihm gesagt, als er dich auf dem Schulgelände erwischt hat?"

„Dass ich mal dringend aufs Klo musste, als ich am Gymnasium vorbeikam."

Josef fing lauthals an zu lachen. „Was für eine Unverschämtheit! Darum war er gar so in Rage."

„Hätte ich ihm sagen sollen, dass ich meinen Geliebten namens Josef Fürst aus der Unterprima suche, weil mich die Sehnsucht zu ihm treibt?", fragte Anna-Lena mit großem Augenaufschlag.

„Nein, das sagst du besser nur mir", gab Josef glücklich zu.

Arm in Arm gingen sie durch das Städtchen und ignorierten die tadelnden Blicke der wenigen Passanten, die ihnen begegneten. Es war ein kalter, grauer Januartag, in den Geschäften spürte man die Auswirkungen der englischen Seeblockade, und es waren nicht viele Menschen unterwegs.

„Als was willst du mich eigentlich deiner Mutter vorstellen? Als Dienstmagd Anna, deine Zukünftige? Keine besonders gute Partie für den künftigen Herrn Studiosus!"

„Meine Mutter ist gar nicht da. Die ist mal wieder bei meiner Tante, um sie ein bisschen abzulenken. Die Tante ist außer sich vor Sorge, weil sie immer noch nichts von meinem Cousin gehört hat, der irgendwo bei Amiens steht", erwiderte Josef ernst. „Aber ich würde sie dir gerne einmal vorstellen. Wenn du willst auch als Anna-Lena, meine Geliebte."

„Auch wenn sie dann aus allen Wolken fallen würde?", fragte Anna-Lena erstaunt.

„Auch dann! Ich habe darüber nachgedacht. Du musst wissen, seit dem Tod meines Vaters bin ich das Einzige, was ihrem Leben noch Sinn verleiht. Wenn sie mich glücklich sieht, dann wird sie ihre moralischen Bedenken hintanstellen. Ich glaube sowieso, dass sie manchmal nur so sittenstreng tut, weil sie glaubt, dass mir die strenge Hand des Vaters fehlt."

„Und, fehlt sie dir, die strenge Hand?"

„Mir fehlt mein Vater, aber nicht seine strenge Hand. Ich hab ihn auch gar nicht so streng in Erinnerung. Natürlich war es so, dass er bei uns das Sagen hatte – und in der Küche hätte er nie einen Finger krumm gemacht."

„Das kann ich mir denken!", unterbrach ihn Anna-Lena ironisch.

„Aber er hat mir nicht viele Vorgaben gemacht", fuhr Josef fort. „Und er wollte, dass ich auf jeden Fall aufs Gymnasium gehe, was für den Sohn eines Lokomotivführers nicht unbedingt selbstverständlich ist."

Endlich erreichten sie Josefs Zuhause, das am Ende einer menschenleeren Straße mit kleinen, etwas windschiefen Häuschen lag. Anna-Lena zitterte vor Kälte. Aber auch drinnen war es nicht viel wärmer, denn Josef musste erst den gusseisernen Ofen anheizen, der in der Küche stand. In seiner spartanischen Einrichtung erinnerte Anna-Lena das Häuschen ein bisschen an eine Almhütte, in der sie einmal sehr langweilige Ferien mit der Familie verbracht hatte. Gleich hinter der Haustür führte eine enge, steile Treppe ins Obergeschoss, wo sich unter der Dachschräge zwei Zimmer befanden. Unter der Treppe war ein schmales Badezimmer mit einem emaillierten Waschbecken, einem Waschzuber und einem Klosett, bei dem man mittels eines großen Eimers selber nachspülen musste. In der Küche gab es nicht sehr viel mehr als das Nötigste: ein Geschirrschrank, eine Spüle, drei Stühle, ein Tisch mit einem gehäkelten Tischtuch, darüber eine Gaslampe aus Messing, im Herrgottswinkel ein Kreuz. In der angrenzenden „guten Stube", die noch kälter war als der Rest des Hauses, weil dort offenbar schon lange nicht mehr geheizt worden war, war das Sofa mit einem Leintuch bedeckt, um den Stoff zu schonen. An der Wand hingen eine Pendeluhr und ein Ölgemälde mit einer romantischen Landschaft. Auf einer Vitrine mit dem Sonntagsgeschirr stand ein gerahmtes Schwarz-Weiß-Foto, das ein ernst dreinblickendes, frisch vermähltes Ehepaar zeigte: Josefs Eltern.

Bald schon wurde es warm in der kleinen Küche, der Ofen knackte vor Hitze und Anna-Lena wärmte ihre Finger an dem Pfefferminztee, den ihr Josef gemacht hatte.

„Du siehst, es geht ziemlich armselig zu, im Hause Fürst."

„Das spielt keine Rolle. Dass du keine gute Partie bist, war mir von vornherein klar!", erwiderte Anna-Lena lächelnd. Dann fügte sie hinzu: „Es ist jedenfalls warm und gemütlich hier."

Sie schauten sich schweigend an. Endlich ergriff Josef ihre Hand: „Ich möchte dir erklären, was letzten Freitag mit mir passiert ist. Als du mir von diesem Marvin erzählt hast, hat mich plötzlich die Angst gepackt, dass es dir nicht so viel bedeutet wie mir. Wenn ich mit dir zusammen bin, dann sind das die schönsten Stunden meines Lebens. Ich hatte plötzlich Angst, du könntest es mit einem anderen – wie sagtest du – just for fun machen, während ich ... Weißt du, ich bin nur ein armer Pennäler aus dem vorigen Jahrhundert. Und du, du könntest jeden haben! Die Männer müssen dir zu Füßen liegen!"

Anna-Lena kam um den Tisch herum und setzte sich auf Josefs Schoß. Sie strich ihm sanft über die Wange: „Ich will aber nicht jeden haben! Ich will nur den Josef aus der Unterprima, meinen Geliebten. Und solange ich mit ihm zusammen bin, werde ich mit keinem anderen ins Bett gehen, das verspreche ich." Sie küsste ihn. „Du musst mir aber auch etwas versprechen", sie blickte ihm fest in die Augen: „Versprich mir, dass du lieber mit mir Schluss machst, als bedeutungslosen Sex mit mir zu haben!"

Er schaute sie verwirrt an. „Was meinst du damit, bedeutungslos?"

– „Aufmachen! Sittenpolizei!" Jemand hämmerte an die Haustür. Anna-Lena sprang erschrocken auf, doch Josef schüttelte nur genervt den Kopf: „So ein Vollidiot! Das ist Karl!" Er öffnete die Tür.

„Darf ich euch ein bisschen in eurem Liebesnest aufstöbern? Ich kam grad zufällig vorbei und sah noch Licht!" Karl grinste.

„Wie, du kamst gerade zufällig vorbei? In unsere Kleine-Leute-Straße? Woher weißt du eigentlich, dass wir hier sind?" Natürlich hätte Josef den Nachmittag lieber alleine mit Anna-Lena verbracht.

„Zufällig hast du mir heute Morgen erzählt, dass deine Mutter mal wieder fortgefahren ist. Und zufällig spaziert jemand, der aussieht wie Anna-Lena, über den Schulhof. Und zufällig hat der Schüler Josef Fürst just in diesem Moment so einen Durchfall, dass er die Schule vorzeitig verlassen muss", erklärte Karl.

„Hast du das Tüchert erzählt?", fragte Josef belustigt.

„Und dir damit eine Menge Ärger erspart. Als du nicht mehr gekommen bist, hat er mich losgeschickt, um nach dir zu schauen. Ich dachte mir schon, dass ich dich nicht auf dem Schulklo antreffen würde. Ich habe Tüchert dann berichtet, du säßest mit Dauerdurchfall auf dem Lokus und bätest um die Erlaubnis, dich nach Hause verfügen zu dürfen, sobald es dir möglich sei. - Einer Bitte, der er sofort stattgegeben hat."

„Schön, dass du gekommen bist, Karl!" Anna-Lena umarmte ihn herzlich. „Ich hätte Josef sowieso noch gebeten, mich zu dir zu bringen." Karl und Josef sahen sie fragend an.

„Es geht um Hannah – und um Hierlinger", erklärte Anna-Lena.

„Das ist genau der Grund, warum ich mir die Freiheit genommen habe, hier unangekündigt aufzukreuzen und euer Tête-à-tête zu stören. Die Informationen fließen so spärlich aus dem Jahre 2016! Wie geht es Hannah?"

„Nicht gut!", erwiderte Anna-Lena ernst und erzählte ausführlich von Hannahs Alpträumen, ihrer Niedergeschlagenheit, ihrer Antriebslosigkeit.

„Klingt gar nicht wie die starke Hannah, die ich kenne!", murmelte Karl nachdenklich. „Wir müssen sie irgendwie aufheitern!"

„Genau!", bestätigte Anna-Lena. „Bloß alleine schaffe ich das nicht. Wie wär's denn mit einem Überraschungsbesuch, Karl? Ihr wart euch zwar nie einig, aber ich weiß, dass sie dich sehr gern hat.

Das könnte sie vielleicht aus ihrer fatalen Selbstbezogenheit herauslocken!"

„Traust du mir da nicht ein bisschen zu viel zu! Ich bin nicht der Doktor Freud aus Wien! Aber ich werde ihr auf jeden Fall einen Besuch abstatten. Wie wär's zum Beispiel – morgen?"

Anna-Lena lachte ihn erleichtert an. „Super! Dann gehen wir gemeinsam durch den Zeitschacht und ich bringe dich dann gleich zu ihrem Haus." Zu Josef gewandt fuhr sie fort: „Ich hatte nämlich ohnehin vor, die Nacht hier zu verbringen, wenn's recht ist!" – was Josef mit einem heftigen Nicken und Karl mit einem gespielten Kopfschütteln und der Bemerkung "Sodom und Gomorrha!" kommentierte.

„Kommen wir zu unserem zweiten Sorgenkind: Professor Hierlinger", fuhr Anna-Lena fort. „Ich mache mir ernsthaft Sorgen um ihn. Zu behaupten, er sei nicht mehr der Alte, wäre stark untertrieben. Er wirkt mehr tot als lebendig. Wir müssen ihm unbedingt helfen, und zwar bald! Ich weiß nur nicht, wie!"

„Wenn ich es mir recht überlege, dann war es ja weniger Victors Angriff und sein Tod, was ihn so aus der Bahn geworfen hat, sondern dass wir den Vergil nicht mehr vollständig zusammengeleimt haben", sagte Josef.

„Den Eindruck hatte ich auch", bestätigte Karl. „Die Büste hat für ihn eine ganz besondere Bedeutung. Vergil – Der Wächter der Bibliothek."

„In gewisser Weise hat er ja auch seine Aufgabe erfüllt und das Schlimmste verhindert", sagte Anna-Lena.

Karl war das zu irrational und er zuckte mit den Schultern. „Wie auch immer! Die fehlende Scherbe werden wir jedenfalls nicht mehr auftreiben. Die ist wahrscheinlich in der Asservatenkammer der Spionageabwehr gelandet."

„Sollen wir die Scherbe nachbilden?", schlug Anna-Lena vor. „So schwer kann das doch nicht sein!"

„Das bleibt immer ein Fremdkörper – der Gips war ja auch schon ziemlich angegraut. Den Farbton kriegen wir nicht so leicht hin. Aber probieren können wir es!", meinte Josef.

„Ich glaube nicht, dass der Kopf für Hierlinger dann auch geheilt ist. Wenn es damit getan wäre, ein bisschen Gips in die Lücke zu schmieren, dann hätte er uns doch nicht den halben Tag am Boden rumkriechen lassen", wandte Karl ein.

„Wir bräuchten ein Duplikat", überlegte Anna-Lena. „Von solchen Büsten wurden doch bestimmt mehrere produziert. Sonst rentiert sich die Form doch gar nicht. Wenn wir nur wüssten, wo sie hergestellt wurde!"

„Weiß ich!", rief Josef. „Ich hatte eine Scherbe in der Hand, auf der stand ‚F. Nanni, München'".

„Kann man da nicht hinschreiben und eine bestellen?", fragte Anna-Lena.

„Das nötige Kleingeld könnte ich schon zusammenkratzen", fügte Karl hinzu.

Josef schüttelte den Kopf: „Das funktioniert wahrscheinlich auch nicht. Es stand auch eine Jahreszahl dabei: 1888. Nach fast 30 Jahren haben die bestimmt keine mehr auf Lager."

„Ich bin mir sowieso nicht sicher, ob Hierlinger mit einer Kopie geholfen ist", gab Karl zu Bedenken. „Mir scheint, die apotropäische Wirkung geht für ihn nur von dieser einen Büste aus."

„Apro … was?",

„Apotropäisch – Schadenabwehrzauber."

Ratlos blickten sie sich an. Plötzlich sprang Anna-Lena auf: „Wir sind doch blöd! Wir haben doch eine! Die steht in der unteren Bibliothek. Da es sich um dieselbe handelt, hat sie auch dieselbe apropos-irgendwelche Wirkung."

„Stimmt! Wir müssen sie wirklich nur durch den Zeitschacht bugsieren. Im Vergleich zu Victors Leiche ist das eine Kleinigkeit!", rief Josef.

Doch Karl schaute immer noch skeptisch: „Moment! Irgendwas ist da unlogisch! Wenn wir die Büste aus dem Jahr 1915 ins Jahr 2016 befördern, und es sich um dieselbe handelt, wie kann sie dann vorher schon da gewesen sein? Die Büste, die vor zwei Wochen zerstört worden ist, stand ja offensichtlich die letzten 100 Jahre in der Bibliothek. Das kann sie aber nicht, wenn wir sie 1915 entwenden und auf eine Zeitreise schicken. Wir reißen sozusagen ein Loch in die Zeit."

„Das ist leider richtig", gab Anna-Lena frustriert zu. „Wir würden dadurch womöglich die ganze Gegenwart verändern, mit unabsehbaren Folgen. Wäre die Büste nicht in der Bibliothek gewesen, hätte Victor Hannah bestimmt vergewaltigt."

„Außer: Wir leihen sie uns nur aus!", rief Karl. „Das klingt jetzt ein bisschen zynisch, aber Hierlinger ist ein alter Mann, der nicht mehr allzu lange zu leben hat. Nach seinem Tode bringen wir die Büste wieder nach unten in die Vergangenheit. Dann hat sie dort ein paar Jahre gefehlt, existiert aber, sobald Hierlinger als junger Studienrat die Leitung der Bibliothek übernimmt."

„Wir können ja unten einstweilen den von uns zusammengeflickten Gipskopf aufstellen. Dann würde auch 1915 niemand eine Büste vermissen. Wenn es dann so weit ist, tauschen wir sie einfach wieder aus!", ergänzte Josef.

Anna-Lena schaute die beiden verblüfft an, schüttelte dann aber doch bestimmt den Kopf: „Klingt logisch, ist mir aber trotzdem zu gefährlich. Ich möchte Hannah auf gar keinen Fall in Gefahr bringen. Was ist, wenn uns die Büste kaputt geht? Was bringen wir dann in die Vergangenheit zurück?"

Sie überlegten noch den ganzen Abend hin und her, kamen aber zu keiner Lösung des Problems. Schließlich verabschiedete sich Karl und Anna-Lena kuschelte sich zu Josef in dessen schmales Bett. Obwohl sie in seinen Armen einschlief, träumte sie nachts von einer Büste, die statt des Gipskopfs von Vergil den lebendigen Kopf Hierlingers trug, der sie verzweifelt anschaute und lautlos vor sich hin murmelte.

Wiederauferstehung

Am nächsten Vormittag trafen sich Anna-Lena und Josef mit Karl vor der verschlossenen Schule. Anna-Lena stellte belustigt fest, dass Karls Äußeres heute noch eine Spur dandyhafter war als sonst. Unter einem eleganten, schwarzen Mantel mit Pelzkragen trug er einen karierten Tweedanzug mit weinroter Krawatte, in der Hand hielt er einen in Zeitungspapier gewickelten Blumenstrauß. Zu dritt nahmen sie den bewährten Weg über den Schneeberg. Josef wollte seine Freundin noch bis zum Zeitschacht begleiten. Als sie in der unteren Bibliothek angelangt waren, blieben sie wortlos vor der Vergil-Büste stehen. Schließlich gab sich Anna-Lena einen Ruck: „Versuchen wir's! Bringen wir ihn nach oben!", sagte sie entschlossen. Die beiden Jungen schauten sie verwundert an.

„Bist du dir sicher?", fragte Karl. „Gestern war dir das doch noch zu riskant!"

Anna-Lena nickte: „Wir sind es Hierlinger schuldig. Außerdem …," sie holte Luft, „wenn es uns nicht gelänge, die Statue zu gegebener Zeit zurückzubringen, dann wäre das letzte halbe Jahr für uns sowieso ganz anders verlaufen. Dann wäre Hierlinger nicht Hierlinger, Hannah hätte die Treppe in die andere Zeit gar nicht erst entdeckt und wir hätten uns nie kennen gelernt. Ohne Josef hätten wir die Stinkbombenattacke nie aufgeklärt, Hannah hätte Victors Hass nicht auf sich gezogen und es wäre nicht zur großen Katastrophe gekommen."

Josef zuckte zusammen. „Dann hätte es also auch unsere Liebe nie gegeben. Du willst also, dass ich jetzt diesen Gipskopf da hochtrage und riskiere, dass sich das letzte halbe Jahr in Luft auflöst? Das wäre ja fast wie sterben!" Seine Stimme zitterte.

„Nichts wird sich in Luft auflösen!", erwiderte Anna-Lena und nahm ihn bei der Hand. „Ich bin mir sicher, dass es uns gelingen wird, die Büste unversehrt wieder zurück in die Vergangenheit zu bringen.

Der Beweis dafür ist, dass wir jetzt hier stehen, dass ich die letzte Nacht mit dir verbracht habe, dass wir drei zusammen gestern Abend in Josefs Küche gesessen sind, dass wir die sind, die wir sind. All das ist ja tatsächlich passiert, und wenn wir den Gipskopf jetzt in die Zukunft verfrachten, dann kann es nur passiert sein, wenn ihn jemand irgendwann einmal wieder in die Vergangenheit zurückbringt!"

Karl schaute Anna-Lena mit einer Mischung aus Amüsement und Bewunderung an: „Das ist höhere Logik. Damit zwingen wir das Schicksal!"

Anna-Lena küsste Josef sanft auf den Mund und flüsterte, fast beschwörend: „Alles wird gut! Glaub mir!"

Vorsichtig hoben sie den unerwartet schweren Gipskopf von der Statue. Er passte gerade so in den großen Rucksack, in dem Anna-Lena ihre Altkleider transportiert hatte. Josef schnallte ihn sich auf den Rücken und bestieg die Leiter, die Anna-Lena und Karl von oben und unten sicherten. Als er sich mit seiner zerbrechlichen Last in den Zeitschacht zwängte, merkte er, wie ihm der Schweiß ausbrach, und zwar weniger vor Anstrengung als vor Angst. Was, wenn sich Anna-Lena täuschte? Wenn mit dem nächsten Schritt plötzlich alles vorbei wäre? Wenn sie alle durch die Zeit fielen und in einem früheren Leben wieder aufwachten? Dann wüsste er nicht einmal, welches Glück das Leben für ihn bereitgehalten hätte.

Doch nichts passierte. Oben angekommen hievten sie den unversehrten Vergil schnaufend auf die verwaiste Säule. Erleichtert schloss Anna-Lena Josef in die Arme: „Du siehst, es gibt uns noch!"

„Ein bisschen hatte selbst ich den Horror Vacui", bemerkte Karl und betrachtete grinsend das Liebespaar.

„Dann wollen wir mal sehen, was Hierlinger zu seinem neuen alten Bekannten sagt. Holen wir ihn!" Anna-Lena wandte sich zur Tür. Doch dort stand er schon, gerade als hätte er auf sie gewartet. Was sie nun sahen, konnten sie später einhellig nur als Wunder bezeichnen: Sie wurden Zeugen von Hierlingers Wiederauferstehung. Mit jedem Schritt, mit dem er sich der Vergil-Büste näherte, schien sein verfallenes Gesicht wieder Konturen anzunehmen, schien sich seine gelbe Gesichtsfarbe zu verflüchtigen, schienen seine trüben Augen ihre Strahlkraft zurückzugewinnen, schien sich seine eingesunkene Gestalt aufzurichten, schien sein schwankender Gang sicherer zu werden. Mit zittrigen Fingern berührte er die Figur, und als hätte man ihn an eine Stromquelle angeschlossen, wurde er von Energie-Wellen durchflutet, seine wenigen Haare standen ihm zu Berge und sein dünner, verkniffener Mund entfaltete sich zu einem verzückten, seligen Lächeln. Wie ein Hohepriester breitete er schließlich die Hände aus und rief mit einer tiefen, volltönenden Stimme: „Mens agitat molem!" Im selben Augenblick, sei es nun Zufall oder nicht, warf die schräg stehende Wintersonne ihre Strahlen durch die schmalen Fenster und ließ die Buchrücken in einem matten Gold erstrahlen. Hierlinger ließ die Hände sinken und stand glücklich lächelnd neben der Statue.

Anna-Lena fing sich als Erste wieder. „Herr Hierlinger, geht es Ihnen wieder gut?", fragte sie ihn überflüssigerweise.

Hierlinger nickte: „Ja, meine Liebe! Der Wächter ist zurück! Die Bibliothek kann weiter existieren. Der Geist bewegt wieder die Materie und das Schicksal findet seinen Weg."

Tatsächlich erstrahlte die Bibliothek in altem Glanze, die bösen Geister waren vertrieben und der Name Victor hatte seinen Schrecken verloren. An die Blutlache erinnerte sich Anna-Lena, als habe sie sie nur in einem schlechten Film gesehen.

„Wollt ihr vielleicht ein Tässchen Pfefferminztee?", fragte Hierlinger. „Mir ist, als hätte ich tagelang nichts getrunken!"

Beim Teetrinken war Hierlinger wieder ganz der Alte: zuvorkommend, redselig und ziemlich verrückt. Über die vergangenen Wochen verlor er kein Wort. Er erkundigte sich aber nach Hannah und als er hörte, dass es ihr nicht gut ging, nickte er ernst: „Das Gift der Traurigkeit …" Mehrmals ermahnte er seine Gäste, Hannah das nächste Mal unbedingt mitzunehmen. Außerdem bat er Anna-Lena, ihm so bald wie möglich Hassan vorbeizuschicken.

So glücklich Anna-Lena auch war, dass Hierlinger so vollständig wiederhergestellt war, ohne dass sie alle von einem großen Zeitloch aufgesogen worden waren, so drängte sie doch schon bald zum Aufbruch. Die schwierigste Aufgabe stand noch bevor – und die hatte sie am wenigsten selbst in der Hand. Sie konnte nur hoffen, dass es Karl gelingen würde, Hannah aus ihrer Misere herauszuholen. Schweigsam ging sie neben ihm her bis zu dem Haus im Lerchenweg, in dem Hannah allein mit ihrer Mutter wohnte und das eigentlich viel zu groß für sie beide war.

„Also, mach's gut!", sagte sie zum Abschied zu Karl und drückte ihn an sich. Beiden war bewusst, wie ernst sie diese Floskel heute meinte. „Wir sehen uns dann morgen Nachmittag bei Hierlinger in der Bibliothek! Hoffentlich mit Hannah", fügte sie leise hinzu.

„Du baust ja fast keine Erwartungshaltung auf!", erwiderte Karl ironisch, ergänzte dann aber, als er Anna-Lenas verzweifelten Blick sah: „Ich tue mein Bestes, versprochen!"

Aus einiger Entfernung sah sie zu, wie Karl zur Haustür trat, den Blumenstrauß vom Papier befreite, seinen Kragen überprüfte und klingelte. Frau Merz öffnete die Tür und nach wenigen Begrüßungsworten, bei denen sich Karl zweimal leicht verbeugte, verschwand er im Inneren des Hauses. Frau Merz' erstauntes Gesicht angesichts dieses altmodischen Kavaliers, der so gar nicht zum Habitus ihrer Tochter passte, konnte sie sich lebhaft vorstellen.

In der Tat war Frau Merz verwundert, einen so adrett gekleideten jungen Mann an der Tür anzutreffen, der noch dazu ganz außergewöhnliche Manieren an den Tag legte.

„Grüß Gott, gnädige Frau. Verzeihen Sie bitte, dass ich Ihre wohlverdiente Sonntagsruhe störe, aber ich hätte gern Ihrer Tochter einen kleinen Besuch abgestattet. Sie ist doch zu Hause?"

„Äh ja, Hannah ist da. Kommen Sie doch bitte rein!"

„Darf ich mich vorstellen? Ich bin Karl von Stetten. Hannah und ich kennen uns aus der Schule." Was ja nicht einmal gelogen war.

„Wie schön. Legen Sie doch bitte ab!"

220

„Vielen Dank! Das ist wirklich sehr liebenswürdig von Ihnen! Darf ich Ihnen vielleicht diesen Blumenstrauß überreichen, gnädige Frau? Als kleine Entschuldigung dafür, dass ich hier so unangekündigt hereinplatze."

Das war ja nun wirklich ein schräger Vogel! Wollte der sich einen Spaß auf ihre und auf Hannahs Kosten erlauben? Irgendeine doofe Wette oder Mutprobe vielleicht? Leicht misstrauisch nahm sie ihm die Astern ab und musterte den karierten Tweedanzug, der unter dem Mantel mit dem angeberischen Pelzkragen zum Vorschein kam. So etwas gab es jedenfalls nicht bei H&M.

Etwas spät erwiderte sie: „Vielen Dank! Das wäre doch wirklich nicht nötig gewesen!" Ein wenig unschlüssig stand sie in der Diele, während sie dieser seltsame Junge erwartungsvoll anlächelte. Aber die Höflichkeit gebot es wohl, ihn ins Wohnzimmer zu bitten. „Kommen Sie doch herein und nehmen Sie Platz!", sagte sie gerade noch rechtzeitig, bevor die Situation peinlich zu werden drohte. „Ich hole Hannah!" Da hatte sie so lange darauf gehofft, dass Hannah endlich mal einen Jungen mit nach Hause brachte – und jetzt kam so ein Freak, der schon auf den ersten Blick nicht zu ihrer Tochter passte! Andererseits: höflich war er – hätte sie sich denn einen gepiercten Punk wie diesen Marvin gewünscht, mit dem Anna-Lena mal eine Zeitlang rumgezogen war?

„Hannah! Besuch für dich!", rief sie durchs Treppenhaus nach oben. Aber natürlich hörte Hannah nichts, weil sie sich schon wieder mit ihren Kopfhörern verstöpselt hatte. Sie lief die Treppen hoch und öffnete Hannahs Tür. Wie erwartet lag sie auf ihrem Bett, hörte Musik und starrte Löcher in die Luft. Dann schon lieber ein komischer Kauz zu Besuch!, dachte Frau Merz.

„Hannah! Da unten ist Besuch für dich! Ein Karl!"

Unerwartet schnell fuhr das Leben in Hannah. Sie sprang auf und rief: „Karl? Echt? Gibt's nicht!", und rannte die Treppe hinunter. Frau Merz folgte ihr voller Verwunderung. Als sie das Wohnzimmer betrat, umarmte Hannah diesen Karl gerade innig und sagte: „Es ist so schön, dass du gekommen bist!" und dabei traten ihr die Tränen in die Augen.

Beim Anblick dieses ungleichen Paares besann sich Frau Merz plötzlich auf ihre Gastgeberpflichten. „Darf ich Ihnen vielleicht etwas zu trinken anbieten, Karl? Eine Tasse Tee oder Kaffee vielleicht?"

Karl ließ Hannah los, als sei er bei etwas Ungehörigem ertappt worden. „Verzeihen Sie! Wir haben uns schon länger nicht mehr gesehen! Ein Tässchen Tee wäre wirklich ganz entzückend. Aber nur, wenn Sie auch eines trinken!", erwiderte er unter Aufbietung seines ganzen Charmes.

Hannah schaute Karl verwundert an. Wollte er wirklich mit ihrer Mutter Tee trinken? Warum gingen sie nicht einfach in ihr Zimmer? Hier könnten sie doch niemals ungestört miteinander reden! Da sah sie, wie ihre Mutter einen Blumenstrauß in eine Vase stellte. Echt jetzt? Das konnte doch nicht sein Ernst sein! Hatte er tatsächlich ihrer Mutter Blumen mitgebracht? Fragend schaute sie ihre Mutter an. Diese nickte ihr augenzwinkernd zu.

Zu allem Überfluss machte Karl auch noch eisern Konversation, lobte den Tee und die Plätzchen, die Frau Merz serviert hatte, und äußerte sich anerkennend über die gerahmte Macke-Reproduktion, „Frau, eine Blumenschale tragend", die über dem Sofa hing. „Ich bin auch ein Freund des Blauen Reiter. Was war das für ein Skandal, als die Neue Künstlervereinigung in München die ersten Bilder von August Macke und Franz Marc zeigte! Und jetzt hängen sie sogar in einem bürgerlichen Wohnzimmer! Kennen Sie Mackes Bild ‚Zoologischer Garten'? Ich habe es mal in einer Ausstellung in Berlin gesehen! Welche Farben, welche Imaginationskraft! Ist Ihnen aufgefallen, dass einen nur die Tiere anschauen, nicht aber die Menschen? Was für eine Tragödie, dass Macke im September in der Champagne gefallen ist!" – Karl redete sich in Begeisterung, als ob das alles erst gestern passiert sei. „…Und erst Marcs ‚Turm der blauen Pferde'! Mit seinen Farben und Formen legt er das Wesenhafte des Tieres frei. Der Expressionismus revolutioniert in der Tat die Kunstgeschichte!"

Frau Merz kam aus dem Staunen über diesen feinsinnigen jungen Mann gar nicht mehr heraus, der über die kunstgeschichtlichen Entwicklungen der vorletzten Jahrhundertwende erzählen konnte, als sei es gestern gewesen. Und sie hatte gedacht, die jungen Leute unterhielten sich heutzutage nur noch über You-Tube-Videos und Spotify-Playlisten!

Hannah griff ein: „Weißt du Mama, wir machen das gerade in der Schule und unser Kunstlehrer ist gar nicht so schlecht. Er erzählt sehr ... plastisch."

Sie atmete auf, als Karl sich räusperte und – plötzlich etwas verlegen geworden – fragte: „Darf ich Ihre Tochter vielleicht für ein Stündchen zu einem Spaziergang entführen, gnädige Frau?"

Als sie draußen waren, boxte sie ihn in die Seite: „Sag mal, musste das jetzt sein? Wozu das Plauderstündchen mit meiner Mutter? Und was sollte das mit dem Blumenstrauß? Oder willst du etwa um meine Hand anhalten?"

Karl antwortete leicht indigniert: „In meinen Kreisen macht man das eben so. Wenn man ein junges Fräulein zu einem Rendezvous abholt, zeigt man sich von seiner besten Seite. Deine Mutter muss doch wissen, dass ihre Tochter bei mir in guten Händen ist."

„Du alter Macho! Ich bin in niemandes Händen, schon gar nicht in deinen!", empörte sich Hannah. „Ich kann ganz gut auf mich alleine aufpassen. Wenn, dann muss ich auf dich aufpassen, dass du dich nicht verplapperst. Seit August Macke gefallen ist, sind ja doch schon einige September ins Land gegangen! Und jetzt gehen wir ins Café Körner, zum Rumlaufen ist es mir nämlich zu kalt!"

„Aber ...", versuchte Karl einzuwenden.

„Du wirst es dir gefallen lassen müssen, dass diesmal ich die Rechnung begleiche", fiel ihm Hannah grinsend ins Wort und hakte sich bei ihm ein. „Deine Reichsmark werden sie dort nicht nehmen." Er tat ihr gut, dieser Karl, auch wenn sie sofort wieder anfingen, sich gegenseitig zu provozieren.

Sie waren wirklich ein ungleiches Paar, nicht nur äußerlich. Aber heute hätte es ihr nichts ausgemacht, mit diesem schnöseligen Snob gesehen zu werden. Und er fand es zwar reichlich seltsam, dass sie mitten im Winter diese proletarischen Jeans trug, die man offenbar absichtlich an den Knien aufgeschlitzt hatte, nahm aber keinen Anstoß daran.

Im Café erzählte Karl ihr von Anna-Lenas Erlebnissen als Dienstmädchen, von ihrer Versöhnung mit Josef und von der wundersamen Rekonvaleszenz Hierlingers. Spätestens bei Karls Schilderung von Hierlingers Heilungsritual hatte sie das Gefühl, dass sie doch etwas verpasst hatte. Schließlich nahm Karl ihre Hand: „Bitte, Hannah, du musst wiederkommen zu unseren Bibliothekstreffen. Zu dritt sind wir unvollständig. Immer nur unseren beiden Täubchen beim Turteln zuzuschauen, ist mir zu langweilig. Ich brauche jemanden zum Streiten.“

Es rührte sie, dass ausgerechnet Karl sie um etwas bat. Trotzdem zog sie ihre Hand zurück: „Einverstanden, ich komme. Aber ich möchte, dass du eines weißt: Ich mag dich wirklich sehr gern, Karl, aber ein Paar wie Anna-Lena und Josef können wir nicht werden. Ich bin eine echte Suffragette, musst du wissen.“

Karl setzte sein ironischstes Lächeln auf: „Das weiß ich doch. Keine Sorge. Ich bin ein aussterbender Aristokrat. Ich habe auch kein Interesse an Fortpflanzung und dergleichen. Außerdem heirate ich einmal das Dienstmädchen.“

Die Bibliothekstreffen verliefen wie eh und je. Hierlinger war sogar noch ausgelassenerer Stimmung als früher und wirkte geradezu verjüngt. Anna-Lena führte dies darauf zurück, dass ja auch die neue Vergil-Büste, zu der Hierlinger offenbar in einem symbiotischen Verhältnis stand, hundert Jahre jünger war als die alte. Er sprudelte jedenfalls über vor skurrilen Geschichten und harmlosen Verrücktheiten. So brachte er Josef die hohe Kunst des Krawattenknotens bei, indem sie dem Bibliotheksskelett auf verschiedenste Arten eine senf-

224

gelbe Krawatte mit schwarzen Punkten umbanden. Eines Nachmittags saß er auf einem mindestens zwei Meter hohen, nicht besonders stabil wirkenden Bücherstapel und las, angeblich weil hier oben die Energien am besten flössen. Natürlich mussten alle seine Besucher diesen Platz ebenfalls ausprobieren, wobei er den Stapel immer wieder unter großem Gelächter zum Schwanken, aber nie zum Umfallen brachte. Auch Hassan fand sich zu den Treffen ein oder war oft schon vor den anderen da, um mit Hierlinger Deutsch zu lernen. Für ihn versteckte er gerne Süßigkeiten, wofür die Bibliothek schier unendliche Möglichkeiten bot. Bald schon stellte sich heraus, dass sich auch die Großen gerne an solchen Suchaktionen beteiligten, zumal Josef und Karl diese knallbunten Gummibärchen aus der Zukunft sehr schätzten. Nun erlaubte sich Hierlinger allerdings, auch Nieten zu verstecken und kleine Fallen aufzustellen. So zog Josef einmal einen alten, durchlöcherten Socken aus einer Bücherlücke hervor, Anna-Lena stach sich an einem Bonsai-Kaktus, der im Inneren einer leeren Vase verborgen war, und Karl griff sogar einmal in eine ausgeleierte Mausefalle. Hierlinger fand solche Streiche dann ungemein komisch, leugnete aber jede Beteiligung und behauptete steif und fest, die Gegenstände, auch der Kaktus, ein angeblich besonders pflegeleichtes Exemplar, seien dort wohl schon vor langer Zeit verloren gegangen. Bei einem dieser Versteckspiele traute sich Hannah zum ersten Mal wieder in den hinteren Trakt der Bibliothek, wo sie feststellte, dass der Ort auch für sie seinen Schrecken verloren hatte.

Selbst das Problem, dass Josef und Karl ihre Zusammenkünfte nun immer frühzeitig verlassen mussten, weil der Schneehaufen längst abgeschmolzen war, über den sie im Winter in die Schule ein- und ausgestiegen waren, löste sich von selbst. Eines Abends standen sie vor verschlossenen Türen, sei es, weil Josef sich mal wieder nicht rechtzeitig von Anna-Lena trennen konnte – wie Karl behauptete -, sei es, weil Karl sich in eine endlose Diskussion mit Hannah über die Schwulenehe verstricken hatte lassen – wie Josef meinte. Jedenfalls durchstreiften sie nun unschlüssig das Schulhaus, über das sich langsam die Nacht senkte. Dabei betrat Karl schließlich das Allerheiligste, nämlich das Büro Kleebecks, das dieser nie absperrte, da er ja stets als Letzter die Schule verließ und sie, nach dem Hausmeister Konrad, auch wieder als Erster betrat. Dort baumelte an einem Nagel an der Wand ein Ersatzschlüsselbund. Sie sperrten damit den Nebeneingang auf, hängten den Schlüsselbund wieder zurück und verließen dann die Schule. Konrad wunderte sich zwar, dass er offenbar in letzter Zeit immer wieder vergaß, den Nebeneingang abzusperren, schob dies aber auf seine fortschreitende Trunksucht, und Kleebeck nahm ohnehin immer den Haupteingang.

So unbeschwert diese Nachmittage in der Bibliothek dahinflossen, so war gerade Anna-Lena sich dessen bewusst, dass sie sich in einer Zwischenwelt befanden, die ihnen irgendwann einmal nicht mehr genügen würde. Auf dem „Planeten Hierlinger", wie sie es nannte, schien die Zeit still zu stehen, während sich draußen alles rasant veränderte. Noch mehr galt dieses Unbehagen für ihre Rendezvous mit Josef. Der Ohrensessel war zwar ein idealer Liebesort, aber trotzdem verspürte sie mehr und mehr den Wunsch, Josef in irgendeiner Form an ihrem realen Leben teilhaben zu lassen und an seinem teilzuhaben. Außerdem stellte sie bald fest, dass Hannah an den Bibliotheksnachmittagen zwar aufblühte, sich in ihrem eigentlichen Leben aber weiterhin abkapselte und noch lange nicht zu ihrem gewohnten Selbstbewusstsein zurückgefunden hatte. So ging sie immer noch nicht zu den Tanzstunden, obwohl schon in zwei Wochen der Abschlussball stattfinden sollte. Lukas, ihr Tanzpartner, hatte sie ohnehin schon abgeschrieben.

Aus diesen Überlegungen heraus machte Anna-Lena daher eines Tages den Vorschlag, dass sie alle gemeinsam zum Abschlussball gehen sollten. „Das wäre doch ein Riesenspaß! Stell dir vor, wie die anderen schauen werden, wenn wir mit zwei unbekannten Kavalieren aufkreuzen!", versuchte sie die Idee Hannah schmackhaft zu machen.

Doch Hannah runzelte die Stirn: „Ich hab so viel verpasst. Ich kann gar nichts mehr! Außerdem haben wir doch Tanzpartner. Da können wir doch nicht einfach so mit Karl und Josef daherkommen."

„Lukas hat sich schon längst eine Partnerin aus der 10. gesucht, weil er nicht mehr mit dir gerechnet hat. Und Jan ist jetzt mit Leonie zusammen und tanzt sowieso lieber mit ihr als mit mir." Gespannt wandte sie sich an Josef und Karl: „Wie sieht's aus, meine Herren, steht ihr zur Verfügung?"

Zu ihrem Erstaunen waren beide recht angetan von ihrer Idee. Offenbar war sie nicht die Einzige, der das Leben auf dem Planeten Hierlinger zu eng geworden war.

„Dass Hannah ein paar Stunden verpasst hat, macht gar nichts!", erklärte Karl. „Du musst uns sowieso allen Tanzstunden geben. Ich kann nur Wiener Walzer. Wahrscheinlich ist da im Laufe des 20. Jahrhunderts einiges dazugekommen, was du uns beibringen musst."

„Kennt ihr eigentlich den Tango Argentino? Das ist bei uns gerade der neueste Schrei. In unserer Tanzschule wird er aber nicht unterrichtet. Der Tanzmeister hält ihn für einen skandalösen Negertanz!", erzählte Josef.

Hierlinger schaute belustigt zu, als Anna-Lena beim nächsten Treffen geduldig die Schrittfolgen von Cha-Cha-Cha, Rumba und Tango erklärte. Als sie aber ihren Subwoofer auspackte, um Tanzmusik abzuspielen, die sie aus dem Netz heruntergeladen hatte, zog er missbilligend die Augenbrauen hoch. „Ich weiß, es ist schrecklich", sagte sie entschuldigend, „aber wir brauchen was Tanzbares."

Karl und Josef waren dagegen wie berauscht von den neuen lateinamerikanischen Rhythmen: „Unglaublich! So etwas habe ich wirklich noch nie gehört!", rief Josef immer wieder euphorisch. „Das fährt dir direkt in die Beine!" Und Karl ergänzte pathetisch: „Wir haben gerade ein halbes Jahrhundert Musikgeschichte übersprungen!" Derart motiviert, lernten die beiden Jungen erstaunlich schnell. Nur Hierlinger moserte vor sich hin, weil ihm die Musik nicht gefiel.

„Was zieht man da eigentlich an?", fragte Josef, als sie sich zwei Stunden später erschöpft auf die Sessel fallen ließen.

„Da hat sich bei den Herren tatsächlich nicht so viel geändert. Du kannst einfach deinen Sonntagsanzug anziehen", beschied Anna-Lena, und zu Karl gewandt fuhr sie fort: „Du schaust sowieso immer aus, als würdest du gerade auf einen Ball gehen!"

„Und was zieht ihr an?", wollte Josef wissen und ergänzte spöttisch: „Doch hoffentlich keine aufgeschlitzten Jeans?"

„Das superkurze kleine Schwarze mit dem tiefen Ausschnitt ist wahrscheinlich keine so gute Idee. Sonst kommst du womöglich mit der Schrittfolge durcheinander!", erwiderte Anna-Lena süffisant.

Hannah lachte, fast so befreit wie früher. „Ich hab da eine Idee! Karl hat dir doch für deine Geheimmission damals dieses hinreißende Abendkleid von seiner Schwester besorgt. Vielleicht ließe sich für mich ja etwas Ähnliches auftreiben. Dann gehen wir alle im Stil von 1910. Wenn wir schon auffallen, dann richtig!", schlug sie mit blitzenden Augen vor. „Wir werden Furore machen!" Die drei anderen schauten sich an: Endlich kehrte Hannah wieder ins Leben zurück! Und so wurde beschlossen, dass man sich am nächsten Samstag schon am Nachmittag zur Einkleidung in der Bibliothek träfe, um dann gemeinsam den Ball zu besuchen. Josef sollte im Anschluss bei Anna-Lena, Karl bei Hannah übernachten. Als sie sich von Hierlinger verabschiedeten, sagte dieser: „Könnte sein, dass ich nächsten Samstag nicht da bin. Die Bibliothek steht euch aber selbstverständlich jederzeit offen."

Verwundert schauten sie ihn an. Hannah fragte als Erste: „Was haben Sie denn vor, Herr Hierlinger?"

Hierlinger grinste und sagte mit einem Augenzwinkern: „Eine Geheimmission!"

Tango

Die Stadthalle war ein etwas liebloser, überdimensionierter Funktionsbau, der aber ohne weiteres Veranstaltungen aller Art schluckte: vom Parteitag populistischer Protestparteien über den Faschingsball der Metzgerinnung bis zur Jahreshauptversammlung der deutschen Brauereiwirtschaft. Ein alljährlicher Termin im Festkalender der Stadt war auch der Abschlussball der städtischen Gymnasien.

Während dann unten auf der Bühne eine mittelmäßige Showband den Saal mit Schlagern des vergangenen Jahrtausends beschallte und sich die Jugendlichen gegenseitig auf die Füße traten, saßen oben auf der Galerie die Eltern und fotografierten mit Teleobjektiven die angestrengten Tanzversuche ihrer Kinder, fieberten mit bei deren ungeschickten Versuchen der Kontaktaufnahme mit dem anderen Geschlecht, schüttelten innerlich den Kopf über die allzu kurzen Kleider und allzu hohen Pumps fremder Töchter und zählten schließlich die Weißbiere mit, die ihre Söhne an der Bar vernichteten. Auch Frau Merz und Anna-Lenas Eltern saßen hier oben, vertrieben sich die Zeit mit Small-Talk und stellten verärgert fest, dass ihre Töchter sich offenbar vor der üblichen Eröffnungspromenade drückten.

Hannah und ihre Freunde betraten die Stadthalle erst, als der Ball schon in vollem Gange war. Es war in der Tat ein bemerkenswerter Auftritt: Anna-Lena trug wieder das taillierte Abendkleid aus kobaltblauer Seide, und für Hannah hatte Karl ein zartrosa Jugendstilkleid mit Tüllärmeln und Paillettenkragen aufgetrieben; beide trugen samtene Abendhandschuhe, die bis zu den Ellenbogen reichten und hatten ihre Haare kunstvoll hochtoupiert. Karl selbst war der perfekte Dandy im Oscar-Wilde-Stil und Josef trug den Hochzeitsanzug seines Vaters, darunter ein gestärktes, weißes Hemd mit Fliege.

Hannah steuerte, Karl am Arm, den Tisch mit ihren Freundinnen an, für den sie die Platzkarten reserviert hatte, gefolgt von Anna-Lena und Josef.

Leonie blieb der Mund offen stehen, als sie das Quartett sah: „Wow! Diese Kleider gibt's aber nicht bei P&C! Seid ihr im Kostümfundus des Stadttheaters eingebrochen?"

„Wir haben da unsere Quellen", erwiderte Hannah mit einem Seitenblick auf Karl.

„Von wann sind die denn?", hakte Leonie nach.

„Titanic-Ära, Wiener Stil", erklärte Hannah und fuhr mit einem Lächeln fort: „Darf ich vorstellen? Das sind Karl und Josef. Sie stammen ebenfalls aus der Kaiserzeit."

„Ah, ist das nicht der Typ, der sich für dich mit Kai geprügelt hat", wandte sich Leonie an Anna-Lena. „Darum sieht man euch also in letzter Zeit so selten!"

Es wurde ein rundum vergnüglicher Abend. Josef und Karl beherrschten die Umgangsformen auf eine fast schon übertriebene Weise und sahen es als selbstverständlich an, auch die am Tisch sitzenden Mädchen höflichst zum Tanze zu bitten, was diese dankbar annahmen – zumal ihre eigentlichen Tanzpartner sich an die Bar zurückgezogen oder sich – wie Jan – zum Rauchen verdrückt hatten.

Allmählich löste sich das steife Zeremoniell, das den Beginn solcher Veranstaltungen beherrscht, auf. Die Krawatten wurden gelockert und die Saccos ausgezogen, Mädchen entledigten sich ihrer viel zu hohen Pumps und tanzten barfuß, die Tanzfiguren wurden ausladender und gewagter, bestimmte Paare kollidierten immer wieder, als wären sie beim Autoskooter, die ersten betrunkenen Jugendlichen stolperten durch den Saal, selbst die Eltern auf den Logenplätzen entspannten sich unter dem Einfluss alkoholischer Getränke und Hannah legte mit Ruth einen gewagten Tango aufs Parkett. Auch Jan tauchte wieder auf, behauptete unter großem Gelächter, er werde jetzt mit Leonie über die Tanzfläche schweben, stieg ihr aber, statt abzuheben, nur auf die Füße.

Als Anna-Lena zu fortgeschrittener Stunde in einer Tanzpause an Josefs Arm wieder zu ihrem Tisch zurückschritt, glaubte sie ihren Augen nicht zu trauen. Dort saß, von einem Ohr zum anderen grinsend, in einem völlig unwahrscheinlichen Anzug aus schon leicht verschlissenem rotem Samt: Hierlinger. Niemand konnte sich entsinnen, ihn je außerhalb der Bibliothek gesehen zu haben, und jetzt hatte er sich mitten in den größten Trubel begeben und schien sich nicht unwohl dabei zu fühlen. Neben ihm saßen Hassan, der mit großen Augen um sich schaute, und ein älterer Syrer mit einem weißen Bart, der melancholisch vor sich hinlächelte.

„Das ist Herr Al Sharif, Hassans Großvater!", stellte er ihn vor. „Die Göttin kommt noch!"

„Welche Göttin?", fragte Anna-Lena reichlich erstaunt.

„Du wirst schon sehen! Dieser Krach hier ist ja hoffentlich bald vorbei?"

Er war in der Tat schon bald vorbei. Pünktlich um Mitternacht hatte die Tanz-Band ihre Pflicht erfüllt, es gab noch ein paar warme Abschiedsworte des Tanzschulendirektors und schon leerte sich der Saal. Da zogen Hierlinger und Al Sharif zwei Instrumentenkoffer unter dem Tisch hervor, bestiegen die Bühne und packten eine Violine und ein Bandoneon aus. In aller Seelenruhe stimmten sie ihre Instrumente und dann legten sie los.

Die meisten Leute hatten den Saal schon verlassen, doch die, die im Hinausgehen die nun folgenden Klänge noch hörten, blieben stehen, drehten sich erstaunt um und kehrten dann zur Bühne zurück. Der Tanzschulendirektor, der endlich heim wollte und den Abbau der Musikanlage überwachte, schaute unwillig auf, holte schon tief Luft, um diese beiden Amateure zurechtzuweisen, ließ es dann aber. Auch der Chef des Catering-Unternehmens stach zuerst forschen Schrittes auf die beiden Musizierenden zu, um diese unangemeldete späte Einlage zu unterbinden, wurde dann aber immer langsamer und blieb schließlich mit offenem Munde vor der Bühne stehen.

Es war, als stünde Hierlinger unter Strom. Wie bei dem Reinigungsritual in der Bibliothek standen ihm wieder seine spärlichen weißen Haare zu Berge, aber diesmal schien die Energie direkt in seinen Bogen zu fließen und sich in Klangwellen umzuwandeln. Anna-

Lena kam es so vor, als schwebten die Töne wie zarte Flaumfedern über der Violine, als schienen sie dort unschlüssig zu verharren, sich zu einem großen, bunten Vogel zu formen, der zu flattern anfing und dann in großen Schwüngen im Dreivierteltakt durch den Saal flog. Dann setzte das Bandoneon des alten Arabers ein, zuerst nur wispernd, dann immer vernehmlicher, immer verführerischer. Mit süßen Versprechungen lockte es den Vogel an, der neugierig anfing das Bandoneon zu umkreisen, und bald Ellipsen zog, die ihm an den Scheitelpunkten immer näher kamen. In dem Augenblick, als der bunte Vogel das Bandoneon berührte, ging er in Feuer auf. Funken stoben nun aus den Saiten von Hierlingers Violine und aus dem Balg des Bandoneons quollen Tränen. Wieder verbanden sich die beiden Instrumente, diesmal zu einer rhythmischen Kaskade aus Feuer und Wasser – und löschten sich gegenseitig aus.

Aber auch bei den anderen Zuhörern rief die Darbietung fantastische Bilder hervor. Jan behauptete später sogar, Hierlinger habe mit seiner Violine den Bodenkontakt verloren und sei, je wilder sein Spiel wurde, desto höher über dem Boden geschwebt. Nur eine an sein Bein gebundene Schnur habe verhindert, dass er wie ein Gasluftballon unter der Decke klebte. Währenddessen habe das Bandoneon des alten Arabers Farbspektren durch den Saal gespuckt, die sich über den Tanzenden auflösten.

Anna-Lena war die erste, die begriff, dass es sich bei dieser überwältigenden Musik um Tango handelte. Sie schnappte sich Josef und zum ersten Mal tanzten sie wie von selbst, die Bewegungen des anderen immer schon vorwegnehmend, selbstvergessen aufeinander abgestimmt wie in den besten Momenten der körperlichen Liebe. Nun tanzten auch Karl und Hannah, Leonie und Jan, Ruth und Tim, und bald darauf tanzte der ganze Saal, Frau Merz tanzte aus irgendeinem Grund mit dem Tanzschulendirektor, den sie gar nicht kannte, die Bedienungen tanzten mit den Kellnern, die Putzfrauen mit den Barkeepern, und es tanzten schließlich sogar Anna-Lenas Eltern, zum ersten Mal seit ihrer Hochzeit vor 25 Jahren.

Schließlich verebbte die Musik, die Tanzenden schwiegen andächtig. Hierlinger hob den Bogen und sprach in die Stille: „Meine sehr verehrten Damen und Herren! Ich freue mich, Ihnen heute Yakub Al-Sharif aus Aleppo vorstellen zu dürfen! Herr Al-Sharif spielte in seinen jungen Jahren in den besten Nachtlokalen von Beirut, damals dem Paris des Ostens, bis es im libanesischen Bürgerkrieg zerstört wurde, dann in Damaskus und Aleppo, bis auch diese Städte von der Krake des Krieges heimgesucht wurden. Ich selbst heiße Anton Hierlinger und bin Bibliothekar." Beifall brandete auf, doch Hierlinger hob erneut seinen Bogen. „Nun darf ich Ihnen die göttliche Tochter von Herrn Al-Scharif vorstellen, Frau Roya. Sie wird uns nun einen Tango Oriental vorführen!" Eine große, dunkelhaarige, stark geschminkte Frau betrat die Bühne. Sie trug das türkisblaue, nabelfreie Satin-Kostüm einer Bauchtänzerin und den Hut und die hochhackigen Schuhe einer Tangotänzerin. „In diesem Tanz berühren sich nicht wie sonst beim Tango die Geschlechter, stattdessen vereinigen sich Morgenland und Abendland!" Und mit einer gehörigen Portion Pathos fuhr er fort: „Hier verschmelzen die dramatische Erotik des Tangos mit der verführerischen Sinnlichkeit des Orients!"

Die Instrumente huben an, die Klänge nahmen die Tänzerin behutsam auf, führten sie zärtlich mit sich und rissen sie schließlich davon, bis sie plötzlich den Spieß umdrehte und auf einmal ihr Tanz die Instrumente zu regieren schien. Nun waren es ihre ruckartigen Schrittfolgen und dramatischen Figuren, ihre Voleos und Ganchos, die die Explosionen der Violine und die scharfen Zwischenrufe des Bandoneons auslösten, während das Kreisen ihrer Hüften, die Konvulsionen ihres Bauches und das Vibrieren ihrer Brüste die Instrumente bändigte und sie in eine melancholische Sehnsucht versetzte.

Hannah wusste beim Anblick von Roya plötzlich, dass sie niemandem etwas vorzumachen brauchte und dass es für sie schön und richtig war, Frauen zu begehren. Morgen würde sie es ihrer Mutter sagen.

Anna-Lena hatte plötzlich das sichere Gefühl, dass alles gut werden würde mit ihr und Josef, mit ihrer besten Freundin Hannah, mit Hierlinger und seiner magischen Bibliothek, ja selbst mit Hassan und dessen Mutter, die jetzt in einer deutschen Kleinstadt Tango Oriental tanzte, weil es in ihrer Heimat zu viele islamistische Fanatiker gab, die sie dafür gesteinigt hätten.

Josefs Blick wechselte immer wieder von dem glücklichen Gesichtsausdruck Anna-Lenas zu der Tänzerin und ihren ekstatischen Bewegungen, bis er das Gefühl hatte, es sei Anna-Lena, die dort oben tanzte, und er von heißem Verlangen und heftiger Begierde gepackt wurde.

Karl fühlte sich so frei wie noch nie. Plötzlich spielte es für ihn keine Rolle mehr, dass er ein Adeliger war, auf dessen Schultern die Erwartungen von Generationen lasteten. Er würde seinen Weg gehen, auch wenn er dabei das Haus seiner Väter in Brand setzen müsste.

Jan flüsterte Leonie ins Ohr, ob sie für ihn nicht auch einmal so tanzen könnte, nur für ihn allein, woraufhin Leonie ihn zugleich ernst und verheißungsvoll anschaute und sagte: „Nur wenn du vorher mit dem Kiffen Schluss machst!" – Was Jan immerhin in Erwägung zog.

Es war schon vier Uhr morgens, als Hierlinger und Al Sharif zu spielen aufhörten. Müde und glücklich verließen Josef und Anna-Lena den Saal. Im Auto saßen sie Hand in Hand im Fond. Anna-Lenas Mutter fuhr, ihr Vater summte leise vor sich hin. Keiner sprach, aber es war kein peinliches Schweigen, sondern eher eine feierliche Stille. Es war klar, dass Josef heute Nacht bei Anna-Lena schlafen würde.

Karl fuhr mit Hannah und Frau Merz mit. Als er im Badezimmer verschwand, nahm Frau Merz ihre Tochter beiseite und fragte zögernd: „Sag mal …, brauchst du ein Kondom?"

Hannah musste lächeln. Dann sagte sie bestimmt: „Nein, Mama! Karl ist mein bester Freund, aber nicht mein Freund. Ich glaube, ich werde nie einen Freund haben, ich steh nicht auf Jungs. Mach dir da mal keine falschen Hoffnungen!"

Frau Merz schaute sie lange an. Dann nickte sie und sagte: „Du bist in Anna-Lena verliebt, stimmt's?"

Hannah schluckte. „Aber es ist nicht mehr schlimm."

Frau Merz schloss sie in die Arme und streichelte ihr über das Haar: „Meine arme Kleine!"

Da schossen Hannah die Tränen in die Augen, es schüttelte sie, es floss förmlich aus ihr heraus. „Es ist nicht schlimm, oder?", schluchzte sie.

„Nein, es ist nicht schlimm", beruhigte sie sie und dachte, dass Männer manchmal ganz schöne Arschlöcher sein können und dass ihrer Tochter wenigstens diese Erfahrung erspart bliebe.

Karl kam aus dem Bad. Als er die Szene überblickte, wollte er sich, eine Entschuldigung murmelnd, diskret zurückziehen. Doch Hannah griff nach seiner Hand und sagte: „Bleib da! Ihr seid mir beide sehr wichtig!"

Das Vaterland ruft

Der Montag nach diesem beglückenden Samstag war grau und nebelverhangen. Einmal mehr ließ Kleebeck in der Aula antreten. Gab es mal wieder einen Sieg zu feiern, irgendwo in der hinteren Türkei? Gegen einen Tag schulfrei hätten Josef und Karl nach diesem Wochenende nichts einzuwenden gehabt. Dagegen sprach aber, dass Kleebeck heute nur die beiden Klassen der Unterprima und die noch verbliebenen Reste der Oberprima um sich versammelt hatte. Er räusperte sich ausführlich, bevor er begann:

„Ich weiß, dass jeder einzelne von euch sich tagtäglich die Frage stellt, warum es ihn hier noch hält, an dieser ehrwürdigen Anstalt, bei Katheder und Lehrbuch, wo doch draußen im Felde die Kanonen donnern und das tapfere deutsche Heer weit in Feindesland siegreich voranstürmt. So bin ich hoch erfreut, euch heute mitteilen zu dürfen, dass gemäß Anordnung von allerhöchster Stelle allen Schülern der Jahrgänge 1897 und älter noch in diesem Schuljahr die Gelegenheit gegeben werden soll, sich einer Notreifeprüfung zu unterziehen. Die Schulzeit verkürzt sich somit für euch um ein Jahr."

Kleebeck legte eine kleine Kunstpause ein, in der sich die unerhörte Nachricht bei den Schülern setzen konnte. In das aufkommende Getuschel hinein fuhr er mit lauter Stimme fort: „Da ich davon ausgehe, dass alle von euch dieses großzügige Angebot freudig annehmen werden, wird eine Oberprima im Schuljahr 1915/16 nicht mehr gebildet. Ihr werdet also noch in diesem Frühjahr, gleichsam mit dem Reifezeugnis im Tornister, den Dienst für Kaiser und Reich antreten können und eure zweifellos tief empfundene vaterländische Gesinnung endlich im Felde unter Beweis stellen können.

Bevor ihr jedoch euren Heldenmut in dem großen Völkerringen, das Deutschland aufgezwungen wurde, für unser Vaterland in die Waagschale werfen könnt, erwarten euch noch einige Wochen unermüdlichen Studiums. Selbstverständlich werden die Abschlussprü-

236

fungen dem Niveau der Unterprima angepasst, aber auch und gerade in Notzeiten wie diesen wird einem deutschen Gymnasiasten nichts geschenkt! Nach dem gewonnenen Kriege werdet ihr mit dem Gefühl tief empfundener Dankbarkeit auf diese eure Schulzeit zurückblicken, froh eure Reifezeugnisse vorweisen und hervorragende Bürger einer stolzen Nation werden!"

Er endigte mit dem Ruf „Allzeit in Treue fest!", den die anwesenden Schüler mit gewohnheitsmäßiger Begeisterung wiederholten.

Nur zwei stimmten nicht mit ein. „Hab ich das jetzt richtig verstanden?", flüsterte Josef. „Man will uns jetzt alle zu Kriegsfreiwilligen verpflichten?"

„So ist es. Du sollst dich nicht nur abschlachten lassen, du sollst es auch noch gerne tun. Du weißt ja: Süß und ehrenvoll ist es fürs Vaterland zu sterben!", bestätigte Karl sarkastisch.

„Dann schicken sie uns jetzt also drei statt zwei Jahre in diesen sinnlosen Krieg!" Josef konnte es noch gar nicht fassen. „Das ist ein Jahr mehr, wo man uns den Kopf wegschießen, die Lunge verätzen oder im Stacheldraht verrecken lassen kann."

„Da geht es uns wie allen anderen!" Karl deutete auf seine verhalten jubelnden Schulkameraden. „Nur dass wir wissen, dass das Geschwätz vom Siegfrieden eine einzige Lüge und dieser Krieg eine große Schweinerei ist. Uns geht es wie der Seherin Kassandra: Wir wissen, dass Troja untergeht, aber keiner wird es uns glauben und es ließe sich ja auch nicht ändern."

„Für meine Kampfmoral ist das nicht eben förderlich", bemerkte Josef.

Karl schaute seinen Freund nachdenklich an: „Willst du für die da wirklich den Arsch hinhalten?" Mit einem verächtlichen Kopfnicken wies er auf Kleebeck und auf seine fanatisierten Schulkameraden. „Ich meine, deine Liebste lebt in einer glücklichen Zukunft. Du könntest dich hier einfach in Luft auflösen und dort mit ihr ein neues Leben anfangen. Früher oder später musst du dich sowieso entscheiden."

„Daran hab ich auch schon gedacht. Ich hätte nur nicht geglaubt, dass ich diese Entscheidung so bald schon fällen muss. Was ist mit dir? Kommst du mit?", fragte Josef.

Karl schüttelte langsam den Kopf: „Für mich ist das da drüben nichts. Ich komme mir im Jahr 2016 nur deplatziert vor."

„Aber das kann man doch alles lernen! Hannah würde dir bestimmt dabei helfen! Außerdem wären wir zu zweit! Wir könnten gemeinsam die neue Welt entdecken!"

„Ich bin nicht Christopher Kolumbus, sondern nur ein versnobter Adeliger, Josef. Hannah mag ich wirklich sehr gern, aber ich würde es nicht ertragen, mir wie ein Kind alles von ihr beibringen zu lassen. Dazu bin ich zu sehr ein „Macho", wie Hannah sagen würde. Außerdem würde mich dort eher ein Automobil überfahren, als dass mich hier eine Kugel erwischt. Da ich keine großen Ambitionen habe, mich abschlachten zu lassen, werde ich feige opportunistisch meine Beziehungen spielen lassen. Als Adeliger und mit ein paar vermittelnden Briefen meines Alten machen die mich bestimmt zum Adjutanten eines gemütlichen Reserveoffiziers mit einem ungefährlichen Schreibtischposten in der Etappe. Aber dich, Josef, dich werden sie vier Wochen von irgendeinem sadistischen Unteroffizier schleifen lassen und dann an vorderster Front verheizen. Ich kann dir nur raten: Rette deinen Arsch, geh zu deiner Anna-Lena und werde glücklich mit ihr!"

Josef schaute Karl unglücklich an. „Mal sehen, was die beiden zu unseren Neuigkeiten sagen werden. Vielleicht kann dich Hannah übermorgen bei Hierlinger ja doch noch umstimmen!" Doch Karl schüttelte erneut den Kopf.

In den Tagen nach der magischen Ballnacht surfte Anna-Lena auf einer Welle des Glücks. Alle Probleme schienen sich in einer großen Tangomelodie aufgelöst zu haben. Auch Hannah war wie ausgewechselt und lief zum ersten Mal seit vielen Wochen wieder mit strahlenden Augen und einem Lächeln auf den Lippen durch die

Schule. Beide konnten sie es kaum erwarten, die beiden Jungen wiederzusehen.

Anna-Lena fiel Josef, der sie zusammen mit Karl schon bei Hierlinger erwartete, so euphorisch um den Hals, dass sie gar nicht bemerkte, dass er sie länger als sonst umarmte und fester an sich drückte. Es wunderte sie nicht weiter, dass Karl ihnen dabei nicht nur mit seinem üblichen sarkastischen Grinsen zusah, sondern auch einen melancholischen Seufzer ausstieß. Hierlinger wirkte ein wenig mitgenommen, aber das war nach der langen Tanznacht ja auch nur zu verständlich.

Hannah dagegen erkannte sofort, dass etwas nicht stimmte. Mit klopfendem Herzen fragte sie: „Was ist los? Ist etwas passiert?"

Die beiden Jungen schauten sie an. Schließlich straffte Karl seinen Rücken und atmete tief durch: „Wir sollen Krieg spielen! Das Vaterland ruft."

Anna-Lena schaute ihn entgeistert an. „Wann?", hauchte sie.

„Frühestens in vier Wochen", antwortete Karl mit rauer Stimme. „Ende April sollen wir unser Notabitur ablegen. Dann kann es schnell gehen."

Hannah und Anna-Lena dachten im gleichen Moment dasselbe. Hannah sprach es als Erste aus: „Ihr kommt natürlich beide mindestens bis zum Ende des Krieges zu uns nach 2016! Bis der Krieg vorbei ist, dürft ihr auf gar keinen Fall mehr zurück! Sonst greifen sie euch am Ende noch auf und stecken euch als Kriegsdienstverweigerer in eine Strafkompanie!"

Karl schaute sie skeptisch an: „Ich glaube nicht, dass das so einfach ist!"

„Es gibt hier so viele junge Männer, die vor einem Krieg geflohen sind!", entgegnete Hannah. „Vom moralischen Standpunkt aus gesehen, seid ihr genauso asylberechtigt wie die! Wir müssen euch nur einen Flüchtlingsstatus beschaffen. Josef haben sie eh schon registriert! Meine Mutter hilft uns bestimmt mit allen juristischen Fragen!"

„Willst du denen dann erzählen, dass wir vor dem Ersten Weltkrieg geflohen sind?", fragte Karl.

„Nein, natürlich nicht!", erwiderte Hannah. „Aber dann eben vor dem syrischen Bürgerkrieg!"

„Entschuldige Hannah, aber schau mich doch mal an! Sehe ich aus wie ein Syrer?"

„Dann fliehst du eben vor irgendeinem anderen Krieg auf der Welt! Es gibt ja genug!", beharrte Hannah auf ihrer Idee.

„Zu meiner Zeit bekomme ich immer Probleme, weil man mich nicht zuletzt wegen meines vornehm blassen Teints für einen englischen Spion hält. Aber aus England kann man 2016 ja wohl kaum mehr fliehen, oder? Wenn ich die politischen Entwicklungen der nächsten hundert Jahre richtig verstanden habe, dann gehört good old England nicht gerade zu den Staaten, aus denen man in Deutschland Fahnenflüchtige aufnimmt", entgegnete Karl.

„Dann müssen wir eben eine andere Lösung finden!", insistierte Hannah. „Du könntest unter Gedächtnisverlust leiden und alle deine Papiere verloren haben. Dass du Deutscher bist, beweist du ja hinlänglich durch deine elaborierte Ausdrucksweise."

„Dann sperren sie mich erst mal ein paar Monate in die Klapse und machen irgendwelche Kaspar-Hauser-Tests mit mir. Nein, Hannah, bemüh dich nicht, ich finde es sehr lieb von dir, dass du dir mich antun willst, aber meine Entscheidung steht fest: Ich bleibe in meiner Zeit, auch wenn sie noch so beschissen ist."

Hannahs Augen füllten sich mit Tränen: „Du bist so ein verdammter Sturschädel, Karl!"

Karl versuchte sie in die Arme zu nehmen, doch sie stieß ihn zornig weg. „Ich lass mich schon nicht erschießen, Hannah", versuchte er sie zu beruhigen. „Nachdem ich weiß, dass es sich nicht lohnt, für Volk und Vaterland zu sterben, werde ich mich vornehm im Hintergrund halten. Mein Vater hat schon die ersten Briefe an maßgebliche Personen abgesandt. Wenn ich Heimaturlaub habe, komme ich, und besuche euch!"

Anna-Lena war sehr bleich im Gesicht, als sie sich an Josef wandte: „Und du? Ziehst du es auch vor, den Heldentod zu sterben statt mit mir zusammen zu sein?"

Josef nahm ihre Hand. „Ich komme zu dir. Nicht, weil ich Angst vor dem Krieg hätte, sondern, weil ich dich liebe."

„Hach, wie romantisch!", seufzte Karl ironisch, schloss aber dann verdächtig lange die Augen und schluckte.

Hierlinger hatte das Gespräch schweigend und mit gefurchter Stirn verfolgt. „Der Krieg ist eine Krake, eine gefräßige Riesenkrake, die alles verschlingt", murmelte er.

Josefs Mutter war der Verzweiflung nahe, als sie erfuhr, dass ihr gerade einmal 18-jähriger Sohn sich in Bälde freiwillig melden sollte. „Das tust du nicht!", rief sie immer wieder. „Du wartest, bis sie dich offiziell einberufen. Das kann noch gut und gern ein Jahr dauern. Den Kreithmeier Ferdinand haben sie auch erst zu seinem 20. Geburtstag eingezogen!"

„Aber Mama, wenn ich mich als Einziger in der Klasse nicht freiwillig melde, dann spucken sie vor mir aus. Sie werden uns einen Misthaufen vor die Tür kippen, wie dem Wittmann Siegfried, der sich auch drücken wollte, und dich wird niemand mehr auf der Straße grüßen, die Nachbarn werden sich das Maul zerreißen, beim Bäcker wirst du als letzte bedient und beim Metzger kriegst du nur noch die Abfälle. Und ich könnte nur daheim rumsitzen, Oberprima gibt's ja dann keine mehr. Außerdem käme der Einberufungsbefehl sowieso bald – sie brauchen Kanonenfutter und daher werden sie das Einberufungsalter einfach herabsetzen."

„Das ist mir alles völlig egal!", rief sie mit sich überschlagender Stimme. „Du bleibst, solange es irgendwie möglich ist, zuhause! Jeder Tag, wo sie dich nicht totschießen können, ist ein gewonnener Tag!"

Josef beließ es dabei. Er hatte ja ohnehin nicht vor einzurücken. Seine Mutter würde es sicher verstehen, wenn er fahnenflüchtig wurde. Nur, wie sollte er sie vor der Schmach bewahren, Mutter eines „vaterlandslosen Gesellen und feigen Drückebergers" zu sein? Und was sollte er ihr sagen, wo er hinging? War es nicht viel schlimmer zu ertragen, wenn der Sohn einfach verschwunden war, als wenn er irgendwo an der Front stand, Briefe schrieb und einmal im Jahr auf Fronturlaub heimkam?

Aber auch die Planungen für sein künftiges Leben gestalteten sich schwieriger als gedacht. Er war zwar im Herbst als Jussuf al Arab registriert worden, dann aber verlor sich seine Spur. Er war in keiner Unterkunft gemeldet, bezog keine staatlichen Leistungen, hatte keinen Asylantrag gestellt.

„Hoffentlich halten sie dich für keinen eingeschleusten IS-Terroristen", meinte Hannah, als sie bei ihrem nächsten Bibliothekstreffen zusammensaßen. „Soweit ich die Erklärungen meiner Mutter verstanden habe, hättest du nach deiner Registrierung auf der Polizeidienststelle in der für dich zuständigen Erstaufnahmeeinrichtung einen offiziellen Ankunftsnachweis ausgehändigt bekommen. Dazu ist es allerdings nie gekommen, weil du sozusagen untergetaucht bist und dich illegal in der Bundesrepublik aufgehalten hast. Jedenfalls musst du ihnen irgendeine Erklärung liefern, wo du dich das letzte halbe Jahr herumgetrieben hast. Im Winter kannst du ja auch schlecht unter einer Brücke übernachtet haben." Ratlos blickte sie in die Runde.

„Er könnte bei Herrn Al Scharif und seiner Tochter Roya Unterschlupf gefunden haben", schlug Hierlinger vor.

„Lieber nicht", entgegnete Hannah. „Am Ende bringen wir sie dadurch in Schwierigkeiten. Als Flüchtlinge müssen sie ja wissen, dass man sich in Deutschland als Allererstes ordentlich anmelden muss. Ohne Ankunftsnachweis gibt's auch keine Essensgutscheine und kein Taschengeld. Sie hätten ihn dann mit dem Wenigen, was sie bekommen, durchfüttern müssen. Wenn sich jemand nicht anmeldet, muss er also etwas zu verbergen haben."

„Könnte ich mich nicht einfach noch mal als syrischer Flüchtling melden, bei einer anderen Polizeidienststelle, mit einem anderen Namen?", schlug Josef vor.

Hannah schüttelte den Kopf. „Die haben deine Fingerabdrücke und ein Lichtbild von dir im Computer. Jetzt, wo sie das Chaos im Griff haben und kaum mehr Flüchtlinge kommen, fällt ihnen das bestimmt auf."

„Dann brauchen wir eine gute Geschichte!", beschloss Anna-Lena. „Ich erzähle, ihr stellt die Fragen und Professor Hierlinger gibt uns die historische Expertise."

Also…", begann Anna-Lena, „wie wir wissen, hatte Jusuf in Damaskus eine deutsche Großmutter, die ihn zweisprachig erzogen hat."

„Erste Frage", unterbrach sie Hannah sofort, „wie hat es die deutsche Großmutter nach Damaskus verschlagen?"

„Das ist nicht so schwer", meldete sich Hierlinger zu Wort. „In der NS-Zeit gingen die Flüchtlingsströme in die entgegengesetzte Richtung. Sie könnte als Kind mit ihren jüdischen Eltern vor den Nazis geflohen sein. Viele Juden wollten damals nach Palästina, aber die Engländer, die damals die Mandatsmacht waren, wollten sie nicht reinlassen, um die Spannungen zwischen Juden und Arabern nicht weiter eskalieren zu lassen. Mit der Staatsgründung 1948 …"

„Gut", unterbrach Anna-Lena Hierlingers Redefluss, „die Familie könnte also auf der Flucht nach Palästina zuerst in Damaskus gestrandet sein und dann dort Fuß gefasst haben."

„Das wäre zwar durchaus möglich", bestätigte Hierlinger, „im Zuge der Nahostkriege sind die allermeisten Juden aber in den 60er Jahren aus Syrien nach Israel ausgewandert, weil sie in Syrien als Feinde betrachtet und diskriminiert wurden."

„Ja, aber Jusufs Großmutter, nennen wir sie mal Recha, könnte als Einzige der Familie geblieben sein, weil sie sich in einen Araber, nennen wir ihn Jusuf, verliebt hat, zum Islam konvertiert ist und ihn geheiratet hat", beharrte Anna-Lena.

„Das klingt ein bisschen arg romantisch, wäre aber andererseits auch nicht undenkbar. Die Syrer sind oft vergleichsweise säkulare Muslime", gab Hierlinger zu.

„Rechas und Jussufs Tochter, Djamila, bekommt dann 1998 einen Sohn, den sie nach ihrem Vater benennt. Ihr Mann, Fatih Arab, stirbt kurz nach der Geburt Jusufs bei einem Autounfall. Wir geben ihm aber noch eine große Schwester mit, Fida, damit er sich nicht so alleine fühlt und jemand auf ihn aufpassen kann. - Das sind übrigens alles Namen von syrischen Flüchtlingen aus der Turnhalle." Anna-Lena zwinkerte Josef aufmunternd zu: „Kannst du dir die ganzen arabischen Namen merken, Jusuf, äh, Josef?"

Josef nickte stumm und wenig amüsiert.

„Dann bist du also Mohammedaner und musst dich fünfmal täglich gen Mekka verbeugen", stichelte Karl zu allem Überfluss.

Anna-Lena warf Karl einen vernichtenden Blick zu, beschloss aber, ihn zu ignorieren und fuhr fort: „Beide Kinder werden von der Großmutter erzogen, weil Djamila als Lehrerin für den Lebensunterhalt der Familie sorgen muss. Im Sommer 2015 entschließt sich Djamila dann zur Flucht nach Deutschland, ins Land ihrer Vorfahren, nachdem ein Raketenangriff ihr Haus zerstört und Großmutter Recha getötet hat und die Schule, in der sie gearbeitet hat, geschlossen worden ist. Bei der Flucht über das Mittelmeer kentert der völlig überfüllte Fischkutter, der sie nach Kreta bringen sollte. Jusuf rettet sich auf ein Rettungsboot, weiß aber nicht, was mit seiner Mutter und seiner Schwester passiert ist. Als blinder Passagier gelangt er mit einer Fähre zuerst von Kreta nach Athen und von dort nach Venedig. Diese Linie gibt es tatsächlich. Wir sind damit vor drei Jahren in den Urlaub gefahren."

„Moment!", unterbrach Hannah. „Mich würde interessieren, wie Jusuf es geschafft hat, unbemerkt auf die Fähren zu gelangen!"

„Hmm … Bei der Fähre von Kreta nach Athen hat er sich einfach zu einer Schülergruppe dazugestellt, die gerade auf Klassenfahrt war. Wenn der Lehrer im Gedränge ein Gruppenticket für 30 Leute vorzeigt, dann zählen die Kontrolleure nicht mehr genau. Bei der Fähre nach Venedig ist es schwieriger ... Moment, ich hab's! Solche Riesendampfer, die drei Tage unterwegs sind, müssen ja mit allem Möglichen beladen werden: Getränke, Essen, frische Bettlaken, Klopapier, und so weiter. Es gibt Lieferanten, Putzkolonnen, Zimmerservice, Küchenhilfen, Mechaniker. Er hat sich im Morgengrauen, als das Schiff im Hafen von Piräus für die Fahrt vorbereitet wurde, unbemerkt an Bord geschlichen ..."

„... und sich in einem Rettungsboot versteckt?", ergänzte Karl.

„Nein, das wäre zu klischeehaft. Realistischer ist, dass er an der noch unbesetzten Rezeption einen Schlüssel klaut und sich in einer Kabine versteckt. Dort wartet er, bis die ersten Passagiere an Bord kommen, und mischt sich dann unter diese. Unter all den Urlaubern fällt er dann nicht weiter auf und während der Überfahrt gibt es ja dann keine Kontrollen mehr. Die meisten jungen Leute mieten sich auch keine Kabine, sondern schlafen draußen an Deck auf der Isomatte."

„O.K. Jetzt hast du ihn in Venedig. Wie bringst du ihn jetzt noch in unser hübsches Städtchen?", fragte Hannah weiter.

„Weil er fließend Deutsch spricht, hält ihn auf dem Schiff ein junges Touristenpärchen aus unserer Stadt für einen Rucksacktouristen, der nach dem Abitur durch Griechenland gereist ist. Er erzählt ihnen, jemand habe ihm seinen Geldbeutel mit all seinen Dokumenten geklaut. Da nehmen sie ihn im Auto mit bis zu uns. Grenzkontrollen gab es letzten September ja noch nicht. Jusuf steigt aus, bedankt sich höflich und behauptet, dass seine Eltern von hier abholen würden. Stattdessen geht er in die Erstaufnahmeeinrichtung, also in unsere Turnhalle, und schläft sich dort erst einmal richtig aus. Er wird Opfer von Victors Stinkbombenattacke, lernt uns beide kennen, versucht Victor zu fangen, wird zu Unrecht verdächtig, wird bei der Polizei registriert und von uns in die Turnhalle zurückgebracht."

Hannah nickte anerkennend. „Gut … Das war die Vorgeschichte. Klingt soweit alles ganz plausibel. Jetzt bin ich aber mal gespannt, wie du ihn ein halbes Jahr lang verschwinden lassen willst."

„Noch bevor man ihm in der Erstaufnahmeeinrichtung den Ankunftsnachweis aushändigen kann, verschwindet Jusuf wieder, weil …", man sah fast, wie es hinter Anna-Lenas Stirn knisterte, „… ja weil ihm ein anderer syrischer Flüchtling in der Turnhalle erzählt hat, dass die meisten Überlebenden des Schiffsunglücks vor Kreta von einem italienischen Frachter gerettet und zu einem Flüchtlings-Hotspot in Palermo gebracht worden sind. Google doch mal schnell, ob es da einen gibt", sagte sie zu Hannah, die ihr Smartphone schon gezückt hatte. „Jusuf beschließt daraufhin, sich sofort auf die Suche nach seiner Mutter und seiner Schwester zu machen. Per Anhalter gelangt er mit einem Fernfahrer bis nach Florenz, wo er sich mit Gelegenheitsarbeiten durchschlägt. Im Oktober und November arbeitet er schwarz bei einem toskanischen Winzer, bis er genügend Geld für die Weiterfahrt nach Palermo zusammen hat. Dort durchsucht er alle Flüchtlingseinrichtungen nach seiner Familie, findet sie aber nirgends. Er spricht aber mit einigen Überlebenden und kommt zu dem Schluss, dass sich seine Mutter und seine Schwester auf den Weg nach Deutschland gemacht haben, vermutlich weil sie hofften, ihn dort zu finden. Schließlich war das ihr ursprüngliches Ziel und sie sprechen alle drei deutsch. Jusuf macht sich also auf den Rückweg von Sizilien nach Deutschland, wo er irgendwann im Mai eintrifft. Schon am Tag nach seiner Ankunft meldet er sich in derselben Polizeidienststelle, wo er im September registriert worden ist, um seinen Ankunftsnachweis abzuholen …"

„Abenteuerlich, aber denkbar", kommentierte Hannah beeindruckt. „Vergiss aber nicht, dass sie inzwischen an der deutsch-österreichischen Grenze kontrollieren, um solche illegalen Einreisen wie die Jusufs zu verhindern."

„Im Stau vor der Grenze", fuhr Anna-Lena fort, „erfährt Jusuf von dem deutschen Autofahrer, der ihn in Verona aufgabelt hat, dass hier inzwischen kontrolliert wird. Er behauptet daraufhin, ihm sei schlecht und er müsse sich womöglich übergeben, woraufhin ihn der Autofahrer schleunigst am letzten Parkplatz vor der Grenze aussteigen lässt. Von dort umgeht er dann zu Fuß die Grenzstation. Dann steigt er in den Zug und fährt mit seinen letzten Euros hierher."

Josef hatte die ganze Zeit kommentarlos zugehört. Auf seiner Stirn lagen tiefe Falten. „Wenn die mir das wirklich alles glauben, wie geht es denn dann weiter mit mir?"

Das war nun wieder Hannahs Part: „Leider bist du gerade 18 geworden, sodass sie dich wahrscheinlich nicht mehr in ein Heim für unbegleitete Minderjährige, sondern in eine andere Flüchtlingsunterkunft stecken werden. Dort wartest du dann ein paar Monate, bis du dein erstes Interview für den Asylantrag hast. Im Moment sind die Anerkennungschancen für syrische Flüchtlinge aufgrund der Kriegslage ganz gut. Das kann sich aber jederzeit ändern, falls sich die Amis und die Russen doch noch einigen oder Assad den Krieg endgültig gewinnt. Aber vielleicht hilft es dir auch, dass du jüdische Wurzeln hast."

„Sagtest du: ein paar Monate?", fragte Josef leise.

„Ja, optimistisch gerechnet. Das Dumme ist, dass du die ersten drei Monate auch nichts arbeiten darfst – und auch dann nur, wenn kein EU-Bürger den Job haben will."

„Dann bin ich also ein Mensch zweiter Klasse?"

„Sozusagen. Aber Anna-Lena wird schon dafür sorgen, dass dir nicht langweilig wird", versuchte Hannah ihn aufzumuntern.

„Augenblick mal", mischte sich jetzt Karl ein. „Wie soll das denn alles in der Praxis funktionieren? Josef lebt in einem Heim für syrische Flüchtlinge und spricht kein Wort arabisch. Das fällt doch sofort auf! Die werden sich doch da untereinander nicht in gepflegtem Hochdeutsch unterhalten!"

Betreten schauten sich die beiden Mädchen an. Daran hatten sie tatsächlich nicht gedacht. Hannah schüttelte den Kopf: „Wir dürfen es gar nicht so weit kommen lassen, dass Josef in eine Flüchtlingsunterkunft eingewiesen wird. Wenn dein geheimnisvoller neuer Freund gleich bei euch einzieht, werden deine Eltern doch sicher nichts dagegen haben, oder?", wandte sie sich halb scherzhaft an Anna-Lena.

Diese nahm ihre Frage ernst: „Für ein paar Tage mit einer guten Ausrede wäre das bestimmt kein Problem. Aber auf Dauer sicher nicht. Wir hätten ja nicht einmal ein eigenes Zimmer für Josef."

Hannahs Gesichtszüge nahmen einen entschlossenen Ausdruck an. „Aber wir! Ich glaube schon, dass ich meine Mutter überreden könnte, Jusuf bei uns aufzunehmen. Bei der Vorgeschichte! Außerdem kommt sie sich in dem großen Haus sowieso immer ganz verloren vor."

„Noch heiße ich nicht Jusuf!", protestierte Josef humorlos.

Vermessungsarbeiten

Hierlinger blickte erstaunt hoch, als plötzlich Rektor Klett und zwei Männer in weißen Overalls vor ihm standen. Normalerweise kamen durch diese Tür nur Hannah, Anna-Lena und Hassan, und die wussten, was sich gehörte, und klopften vorher an, während Josef und Karl, die Hierlinger ja weiterhin für Inkarnationen seiner Bücherkreuzungen hielt, an die Tafel pochten, bevor sie aus dem Dämmerlicht der hinteren Bibliothek heraustraten.

Beflissen sprang Hierlinger auf. „Das ist aber eine Überraschung, Herr Klett, dass Sie uns in unserem Reich einmal besuchen kommen. Und Sie haben sogar noch mehr Besuch mitgebracht!"

„Das sind Herr Schulte und Herr Schneeweiß von der Stadt", stellte Klett die beiden Herren nüchtern vor. „Sie wollten sich hier nur einmal ein bisschen umsehen. Wir wollten Ihnen aber keine Umstände machen, Herr Doktor Hierlinger!"

„Oh, das tun Sie nicht, das tun Sie nicht!", rief Hierlinger voller Enthusiasmus. „Was darf ich Ihnen denn zeigen, meine Herren? Wollen Sie unsere prachtvolle Bibel-Inkunabel von 1478 sehen? Sie ist wirklich einmalig illuminiert! Oder unser ältestes Stück, eine Sammlung von Heiligenviten aus dem Kloster Niederaltaich von 1380. Oder warten Sie, wir beginnen mit dem Atlas Novus des Matthäus Seutter von 1740, handkolorierte Stiche aller Städte, Länder und Kontinente samt den Stammbäumen aller wichtigen Dynastien, echte Meisterwerke der Kupferstecherkunst!"

„Nein, nein Herr Doktor Hierlinger! Sie verstehen da etwas falsch!", unterbrach ihn Klett. „Die beiden Herren sind nicht hier, um alte Bücher zu bewundern, sie sollen die Bibliothek vermessen!" Und zu diesen fuhr er fort: „Sie können ruhig schon mal anfangen, meine Herren!"

Schulte und Schneeweiß hatten offenbar nur auf ein Zeichen Kletts gewartet und legten unverzüglich los. „Wir dürfen doch?", murmelte

Schulte halb zu Hierlinger gewandt und ließ, noch bevor dieser irgendetwas sagen hätte können, einen großen Hartschalen-Koffer auf seinen Schreibtisch plumpsen, mitten auf Hierlingers Vergil-Ausgabe. Er klappte den Koffer auf und zog flink ein ganzes Bündel Pläne, einen Laptop, zwei Laser-Messgeräte, eine Maßbandrolle und einen Fotoapparat hervor, sodass Hierlingers Schreibtisch binnen Sekunden vollständig bedeckt war. Bestens aufeinander eingespielt machten sich Schulte und Schneeweiß an die Arbeit. Hierlinger beobachtete mit offen stehendem Mund, wie sie mit geradezu atemberaubender Geschwindigkeit mit Hilfe der beiden Laser-Messgeräte rote Punkte an die Wände zauberten, dabei Bücherhaufen verrückten, Möbelstücke verrutschten, sich Maße zuriefen und diese in den Laptop eingaben. „Nicht bewegen!", befahl Schneeweiß, als sich Hierlinger von seinem Stuhl erheben wollte, um einen Stapel schwankender Folianten in Sicherheit zu bringen. „Sonst verdecken Sie den Laser!"

„Ach, lass ihn nur!", entgegnete Schulte. „Hier ist sowieso alles so verstellt, dass wir traditionell weitermachen müssen!" Behände begannen sie das Rollmessband kreuz und quer durch den Raum zu verlegen, um es mit Hilfe des eingebauten Federmechanismus wieder zurückschnalzen zu lassen, sodass es wie eine Schlange über den Parkettboden züngelte.

Hierlinger traute sich nun nicht mehr, sich von seinem Schreibtisch fortzubewegen. Endlich fragte er Klett, der sich unterdessen in der Bibliothek umsah, ohne dass er sich dabei für die Bücher zu interessieren schien: „Aber warum, warum bitteschön muss die Bibliothek denn vermessen werden?"

Klett zögerte und nuschelte dann: „Eine reine Routineüberprüfung, Herr Hierlinger. Die Pläne sind schon über hundert Jahre alt. Da möchte man eben wissen, ob man damals richtig gemessen hat. Lassen Sie sich von den beiden Herren nicht stören. Ich muss dann mal wieder in mein Büro zurück." Er verabschiedete sich und war ebenso schnell, wie er gekommen war, auch wieder verschwunden.

Der vordere Teil der Bibliothek war bald vermessen und so begaben sich Schulte und Schneeweiß in den hinteren Saal. Seltsam heiß und stickig kam es ihnen hier vor. Staubschwaden standen zwischen den windschiefen, einsturzgefährdeten Regalen und schluckten das Licht, das durch die halb blinden Fenster drang.

„Hier sieht es ja aus, wie in einem Spukschloss. Schau dir mal diesen Gipskopf da an. Wenn der runterfällt, der könnte einen glatt erschlagen!", sagte Schneeweiß kopfschüttelnd.

Schulte hustete und wischte sich die Stirn: „Wir könnten mal ein Fenster öffnen! Hier ist offenbar seit Jahrzehnten nicht mehr gelüftet worden!" Er nahm eine kleine Trittleiter und schob sie unter eine der Dachluken. Dann versuchte er fluchend, sie zu öffnen, doch der Fensterhebel blockierte. Er schob den Hocker unter die nächste Dachluke. Mit großen Mühen gelang es ihm tatsächlich, dieses Fenster aufzubekommen, doch als er von der Trittleiter herunterstieg, gab es über ihm einen dumpfen Schlag und das Fenster war wieder zugefallen. Eine Staubwolke senkte sich auf ihn herab und er erlitt einen heftigen Niesanfall. „Verdammte Bruchbude!", schimpfte er schniefend, während ihm gleichzeitig der Schweiß von der Stirn tropfte. „Was ist das nur für eine Hitze hier!", keuchte er. Schnaufend versuchte er es nun bei der dritten Dachluke. Auch hier ließ sich der Fensterhebel zwar umlegen, aber das Fenster schien wie am Rahmen festgewachsen und er stemmte sich mit aller Kraft dagegen. Da knackste es und die Trittleiter brach unter ihm zusammen. Schulte stürzte, fiel auf einen Haufen zerfledderter Bücher und verstauchte sich den Knöchel. „So ein verdammter Scheißdreck!", fluchte er und rieb sich den schmerzenden Fuß. „Weißt du was! Wir machen jetzt schnell ein paar Fotos und übernehmen einfach die Maße aus dem alten Plan. Warum sollten die auch nicht stimmen? Und dann nichts wie raus aus dieser Bücherhölle!"

Abschied

Der Mai ließ sich nicht aufhalten – weder im Jahre 1915 noch im Jahr 2016. Während die Blumen sprossen und die Vögel sangen, wurden Hannah und Karl immer bedrückter. Der Abschied verdüsterte den Frühling wie ein graues Gespenst. Ihre Spaziergänge wurden von Mal zu Mal schweigsamer und sie fanden nichts mehr, worüber es sich zu streiten gelohnt hätte. Bei ihrem letzten Abschiedstreffen schenkte Hannah Karl eine „Geschichte des 20. Jahrhunderts" – damit er in seinem Leben die schlimmsten Fehler vermeiden konnte.

Aber auch Josef blickte alles andere als zuversichtlich in seine neue Zukunft, auch wenn er sich bemühte, es nicht zu zeigen. Anna-Lena merkte es natürlich trotzdem und versuchte Optimismus zu verbreiten, was ihn aber nur noch mehr nervte. Zu allem Überfluss fing sie plötzlich an, ihm die Errungenschaften des technischen Fortschritts schmackhaft machen zu wollen. Doch Josef bekam nur Kopfweh, als sie versuchten, ein harmloses Computerspiel zu spielen, er verließ blass und fluchtartig das Zimmer, als sie im Fernsehen einen „Tatort" anschauen wollten, und er ließ sich in keiner Weise für die „Foo Fighters" oder wenigstens für „Green Day" begeistern. Sie brachte ihm das Googeln bei und fand ihn eines Sonntagmorgens, als er einmal bei ihr übernachtet hatte, mit roten Augen vor dem Bildschirm sitzen, wo er Dutzende von Seiten zum Ersten Weltkrieg angeschaut hatte.

Schließlich war die letzte Prüfung des vorgezogenen Abiturs geschrieben, und schon drei Tage später wurden die Ergebnisse verkündet. Überraschenderweise hatten alle Kandidaten bestanden, selbst die, die im Jahresfortgang zur Unterprima nur knapp vorgerückt waren. Auch bei der Musterung war niemand durchgefallen. In einer ergreifenden Abschiedsrede vor der versammelten Elternschaft rühmte Kleebeck die „Virtus" der deutschen Jugend im Allgemeinen und der Zöglinge des Königlich-Humanistischen Gymnasiums im Besonderen, die sich alle freudig und selbstverständlich bereiterklärt hätten, als Kriegsfreiwillige das Ihrige zur Verteidigung des bedrängten Vaterlandes beizutragen, ein Beweis der höheren Charakterbildung, die, wie er in anspruchsvoller Syntax fortfuhr, nicht nur die Überlegenheit deutschen Wesens und deutscher Kultur, sondern auch germanischer Soldatentugenden über dekadente Verweichlichung der Feinde und Neider des Reiches begründe. Man werde sich daher am kommenden Montagmorgen um 9 Uhr noch ein letztes Mal im Schulhof versammeln, um dann gemeinsam mit klingendem Spiel, für das die Militärkapelle der Reserve verantwortlich sei, in die Chevaux-Legers-Kaserne einzurücken.

Josefs Mutter war nicht die einzige, der die Tränen in den Augen standen, als sie dieser Abiturfeier beiwohnte. Kleebeck interpretierte solche mütterlichen Tränen als Ausdruck der Rührung und des Glücks über den erfolgreich abgeschlossenen Lebensabschnitt und die mannhafte Entschlossenheit des eigenen Sohnes, war aber doch etwas enttäuscht über den nur sehr verhaltenen Beifall, den die verehrte Elternschaft seiner ambitionierten Rede spendete.

Liebe Mama!

Wenn du diesen Brief liest, bin ich weit fort – weiter als du dir vorstellen kannst. Ich weiß, dass dieser Krieg sinnlos und nicht zu gewinnen ist, und darum werde ich mich nicht daran beteiligen. Das mag feige erscheinen – aber im Gegensatz zu den anderen möchte ich mein Schicksal selbst in die Hand nehmen. Wir werden uns lange nicht sehen – mindestens bis der Krieg aus ist, und das wird noch drei bis vier Jahre dauern. Vorher zurückkommen kann ich nicht – du weißt, was sie mit Fahnenflüchtigen machen.

Und nun pass auf – was ich dir jetzt sage, ist mir sehr wichtig! Ich möchte dich auf gar keinen Fall der Schande preisgeben! Darum gehst du am besten heute noch zur Gendarmerie und erzählst denen, dass ich in der Donau schwimmen gehen wollte. Für Mitte Mai ist das zwar ganz

schön frisch, ich hätte mich aber für die Strapazen an der Front abhär-
ten wollen. Du machst dir nun große Sorgen, weil ich noch nicht zurück-
gekommen sei. Sie sollen glauben, ich sei ertrunken. Es sind schon viele
Wasserleichen nicht mehr gefunden worden. Wenn sie dir nicht glauben,
dann wende dich an Karl. Er wird bezeugen, dass wir zum Schwimmen
verabredet waren, ich aber offenbar vor ihm ins Wasser gestiegen sei,
weil er meine Sachen am verabredeten Treffpunkt gefunden habe.

  Meine liebe Mama! Mach dir bitte keine Sorgen um mich. Dort, wo
ich hingehe, wird es mir gut gehen, und es gibt dort jemanden, der sich
sehr um mich kümmern wird. Ich bin sicher, dass wir uns wiedersehen
werden!

  Dein dich liebender Sohn
  Josef

  P.S. Verbrenn diesen Brief bitte sofort, nachdem du ihn gelesen hast!

Josef legte den Brief auf sein Kopfkissen, sodass sie ihn am nächsten
Morgen finden musste. Dann stopfte er ein paar Klamotten in seinen
Rucksack, obwohl er wusste, dass er sie drüben nicht brauchen würde. Aber irgendwie hatte er das Gefühl, er müsse auf seiner Flucht
wenigstens ein paar persönliche Habseligkeiten mitnehmen. Als er
leise am Schlafzimmer seiner Mutter vorbeischlich, hörte er sie
schnarchen. Er konnte nicht widerstehen, öffnete vorsichtig die Tür
und betrachtete im gelblich-weißen Mondlicht, das durch die vergilbten Gardinen zum Fenster hereinfiel, ihr fahles Gesicht. Alt sah
sie aus, älter als 47. Sogar im Schlaf hatte sie Sorgenfalten auf der
Stirn. Würde er sie je wiedersehen? Mit einem Schaudern riss er sich
von ihrem Anblick los und verließ das Haus. Auf dem Weg zur Schule
begegnete ihm keine Menschenseele. Er lief durch die gottverlassene
Stadt und versuchte das Bild seiner Mutter zu tilgen, indem er sich
Anna-Lenas Lächeln vorstellte, doch es gelang ihm nicht. Wie fern-
gesteuert lief er durch die dunklen Gänge der Schule und durch die
Bibliothek, kletterte über die Leiter und stieg durch den Zeitschacht.

Er erwachte erst aus seiner Trance, als ihn Anna-Lena unter den strengen Blicken Vergils in die Arme schloss. Hierlinger hatte ihr wie verabredet trotz der späten Stunde die Schultür aufgesperrt. Als sie an ihm vorbeikamen, begrüßte er Josef ernst und wortkarg und musterte ihn prüfend. Dann verbarg er sein müdes Gesicht hinter seinen Händen.

Hand in Hand, aber sehr schweigsam, gingen sie durch dieselbe Stadt, die er gerade verlassen hatte, die aber nun so anders war, ein Stück weit sogar denselben Weg. Es begegneten ihnen nur ein paar grölende Jugendliche, ein Taxi raste durch die Straßen und die Ampeln wechselten sinnlos die Farben. Er würde die Nacht bei Anna-Lena verbringen – ihre Eltern kannten ihn ja schon als ihren neuen Freund. Morgen würde sie ihn dann zum Ausländeramt bringen, wo er seine Rolle als „Asylbewerber" zu spielen hatte, der einen „Flüchtlingsstatus" beantragen wollte.

Im Haus der Engels brannte kein Licht mehr. Anna-Lena führte ihn in ihr Zimmer, zog sich aus und legte sich wortlos aufs Bett. Als er zu ihr kam, umarmte er sie, als wolle er sich an ihr festhalten. Er küsste sie wie ein Verdurstender. Er liebte sie, als könnte er mit ihr zu einem einzigen Wesen verschmelzen. Als es vorbei war, sah sie, wie sich die Verzweiflung in seinen Augen ausbreitete. Da wusste sie, dass etwas falsch war, grundfalsch. Offenbar war er noch nicht bereit für die große Flucht. Er würde nicht in sein neues Leben hineinfinden. Selbst wenn er bliebe, würde sie ihn früher oder später verlieren. Minutenlang lagen sie schweigend nebeneinander. Dann stützte Anna-Lena sich auf ihren Ellenbogen, schaute ihn mit großen schwarzen Augen an, nahm ihr indianisches Halsband ab und legte es ihm um den Hals. „Nimm das mit! Es ist ein Amulett der Navajo-Indianer. Es wird dich im Schützengraben beschützen. Immer wenn du es anfasst, werde ich an dich denken. Ich werde dich nie vergessen, Josef, aber ich werde nicht auf dich warten. Und jetzt geh!"

Als Josef im Morgengrauen nach Hause kam, schlief seine Mutter noch. Er nahm den Brief vom Kopfkissen, ging in die Küche, warf ihn in den Ofen und zündete ihn an. Da stand sie plötzlich hinter ihm. „Warum heizt du ein?", fragte sie. „Es ist schon Mai und wir müssen Brennholz sparen!"

Zitternd stand Josef auf. „Mir ist kalt, Mama, so kalt", sagte er leise.

Drei Tage später rückte er zusammen mit seinen Klassenkameraden in die örtliche Kaserne ein, von wo es schon am nächsten Tag zur Grundausbildung in die Bezirkshauptstadt weitergehen sollte. Wie der Rattenfänger von Hameln schritt Kleebeck an der Spitze der Reservistenkapelle voran, während die frisch gebackenen Rekruten mit einem Köfferchen in der Hand hinterherstolperten. Die Eltern und Angehörigen verblieben winkend und weinend auf dem Schulhof, und zwar auf ausdrücklichen Wunsch Kleebecks, der die Öffentlichkeitswirksamkeit seiner kleinen Parade durch die halbe Stadt nicht durch eine Traube verzweifelter Mütter, die nicht von ihren Söhnen lassen wollten, gestört sehen wollte. Auch Karl, der „zur besonderen Verwendung" vorgesehen und erst eine Woche später dran war, befand sich unter den Zurückbleibenden. Beim Abschied sagte er nur traurig: „Warum bist du bloß hier, Josef, warum bist du bloß hier?"

Alpträume

Josef kam sich vor wie in einem Alptraum, aus dem es kein Erwachen mehr gibt. Der Alptraum bestand aus den gebrüllten Befehlen und perfiden Schikanen von Unteroffizieren, die sich daran aufgeilten, ehemalige Gymnasiasten quälen zu dürfen; aus dauerndem Schlafentzug und unsinnig langem Strammstehen; aus psychotisch pedantischen Ordnungszwängen und Reinigungsritualen; aus kaum genießbarem Kantinenfraß; aus dem süßlichen Gestank von Männerschweiß und Kohlrabifürzen; aus nachts vor sich hin weinenden oder onanierenden Bettnachbarn; aus infamen Machtspielen, bei denen sich eine Hackordnung unter den „Kameraden" herausbildete, die später überlebenswichtig werden sollte. Schon nach drei Tagen wusste er, dass er die falsche Entscheidung getroffen hatte.

Nach nicht einmal vier Wochen ging es dann weiter an die Front. Alle waren froh, dem Kasernenhofdrill entkommen zu sein – dabei war es nur eine harmlose Vorhölle gewesen. In der echten Hölle lief man in gebückter Haltung durch den knietiefen Schlamm der Schützengräben, während über einem Maschinengewehrsalven hinwegratterten, man stieg über entstellte menschliche Körper und von den Ratten angefressene Leichenteile, man kletterte über Sterbende, die sich laut schreiend an einem festklammerten, man zog Verwundete mit abgetrennten Gliedmaßen aus dem Matsch, man schlug mit mittelalterlich anmutenden Totschlägern auf „den Franzosen" ein, der sich zufällig in dieselbe Hölle verirrt hatte. Und weil dies alles nicht genug war, erfand man im Laufe des Jahres auch noch den Gaskrieg. Im Gegensatz zu vielen seiner Kameraden, die sich nachher die Lunge in blutigen Fetzen aus dem Leib husteten, wusste Josef wenigstens, wie wichtig es war, dass die Gasmaske luftdicht am Gesicht anlag, als sich das Chlorgas zum ersten Mal gespenstisch in den Graben senkte.

Josef zielte ins Nichts, hielt sich zurück, lief um sein Leben, duckte sich weg, tat immer nur Dienst nach Vorschrift, zeigte keinerlei Heldenmut. Befehle und Ansprachen quittierte er mit einem kaum wahrnehmbaren Schulterzucken. Bei seinen Kameraden galt er teils als Feigling, teils als unnahbarer Zyniker. Im Unterstand, wenn die Granaten vor, hinter und neben ihm einschlugen, umklammerte er Anna-Lenas Amulett. Er wollte überleben, durchhalten bis zum ersten Fronturlaub, ein Dreivierteljahr vielleicht – dann wäre er weg.

Aber auch für Anna-Lena verliefen die Wochen, nachdem Josef verschwunden war, wie ein Alptraum. Nichts passte mehr zusammen. Sie hatte ihn fortgeschickt – dabei hätte sie ihn in jener Nacht besser an ihr Bett fesseln sollen. Sie erzählte ihren Eltern, dass sie mit dem netten jungen Mann, über den sie so wenig wussten, Schluss gemacht hätte, weil sie „einfach nicht zusammenpassten" – dabei war er doch ihre große Liebe. Sie ging brav in die Schule und sammelte fleißig Punkte – dabei war ihr ihr Notenschnitt herzlich egal. Sie gab ihren Senf ab zu den gerade aktuellen schulischen und amourösen Aufregern, die ihre Freundinnen beschäftigten – dabei ging sie das alles nichts an. Sie schäkerte sogar wie früher ein bisschen mit den Jungs – dabei interessierte sie keiner auch nur die Bohne. Nur Hannah wusste, wie es wirklich um sie stand. Und ihre Mutter machte sich Sorgen, weil sie immer dünner wurde.

Ihr wurde klar, dass in jener letzten Nacht nicht seine Gefühle zu ihr falsch gewesen waren, sondern dass es die ganze Situation war: der Weltkrieg dort, die Flüchtlingsbürokratie hier. Am meisten setzte ihr die Ungewissheit zu. Während die Mädchen von 1915 wenigstens Briefe von ihrem Liebsten erhielten – und allzu häufig irgendwann die Nachricht, dass er gefallen sei –, erfuhr sie nichts. Lebte er noch? War er in Gefangenschaft geraten? Lag er mit Wundbrand in einem Lazarett? Oder hatte man ihn mit weggeschossenem Unterkiefer in ein sogenanntes Sanatorium gesperrt, um ihn der Öffentlichkeit nicht zumuten zu müssen? Sie konnte es einfach nicht lassen, sich mit diesem unsäglichen Krieg zu befassen. Im Internet fand sie Seiten, die ihr für jeden Tag des Jahres den genauen Frontverlauf, die Kampfhandlungen, die Opferzahlen, ja sogar den Wetterbericht wiedergaben. Doch wo stand Josef? War er überhaupt schon an der Front? Sie wusste, dass sie die jungen Rekruten meist schon nach drei, vier Wochen ins Gemetzel schickten. Immer wieder klickte sie die grauenhaften Schwarz-Weiß-Bilder an – von den im Voranstürmen Erschossenen, von den Leichen im Matsch des Schützengrabens, von den verstümmelten Kriegsversehrten, von den Gasblinden, die sich im Gänsemarsch an der Schulter des Vordermanns festhielten.

Eines Tages kam Hannah zu ihr, als sie gerade durch die Bilderhölle surfte.

„Kennst du diese Fotos?", fragte Anna-Lena.

Hannah nickte. „Schaust du dir sowas oft an?"

„Jeden Tag. Und bei jedem Bild habe ich Angst, ich könnte Josef darauf erkennen."

Hannah schaute sie nachdenklich an. Dann fragte sie: „Sag mal, hast du schon einmal daran gedacht, ihn zu googeln?"

Anna-Lena schaute sie entsetzt an: „Nein, ehrlich gesagt noch nicht. Das ist hundert Jahre her. Wie soll er da ins Internet?"

„Es gibt bestimmt hunderte von Ahnenforschern, die da ihre Ergebnisse austauschen."

„Ich weiß", murmelte sie, „ich hab diese Möglichkeit lieber verdrängt. Schaust du mit mir zusammen? Alleine traue ich mich nicht."

Sie vertippte sich dreimal, als sie „Josef Fürst" und „1915" eingab. Schon bei der zweiten Adresse, wo jemand die Namen eines „Ehrenmales für den Ersten Weltkrieg" abgeschrieben hatte, wurde sie fündig. „Hier!", rief sie panisch, „hier gibt es einen Josef Fürst, der im November 1915 bei Arras gefallen ist."

Hannah legte ihr den Arm um die Schulter und studierte die Seite. „Langsam, Leni! Der hier ist offensichtlich in Eschberg bei Röhrnbach geboren, wo auch immer das ist. Warte kurz: Schau, das liegt im hinteren Bayerischen Wald. Mit unserem Josef hat der nichts zu tun!"

Zum Glück blieb auch die weitere Suche ergebnislos.

„Sollen wir mal nach Karl schauen?", schlug Anna-Lena schließlich vor. „Vielleicht gibt´s über den was. Schließlich ist er adeliger Abkunft. Die legen doch Wert auf ihren Stammbaum!"

In der Tat fanden sie sehr schnell so eine Art Familienchronik der von Stettens: Demnach wurde Karl trotz seines Schreibtischpostens kurz vor Kriegsende verwundet. Er verliebte sich im Lazarett in eine junge Krankenschwester und heiratete sie tatsächlich – wahrscheinlich sehr zum Missfallen seines Vaters. Er bekam dann doch zwei Kinder, einen Sohn und eine Tochter, und führte das väterliche Gut weiter. Im Zweiten Weltkrieg wurde er weitgehend enteignet – offenbar war er kein linientreuer Nazi, aber auch nicht im Widerstand. Nach dem Krieg verkaufte er die Reste des Guts und zog mit seiner Familie nach Stuttgart, wo er zunächst als Übersetzer für die Franzosen arbeitete und später französische Romane übersetzte. Er starb 1973. Seine Tochter und zwei seiner Enkel lebten noch in Stuttgart.

„Von der Entwicklung des Computers hat er also nicht mehr viel mitbekommen", stellte Anna-Lena fest.

„Es muss seltsam sein, im 20. Jahrhundert zu leben und immer schon vorher zu wissen, wie sich die Dinge entwickeln werden. Es lohnt sich dann ja kaum mehr, sich für irgendetwas zu engagieren. Vielleicht hätte ich ihm das Geschichtsbuch doch nicht mitgeben sollen", meinte Hannah nachdenklich.

„Immerhin hat er die Katastrophen dieses Jahrhunderts überlebt und ist einigermaßen alt geworden. Vielleicht hat ihm das Buch ja dabei geholfen", erwiderte Anna-Lena. „Über Josef wissen wir jetzt aber immer noch nichts. Vielleicht sollten wir mal ins Stadtarchiv schauen", schlug sie vor.

„Ich weiß was viel Einfacheres!", rief Hannah. „Wir fragen zuerst mal Hierlinger. In der Bibliothek gibt es doch auch ein Schularchiv. Vielleicht finden wir ja da was über Josef. Karl hat mir mal erzählt, dass dieser Rektor Kleebeck engen Kontakt mit ehemaligen Schülern gehalten hat und gerne deren Briefe aus dem Felde wie Trophäen in der Aula ausgestellt hat." Dass es auch einen Schaukasten mit dem Titel „Auf dem Felde der Ehre sind gefallen" gab, verschwieg sie lieber.

„Aber Josef würde doch nie diesem Kleebeck einen Brief schreiben!", wandte Anna-Lena ein.

„Josef nicht, aber vielleicht Klassenkameraden, die mit ihm eingerückt sind und dann erzählen, mit wem sie zusammen in einer Kompanie sind oder welche Schulkameraden sie wiedergesehen haben. Vielleicht wird er da ja irgendwo erwähnt. Außerdem wollten wir sowieso schon lange mal wieder bei Hierlinger vorbeischauen!"

Im Archiv

„Leider immer noch nichts Neues von Karl und Josef!" Hierlinger war alt und grau geworden. Die beiden Mädchen hatten ihn in den letzten Wochen immer seltener besucht. Die wenigen Treffen seit dem Abschied der beiden Jungen waren recht schleppend und sehr melancholisch verlaufen. Zu schwer lastete die Erinnerung an bessere Tage in den Räumen. Auch Hierlinger setzte es zu, dass Karl und Josef verschwunden waren. Er war wieder in seinen alten Wahn verfallen und hielt sie für die Inkarnationen seiner Bücherkreuzungen. In gewisser Weise hatte er sich immer als ihr Erzeuger betrachtet und hegte väterliche Gefühle für sie. Immer wieder arrangierte er die Bücherinseln in der hinteren Bibliothek um, weil er hoffte, sie auf diese Weise wieder ins reale Leben zurückrufen zu können.

Auf die Archivalien angesprochen, hievte er bereitwillig einen alten Karton aus einem der hinteren Regale. „Das ist alles, was wir aus der Zeit des Ersten Weltkriegs haben. Das sind im Wesentlichen nur die Jahresberichte!"

Hannah zog ein vergilbtes Heft aus dem Stapel, den „Jahresbericht über das Königliche humanistische Gymnasium für das Schuljahr 1914/15", und blätterte darin. „Dieser Kleebeck hat ja richtig viel geschrieben über ,Krieg und Schule'. Und ganz am Ende gibt es eine Ehrentafel mit allen gefallenen ehemaligen Schülern und Lehrern."

„Was gibt es da?" Anna-Lena riss ihr das Heft aus der Hand und überflog die schwarz umrandete Namensliste. „Das ist noch zu früh, Josef ist ja erst im Sommer 1915 eingezogen worden. Ich brauche den Jahresbericht von 1915/16!", rief sie panisch.

Mit zittrigen Fingern durchblätterte sie das Heft, dann stieß sie einen Schrei aus und in ihren Augen stand das blanke Entsetzen: „Da ist er!"

Hannah las vor: „Josef Fürst, 4.3.1897, Kriegsfreiwilliger, Schütze im 16. Infanterie-Regiment, seit November 1915 verschollen auf dem westlichen Kriegsschauplatze".

Anna-Lena schossen die Tränen in die Augen. „Dann hat er also nicht einmal mehr ein halbes Jahr zu leben!"

Hannah drückte ihre schluchzende Freundin fest an sich. „Hier steht nur, dass er verschollen ist. Vielleicht ist er ja in französische Kriegsgefangenschaft geraten", versuchte sie sie zu trösten.

„Das ist leider eher unwahrscheinlich", meldete sich Hierlinger zu Wort. „Wenn er im November 1915 in Kriegsgefangenschaft geraten ist, dann hätte man das bis zum Ende des Schuljahres vermutlich erfahren. Das Rote Kreuz sammelte damals relativ zuverlässig die Daten der Gefangenen aller kriegsführenden Staaten und leitete sie an die Angehörigen weiter."

Ratlos schweiften Hannahs Augen durch die Bibliothek, bis sie an der Vergil-Ausgabe haften blieben, die immer auf Hierlingers Schreibtisch lag. Da nahm plötzlich ein Plan in ihrem Kopf Konturen an. Entschlossen nahm sie Anna-Lenas verheultes Gesicht zwischen ihre beiden Hände und suchte ihren Blick. „Leni, wir werden das nicht zulassen! Wir werden nicht dabei zuschauen, wie er in sein Verderben rennt!"

Anna-Lena starrte sie verzweifelt an: „Und wie willst du das machen? Hier steht es doch schwarz auf weiß! Du kannst doch nicht einfach die Geschichte umschreiben!"

„Hier steht, dass er verschollen ist. In 99 Prozent der Fälle heißt das wohl, dass jemand nach einem Granatentreffer im Schützengraben verschüttgegangen ist oder seine Leiche so verkohlt ist, dass man sie nicht mehr zuordnen kann. Nur bei Josef wird das anders sein!"

„Was meinst du damit?"

„Man könnte ihn 1915 für verschollen halten, weil er tatsächlich verschwunden ist, sich in Luft aufgelöst hat. Du musst ihn spätestens bis Ende Oktober ins Jahr 2016 holen. Er muss sich unbemerkt von der Truppe absetzen. Die Chancen, dass er das schafft, sind gar nicht mal so schlecht. Als Fahnenflüchtiger, den man kurzerhand exekutiert hat, stünde er nicht als ‚Verschollener' auf einer ‚Ehrentafel'."

Anna-Lena starrte sie entgeistert an. Dann fing sie sich wieder. „Du hast Recht. Das wäre auf jeden Fall eine Möglichkeit. Ich müsste also rübergehen und ihn holen. Bloß, wie soll ich das machen, er steht doch irgendwo an der West-Front. Und selbst wenn ich herausfinde, wo genau er ist, dann werden sie junge Frauen da kaum hinlassen."

„Du musst ihm nur schreiben, was wir herausgefunden haben: Dass er bis Ende Oktober über die Zeitwendeltreppe muss, falls er nicht als nicht mehr identifizierbarer Fleischklumpen enden will. Bis in die Heimat durchschlagen muss er sich dann schon selber."

„Das heißt, ich gehe rüber, finde raus, wo er ist, und schicke ihm dann einen Brief, in dem ich ihm seine Zukunft voraussage, sofern er nichts unternimmt. Dann warte ich darauf, dass er unbemerkt desertieren kann und irgendwann im Oktober oder November in der Bibliothek auftaucht."

„Genauso ist es!", bestätigte Hannah. „Dazu bräuchtest du nur noch einen möglichst antiken Briefumschlag und vor allem eine passende Briefmarke."

„Damit kann ich dienen!", erklärte Hierlinger bereitwillig. „Einen unbenutzten Umschlag finden wir bestimmt in der Korrespondenz der Schule aus jener Zeit." Er kramte ein wenig in einer der Schachteln herum und zog tatsächlich binnen Kurzem einen nur leicht beschädigten, unbeschrifteten Umschlag heraus. „Jetzt brauchen wir nur noch eine frische Briefmarke. Das wird schwieriger, hier gibt es nur abgestempelte." Er kramte weiter. „Ja, was haben wir denn da?", rief er triumphierend. „Eine alte Banknote! Das sind zehn Reichsmark, zum Glück aus dem Jahre 1912. Die stammen bestimmt aus irgendeiner schwarzen Kasse und wurden dann durch die Inflation wertlos. Aber im Jahr 1915 kannst du dir dafür bestimmt gleich mehrere Briefmarken kaufen."

Der Brief war bald geschrieben und schon am nächsten Tag wollte Anna-Lena sich auf den Weg machen. Sie überlegten lange, in welchem Outfit Anna-Lena Josefs Mutter am besten entgegentreten sollte, denn von ihr hoffte sie seine Anschrift zu bekommen. Karl hatte die Ballkleider seiner Schwestern, die ihnen ohnehin nicht mehr passten, nie mehr abgeholt. Aber einer dubiosen „Dame", die am Samstagvormittag in mondäner Abendgarderobe herumlief, würde Josefs Mutter sicher ebensowenig trauen wie dem verschlampten Dienstmädchen, das Kleebeck einst so in Rage versetzt hatte. Schließlich hatte Hannah den Einfall, Anna-Lena solle doch das altertümliche Trachtenkleid anziehen, das ihre Mutter von einer Großtante geerbt hatte.

„Dann bin ich also eine Bauerntochter vom Lande!" Anna-Lena war von der Idee gleich recht angetan. „In den schweren Zeiten damals war das bestimmt keine schlechte Partie!"

„Dann brauchst du aber noch eine gute Geschichte, wie du Josef kennengelernt hast!"

„Das ist einfach..." Anna-Lena war schon geübt im Erfinden fremder Biografien.

„Dann lass mal hören!", sagte Hannah gespannt.

„Josef hat mir immer wieder von den landwirtschaftlichen Sondereinsätzen erzählt, wegen denen im Frühling der Samstagsunterricht ausgefallen ist, und das trotz des schon anstehenden vorgezogenen Abiturs. Die Schüler sind da kohortenweise zum Unkrautjäten auf brachliegende Felder ausgerückt. Dabei kamen sie natürlich notgedrungen in Kontakt mit der weiblichen Landjugend, die die Jungen aus der Stadt anleitete und mit einer Brotzeit versorgte. Josef harkte besonders gerne mit Marie, die ihn dabei immer so verheißungsvoll anlächelte, dass er sich gar nicht mehr auf seine anspruchsvolle Tätigkeit konzentrieren konnte. Beim Aussähen ließ er sich die Hand von ihr führen und in der Mittagspause schenkte sie ihm jedes Mal eine Extraportion Milch ein. Eines Tages kam es dann zu heißen Küssen hinterm Heuschober."

„Sag mal, wirst du da nicht eifersüchtig?", fragte Hannah lachend.

„Obwohl nun der Vater, der Großbauer Huber, eine solche Verbindung nicht gerne sieht – schließlich wüsste er sich eine bessere Partie für seine Tochter als einen mittellosen Gymnasiasten – macht sich Marie heimlich auf den Weg in die Stadt, um Josefs Mutter aufzusuchen, von der sie nun seine Frontanschrift erfahren möchte. Josef hat ihr beim Abschied nur seine Heimatadresse geben können, weil er natürlich noch nicht gewusst hat, wo er hinbeordert wird. Die Tränen des liebreizenden Mädchens werden das Herz der Mutter bestimmt erweichen, zumal diese hofft, dass ein paar Liebesbriefe den Lebensmut und Durchhaltewillen des Sohnes stärken könnten."

„Klingt wirklich gut", meinte Hannah anerkennend.

Das tote Haus

Anna-Lena schlich sich also am Samstagvormittag durch die verwaiste Schule – Primaner gab es keine mehr, und die Sekundaner und Tertianer waren beim Einsatz in der Landwirtschaft. Unbehelligt stahl sie sich durch die Schulpforte und überquerte unbemerkt den Schulhof. Draußen braute sich gerade ein Gewitter zusammen. Schwarze Wolkengebirge verdüsterten den Himmel, die ersten Blitze zuckten über die Dächer und Windstöße bliesen den Leuten die Hüte vom Kopf. Sie würde sich beeilen müssen, wenn sie noch einigermaßen trocken bei Josefs Mutter ankommen wollte. Sie hastete durch die wie leergefegten Gassen, bis sie endlich die lange Straße am Ende der Stadt erreichte, deren Häuser immer kleiner und ärmlicher wurden, je weiter man ging, und in deren letztem Josef zuhause war. Als die ersten Hagelkörner wie Gewehrkugeln auf das Kopfsteinpflaster knallten, erreichte sie das Häuschen. Sie ließ den Türklopfer ein paar Mal gegen das Holz sausen, aber niemand öffnete. Hörte Josefs Mutter sie nicht, weil die Hagelkörner so laut gegen das Dach prasselten? Kurzentschlossen drückte sie die Klinke, doch die Tür war abgesperrt. Langsam wurde es richtig ungemütlich hier draußen! Die pfenniggroßen Hagelkörner trommelten schmerzhaft auf ihren Kopf und ihre Schultern und mischten sich mit eiskalten Regentropfen. Bald stünde sie bis auf die Haut durchnässt in ihrem total durchweichten Trachtenkleid vor der Haustür. Sie rüttelte daran, - das altersschwache Schloss gab nach und sie stand im Flur des Hauses.

„Hallo! Ist da jemand!", rief sie in das Halbdunkel hinein. Niemand antwortete. Sie öffnete die Tür zur Küche und merkte sofort, dass etwas nicht stimmte. Offenbar war hier schon länger niemand mehr gewesen. Es roch muffig, der Staub flockte auf der Tischplatte, der leere Brotkasten stand offen, in der Vase waren keine Schnittblumen, nur der Wasserhahn tropfte vor sich hin. Sie warf einen Blick ins Wohnzimmer, wo noch immer sämtliche Möbel feinsäuberlich abgedeckt waren. War Josefs Mutter verreist – oder war sie verstorben? Lag sie vielleicht schon seit Wochen tot in ihrem Bett und niemand hatte es bemerkt? Sie nahm ihren ganzen Mut zusammen und stieg die steile Treppe hoch. Oben war es fast vollständig dunkel und der Regen flutete gegen die Dachschindeln, als würde er sie jeden Moment davonspülen. Sie klopfte an die Tür von Frau Fürsts Schlafzimmer und, als niemand antwortete, öffnete sie sie vorsichtig.

Aufatmend stellte sie fest, dass das Bett leer war. Sogar das Bettzeug fehlte. Dann war sie also womöglich doch verreist. Sie konnte es nicht lassen, auch in Josefs Zimmer zu schauen. Kalt und abweisend stand das schmale Bett an der Wand, in dem sie eine Nacht mit ihm verbracht hatte. Auf dem Schreibtisch lag noch eine lateinische Schulgrammatik. Ansonsten war das Zimmer kahl und leer, als hätte Josef nie hier gelebt.

Als der Regen endlich aufgehört hatte, verließ sie dieses tote Haus erleichtert.

„He, was haben Sie da zu suchen?", blaffte sie eine unfreundliche Stimme an, als sie den kleinen Garten durchquerte. Verwundert schaute sie sich um. Da erschien der kahle Kopf eines alten Mannes hinter der Hecke.

„Guten Tag! Ich wollte zu Frau Fürst, aber sie ist nicht da. Dann hat mich das Gewitter überrascht, und ich bin reingegangen. Die Tür war nicht richtig abgesperrt. Wissen Sie vielleicht, wo Frau Fürst hin ist?"

„Was wolltest du denn von Frau Fürst?", forschte der Mann misstrauisch weiter.

„Ich habe Nachrichten von ihrem Sohn Josef für sie", erwiderte Anna-Lena ohne lange nachzudenken.

Der alte Mann setzte eine freundlichere Miene auf. Offenbar hatte er sie in ihrem vom Regen arg mitgenommenen Kleid zunächst für eine Landstreicherin gehalten. „Frau Fürst ist seit längerer Zeit zu ihrer Schwester aufs Land gezogen. Als ihr Sohn eingerückt ist, hat sie es hier alleine nicht mehr ausgehalten."

„Wissen Sie vielleicht, wo die Schwester wohnt?"

„Schon irgendwo im hiesigen Bezirksamt, glaube ich. Eine Adresse habe ich leider nicht."

„Wissen Sie vielleicht wenigstens, wie sie heißt?", fragte Anna-Lena weiter.

Der Alte schüttelte bedauernd den Kopf. „Tut mir Leid, mein Fräulein. Frau Fürst lebte seit dem Tod ihres Mannes recht zurückgezogen. Wir haben nicht viel miteinander gesprochen."

Ratlos verließ Anna-Lena das verwaiste Häuschen der Familie Fürst. Es hatte merklich abgekühlt und sie fror in ihrem klammen Kleid. Was sollte sie nur tun? Wenigstens eine Briefmarke könnte sie noch kaufen. Dann würde sie unverrichteter Dinge wieder zurückkehren und sich mit Hannah beratschlagen.

Nagel und Hammer

Das Hauptpostamt befand sich schon damals auf dem Steintorplatz. Während sich aber hundert Jahre später hier zweispurig die Autos vor der Ampel stauten, waren an diesem Julisamstag im Jahre 1915 Bänke, Tische und Buden aufgebaut. In der Mitte des Platzes stand auf einem Podest ein etwas eckig geratenes, zwei Meter hohes, massives Holzkreuz, in das Nägel eingeschlagen waren. Offenbar war hier eine Art Volksfest im Gange gewesen, bevor das Gewitter eingesetzt und die Besucher vertrieben hatte. Die ersten kehrten allerdings schon wieder aus den umliegenden Wirtshäusern zurück. Anna-Lena ging in das Postamt und erhielt für den alten Geldschein tatsächlich zwei vorfrankierte Kuverts für Expressbriefe an die Westfront. Sie hatte zu Hause den Brief an Josef vorsichtshalber noch einmal abgeschrieben, damit ihn ihre Nachricht auf jeden Fall erreichte. Zögernd steckte sie die beiden Briefe in die unbeschriebenen Kuverts.

Weil ihr immer noch kalt war, kaufte sie sich an einem der Stände einen heißen Kaffee, der allerdings bitter schmeckte und offenbar aus irgendwelchen Wurzeln gebraut war. Angewidert ließ sie ihn stehen. Unschlüssig schlenderte sie über den Platz und besah sich das seltsame Holzkreuz. Die drei verwahrlosten Männer bemerkte sie zu spät.

„Ja wen haben wir denn da? Eine Schönheit vom Lande!" Hinter ihr stand ein rotgesichtiger Mann mit ungepflegtem Bart, der einen schäbigen Soldatenmantel trug. Unter dem einen Hosenbein schaute eine Holzprothese hervor. Sein Atem stank nach einer Mischung aus saurer Milch und billigem Fusel.

„Willst du nicht mit mir nageln, meine Süße? Ist für einen guten Zweck!", sagte er mit einem fiesen Grinsen in seinem zerfurchten Gesicht und schon hatte er sie am Arm gepackt und zog sie zu einer

Bretterbude, wo man offenbar Nägel kaufen konnte. „Einmal nageln für fünf Pfennige. So billig bekommst du's nie wieder!"

Anna-Lena entwand sich dem Griff des Mannes. „Wofür soll das gut sein?"

„Habt ihr das gehört?", wandte sich der Mann an seine beiden Begleiter. „Wofür das gut sein soll, fragt sie! Keine Ahnung, das reiche Bauernmädel! Das ist für die Kriegskrüppelfürsorge! Das ist für Helden wie mich, die sich das Bein abschießen lassen, damit sie verwöhnte Mädchen wie dich vor dem Franzosen beschützen. Der würde dich nämlich sonst umsonst nageln." Er wandte sich zu den beiden anderen um, die vor Gelächter losbrüllten.

„Ich will aber nicht!", beharrte Anna-Lena und drehte sich um, um so schnell wie möglich zu verschwinden.

„Wie, du willst nicht?" Der Einbeinige fasste sie von hinten um die Taille und zog sie zu sich. „Das ist aber nicht nett von dir, gar nicht nett. Du willst nicht mit mir nageln, weil dir mein Beinstumpf nicht gefällt, stimmt´s?"

„Nein, ich muss jetzt heim und außerdem hab ich kein Geld", versuchte sie es mit einer kläglichen Ausrede und wusste sofort, dass das ein Fehler gewesen war. Sie hatte sich einschüchtern lassen. Es gelang ihr nicht, sich aus seinem Klammergriff zu befreien. Inzwischen waren noch andere Männer stehen geblieben, doch die schauten nur belustigt zu. Der widerliche Kerl setzte ein überlegenes Grinsen auf und bleckte dabei seine verfaulten Zähne.

„Kein Geld? Womit hast du denn dann deinen Kaffee bezahlt, der dir nicht gut genug war? Das Wechselgeld hat doch kaum in deine neckische kleine Geldbörse gepasst. Du willst nicht mit mir nageln, weil ich ein Kriegskrüppel bin, weil so ein eitriger Beinstumpf nicht besonders schön ist. Dabei braucht man das Bein gar nicht zum Nageln. Dafür braucht man einen Hammer. Und der ist bei mir ziemlich hart. Fühl doch mal!" Die Zuschauer stießen sich gespannt an, manche lachten.

Er umfasste ihr Handgelenk so fest wie ein Schraubstock und führte ihre Hand nach unten. Niemand griff ein. Da erwachte Anna-Lena endlich aus ihrer Schockstarre. Sie traf die Prothese beim ersten Tritt, der Veteran sackte zusammen, riss sie mit zu Boden, ließ sie aber dann doch, vor Schmerz aufjaulend, aus. Anna-Lena rappelte sich auf, drängte sich an den Zuschauern vorbei und lief eilig davon.

„Haltet sie auf, die Franzosenhure!", schrie ihr der Einbeinige hinterher. „Sie hat einen wehrlosen Veteranen getreten!"

Vor ihr bauten sich ein paar höhnisch grinsende junge Männer in ihrem Alter auf und versperrten ihr den Weg. Mit dem breitbeinigen Schritt von Westernhelden kamen sie auf sie zu. Einer von ihnen bückte sich und hob etwas auf. „Warum seid ihr eigentlich nicht im Krieg, ihr Feiglinge?", rief sie ihnen zu. Bevor sich der Ring um sie schließen konnte, raffte sie ihr Kleid hoch und rannte los, in die einzige noch offene Richtung. Da flogen auch schon die ersten Pferdeäpfel. Verfolgten sie sie? „Franzosenhure!", gellte es hinter ihr her und weitere Pferdeäpfel schlugen neben ihr ein. Es waren doch genügend Passanten auf der Straße! Warum half ihr denn keiner? Sie bog im Laufschritt in eine schmale Gasse ein. Doch so leicht ließ sich der Mob nicht abschütteln. Die waren zwar betrunken, liefen aber trotzdem schneller als sie in ihrem bescheuerten Trachtengewand. Da öffnete sich genau im richtigen Augenblick rechts vor ihr eine Tür. Ein alte, weißhaarige Frau schaute heraus und zischte: „Komm schnell rein hier, Mädchen!" Anna-Lena stürzte in den Hauseingang und die Frau verriegelte hinter ihr die Tür. Pferdeäpfel prasselten von außen gegen das Holz.

„Danke!", murmelte sie schwer atmend. Jetzt erst merkte sie, dass sie vor Angst zitterte.

„So ein Gesindel! Mit denen ist nicht zu spaßen. Wenn die dich erwischen, schleifen sie dich zurück auf den Platz und schneiden dir in aller Öffentlichkeit die Haare ab. Und die Gendarmerie schaut weg! Eine Schande ist das, eine Schande!"

Die alte Dame schaute sie freundlich durch die daumendicken Gläser ihrer Brille an, die ihre Augen seltsam vergrößerten, und streichelte ihr lächelnd die Wange. „Jetzt komm erst einmal hoch mit mir in die gute Stube, mein Kind, in die gute Stube. Ein Tässchen Tee wird dir gut tun. Leider nur Kamille. Schwarztee gibt es für unsereins ja schon lange nicht mehr, schon lange nicht mehr."

Anna-Lena folgte der alten Dame in ihre Wohnung im ersten Stock. In einem behaglich eingerichteten, kleinen Wohnzimmer setzte sie sich auf ein bequemes Sofa, vor dem ein Teetischchen stand. Schnell beruhigte sie sich wieder. Während die Dame in der Küche Tee kochte, betrachtete sie ein großes Ölgemälde, das fast eine ganze Zimmerwand einnahm. Es zeigte ein Mädchen in Rückenansicht, das mit ausgebreiteten Armen in einer idyllischen Landschaft stand und die Sonne, die sich gerade über eine Wolkenbank erhob, in sich aufzusaugen schien. Von einem grünen, von Birnbäumen gesäumten Hügel aus blickte sie in ein ödes, verlassenes Tal, das farblos im Schatten lag, mit kahlen Bäumen, die wie Stangen aus dem Boden ragten. Zuerst fand sie das Bild nur kitschig, dann aber hatte sie auf einmal den Gedanken, sie selbst sei dieses Mädchen, das ein ganz ähnliches knöchellanges Kleid trug wie sie und die Haare ebenfalls zu einem Kranz geflochten hatte. Es war ihr, als stehe sie selbst auf jenem Hügel, die Arme weit ausgebreitet, und sie spürte auf einmal, wie ihr die Sonne ins Gesicht schien. Da sah sie plötzlich, was sich in dem toten Tal, auf das sie hinunterblickte, verbarg, und was sie zuvor nicht hatte sehen können, weil die Silhouette des Mädchens es verdeckt hatte: Es waren Bombentrichter und die Ruine eines zerschossenen Dorfes. Da verstand sie, dass das Mädchen keine verzückte Sonnenanbeterin war, sondern ihre Pose die blanke Verzweiflung ausdrückte.

„Ein ungewöhnliches Bild, nicht wahr? Die meisten Menschen sehen darin nur einen Abklatsch romantischer Landschaftsmalerei, einen Abklatsch." Lächelnd stand die alte Dame mit dem Teegeschirr vor ihr. Im Plauderton fuhr sie fort: „Die Idee mit dem genagelten Kreuz wäre ja gar nicht so schlecht, wenn das Geld wirklich den Invaliden zugutekäme, den Invaliden." Offenbar hatte sie den Tic, Teile des Satzes zu wiederholen, was einen eigenartigen Echoeffekt ergab und das Unwirkliche der Begegnung noch verstärkte. „Das Holzkreuz hat der Verein für Kriegskrüppelfürsorge gestiftet. Das Geld nehmen aber nur ein paar besonders schamlose Versehrte, die die Leute dazu zwingen, ihnen Nägel abzukaufen. Aber für die Obrigkeit ist es ein willkommener Anlass für ein patriotisches Fest, ein willkommener Anlass." Die alte Dame schenkte aus einer Porzellankanne Tee ein und setzte sich zu ihr.

Dankbar schlürfte Anna-Lena den heißen Tee und aß die Plätzchen, die sie an ihre Oma erinnerten. Sie hatte seit heute Morgen nichts mehr zu essen gehabt. Die alte Dame schaute ihr wohlwollend zu: „Greif zu, mein Kind, greif zu!", forderte sie sie immer wieder auf. Als sie das letzte gegessen hatte, sagte sie: „Jetzt erzähl mir ein bisschen von dir, meine Kleine, von dir!"

So erzählte Anna-Lena ihr die Romanze von Josef und Marie, schmückte sie mit vielen Details aus, versuchte aber dabei nicht zu übertreiben, um möglichst glaubhaft zu wirken.

Als sie fertig war, lachte die alte Dame sie an und nickte anerkennend: „Eine gute Geschichte, meine Kleine, eine gute Geschichte – und überzeugend erzählt, überzeugend erzählt! Aber die Wahrheit ist es nicht, nicht die Wahrheit! Ich glaube, du kommst von viel weiter her als aus irgendeinem Dorf vor den Toren der Stadt, von viel weiter her. Du bist ein mutiges Mädchen, ein mutiges Mädchen!"

„Woher, woher wollen sie das wissen?", fragte Anna-Lena verdattert. Jetzt fing sie auch schon an sich zu wiederholen.

„Ich habe eine dicke Brille. Damit sehe ich mehr. Eine sehr dicke Brille." Die alte Dame lachte, als hätte sie einen Witz erzählt. Dann wurde sie plötzlich ernst: „Mit der Vergangenheit, mein Kind, ist es so eine Sache: Sie ist real und sie ist doch nicht real. Sie ist da, aber du kannst sie nicht verändern. Du kannst sie höchstens verstehen. Manchmal ist sie schrecklich und greift mit ihren langen Fingern nach dir und packt dich, schüttelt dich, würgt dich. Manchmal ist sie auch wunderschön, aber wenn du versuchst sie festzuhalten, dann entgleitet sie dir, verblasst sie wie ein Traum." Anna-Lena fiel auf, dass sich die alte Dame nun nicht mehr zwanghaft wiederholte. Sie fuhr fort: „Geh wieder dorthin zurück, wo du hergekommen bist. Sie brauchen dich dort. Menschen wie dich braucht man immer, zu allen Zeiten. Es bringt nichts durch die Zeiten zu fallen und in der Vergangenheit zu bohren. Dir gehört die Zukunft, mein Kind, die Zukunft!"

Eine Zukunft mit Josef!, dachte Anna-Lena, sagte es aber nicht.

„Du kannst jetzt unbesorgt durch die Straßen der Stadt gehen. Das Gesindel liegt betrunken in der Gosse."

„Haben Sie vielen Dank, dass Sie mich gerettet haben! Und danke für den Tee und die vorzüglichen Plätzchen!" Anna-Lena erhob sich.

„Leb wohl, mein Kind! Du wirst an mich denken, wenn es soweit ist."

Schützengraben und Liebesgaben

Inzwischen brannte die Nachmittagssonne vom Himmel. Verwirrt ging Anna-Lena durch die leeren Straßen der Stadt, die sich aufheizte wie ein Backofen. Was hatte sie da nur für eine seltsame Vision gehabt, als sie dieses Gemälde betrachtete! War da was in den Plätzchen gewesen? – Aber die hatte sie ja erst nachher gegessen. Offenbar waren ihre Nerven einfach total überreizt, nachdem sie dieser Meute notgeiler Männer mit knapper Not entkommen war. Und was war mit dieser freundlichen, alten Dame, die sie buchstäblich in letzter Sekunde gerettet hatte? War sie nur verrückt oder hatte sie tatsächlich seherische Gaben? Irgendwie erinnerte sie sie an Hierlinger. Aber wahrscheinlich hätten andere ihr die Liebesgeschichte von Josef und Marie auch nicht abgenommen. Bestimmt hatte sie einfach zu dick aufgetragen. Vielleicht war sie ja doch keine so gute Schauspielerin, wie sie immer gedacht hatte.

Sie war froh, als sie endlich das Schultor erreichte. Jetzt wollte sie nur noch heim. Sie fühlte sich verschwitzt und dreckig und freute sich auf eine Dusche. Schnellen Schrittes überquerte sie den menschenleeren Schulhof, der im Sonnenlicht gleißte. Nun musste sie sich nur noch unbemerkt durch das Schulhaus schleichen. Vorsichtig drückte sie die Klinke herunter. Doch die Tür war abgesperrt.

Unschlüssig stand sie ein bisschen vor der Eingangspforte herum, auch auf die Gefahr hin, dass sie jemand entdeckte. Waren denn alle schon heimgegangen? Samstag war doch hier ein Unterrichtstag – aber offenbar nur vormittags. Sie umrundete das Gebäude, doch natürlich war auch der Seiteneingang verschlossen. Langsam wurde die Hitze auf diesem baumlosen Schulhof unerträglich, der wie in einem Gefängnis von allen Seiten einsehbar war und keinerlei Rückzugsmöglichkeiten bot. Hier konnte sie keinen klaren Gedanken fassen, wie es jetzt weitergehen sollte.

Sie flüchtete sich in den angrenzenden Schulgarten, der aber eher einer absurden Baustelle als einem Garten glich. Es gab hier praktisch keine Pflanzen mehr. Stattdessen durchzogen zwei annähernd parallel laufende Gräben im Abstand von vielleicht dreißig Metern die gesamte Fläche. Das Gras dazwischen war vollständig niedergetrampelt und erinnerte nur noch entfernt an einen Rasen. Sie stellte sich an den Rand eines der Gräben und blickte hinunter. Er war vielleicht zwei Meter breit und fast ebenso tief. Eine provisorische Holztreppe führte hinunter. An der einen Grabenwand lief auf halber Höhe eine einen halben Meter breite Kante entlang und in der Mitte gab es einen kleinen Holzverschlag. Da wurde ihr klar, was das ganze sollte: Offensichtlich hatte Kleebeck hier Lehrschützengräben ausheben lassen, um die zukünftigen Soldaten schon mal bestmöglich auf ihren Einsatz an der Front vorzubereiten. Auf der Kante knieten die Schützen, um ihre Gegner im feindlichen Graben mit Übungsmunition abzuschießen. Die Rasenfläche zwischen den beiden Gräben war offenbar durch gegenseitige Sturmangriffe so in Mitleidenschaft gezogen worden.

Immerhin war es hier schattig und kühler, und niemand würde sie entdecken, also stieg sie hinunter. Von dem Wolkenbruch am Vormittag war der Boden noch ziemlich matschig. Erschöpft kroch sie in den Unterstand und legte sich auf die blanken Bretter. Dort hing sie trüben Gedanken nach. Wenn sie Pech hatte, dann saß sie hier bis Montagmorgen fest! Sie hatte zwar noch einiges Geld in der Tasche. Von den zehn Reichsmark, die offenbar doch mehr wert waren, als sie gedacht hatte, hatte sie erst ein paar Pfennige verbraucht. Aber würde es reichen, sich irgendwo ein Zimmer zu nehmen? Und vor allem: Was sollte sie dem Hotelbesitzer sagen, woher sie kam? Sie hatte kein Gepäck dabei und vor allem keinen Ausweis. Wahrscheinlich war sie damit so verdächtig, dass der gleich die Polizei rief.

Erschöpft nickte sie ein. Plötzlich schreckte sie hoch. Rief da jemand halblaut ihren Namen? Hastig kletterte sie die Leiter hoch. Tatsächlich, da stand Hannah mitten auf dem Schulhof, Hannah, die Retterin, in nobler Ballgarderobe, die in der Abendsonne funkelte! Ihr fiel ein Stein vom Herzen.

„Nachdem du schon acht Stunden in der anderen Zeit unterwegs warst, habe ich mir doch langsam Sorgen gemacht", erklärte Hannah und umarmte ihre Freundin. „Aber sag mal, wie siehst du eigentlich aus?", fuhr sie mit gespieltem Tadel fort. „Das gute Kleid müssen wir wohl in die Reinigung geben."

„Wie bist du durch die Tür gekommen? Da war doch zugesperrt!"

„Ich habe mich daran erinnert, dass die Jungen erzählt haben, dass in Kleebecks Büro ein Ersatzschlüssel an der Wand hängt. Zum Glück sperrt er sein Büro nie ab und so kann man einfach hineinspazieren und ihn nehmen", erklärte Hannah.

„Und wo hast du ihn jetzt?"

„Hier in meinem Täschchen. Vorsichtshalber hab ich die Schulpforte hinter mir gleich wieder zugesperrt. Hast du Josefs Adresse?"

„Nein, die Mutter ist zu ihrer Schwester aufs Land gezogen."

„So ein Mist!", fluchte Hannah.

„Kann ich Ihnen behilflich sein, meine Damen?"

Die beiden Mädchen fuhren herum. Hinter ihnen stand Kleebeck und musterte sie misstrauisch.

Hannah fing sich als erstes und fabulierte drauflos. „Oh, Herr Kleebeck, das trifft sich aber vorzüglich, dass wir sie heute noch hier antreffen! Darf ich mich vorstellen, ich bin Sieglinde von Stetten, die Schwester von Karl von Stetten, der bis vor kurzem ein Schüler ihres ehrwürdigen Instituts war. Und das ist meine Freundin Marie Huber. Ich wollte Marie gerade zum Bahnhof begleiten und da kamen wir hier vorbei und dachten uns, vielleicht ist ja der verehrte Herr Kleebeck zufällig noch in der Schule."

Kleebeck betrachtete kritisch Anna-Lenas verschlammte Schuhe und ihr nicht eben sauberes Kleid. Außerdem kam ihm dieses Mädchen bekannt vor. Aber auch diese Sieglinde von Stetten erschien ihm wenig vertrauenswürdig. Auch wenn sie eine Adelige war, so war es doch ungewöhnlich in einem extravaganten Abendkleid durch die

Gegend zu laufen. Andererseits war auch dieser Karl von Stetten ein recht versnobter Typ gewesen, der die Lehrer damit provoziert hatte, dass er sich edler kleidete, als es angemessen war und als sie selbst es sich je hätten leisten können.

Anna-Lena hoffte inständig, er würde in ihr nicht das verschlampte Dienstmädchen wiedererkennen, das so dreist war, die Schultoilette zu benutzen. Sie musste ihm schnell eine gute Geschichte auftischen, damit er gar nicht erst auf den Gedanken käme. „Entschuldigen Sie mein derangiertes Äußeres, Herr Kleebeck", begann sie und schlug dabei demütig die Augen nieder. „Ich glaube, ich bin Ihnen da eine Erklärung schuldig. Wir hatten noch etwas Zeit bis zur Abfahrt meines Zuges, und da dachte ich, Sieglinde könnte mir doch mal die Lehrschützengräben zeigen, von denen Karl immer so begeistert erzählt hat. Nachdem Sie – wie wir uns zu dieser Tageszeit natürlich denken hätten können – nicht mehr da waren, haben wir uns auf eigene Faust auf das Schlachtfeld gewagt, wenn ich so sagen darf. Und schon passierte das Malheur. Als ich in den Graben hinunterstieg, war ich wohl etwas unvorsichtig und glitt auf der letzten Stufe aus. Ich bitte Sie vielmals um Entschuldigung, dass wir unbefugter Weise das Schulgelände betreten haben, aber die Jungen haben immer so von ihrem Schlachtfeld geschwärmt, dass mich die weibliche Neugier übermannt hat."

Diese Geschichte, garniert mit mehreren unschuldigen Augenaufschlägen, tat ihre Wirkung. Kleebeck schaute nun schon sehr viel freundlicher drein: „Dann bin ich ja froh, dass Ihnen nichts Ernsthaftes passiert ist, mein Fräulein!"

„Sie sollten diese großartig angelegten Lehrschützengräben wirklich der Öffentlichkeit zugänglich machen, Herr Kleebeck! Das wäre nicht nur äußerst instruktiv, sondern würde auch ein günstiges Licht auf den durch und durch patriotischen Geist werfen, der an dieser Schule zweifellos herrscht!", schmeichelte Anna-Lena weiter.

Oh je, jetzt trägt sie aber wirklich zu dick auf!, dachte Hannah, doch Kleebeck ging ihr vollständig auf den Leim. Endlich wusste einmal jemand seine vaterländische Gesinnung zu würdigen! „Das ist wahrlich keine schlechte Idee, mein Fräulein. Um ehrlich zu sein, habe ich selbst schon daran gedacht. Und Sie meinen wirklich, die Schützengräben wären von weitergehendem öffentlichem Interesse?" „Unbedingt, Herr Kleebeck, unbedingt!", bestätigte Anna-Lena, heftig nickend.

Kleebeck besann sich: „Weswegen wollten Sie mich eigentlich aufsuchen? Wegen der Schützengräben?"

„Nein!" – „Doch!", sagten Hannah und Anna-Lena gleichzeitig und schauten sich gegenseitig irritiert an.

„Nein, Marie! Du wolltest nur unbedingt die Schützengräben sehen. Aber du erinnerst dich, der eigentliche Anlass unseres Besuches war doch ein anderer ..." Was hat sie denn jetzt vor?, dachte Anna-Lena verwundert. Sie hatte mit ihrer naiven Landmädel-Vorstellung Kleebeck doch schon vollständig eingewickelt und die Situation entschärft. Tatsächlich hatte Hannah eine spontane Idee ...

„... Sie wundern sich vielleicht, verehrter Herr Kleebeck, wie zwei so unterschiedliche Mädchen wie wir zueinanderfinden konnten. Aber wir sind beide im Katholischen Mädchenverein. Ich bin Vorsitzende für die Sektion Stadt und Marie für das Bezirksamt. Natürlich wollen auch wir katholische Mädchen unser Scherflein zum großen Endsieg beitragen und so haben wir uns gefragt, wie wir unseren tapferen Jungen im Felde eine Freude machen können."

Hannah tat so, als lege sie eine spannungssteigernde Kunstpause ein, überlegte aber fieberhaft, welche Freude für die tapferen Jungen im Felde denn plausibel wäre. Aber da kam ihr Kleebeck, der die jungen Damen mit seinem Witz beeindrucken wollte, selbst zu Hilfe: „Sie wollen doch nicht etwa mitten im Hochsommer Wollsocken stricken?"

„Nein, nein, natürlich nicht!", erwiderte Hannah gedehnt.

„Welche Liebesgaben hätten Sie denn dann für unsere braven Soldaten vorgesehen?"

„Schokolade!", platzte Anna-Lena heraus. „Wir haben Geld gesammelt und dafür einen größeren Posten Schokolade günstig erworben!"

„Keine schlechte Idee!" Kleebeck nickte wohlwollend. „Schokolade hält wach, steigert die Konzentration und damit die Treffsicherheit!"

„Ja, genau!", rief Hannah fast etwas zu überschwänglich. „Außerdem haben wir Mädchen vom katholischen Mädchenverein schon viele Postkarten selbst entworfen – es soll ja etwas Persönliches sein, für die tapferen Ehemaligen des Gymnasiums."

„Was für Motive haben Sie denn gewählt?", fragte Kleebeck neugierig.

„Äh, na ja, sehr vieles", nuschelte Hannah.

„Patriotische Sinnsprüche!" Wieder kam Anna-Lena ihrer Freundin gerade noch rechtzeitig zu Hilfe.

„Eine sehr gute Idee!", Kleebeck war begeistert. „Patriotische Sinnsprüche von zarter Mädchenhand kalligrafisch gestaltet, das wird den Heldenmut unserer jungen Männer mit Sicherheit befeuern. Welche Sinnsprüche haben Sie denn verwendet?", wollte Kleebeck wissen.

„Na, ja, zum Beispiel ‚Gott strafe England‘." Zum Glück erinnerte sich Anna-Lena an die große Wandaufschrift in der Aula.

„Oder ‚Heil dir im Siegerkranze!‘", ergänzte Hannah.

„Oder ‚Ein Volk, ein Reich, ein Führer!‘", improvisierte Anna-Lena.

Kleebeck schaute sie verwundert an: „Den kenne ich ja gar nicht. Ist aber ein guter Spruch, ein sehr guter Spruch!"

„Ja, und jetzt kommen wir zum eigentlichen Zweck unseres Besuches..." Hannah schenkte Kleebeck ein so zuckersüßes Lächeln, wie es ihr nur irgend möglich war. „Wir wollten Sie fragen, sehr verehrter Herr Kleebeck, ob es Ihnen vielleicht möglich wäre, uns bei der Beschaffung der Adressen der diesjährigen Absolventen des Gymnasiums, die nun im Felde stehen, behilflich zu sein. Sie sind doch selbst Offizier und verfügen bestimmt über beste Kontakte zu den maßgeblichen Stellen ..."

Bewundernd schaute Anna-Lena ihre Freundin an. Das also war der Sinn dieses ganzen Manövers gewesen!

„Meine Damen, Ihnen kann geholfen werden!" Kleebeck war nun bester Laune. So stellte er sich die echte deutsche Jugend vor! Die beiden jungen Damen bewiesen wahren Vaterlandsgeist – und charmant und hübsch waren sie obendrein. „Ich freue mich, Ihnen mitteilen zu können, dass ich die meisten Feldpostanschriften der beiden letzten Jahrgänge schon in Erfahrung gebracht habe. Als königlich-humanistisches Gymnasium halten wir möglichst enge briefliche Verbindung mit den Ehemaligen, die nun für das Vaterland kämpfen – einerseits um ihren Kampfesmut aus der Ferne zu stählen, andererseits um den kommenden Jahrgängen einen Eindruck vom Heldentum ihrer einstigen Mitschüler zu vermitteln. Ich werde meine Sekretärin gleich am Montagmorgen anweisen, die Liste, die mir die Chevaux-Legers-Kaserne übermittelt hat, noch einmal für Sie abzutippen."

Sie sollten also am Montag noch einmal kommen? Das wollte Anna-Lena dann doch möglichst vermeiden. „Das ist wirklich sehr aufmerksam von Ihnen, Herr Direktor Kleebeck! Damit tun Sie unserer bescheidenen Sache wirklich einen sehr großen Gefallen! Es ist nur… ", schüchtern schlug sie die Augen nieder.

„Nun reden Sie schon. Wie kann ich Ihnen sonst noch behilflich sein, wertes Fräulein?", fragte Kleebeck generös.

„Wir wollen Ihnen wirklich nicht zur Last fallen und Ihnen Ihre wertvolle Zeit stehlen, Herr Direktor Kleebeck", flötete Anna-Lena weiter, „aber würde es Ihnen etwas ausmachen, wenn wir die Adressen vielleicht gleich selbst abschreiben? Das dauert höchstens eine Viertelstunde, wir sind geübte Schreiberinnen. Wir haben nämlich morgen Abend schon wieder Sitzung unseres Vereins und da wäre es doch schön, wenn wir gleich die ersten Postkarten abschicken könnten. Bis mir Fräulein von Stetten die Liste nach Niederhofen nachsendet, dauert es mindestens bis Dienstag."

„Das macht mir durchaus nichts aus! Kommen Sie nur gleich mit!" Beschwingten Schrittes ging Kleebeck voran und schloss die Schulpforte auf. Ein Viertelstündchen mit zwei so reizenden Fräuleins zog er allemal dem mürrischen Gesicht seiner ältlichen Ehefrau vor, die mit dem Grünkohleintopf, den er ohnehin nicht mochte, zuhause auf ihn wartete.

An Kleebecks Schreibtisch sitzend notierten Hannah und Anna-Lena eifrig die Feldpostanschriften aller Schüler der Oberprima und der Unterprima. Darunter war auch die von Josef. Kleebeck blickte so wohlgefällig auf die beiden fleißigen jungen Damen, dass ihm nicht auffiel, dass der Ersatzschlüssel nicht mehr an der Wand hing.

Nachdem sie sich wortreich und mit vielen Dankesbezeigungen von Kleebeck verabschiedet hatten, spazierten sie ausgelassen scherzend durch den lauen Sommerabend, wobei sie immer wieder Kleebecks Pathos parodierten. Schließlich fanden sie einen Briefkasten, adressierten die beiden Briefe an Josef und warfen sie ein. Anna-Lenas gute Laune verdüsterte sich schlagartig. Einer dieser Briefe musste ihn erreichen, sonst wäre er im November tot.

Zurück an der Schule schlichen sie sich in der Dämmerung über den Hof. Die Pforte war zugesperrt, also war Kleebeck inzwischen bei seinem wohlverdienten Abendessen. Sie sperrten auf, schlossen wieder hinter sich zu, hängten den Schlüssel an seinen Platz in Kleebecks Büro, gingen in die Bibliothek und verschwanden im Zeitschacht.

Die Trümmerlandschaft

Das Schuljahr neigte sich dem Ende entgegen. In der letzten Schulwoche begaben sich die Schüler der 11. Jahrgangsstufe wie jedes Jahr auf Abschlussfahrt nach Südfrankreich, auch wenn dieses Mal alles anders war als sonst. Ein islamistischer Selbstmordattentäter hatte nur eine Woche vorher die Strandpromenade von Nizza in ein blutiges Schlachtfeld verwandelt, indem er mit einem LKW eine zwei Kilometer lange Schneise des Todes durch eine friedlich feiernde Menschenmenge zog. In der Schule wurde daraufhin darüber diskutiert, die Fahrt wegen der Terrorgefahr ausfallen zu lassen, doch waren natürlich der Bus, die Unterkünfte und sämtliche Eintritte schon bezahlt, und so entschloss sich Klett, nach Rücksprache mit dem Kultusministerium, die Fahrt doch stattfinden zu lassen, die im Übrigen nicht nach Nizza führen sollte, sondern vor allem die antiken Stätten der Provence zum Ziel hatte. Letztlich fuhren dann doch die allermeisten Schüler mit, so auch Hannah und Anna-Lena. So kam es, dass Hierlinger ganz auf sich allein gestellt war, als die Katastrophe über ihn hereinbrach.

Am Montagmorgen erschien Klett in der Bibliothek. Nach einer kurzen Begrüßung kam er ohne große Umschweife zur Sache: „Herr Doktor Hierlinger, Sie haben sich wirklich sehr um diese Schule im Allgemeinen und um diese Bibliothek im Besonderen verdient gemacht! Aber meinen Sie nicht, dass es auch einmal gut sein muss?"

Hierlinger schaute Klett verständnislos an.

„Ich meine, Sie sind jetzt wie lange schon in Pension?"

Hierlinger antwortete nicht.

„Doch bestimmt schon seit zehn Jahren, oder? Als ich vor sieben Jahren Rektor dieses Gymnasiums wurde, waren Sie es jedenfalls schon. Da haben Sie sich den vollständigen Ruhestand doch jetzt wirklich redlich verdient! Tagein, tagaus in diesen muffigen Räumen – das ist Ihrer Gesundheit doch sicher nicht zuträglich. Andere Senioren schauen sich die Welt an, unternehmen Flussschifffahrten oder fahren mit Studiosus ins sonnige Italien!"

Hierlinger war vollständig konsterniert.

„Jedenfalls sind wir in der Schulleitung darin übereingekommen, dass Sie ab morgen daheim bleiben dürfen!"

Hierlingers Augen weiteten sich. Jetzt erst verstand er.

„Lassen Sie's ruhig angehen, schlafen Sie sich aus, vertiefen Sie sich in die Zeitung …"

Hierlinger sprang auf, rang nach Luft und schrie Klett an: „Ich will aber nicht daheimbleiben!"

„Aber Herr Hierlinger, jetzt werden Sie doch nicht gleich ausfällig! Lassen Sie uns das doch wie zwei erwachsene Menschen bereden!"

„Ich werde diese Bibliothek niemals freiwillig räumen! Das geht nur über meine Leiche!", rief Hierlinger mit hochrotem Kopf.

„Es wird Ihnen leider nichts anderes übrig bleiben, Herr Hierlinger!", entgegnete Klett kalt. „Diese Bibliothek ist überflüssig. Kein Mensch leiht sich hier mehr Bücher aus, das wissen Sie so gut wie ich. Morgen kommt das Speditionsunternehmen, packt den ganzen Krempel weg und fährt ihn in irgendein Magazin in der Zentralbibliothek. In den Ferien werden die Räume dann gründlich renoviert und zum Schuljahresbeginn haben wir hier topmoderne Computerarbeitsplätze."

Hierlinger schaute Klett entgeistert an: „Verlassen – Sie – sofort – diese – Bibliothek!", presste er hervor, am ganzen Körper zitternd.

„Wie Sie meinen", sagte Klett kühl und erhob sich, „aber vergessen Sie nicht, dass ich hier das Hausrecht habe und nicht Sie!"

Einige Zeit später nahmen die Lehrer und Schüler der unterhalb der Bibliothek gelegenen Klassenzimmer ein unregelmäßiges Klopfen gegen die Zimmerdecke wahr, das sich aber bald verstärkte und sich schließlich wie Regen anhörte. - Dabei war draußen strahlender Sonnenschein. Einige Kollegen schickten Schüler nach oben, um der Ursache des Geräuschs auf den Grund zu gehen, doch die Tür zur Bibliothek war verschlossen. Schließlich holte man Klett, der erbost gegen die Tür hämmerte, die sich auch mit dem Generalschlüssel nicht öffnen ließ, weil Hierlinger offenbar innen seinen Schlüssel stecken gelassen hatte.

„Jetzt machen Sie endlich auf, Hierlinger, und lassen Sie dieses Theater!", rief er. „Was auch immer Sie da drin anstellen, man wird Sie für alle Schäden zur Rechenschaft ziehen!" Doch Hierlinger reagierte nicht. Klett dachte sich, dass Hierlinger da drin eigentlich nicht viel kaputt machen konnte außer ein paar alte Bücher und beschloss, die Sache bis morgen auf sich beruhen zu lassen, zumal inzwischen der Unterricht ohnehin vorbei war, also auch niemand mehr durch das Geprassel gestört wurde. Falls Hierlinger bis morgen aber immer noch nicht zur Vernunft gekommen wäre, würde er die Polizei einschalten. Schließlich sollte am Vormittag ja auch schon die Speditionsfirma anrücken.

Es prasselte bis spät in die Nacht hinein. In der Schule war längst niemand mehr, als das Geräusch aufhörte. So sah auch niemand den grünen Lichtschein, der aus der Büste des Vergil herauswuchs und sich wie ein fluoreszierender Lorbeerkranz um sein Haupt legte. Die Strahlen dieser Gloriole ballten sich schließlich zu einer großen Leuchtkugel zusammen, die den ganzen hinteren Bibliothekssaal erfüllte, sich wie ein grüner Planet um sich selbst drehte, sich dann aber wieder in einzelne Strahlenbündel zerteilte. Diese drangen schließlich durch die Dachfenster nach außen, die dabei in tausend Scherben zersprangen, und lösten sich schließlich wie ein Polarlicht im unendlichen Schwarz des Nachthimmels auf.

Als Klett am nächsten Morgen vor der Bibliothek stand, herrschte dort völlige Stille. Die Tür war immer noch von innen verschlossen und auf seine Zurufe hin erfolgte keinerlei Reaktion. So blieb ihm nichts anderes übrig, als die Polizei zu rufen, die schließlich nach einigem Hin und Her die Tür mit einem Stemmeisen aufbrach. Doch ließ sich auch jetzt die Tür nicht öffnen, weil von der anderen Seite ein großes Gewicht dagegen drückte.

„Hierlinger! Lassen Sie den Blödsinn!", rief Klett mehrmals, aber es kam keine Antwort. Schließlich gelang es Klett, zusammen mit den beiden Beamten die Tür ein paar Zentimeter aufzustemmen. Da purzelte durch den Spalt ein schmales Buch. Nun war klar, wodurch das Gegengewicht hervorgerufen wurde. Offensichtlich hatte Hierlinger eine riesige Bücherlawine aufgeschichtet, um die Tür zu verbarrikadieren.

Es war eine mühsame Kleinarbeit, die Bücher einzeln durch den Türspalt zu fischen, denn es konnte immer nur einer der Männer an der Tür arbeiten und es rutschten von innen immer wieder Bücher nach. Die Stille in der Bibliothek wurde Klett zudem langsam unheimlich. War Hierlinger vielleicht unter einem Bücherberg verschüttet? Er musste sich ja noch in der Bibliothek befinden, denn schließlich war die Tür von innen zugesperrt. Vorsichtshalber ließ er einen Krankenwagen alarmieren, der nun im Schulhof neben dem Polizeiauto bereitstand.

Endlich ließ sich die Tür so weit aufdrücken, dass sich die Beamten hindurchzwängen und auf den Bücherhaufen hinaufklettern konnten. Vor ihnen lag ein schier unglaubliches Büchergebirge. Sämtliche Regale waren restlos leergeräumt, der Boden war vollständig mit Büchern bedeckt, manchmal nur knöcheltief, manchmal mannshoch. Die Beamten stiegen über dieses Bücherrelief hinweg, wobei sie immer wieder schmerzhaft einbrachen, bis sie die Tafel erreichten, die bis zur Hälfte in Büchern versunken war. Im hinteren Bibliothekssaal bot sich ihnen ein identisches Bild: Die Bücherlandschaft erstreckte sich über den gesamten Raum, aus dem die leeren Regale wie entblätterte Bäume herausragten. Doch von Hierlinger fehlte jede Spur. Schnell wurde Verstärkung angefordert. Fieberhaft gruben Klett, die Sanitäter und die Polizeibeamten die Bücherhaufen um, schließlich forderte man sogar das Lawinenrettungskommando der Bergwacht an, das mit zwei Suchhunden anrückte. Gegen Abend stand fest, dass sich Hierlinger nicht mehr in der Bibliothek befand. Rätselhaft war nicht nur, wie es dem alten Mann gelungen war, aus der verschlossenen Bibliothek zu verschwinden, sondern auch, wie er binnen eines Tages sämtliche Bücher, also rund 25000 Bände, aus den Regalen werfen konnte.

Die Schüler der 11. Jahrgangsstufe waren Donnerstagnacht wohlbehalten aus Frankreich zurückgekehrt. Als Hannah am letzten Schultag zur Schule radelte, hatte sie eigentlich nur vor, ihr Zeugnis abzuholen und bei Hierlinger vorbeizuschauen, um ihm von den römischen Aquädukten zu erzählen, die sie besichtigt hatten. Dem großen Möbelwagen, der vor dem Eingang parkte, schenkte sie zunächst keine große Beachtung. Dann aber sah sie, dass die Kisten, die die Möbelpacker trugen, vollgestopft waren mit Büchern – mit alten Büchern!

„Woher – woher kommen die?", fragte sie einen der Männer, der sich wunderte, warum das Mädchen, das sich für den alten Krempel interessierte, plötzlich so kalkweiß im Gesicht geworden war. „Eure alte Bibliothek wird aufgelöst. So einen Saustall wie da oben …"

Doch den Rest hörte Hannah schon nicht mehr. Sie jagte die Stufen hoch. Die Tür zur Bibliothek stand weit offen. Als sie sie betrat, stockte ihr der Atem: Hier sah es aus wie nach einem Bombenangriff. Wie Trümmer lagen die Bücher kreuz und quer in langen Halden herum, während die leeren Regale aussahen wie die einsturzgefährdeten Skelette zerbombter Häuser. Dazwischen hatten die Mitarbeiter der Speditionsfirma Gänge freigelegt, in denen sie mit Schubkarren hin und her fuhren. Mit offenem Mund stierte Hannah auf die Szenerie.

„He, du stehst im Weg!", pflaumte sie einer der Männer an. „Was hast du hier eigentlich zu suchen?"

Hannah schreckte aus ihrer Schockstarre hoch. „Ich – ich suche Herrn Hierlinger!"

„Hierlinger? Habt ihr gehört Jungs, sie sucht Hierlinger!", rief der Mann und lachte, als hätte Hannah einen Witz gerissen.

„Ja, Herrn Hierlinger. Wo – wo ist er denn?", fragte Hannah verwirrt und erbost zugleich.

„Mensch Mädchen, hast du denn gar nicht mitbekommen, was hier los war? Dein Hierlinger hat sich in Luft aufgelöst! Puff! Und schon war er verschwunden!" Dabei schnipste er mit den Fingern.

„Wie – verschwunden?", fragte Hannah, die immer noch nicht glauben konnte, was sich hier abspielte.

„Verschwunden eben! Weg! Zuvor hat er noch diese Tür da von innen zugesperrt, dann hat er diesen Saustall hier angerichtet und dann ist er auf Nimmerwiedersehen verschwunden. Und jetzt geh aus dem Weg, ich muss weiterarbeiten!"

Hannah wich dem Mann mit dem Schubkarren aus, indem sie auf einen Bücherhaufen kletterte. Dann folgte sie der durch die Bücherwüste gezogenen Schneise bis in den hinteren Saal. Plötzlich schossen ihr zwei schreckliche Gedanken durch den Kopf. Was war mit Vergil? Den mussten sie doch noch unbedingt in das Jahr 1915 zurückbringen! Und was war mit der Treppe in die andere Zeit? Hatten die Möbelpacker sie schon entdeckt?

Als sie den hinteren Trakt betrat, sah sie sofort, dass die Vergil-Büste nicht mehr da war. Ein Mitarbeiter warf gerade achtlos einen Folianten aus dem 18. Jahrhundert in seinen Schubkarren. Sie fragte ihn, ob er wisse, was mit der Vergil-Büste passiert sei.

„Was für 'ne Bürste?", fragte der Mann unwillig.

„Eine ungefähr zwei Meter hohe griechische Säule mit einem Gipskopf drauf", präzisierte Hannah.

„Ne, sowas in der Größe war hier bestimmt nicht. Da hätten wir ja alle mit anfassen müssen, um die rauszubugsieren. Das kann nicht sein!"

Dann war Hierlinger also mit der Vergil-Büste verschwunden! Konnte das sein? Sie stolperte weiter die Schneise entlang und kletterte dann dort, wo früher die Franzosengasse war, in das zerklüftete Trümmerfeld hinein. Als sie die Tapetentür erreichte, stellte sie fest, dass jemand die Bücher so weggeräumt hatte, dass man die Tür öffnen konnte. Sie bückte sich. Da hörte sie ein leises Schluchzen. Vorsichtig drückte sie die Tür auf. Es war Anna-Lena. Sie lag zusammengerollt wie ein Embryo im Dunkeln und wurde von Weinkrämpfen geschüttelt. Die Treppe in die andere Zeit war verschwunden.

Hannah zog sie heraus, setzte sich mit ihr auf die Bücherhalde und schloss sie fest in ihre Arme.

„Josef", flüsterte Anna-Lena und verbarg ihr Gesicht in Hannahs Haar.